SUICIDE FOREST
Copyright © 2014 Jeremy Bates
Todos os direitos reservados.

Os personagens e eventos retratados neste livro são fictícios. Qualquer semelhança com pessoas reais, vivas ou mortas, é coincidência e não foi intencional por parte do autor.

Imagens: © Adobe Stock, © Dreamstime, © Freepik.

Tradução para a língua portuguesa
© Petê Rissatti e Felipe Ficher, 2024

Diretor Editorial
Christiano Menezes

Diretor Comercial
Chico de Assis

Diretor de Novos Negócios
Marcel Souto Maior

Diretora de Estratégia Editorial
Raquel Moritz

Gerente de Marca
Arthur Moraes

Gerente Editorial
Marcia Heloisa

Editor
Bruno Dorigatti

Capa e Projeto Gráfico
Retina 78

Coordenador de Diagramação
Sergio Chaves

Preparação
Vinicius Tomazinho

Revisão
Catarina Tolentino
Retina Conteúdo

Finalização
Roberto Geronimo

Marketing Estratégico
Ag. Mandíbula

Impressão e Acabamento
Gráfica Santa Marta

DADOS INTERNACIONAIS DE CATALOGAÇÃO NA PUBLICAÇÃO (CIP)
Angélica Ilacqua CRB-8/7057

Bates, Jeremy
  Floresta dos suicidas / Jeremy Bates ; tradução de Petê Rissatti e Felipe Ficher. — Rio de Janeiro : DarkSide Books, 2024.
  352 p.

  ISBN: 978-65-5598-369-2
  Título original: Suicide Forest

  1. Ficção norte-americana 2. Japão – Fantasmas – Ficção
  I. Título II. Rissatti, Petê III. Ficher, Felipe

24-1467   CDD 813.6

Índice para catálogo sistemático:
1. Ficção norte-americana

[2024]
Todos os direitos desta edição reservados à
DarkSide Entretenimento LTDA
Rua General Roca, 935/504 – Tijuca
20521-071 – Rio de Janeiro – RJ – Brasil
www.darksidebooks.com

青木ヶ原

JEREMY BATES
FLORESTA
DOS SUICIDAS

TRADUÇÃO **Petê Rissatti**
& Felipe Ficher

DARKSIDE

FLORESTA DOS SUICIDAS 青木ヶ原

PRÓLOGO

A Floresta dos Suicidas é real. Os japoneses a chamam de Aokigahara Jukai (Aôki-Gahára Djukaí), que significa "Mar de Árvores". Todos os anos, autoridades locais removem mais de cem corpos, a maioria encontrada pendurada em galhos de árvores e em vários estados de decomposição. Barracas abandonadas, sacos de dormir mofados, mochilas sujas e quilômetros de fita cobrem o chão da floresta. Alguns moradores da região relatam ouvir gritos inexplicáveis durante a noite, dizendo que a área é assombrada pelos fantasmas dos suicidas. Placas alertam para que os visitantes não saiam das trilhas, e elas são rotineiramente ignoradas por caçadores de emoções em busca de um vislumbre macabro. Muitos conseguem encontrar a saída. Outros não.

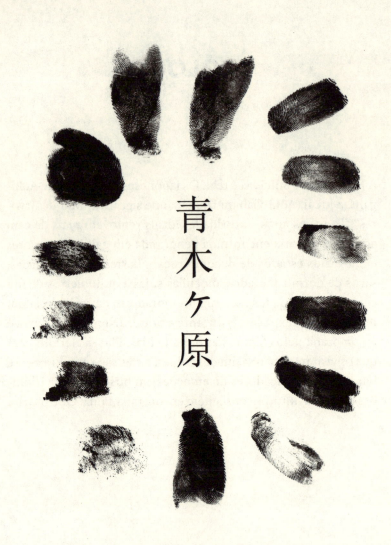

2004

FLORESTA DOS SUICIDAS 青木ヶ原

1

Pegamos dois carros de Tokyo até a prefeitura de Yamanashi, onde fica Fujisan, mais conhecido no Ocidente como monte Fuji. O primeiro carro estava bem à frente do nosso. Era uma minivan Toyota, menor e mais quadrada que aquelas que vemos nos Estados Unidos. Pertencia a um homem assalariado* chamado Honda. Acho que você poderia fazer uma piada sobre Honda dirigindo um Toyota, mas esse era mesmo seu nome: Katsuichi Honda. Em seu carro também estava Neil Rodgers, um professor de inglês de 55 anos da Nova Zelândia, e um cara chamado John Scott. Eu não sabia nada sobre John Scott, além do fato de que ele era um soldado americano lotado em Okinawa. A única ligação que tínhamos era que ele conhecia minha namorada, Melinda Clement, pois haviam estudado juntos no ensino médio.

Dirigindo nosso carro estava Tomo Ishiwara, universitário de 22 anos que estudava psiquiatria, especialização rara no Japão. De modo geral, as pessoas aqui não costumam falar de seus problemas; elas os afogam na bebida. Ao sair do avião, uma das primeiras expressões que aprendi, quatro anos e meio atrás, foi *nomehodai*, que basicamente significa *shōchū*, saquê, e cerveja à vontade. Para algumas pessoas na mais que estressada Tokyo, era o que acontecia todas as noites, e, em muitos casos, era uma terapia melhor que as sessões semanais com um terapeuta.

---

* Um "salary man" — com a tradução literal aqui como "homem assalariado" — (サラリーマン, *sarariman*) é um funcionário que geralmente tem um trabalho burocrático sem uma posição muito significativa dentro da empresa. [Todas as notas são do tradutor, exceto quando identificadas de outra forma.]

Eu estava no banco do passageiro. Mel estava encolhida no banco de trás, em posição fetal. Tínhamos ido a um bar na noite anterior para a festa de aniversário de um amigo, e ela acabou se embebedando. Não foi a coisa mais inteligente a se fazer na véspera de escalar uma montanha, e eu esperava que ela ficasse bem na subida. No entanto, uma preocupação potencialmente mais séria que sua ressaca era o clima. Quando saímos de Tokyo, às dez horas desta manhã, o céu estava de um cinza sombrio. Era típico e não significava necessariamente que choveria, mas devia ter diminuído quando saímos da extensa metrópole. Em vez disso, escureceu, o cinza-claro se tornou cinza de trovoada. Na verdade, todo o céu pareceu aumentar, ficando cada vez mais cheio e próximo da paisagem de campos de arroz e dos bosques. Nas últimas duas horas, eu tinha esperado em vão que as nuvens se dissipassem, que uma abertura surgisse, repleta de azul e da luz do sol, porque eu não achava que seria possível escalar o monte Fuji embaixo de chuva. As encostas da montanha estavam cobertas de detritos vulcânicos, que ficariam escorregadios e traiçoeiros. Casacos e roupas se molhariam, o que daria a sensação de congelamento quando o sol se pusesse e a temperatura despencasse. Sem falar que em algum momento estaríamos caminhando *no meio* das nuvens. E se um raio decidisse cair? Eu não tinha ideia de como seria estar dentro de uma nuvem onde um raio nascesse, mas não me parecia muito seguro.

Olhando pelo para-brisa agora, com o icônico monte Fuji se erguendo ao longe, fiz que não com a cabeça, um gesto quase imperceptível. Eu havia planejado tudo — tudo, exceto a porra do tempo.

Continuamos para o oeste ao longo da via expressa Chūō Expressway por mais dez minutos antes de entrar em Kawaguchiko, uma cidade turística ao redor do lago homônimo na base do monte Fuji. A cidade parecia morta, não havia ninguém circulando, talvez por causa do mau tempo. Pensei ter ouvido música e abaixei o vidro a janela. Eu tinha razão. Tocando nos alto-falantes ao longo da rua, havia uma música nostálgica de oito bits da Nintendo, que me lembrou das músicas cafonas que tocavam quando o personagem do seu videogame entrava em uma nova cidade em *Pokémon* ou *Final Fantasy*.

Só no Japão, refleti. E era verdade. O Japão era um mundo diferente para mim, completamente estrangeiro, mas sedutor, e raramente passava um dia sem que eu me maravilhasse com algum aspecto da cultura ou tecnologia do país.

Mel e eu — e Neil, aliás — trabalhamos juntos na mesma empresa de ensino de inglês chamada HTE, também conhecida como *Happy Time English*. Era de longe a maior empresa desse tipo no Japão, com cerca de 4 mil escolas em todo o país. Embora fosse conhecida como um lugar que suga os professores, era uma ótima opção para quem nunca tinha estado no Japão, porque cuidavam de tudo para você, desde avalizar visto até conseguir um apartamento totalmente mobiliado. Até davam um adiantamento de salário, caso fosse necessário. A maioria precisava disso, pois muitos dos professores que enviavam para cá eram recém-formados na faculdade e não tinham dinheiro guardado, e o Japão pode ser um lugar caro.

Mel e eu estávamos na HTE havia quase quatro anos, embora esse provavelmente tenha sido o nosso último ano. Ela estava decidida a voltar para os Estados Unidos quando nossos contratos expirassem dali a três meses. Essa foi a razão pela qual organizei a viagem ao Fuji. Morar no Japão e não ter escalado o monte seria equivalente a morar na França e nunca ter ido à Torre Eiffel, ou morar no Egito e nunca ter explorado as Pirâmides.

Honda deu seta e saiu da rua principal.

"Aonde o Honda está indo?", perguntei. Katsuichi Honda preferia ser chamado pelo sobrenome, como era uma prática comum entre os japoneses mais velhos.

"Não sei", respondeu Tomo. "Vou segui-lo."

Seguimos a van de Honda por várias ruas laterais até chegarmos à estação de trem da cidade, um prédio de estuque e enxaimel, com telhado marrom, algo que pareceria mais comum nos Alpes suíços do que no Japão rural. O estacionamento estava tão deserto quanto o restante da cidade. Honda parou em frente à entrada principal. Paramos atrás dele.

"Por que acha que ele está parando aqui?", perguntei.

Tomo balançou a cabeça.

"Sei não", respondeu ele. Ele falava um bom inglês, mas, muitas vezes, usava expressões não tão comuns.

Eu me virei no assento. Mel continuou dormindo profundamente.

"Fique aqui com ela", falei para Tomo. "Vou descobrir o que está acontecendo."

Saí do carro. O ar estava fresco e cheirava a outono, que é minha estação favorita. Sempre trazia à tona memórias de infância, de quando saíamos pedindo doces ou travessuras no Halloween, acumulávamos guloseimas, fazíamos fantasmas de papel e algodão e aranhas de limpadores de cachimbo felpudos.

Parei diante da van de Honda, onde os outros já estavam fora e se alongando. Honda usava uma jaqueta vermelha e calça cáqui com pregas e barra. Sua cabeça era coberta de cabelos pretos e grossos, com fios grisalhos nas têmporas. Os óculos de aro de metal se assentavam alegremente no alto plano do nariz. Ele trabalhava para uma construtora japonesa e afirmou ter conhecido Donald Trump na Trump Tower durante uma viagem de negócios a Nova York. Disse que a filha de Trump acompanhou pessoalmente sua equipe de vendas ao escritório do pai. À primeira vista, antes de qualquer apresentação ser feita, o gordinho nativo do Queens, com o cabelo desarrumado, se levantou de sua mesa e anunciou: "Vocês querem uma foto comigo, certo? Venham aqui". Seria um estereótipo do asiático feliz? Ou pura megalomania?

O cabelo ouriçado de Neil era castanho-claro, e ele não gostava de se barbear, então o queixo em geral estava coberto por uma barba cerrada, como agora. Assim como Honda, também usava óculos, embora preferisse armações pretas modernas. Fazia vinte anos que morava no Japão, ensinando inglês como segunda língua durante todo esse tempo. Não é muito sociável, e nunca nos sentamos para uma conversa mais íntima, mas, pelo que ouvi de colegas de trabalho, ele tinha vindo para cá com sua primeira esposa, também neozelandesa, para economizar dinheiro e dar entrada em uma casa em Wellington. Foi durante a "bolha econômica" do Japão, quando o iene estava ridiculamente forte e o dólar da Nova Zelândia igualmente fraco. Em algum momento, começou a ter um caso com uma estudante cerca de doze anos mais nova que ele, ou seja, tinha por volta de 22 anos à época. A esposa descobriu, voltou para a Nova Zelândia e se divorciou dele, levando todas as economias no processo. Ele ficou por aqui, vivendo de salário em salário, assim como a maioria dos professores estrangeiros, independentemente da idade, e aproveitando a vida.

Eu não sabia o que pensar de John Scott, o cara do Exército. Era alguns centímetros mais baixo que eu, com mais ou menos um metro e setenta e dois de altura, e mais robusto. Usava o cabelo curto com uma linha do cabelo reta, tinha um rosto comum, olhos azul-celeste e mandíbula e nariz fortes. Talvez tenha sido a jaqueta de couro dele que não consegui superar. Era fina, com comprimento de três quartos, e mais estilosa que funcional. Quem usaria uma jaqueta dessas enquanto escalava uma montanha? Ou talvez fosse sua confiança grosseira. Quando o buscamos diante de uma Tully's Coffee e todos se apresentaram, ele estava dando tapinhas nas costas e agindo como se nos conhecesse havia meses, não minutos.

"Ethos!", cumprimentou John Scott. Só conseguia supor que tinha esquecido meu nome, que é Ethan, ou que era algum tipo de tentativa de me dar um apelido amigável.

"Por que parou aqui?", perguntei a Honda.

"Vai cair uma tempestade", explicou ele, olhando para o céu. Também olhei para cima, um instinto de imitação. Sem surpresa, as nuvens estavam tão escuras e baixas quanto quando tinha olhado para cima dois minutos atrás.

"Talvez passe", disse eu, virando-me para Neil. "O que acha?"

Ele negou com a cabeça.

"Eu não alimentaria tantas esperanças assim."

"Podemos esperar."

"Por quanto tempo? Achei que o plano era começar a escalar agora mesmo, não era?"

O monte Fuji era dividido em dez estações, com a primeira estação localizada no sopé da montanha e a décima no cume. As estradas pavimentadas chegavam até a quinta. Nosso plano original era ir de carro até a Quinta Estação de Kawaguchiko e começar a subir por volta das quatro da tarde. Depois, uma caminhada de três horas, e pararíamos em uma das cabanas da montanha salpicadas pela trilha para comer alguma coisa e descansar antes de seguir em frente à meia-noite. Idealmente, passaríamos pelo portão xintoísta no topo por volta das quatro da manhã, pouco antes do nascer do sol.

"Podemos ficar pela cidade até umas dez mais ou menos", sugeri. "E, então, começar a subida."

"Uma caminhada sem paradas durante a noite toda?", questionou Neil.

Respondi com um aceno afirmativo.

"O que vamos fazer o dia todo?", perguntou John Scott. "Sentar e conversar?" Ele fez parecer que conversar era um castigo.

"Que tal o Fuji-Q Highland?", sugeriu Honda.

"O parque de diversões?", inquiri.

"Não vou passar o dia em um parque de diversões, obrigado", retrucou John Scott.

"O que recomenda, então?", perguntei a ele.

"Ainda não sei. Mas vamos pensar em alguma coisa."

"Tem muitas fontes termais aqui", afirmou Honda. "Podemos ir a uma e depois ter almoço."

"Almoçar", eu o corrigi de leve. Não costumava fazer isso fora da sala de aula, mas "ter almoço" sempre me irritava, era uma daquelas expressões que os japoneses preferiam e que simplesmente estavam erradas. Quando damos aulas por algum tempo, acabamos ouvindo algumas coisas bem estranhas. Uma vez, perguntei a uma estudante atraente o que ela havia jantado, e ela me respondeu uma "caca". Perguntei onde ela havia conseguido a "caca", para decifrar a pronúncia errada, e ela apontou a máquina na frente da escola. Levei um segundo para perceber que ela quis dizer "Coca".

"Ah, almoçar", repetiu Honda. "Desculpe. Sempre esqueço."

"Não acho que vou curtir muito ficar pelado do lado de outros caras a tarde toda", disparou John Scott.

Afirmou sem rodeios, mas era o que eu estava pensando também.

"Podemos ir até o quinto nível", comentou Neil. "Dar uma volta."

"E fazer o quê?", insistiu John Scott. "Tem uma loja para turistas onde você pode comprar um bastão para trilhas. É basicamente isso."

"Já escalou o monte Fuji?", perguntei, surpreso.

Ele assentiu com a cabeça.

"Subi com alguns amigos no ano passado."

"Por que vai subir de novo?"

"Por que não?"

Fiz uma careta. Escalar o monte Fuji era um trabalho árduo, difícil. Eu não conhecia ninguém que tivesse subido duas vezes, especialmente em anos consecutivos. Um antigo provérbio japonês explica melhor: Escalar o Fuji uma vez é sábio, mas escalá-lo duas vezes é tolice.

"Sempre é possível correr atrás do prejuízo e dar meia-volta", acrescentou John Scott. "É sábado. Tokyo vai estar animada."

Eu olhei para ele com calma. Ele não conhecia ninguém ali, exceto Mel. Foi trazido de última hora e, de repente, estava dando as cartas para todos nós?

As portas principais da estação de trem se abriram, e um jovem casal de aparência mediterrânea emergiu. As botas e mochilas sugeriam que estavam ali para escalar o Fuji, embora tivesse adivinhado mesmo se estivessem vestidos com roupas esportivas e tênis. Por que outros estrangeiros viriam para esta região? Passaram por nós, de cabeça baixa, conversando um com o outro.

"Com licença", exclamei para chamar a atenção deles.

Eles pararam e olharam para mim, depois para o restante do nosso pequeno grupo. Eram bem atraentes, os dois com cabelos escuros e ondulados, olhos escuros e pele lisa trigueira. A garota era pequena; o rapaz, de estatura mediana e tinha uma agilidade atlética. Não podiam ser mais velhos que eu, 25 ou 26 anos no máximo.

"Pois não?", perguntou o rapaz. Ele estava sorrindo e parecia uma pessoa bem-humorada.

"Vocês vão escalar o Fuji?", perguntei.

"Por isso estamos aqui. Mas a mulher da bilheteria disse que não podemos subir." Ele deu de ombros. "Falou para esperarmos até amanhã."

"Ela disse se a trilha está fechada, ou só não é recomendado subir?"

"Não sei. O inglês dela era pior que o nosso, sabe?"

Ele achou isso engraçado e riu. Com base em seu sotaque suave e na cadência, imaginei que fosse israelense. Quando estive sozinho na Tailândia no ano anterior, durante as férias de Natal — Mel havia voltado para a Califórnia para visitar a mãe —, conheci Moshi, um israelense, na balsa de Ko Samui para Ko Phangan. Era um cara falante e amigável, e, para economizar dinheiro, concordamos em dividir um quarto em cima de um restaurante que, a julgar pelos esfregões e baldes em um canto, podia servir de armário de vassouras quando estivesse desocupado. Naquela mesma tarde, ele me convidou para uma festa na qual encontraria seus amigos que já estavam na ilha. Eram todos israelenses, e eu rapidamente virei uma espécie de celebridade estranha. Dava para ver que os israelenses eram unidos quando viajavam juntos, e, pelo visto, um irlandês-americano infiltrando-se em seu grupo era uma piada. Algumas horas depois saí bêbado, chapado e feliz por estar sozinho de novo.

"Sou Benjamin... me chame de Ben", acrescentou o israelense. "Esta é Nina."

Eu apresentei a mim e a todos os outros.

"Então, o que vocês dois vão fazer agora?", perguntou John Scott a eles, embora parecesse que a pergunta era mais dirigida a Nina.

"Vamos acampar." Ben apontou para o oeste. "Íamos subir o monte Fuji hoje e depois acampar em Aokigahara amanhã. Mas vamos mudar a ordem agora. Acampar e depois subir."

"*Honto?*", perguntou Honda, com uma entonação crescente no "*to*". Suas sobrancelhas se ergueram acima da armação dos óculos. Ele murmurou alguma outra coisa em japonês, negando com a cabeça.

"Está falando sobre a Floresta dos Suicidas ou sei lá como a chamam?", questionou John Scott.

Vi Neil assentindo com a cabeça.

"Sim, isso mesmo", afirmou Ben. "Todos os anos, muitas pessoas vão lá para se matar."

"Sério?", retruquei, surpreso por nunca ter ouvido falar do lugar antes. "Mas por que lá? O que há de especial nela?"

"Há muitas histórias sobre Aokigahara", respondeu Honda. Ele havia ficado carrancudo, obviamente desconfortável por estar falando do assunto. "De acordo com nossos mitos, já foi o local de *ubasute*. Durante os períodos de fome, as famílias costumavam abandonar seus mais jovens ou mais velhos lá, assim havia menos bocas para alimentar. Por causa disso, muitos japoneses acham que a floresta agora é assombrada por *yūrei*, as almas dos mortos."

Tentei imaginar a psicologia por trás da decisão de condenar um ente querido à morte lenta e agonizante por desidratação, fome ou exposição às intempéries. Parecia o folclore de João e Maria, só que ao contrário, com os jovens abandonando os velhos.

"Mas o que isso tem a ver com pessoas indo lá para se matar?"

"Sempre foi um lugar muito conhecido pela morte", explicou Honda, "então, atrai a morte."

"E tem aqueles livros", acrescentou Ben.

"Que livros?", eu quis saber.

"Anos atrás, houve um romance de sucesso sobre um casal que se mata em Aokigahara. Isso fez com que a ideia ficasse muito romântica e popular. Depois, saiu outro livro chamado *The Complete Manual of Suicide.** Descrevia a floresta como bonita e pacífica e o lugar perfeito para morrer."

Essa última parte me deixou desconfortável.

O lugar perfeito para morrer.

Um silêncio se seguiu. Olhei para Neil, depois para John Scott. A testa de Neil estava franzida, como se estivesse perturbado com o rumo sombrio que a conversa havia tomado. John Scott também parecia preocupado com os próprios pensamentos. Ben disse alguma coisa para Nina em hebraico. Ela respondeu algo. Depois, me viu observando-os e sorriu.

"Vamos pegar um ônibus até Aokigahara agora", declarou Ben, apontando para um ponto de ônibus próximo. Ainda não havia ônibus lá. "Sabe, você e seus amigos deveriam vir conosco. Vai ser uma aventura, o que acham? Vai ser legal se tivermos companhia."

"Podem contar comigo", retrucou John Scott quando eu estava prestes a recusar. Ele tirou um cigarro do maço de Marlboro vermelho que apareceu em sua mão. "Melhor que um parque de diversões." Ele acendeu e soprou a fumaça pela boca em um fluxo longo e relaxado.

Eu havia parado de fumar um ano antes porque Mel pediu que eu parasse. Disse que estava preocupada com minha saúde, embora eu suspeitasse que ela simplesmente não gostasse do cheiro de fumaça em minhas roupas e cabelos. Mesmo assim, até hoje, um cigarro recém-aceso sempre desperta um desejo dentro de mim ao qual eu tenho que resistir com força.

John Scott deu outra longa tragada.

"Então, e aí? Queríamos matar tempo. Acampar em uma floresta assombrada parece louco", afirmou ele, soprando a fumaça entre as palavras.

---

*   *O Manual Completo do Suicida*, em tradução livre. O livro de Wataru Tsurumi foi lançado em 1993 com o título 完全自殺マニュアル (*Kanzen Jisatsu Manyuaru*). Sua intenção era elencar os tipos de suicídio por nível de dor, destruição do corpo, probabilidade de fracasso e custos no caso de não ser bem-sucedido e dissuadir os possíveis suicidas de cometer o ato final. Porém, foi muito criticado por sugerir qual seria a melhor maneira de tirar a própria vida.

Neil estava olhando para o nada à distância, o que interpretei como um gesto evasivo. Honda começou a balançar a cabeça novamente. Sem dúvida, não havia gostado da ideia.

"Neil!", pressionou John Scott. "O que me diz, garotão?"

Neil não era um cara grande, e, considerando que tinha cerca de duas vezes a idade de John Scott, achei que chamá-lo de "garotão" parecia desrespeitoso.

Neil deu de ombros.

"Gosto de acampar e já ouvi falar da floresta. Talvez seja interessante. Mas vai chover. A última coisa que quero é passar a noite com frio e molhado."

"Aokigahara é especial", comentou Ben. "Sabe, as árvores são muito densas. A copa das árvores impede que a maior parte da chuva entre."

Achei difícil de acreditar, mas não disse nada — porque estava gostando da ideia de acampar. Era um fim de semana prolongado, o que significava que ainda poderíamos escalar o Fuji no domingo e retornar a Tokyo na segunda-feira sem que ninguém faltasse ao trabalho.

"Estamos muito bem preparados para acampar", comentei sem muito entusiasmo. "Comida, barracas, agasalhos..."

"Cara, vamos lá", exclamou John Scott.

Honda fez um x com os braços e curvou-se, desculpando-se.

"Sinto muito, não posso ir, não para lá. Mas se quiserem ir... Acho que vocês são doidos. Mas se quiserem ir... Sem problemas."

Ben transferiu o peso de um pé para o outro como se estivesse impaciente para que decidíssemos.

"Me dá um segundo enquanto explico para a minha namorada", pedi.

Entrei no banco da frente do Subaru WRX turbinado de Tomo. Mel, notei, ainda estava dormindo.

"O que você sabe sobre a Floresta dos Suicidas?", perguntei a Tomo.

"Ah! É disso que vocês estavam falando pra caramba? Me deixou aqui?"

"Você podia ter ido até lá."

"Você falou para cuidar da Mel."

"O que você sabe?"

"É famosa para os japoneses. Os caras vão lá para se suicidar."

"Então, é verdade?"

"Louco, né?"

"O que acha de acampar lá nesta noite?"

"Cara, mas que porra é essa? Está de brincadeira?" Tomo era um cara descolado, e era moda entre os jovens no Japão usar mais palavrões que de costume ao falar outro idioma. Mostrava fluência. Mas alguns usavam palavras de baixo calão em excesso. Não haviam crescido com elas, não haviam tomado bronca quando crianças por usá-las, eram apenas palavras. Tomo era um desses caras. "Querem acampar lá?"

"Não podemos escalar o Fuji, porque talvez chova. Então, ou voltamos para Tokyo, ou fazemos alguma coisa por aqui. Honda não quer acampar. Mas Neil e John Scott concordam com a ideia. Aqueles dois ali", apontei para os israelenses, "estão indo para lá."

"Ela é tão gostosa."

Acho que Tomo tinha duas ou três garotas correndo atrás dele na época. Era bonito, com aquele cabelo desgrenhado popular entre os japoneses, olhos amendoados, nariz e maçãs do rosto bem definidos. No entanto, precisava ir ao dentista, pois os dentes eram tortos em todas as direções. Mas essa era apenas minha opinião; *yaeba*, ou dentes encavalados, eram comuns no Japão e considerados atraentes. Já ouvi falar de pessoas que pagam por um procedimento odontológico para ter *yaeba* falsos.

Uma boina estilo *newsboy* com uma aba rígida repousava sobre a sua cabeça, enquanto um cachecol de caxemira estava enrolado em torno do pescoço, com as pontas penduradas sobre uma jaqueta vintage de motociclista. Era de couro, como a de John Scott, mas, de algum jeito, parecia menos pretensiosa.

"Quem é gostosa?" Era Mel. Me virei e a vi se mexendo. Ela se sentou, piscou e esfregou os olhos, que eram de um azul brilhante. Seu cabelo loiro estava bagunçado e desgrenhado. Ela estava com a mesma maquiagem da noite anterior. O lado direito do rosto estava vermelho, onde havia sido pressionado contra um dos braços.

"Ei", exclamei, inclinando-me entre os bancos e beijando-a na bochecha.

"Obrigada", agradeceu ela, abrindo um sorriso. Sempre me agradecia quando eu a beijava. Alguém poderia pensar que ela estava sendo sarcástica, ou mesmo maldosa, mas Mel não tinha nada de sarcástica ou mal-intencionada. Acredito que simplesmente gostava quando eu demonstrava afeto. Eu ficava lisonjeado por ela se sentir desse jeito. Conhecia casais que não se suportam depois de seis meses de namoro. Eu achava que o fato de Mel e eu ainda nos darmos tão bem era um bom sinal de nossa compatibilidade.

"Já chegamos?", perguntou ela.

"Quase", respondi. "Estamos na cidade ao pé do monte Fuji. Tem um probleminha."

"Claro que tem."

"É provável que chova. Parece que não poderemos escalar hoje."

"Bom, então posso continuar dormindo." Ela caiu de volta no assento e fechou os olhos. "Me acorde quando voltarmos a Tokyo."

"Na verdade, acabamos de conhecer um casal que também ia escalar o Fuji hoje. Vão acampar em uma floresta próxima. Estamos decidindo se devemos nos juntar a eles."

Ela abriu um olho e me encarou de soslaio, como uma pirata.

"Qual é a distância?"

"Não sei. Bem por aqui, em algum lugar."

Ela pensou por um momento.

"Ah, tudo bem."

"Sério?"

"Por que não? Já estamos aqui."

"Tem uma questão."

"Qual?"

"Chama-se Aoki...?" Olhei para Tomo.

"Aokigahara."

"E daí?", questionou Mel.

"Também se chama Floresta dos Suicidas", expliquei, "porque, pelo visto, os japoneses vão lá para se matar."

Ela franziu a testa.

"Tenho certeza de que é mais *hype* que qualquer outra coisa", acrescentei rapidamente. "Algumas pessoas provavelmente se mataram lá ao longo dos anos, e isso rendeu uma má reputação..."

"Não, eu já ouvi falar", comentou ela, sentando-se novamente. Ela jogou o cabelo para trás sobre os ombros, revelando o pescoço esbelto. Em seguida, tirou um elástico do pulso e o usou para prender o cabelo em um rabo de cavalo. O par de brincos de esmeralda que lhe dei em seu aniversário em junho brilhava nas suas orelhas. "Meus alunos me contaram essa história. E não é exagero. Parece que muitas pessoas se matam lá todos os anos."

"Não precisamos ir tão longe..."

"Você não precisa me tratar como criança, Ethan. Não estou com medo. Gostaria de ver com meus olhos."

Assenti, satisfeito com o quanto tinha sido fácil. Me virei para Tomo.

"Então, o que acha, cara? Está preparado?" Esperei com ansiedade por sua resposta. Com o Honda fora, era o único com um carro ali.

"É, tudo bem", concordou ele, mostrando aqueles dentes afiados. "Vamos ver essas porras de fantasmas, certo?"

FLORESTA DOS SUICIDAS 青木ケ原

2

Antes de partirmos para Aokigahara, fomos ao banheiro na estação de trem e compramos alguns lanches extras em uma loja de conveniência, já que o peso não era mais um problema. Parei na guichê para pegar um mapa da área. Uma mulher de uniforme me cumprimentou de forma agradável. No entanto, assim que mencionei "Aokigahara", seus olhos se estreitaram, e o sorriso alegre desapareceu. Ela me estudou, talvez tentando entender minhas intenções. Tudo o que ela sabia era que eu estava ali sozinho, perguntando como chegar a um lugar aonde as pessoas iam para se matar. Não sabia como explicar que estava com meus amigos e queríamos apenas dar uma olhada na floresta, por isso adotei uma expressão inocente para aliviar qualquer preocupação que ela pudesse ter. Aparentemente funcionou, porque ela me deu o mapa, embora eu sentisse seus olhos me seguindo enquanto eu me afastava.

Ao sair, encontrei todos já dentro dos veículos, com as malas todas arrumadas. Entrei no Subaru, e, em seguida, estávamos a caminho.

Tomo ligou o rádio e cantou rap junto com alguma banda de hip-hop nipo-inglesa. Ele sabia toda a parte em japonês muito bem, mas, quando se tratava das partes em inglês, acompanhava a música batendo no volante e só cantava as palavras que conseguia entender, como "*nigger*" e "*fucking hoe*" e "*my bitch*".

Oito meses antes, quando conheci Tomo, eu o considerei um cara do tipo "sexo, drogas e rock'n'roll". Mas, depois que passei um dia com ele e sua irmã mais nova, que era autista, descobri que também tinha um lado surpreendentemente atencioso e carinhoso, embora fosse uma coisa que nunca admitiria e, é claro, algo sobre o que eu sempre o provocava.

Ele trocou de CD e começou "*This nigger is shit, man!*" — e começou a rimar em alguma música misógina.

Dando meu melhor para ignorá-lo — eu tinha certeza de que aquele "merda" tinha sido por querer —, abri o mapa. O monte Fuji era representado por um triângulo. Havia ferrovias, rotas de ônibus e vias expressas, cada uma marcada com cores diferentes. Os cinco lagos próximos e outras atrações turísticas estavam identificados tanto em inglês quanto em japonês. Ao lado, havia uma inserção ampliada da área ao redor do lago Saiko, cuja pronúncia em inglês parecia com "lago Psycho". O mapa mostrava várias trilhas que conectavam certas cavernas de lava que se formaram quando o Fuji entrou em erupção pela última vez.

Aokigahara, que devia estar nas proximidades, brilhava por sua ausência.

Joguei o mapa no painel acarpetado de forma espalhafatosa e tentei imaginar o que estava à nossa frente. Quantas pessoas se matam na Floresta dos Suicidas todos os anos? Uma dúzia? Duas dúzias? Será que tropeçaríamos em um crânio meio enterrado no tapete de folhas do lugar? Um cadáver pendurado em um galho de árvore? Esse último pensamento me fez parar. Não ossos. Mas um cadáver. Eu estava preparado para vivenciar algo assim, uma situação tão sombria?

De repente, contra a minha vontade, vi meu irmão mais velho, Gary, em seu caixão bege brilhante, o cabelo lavado e penteado, as orelhas e o nariz cheios de algodão, os lábios depilados, os olhos fechados, a densa maquiagem rígida no rosto, a gravata vermelha perfeitamente atada ao pescoço.

Afastei essas imagens, piscando, me remexi com desconforto em meu assento e me concentrei nas árvores que passavam do lado de fora da janela.

Cerca de vinte minutos depois, a minivan de Honda saiu da rodovia e entrou em uma estrada secundária, e nós o seguimos. A floresta densa nos cercava dos dois lados. Honda entrou em um estacionamento quase vazio. Estacionamos a duas vagas dele. Saí e fechei a porta, que ecoou alto em meio ao silêncio. Mais portas bateram quando todos saíram.

"Então, chegamos!", anunciou Ben. Seus traços delicados lhe davam uma aparência quase afeminada. Ele puxou Nina para perto e a beijou na testa. Então, passou um braço em volta de Tomo, que estava ao seu lado, e o beijou também.

"Ei, cara, não sou gay, viu?", bronqueou Tomo, afastando-se.

No entanto, o entusiasmo de Ben era contagiante, fazendo com que todos sorrissem ou gargalhassem. Era uma distração bem-vinda do céu nublado e do estacionamento sombrio e desolado.

Tomo, corando, abriu o porta-malas do Subaru. Peguei a mochila Osprey verde-samambaia de Mel, que estava em cima de um macaco e uma chave de roda, e a ajudei a colocá-la. Joguei para Tomo a sua sacola, passei a minha por cima do ombro e fechei o porta-malas.

"Tem certeza de que não quer vir conosco, Honda?", perguntei.

"Esta floresta, ela não é para mim." Seus olhos moviam-se com nervosismo na direção das árvores. "Talvez durante o dia. Mas à noite?" Ele fez que não com a cabeça.

Nós sete nos despedimos dele, acenando ou curvando-nos desajeitados — os estrangeiros raramente dominam a arte da reverência —, e seguimos em direção ao único caminho que levava à floresta. Estacionado ao lado dele estava um modelo antigo do Mitsubishi Outlander. A pintura branca estava manchada com poeira ou sujeira. Inúmeras folhas mortas se projetavam da ranhura onde o para-brisa encontrava com o capô.

"Alguém acha que esse carro parece abandonado?", perguntou Mel.

"Merda, você tem razão", respondeu John Scott. Ele espiou por uma janela. "Ei, olhem aqui."

O restante de nós se espremeu para dar uma espiada. Os bancos traseiros estavam abaixados. Sobre eles havia uma bomba de pneu, um kit de primeiros socorros e um pneu sobressalente de bicicleta. Um lençol preto cobria a maior parte do espaço de carga disponível. Abaixo dele havia duas saliências, uma ao lado da outra.

John Scott abriu a porta de trás, e ninguém se surpreendeu que ela estivesse destrancada. Os roubos são praticamente inexistentes no Japão.

"O que está fazendo?", questionei.

"Quero ver o que tem debaixo do lençol."

"Você não pode abrir o carro dele desse jeito."

"Sabemos que ele não vai voltar, eu acho."

"Talvez esteja acampando."

"Teria que estar acampado uma porrada de tempo. Olha para todas aquelas folhas."

"Quero ver", afirmou Ben.

"Eu também", concordou Tomo.

John Scott puxou o lençol, revelando um terno azul-escuro, um par de sapatos sociais pretos e uma maleta retangular de couro.

Ficamos olhando para os pertences por um longo momento, todo mundo em silêncio. A visão era silenciosamente perturbadora, e acredito que nenhum de nós sabia o que fazer com aquela imagem.

"Vamos", exclamou Mel, e sua voz mudou. Estava mais aguda que antes.

John Scott fez menção de fechar a porta.

"Ponha o lençol de volta", recomendei.

"Por quê?"

"Porque essas coisas estão cobertas por algum motivo. Era isso que ele queria."

"E ainda pode voltar", acrescentou Mel.

Eu sabia que ela não acreditava nisso, ninguém ali acreditava, mas não contestamos. John Scott recolocou o lençol, fechou a porta, e continuamos em direção à trilha. Olhei para trás e fiquei surpreso ao ver Honda ainda parado ao lado da van, nos observando. Levantei a mão em despedida. Ele fez o mesmo.

Então, segui com os outros para a Floresta dos Suicidas.

FLORESTA 青木ヶ原
DOS SUICIDAS

3

Floresta dos Suicidas, ou Aokigahara Jukai, era diferente de qualquer outra floresta que eu já havia visitado. A variedade de coníferas perenes e árvores de folhas largas decíduas crescia muito próxima umas das outras, se misturando, confundindo os olhos e criando a ilusão de vegetação impenetrável. Os galhos formavam um dossel bem entrelaçado no alto, bloqueando grande parte da luz do sol, de modo que estava mais escuro que minutos antes no estacionamento. E tudo dentro desse mundo sombreado em tons de sépia parecia distorcido, primordial e... errado. Essa é a melhor maneira como posso descrevê-la. A natureza dando errado. Os abetos, as cicutas e os pinheiros não conseguiam criar raízes profundas, pois, embaixo da fina camada de cinzas varridas pelo vento e do solo superficial, havia uma camada irregular de magma solidificado, formada na última erupção do Fuji, cerca de 300 anos antes. Em vez disso, muitas de suas raízes cresceram acima do solo, um emaranhado de tentáculos retorcidos e lenhosos rastejando sobre a saliente rocha vulcânica preto-azulada em uma luta desesperada para sobreviver. Como consequência, várias árvores pareciam ter sido vítimas do próprio sucesso, derrubadas por sua incapacidade de ancorar adequadamente seu peso imenso. Assim, algumas delas se inclinavam em ângulos, presas no abraço indiferente das vizinhas, enquanto outras jaziam no chão, entre todos os outros galhos tortos e detritos em decomposição. Na verdade, não teria sido difícil imaginar que a floresta estava doente e morrendo, não fosse a profusão de folhas verdes brilhantes, musgos, líquens e briófitas, que pintavam tudo com uma camada de cor tão necessária.

"Mais ou menos como a Terra Média, eu acho", comentou Neil, quebrando o silêncio que havia pairado sobre nós. "Os Ents. Barbárvore."

Olhando para um ninho próximo de raízes, quase pude imaginar uma delas ganhando vida e se afastando.

"Uma floresta encantada", comentou Mel. "Acho que sim. É tão *verde*. Como em um conto de fadas."

A conversa continuou mais um pouco. Era um papo banal, falar por falar, barulho para preencher o silêncio. Rapidamente se esgotou. Nos vinte minutos seguintes, passamos por várias placas enferrujadas e cobertas de sujeira. Algumas pediam aos suicidas em potencial que reconsiderassem suas ações e pensassem naqueles que os amavam, enquanto outras pediam aos caminhantes que denunciassem às autoridades locais qualquer pessoa que estivesse sozinha ou parecesse deprimida ou zangada. Uma avisava que não era permitido acampar, o que nos fez parar, mas Tomo insistiu que era apenas um impedimento ao suicídio, porque muitos japoneses iam para lá sob o pretexto de acampar enquanto criavam coragem para se matar.

Quanto mais longe íamos, mais apreensivo eu ficava. A floresta estava muito silenciosa, muito quieta. Na verdade, eu ainda não tinha ouvido um único animal. Nenhum canto de pássaro, nenhum inseto. Nada. Como um lugar tão exuberante em vegetação pode ser tão desprovido de vida? E por quê? Os animais certamente não ligavam para o fato de a floresta ser uma zona de risco para suicídios.

Mel, que caminhava ao meu lado, pegou minha mão e apertou. Devolvi o apertão. Não tinha certeza se estava sendo carinhosa ou queria falar alguma coisa.

Como ela não disse nada, presumi que estava sendo afetuosa.

"Você está de bom humor", comentei.

"Estou me sentindo bem."

"Não está de ressaca?"

"Não mais. Acho que dormir funcionou."

"Não está achando essa floresta, tipo, estranha?"

"Estou achando incrível. Quer dizer, não de um jeito bom. É um lugar tão especial. É tão diferente de Tokyo, sabe?"

Pensei nisso por um momento e não tinha certeza se concordava por completo. Tokyo era uma floresta de vidro e aço, enquanto Aokigahara, uma floresta de árvores e rochas, mas as duas eram uma espécie de cemitério. Se você soubesse alguma coisa sobre a impiedosa cultura corporativa do Japão, os reluzentes arranha-céus que dominavam o horizonte de Tokyo realmente não passavam de lápides impessoais, onde as pessoas que trabalhavam lá dentro eram escravas em uma jornada sem fim para chegar ao dia seguinte, buscando alcançar os "anos dourados" da aposentadoria. A ironia era que muitos morriam espiritualmente bem antes disso. Bastava perguntar ao pobre rapaz que havia deixado o terno, a pasta e os sapatos sociais no carro.

Eu estava prestes a mencionar isso, mas não sabia como expressar em palavras de forma inteligível. Em vez disso, falei:

"Sim, é um lugar muito doido."

"São desses tipos de viagens que sentirei falta quando formos embora do Japão. Deveríamos ter feito mais delas. Por que não fizemos?"

Dei de ombros.

"Estamos sempre trabalhando."

"Porque ficamos na DST. Poderíamos ter tido muito mais férias em outro lugar."

Ela sempre chamou a HTE assim... DST. Era a piada dela. Uma coisa que pegamos e da qual não conseguimos nos livrar.

"Sabe", ela continuou, "minha amiga Francine conseguiu um emprego em uma universidade. Ela tem seis meses de folga. *Seis meses*. Metade do ano. E ainda ganha mais do que nós."

"Podemos tentar um emprego em uma universidade, o que acha?"

"É tarde demais, Ethan. Já estamos aqui faz muito tempo."

Eu não disse nada.

Ela olhou para mim, aparentemente pensou que eu estava com raiva, mas eu não estava, não de fato, e ficou na ponta dos pés para me dar um beijo na bochecha.

"Obrigado", falei.

"Não tire sarro de mim."

"Não tirei. Eu gostei."

"Vou falar com John", concluiu ela, sorrindo.

Olhei adiante para John Scott, que estava contando uma história para Tomo.

"Certo."

Ela correu para alcançá-lo. Enquanto se espremia entre John Scott e Tomo, fiquei observando. John Scott passou o braço em volta do ombro dela, disse algo que a fez rir e, depois do que considerei um tempo longo e à beira do inadequado, retirou o braço de novo.

Neil ocupou o lugar de Mel ao meu lado. Estava assobiando aquela canção popular da Guerra Civil Americana — aquela que todo mundo chama de "The Ants Go Marching" hoje em dia — embora eu não conseguisse lembrar o título original.

Olhei de soslaio para ele. Neil Rodgers. Mais carinhosamente chamado de "Neilbo" ou "Mr. Rodgers" ou às vezes "Aquele Kiwi desgraçado", dito em tom de brincadeira pelo pessoal com quem trabalhamos. Um colega de trabalho canadense chamado Derek Miller era o que mais o perseguia por ser o que ele chamava de "estuprador em série excêntrico". Era um exagero, claro, mas Neil era um tanto esquisito, sem dúvida. Se perguntasse a Neil, acho que até ele admitiria. Não tinha fita adesiva segurando os óculos inteiros ou algo assim, mas carregava um punhado de peculiaridades. Por exemplo, tinha apenas um terno, que usava todos os dias. Eu sabia disso porque havia um pequeno buraco no traseiro, ao lado do bolso esquerdo. Mantinha o celular em uma bolsinha presa ao cinto, como se fosse o capitão Kirk e seu *phaser*. E também comia sempre a mesma coisa em todas as refeições. Arroz, feijão, algumas nozes e uma salada se trabalhasse durante o dia. Arroz, um pedaço de frango e três ou quatro *dim sum* de porco se trabalhasse à noite. A esposa preparava os pratos para ele, acondicionando-os em um tupperware que tinha seu nome escrito na tampa com marcador preto.

No entanto, dos vinte ou mais professores em tempo integral de nossa escola, eu diria que ele era o mais popular entre os alunos — pelo menos, era o mais solicitado para aulas particulares. Ensinamos todo mundo, desde crianças a idosos, individualmente ou em pequenos grupos. A maioria era de assalariados sonolentos obrigados por suas empresas a aprender inglês ou donas de casa entediadas querendo alguém para conversar. Depois de anos ministrando as mesmas lições repetidamente, às vezes eu temia certas aulas com certos alunos em que eu estaria repassando os particípios passados pela milésima vez.

Não era o caso de Neil.

Ele tinha uma energia engraçada, maníaca. Era como aquele antigo apresentador de televisão infantil, Mr. Rogers, daí o apelido de Mr. Rodgers. Era por isso que os alunos gostavam tanto dele. Sabiam que ele estava sempre se dedicando cem por cento.

"Acha que é uma boa ideia?", perguntei a ele nesse momento, principalmente para calá-lo. A melodia nostálgica não se encaixava com aquela floresta, se tornava quase assustadora.

Ele piscou, olhando para mim.

"Acampar aqui?"

"Isso."

"A ideia foi sua."

"Foi dos israelenses."

"Mas você e John Scott estavam ansiosos para vir."

"Achei que seria interessante."

"E agora?"

Meus olhos examinaram as árvores.

"Ainda é interessante."

"Quer desistir?"

"Não somos as primeiras pessoas a vir aqui para ver como é, nem seremos as últimas. Eles têm trilhas."

"Mas quantas pessoas vêm acampar durante a noite?"

"Quem vai saber?"

"Acha que vamos ver um corpo?"

"Não sei." Dei de ombros. "Talvez."

"Mas você quer?"

"Não tenho certeza. Bem, eu acho. Se virmos um, vamos ver um."

Enquanto eu ponderava o quanto estava sendo honesto comigo mesmo, percebi que havia outra opção para passar o tempo até que o clima melhorasse. Podíamos ter ficado em uma pousada japonesa com aqueles pisos de tatame e portas de tela. Eu tinha certeza de que Mel e Tomo aceitariam essa opção. Mas não sabia o que esperar de Neil; era famoso por ser mão de vaca e provavelmente havia concordado em acampar apenas porque era de graça.

Olhei para a frente de novo. Mel ainda estava ao lado de John Scott. Ela estava vestindo uma jaqueta K2 violeta e jeans. Eu estava com uma jaqueta idêntica, só que a minha era preta. Não as compramos para sermos fofos. Estavam com cinquenta por cento de desconto em alguma loja em Shinjuku, e nenhum de nós havia trazido casacos quentes para o Japão. Esse era o problema de dar aulas no exterior: suas posses eram limitadas ao que você conseguia enfiar em uma ou duas malas.

Mel continuou virando a cabeça para olhar John Scott, fazendo-me pensar sobre o que estavam falando. Pesquei algumas palavras, mas isso foi tudo.

Neil voltou a assobiar.

"Como está Kaori?", perguntei a ele.

"Ela está levando a pequena para a Disneylândia neste fim de semana."

"Com quantos anos Ai está agora?"

"Quatro."

"Ela está indo para a escola?"

"Ela está no pré." Ele acenou com a cabeça para Mel e John Scott. "Como eles se conheceram?"

John Scott disse algo para Mel. Ela deu um soco de brincadeira no ombro dele.

"Eles fizeram o ensino médio juntos."

"Você não gosta dele, não é?"

Era uma boa pergunta. Eu gostava de John Scott? Eu tinha o péssimo hábito de julgar as pessoas rapidamente e me ater a esses julgamentos mesmo quando eles se provavam completamente errados. No entanto, no caso de John Scott, não achei que minha impressão inicial estivesse errada. Era um atleta desbocado.

"O que isso importa?" Dei de ombros. "Eu não o conheço."

Neil assentiu como se eu tivesse feito uma observação importante e começou a assobiar novamente. Eu não me dei ao trabalho de pedir para que ele parasse.

Três japoneses fazendo trilha estavam descendo em nossa direção. Dois homens e uma mulher, todos vestidos com roupas de caminhada e munidos com guarda-chuvas de plástico transparente.

"*Konichiwa!*", Ben cumprimentou de forma amigável. "*Konichiwa!*"

A pronúncia dele era pior que a minha. O japonês retribuiu a saudação, sorrindo e curvando-se.

"Como está a trilha?", perguntou Ben.

Pareceram confusos.

"Caminhada?", intervi. "Boa?"

Vários acenos hesitantes com a cabeça.

"Ei — *sumimasen*?", disse John Scott. Ele se esforçou para expressar o que queria dizer em japonês, desistiu e mudou para o inglês. "Estamos procurando outras trilhas. Não as principais. Entendem?"

Não entenderam. Na verdade, pareciam ansiosos para seguir em frente.

"Ei, uau, esperem, esperem, esperem", exclamou John Scott, impedindo-os de andar. Depois, ele se virou para Tomo. "Traduza para mim."

"Traduzir o quê?"

"O que acabei de dizer. Trilhas secundárias, fora desta principal?"

Tomo pareceu relutante.

"Cara", insistiu John Scott. "É só perguntar."

Tomo perguntou.

O mais velho dos três japoneses — cabelo grisalho, bigode combinando, óculos de aro dourado — franziu a testa. Ele retrucou alguma coisa. Tomo respondeu, levantando as mãos, mas foi prontamente interrompido. O homem começou a gritar. Vi perdigotos voarem de sua boca. Toda vez que Tomo tentava acalmá-lo, ele balançava a cabeça e os braços e levantava ainda mais a voz. Assisti àquela cena estupefato. Raramente, vi japoneses perderem a paciência. Eles tinham um ditado: O prego que se destaca é martelado com força. Durante um dia normal, essa frase podia significar qualquer coisa. Não saia do trabalho antes de seus colegas. Não tome decisões comerciais por conta própria. Nunca, nunca se atrase.

Não demonstre suas emoções.

Então, o que estava acontecendo aqui? O grisalho havia perdido totalmente o controle. Tomo percebeu que era inútil discutir e desistiu. Coloquei minha mão nas costas dele e o afastei. Os outros o seguiram.

"O que foi que deu nele?", quis saber John Scott.

Tomo balançou a cabeça.

"Ele diz que não era para estarmos aqui."

"Por que ele está aqui?"

"Ele vai até cavernas de lava, cavernas de gelo."

"Qual é o problema?"

"Ele acha que parecemos cadáver."

O grisalho continuou a gritar conosco.

"O que ele está dizendo agora?", perguntei.

"Ele nos denunciou."

"É ilegal sair da trilha?"

"Não sei. É um cara maluco pra caramba. Quem liga?"

"Vai se foder, *kemo sabe*!",* gritou John Scott, sacudindo o dedo do meio.

"Ei", disse eu para ele, "relaxa aí."

"Qual é o seu problema?"

"Você está sendo babaca."

"Vai ouvir o maluco?"

"Ele tem razão", concordei. "Talvez não devêssemos acampar aqui."

"Não venha me falar essas merdas. Isso é porque não somos japone-ses. É porque somos *gaijin*. Se não fôssemos estrangeiros, ele não teria nos atacado daquele jeito. Eles precisam superar a xenofobia."

"Você só está alimentando o estereótipo do americano barulhento e desagradável."

"É? E ele está alimentando o meu. De cuzão xenófobo."

"Este não é seu país", aleguei.

"Isso dá a ele o direito de surtar?"

"Você sabe que '*kemo sabe*' não é japonês, certo?"

"O que é, então?"

Balançando a cabeça, continuei andando em silêncio.

Pouco depois de chegar ao Japão, eu estava em um restaurante com um grupo de amigos. A oferta do dia era *shōchū*, cerveja, coquetéis e highballs à vontade em um balcão de self-service por trezentos ienes. O problema era que você só tinha trinta minutos para beber antes de voltar a pagar. Como grandes cachaceiros que somos, em uma hora já

---

* Expressão de origem no idioma americano, especificamente na língua dos nativos norte-americanos, conhecida como língua Potawatomi. Essa frase foi popularizada pelo personagem fictício Tonto, um nativo norte-americano que era o fiel companheiro de Zorro e assim o chamava, em programas de rádio e televisão dos anos 1930 a 1950.

estávamos bastante alegrinhos. Enquanto pegava o trem para casa com meu colega de quarto escocês, eu estava no meu celular, falando alto com minha ex, Shelly, nos Estados Unidos, que tinha acabado de ligar. O escocês estava sentado à minha frente, olhando em silêncio para o copo em sua mão. Ele o havia pegado no restaurante, cheio de rum, para poder continuar bebendo. Eu estava alheio ao velho que tinha me perseguido até que ele começou a me xingar em japonês. Não tinha ideia de como era uma grande gafe falar ao telefone no trem e bati boca com ele. O escocês olhou para cima com os olhos turvos, disse algo e depois vomitou em si mesmo. Num gesto louvável, ele conseguiu aparar um pouco do vômito no copo roubado. O homem, com o rosto vermelho, irrompeu para fora do trem na estação seguinte.

Na hora, achei que o cara estava sendo um babaca por não cuidar da própria vida. Em retrospecto, percebi que eu estava sendo o idiota por não me adequar às normas da sociedade japonesa. Verdade, ele provavelmente pensou em mim como um típico *gaijin*, mas é exatamente o que eu era. Então, ele estava sendo xenófobo? Não acho. Os japoneses têm um conjunto complexo de regras sensíveis para ditar situações sociais. Eles conhecem as próprias regras. Estrangeiros geralmente não. Portanto, os estrangeiros são percebidos — e tratados — de maneira diferente. É simplesmente o que acontece no Japão. Ou você se acostuma, ou vai para outro lugar.

Devemos ter caminhado por mais dez minutos até encontrarmos o que procurávamos. À esquerda da trilha principal, havia uma corda estendida horizontalmente entre duas árvores, e, em uma placa em inglês pendurada no meio dela, lia-se "NÃO ENTRE". Mais adiante, um caminho estreito e levemente compactado serpenteava floresta adentro. As mudas finas que revestiam as margens se inclinavam para dentro, os galhos entrelaçados acima como dedos ossudos formavam um túnel ameaçador.

A inquietação que eu havia sentido antes estava de volta, mais persistente, e comecei a questionar se era mesmo sábio montar um acampamento ali.

Mel estava aparentemente sentindo a mesma coisa. Cruzou os braços sobre o peito como se de repente sentisse frio.

"Não me diga que vamos continuar por ali!", observou ela.

"Vamos, sim, claro", esclareceu Ben.

"Por que não acampamos aqui?"

"Aqui não tem aventura."

"Já tive uma bela aventura até aqui."

"As pessoas vão nos ver."

"Quem? Passamos apenas por aqueles três fazendo trilha."

"Vamos seguir por esta trilha", afirmou Ben, "e encontrar um bom lugar para acampar."

"Aquele japonês ameaçou nos denunciar", ponderou Neil. "E se ele fizer isso e a polícia local vier até nós? Não estou a fim de ser preso."

"Preso? Por quê?", perguntou John Scott. "Por se desviar do caminho?"

"Invasão de propriedade. Eles viram todo o nosso equipamento de acampar. Podem somar dois e dois."

"Aqui é um lugar público."

"Essa placa diz especificamente para não entrar."

"Não há ameaça de punição."

"O que essa parte aqui diz?", questionou Mel. Ela apontou para um cartaz ao lado do inglês. Era menor, as palavras escritas em kanji.

"Não entre na floresta", traduziu Tomo. "Você se perde."

"Só isso?", eu quis confirmar.

"Viu?", insistiu John Scott.

Olhei em volta, procurando outros sinais de alerta, e encontrei uma câmera de vigilância a três metros de distância, em cima de um poste de metal preto. Estava parcialmente escondida atrás de uma árvore.

"Que merda é aquela?", indaguei, apontando para ela.

Todos olharam. Houve algumas exclamações de surpresa.

"Quem colocou isso aí?", perguntou Neil. "A polícia?"

"Deve ser", respondeu Ben. "Mas não quer dizer nada."

"Como assim?", questionou Mel. "Podem estar nos observando agora."

"Mesmo que estejam", retrucou Tomo, "eles não ligam."

"Por que não?", rebati.

"Eles se preocupam com os suicidas. Agora, com vocês? Estrangeiros? Eles sabem que vocês não vão se suicidar, certo? Eles não ligam."

"Então, estamos de acordo?", disse Ben. "Vamos entrar?"

Olhei para Mel. Ela deu de ombros, resignada, e isso também me fez decidir. Ben, com um sorriso largo, atravessou a corda e depois ajudou Nina. Quando ela a cruzou, seus shorts subiram pelas pernas. John Scott foi o próximo, em um salto estilo tesoura, depois Tomo e, por último, Neil, que prendeu o pé e quase tropeçou. Levantei a corda, e Mel e eu nos abaixamos.

Deixando a trilha principal para trás, nós nos aventuramos no desconhecido.

FLORESTA DOS SUICIDAS 青木ケ原

4

Caminhamos em silêncio. O período de conversa e algazarra havia terminado. O que começou como uma ideia original, uma atividade para passar o tempo, virou coisa séria. Talvez não estivéssemos tecnicamente invadindo o lugar, mas, sem dúvida, estávamos em algum lugar onde não deveríamos estar. Aokigahara era um lugar aonde as pessoas iam para morrer. Era o lar dos mortos, não dos vivos. Acho que a realidade disso estava começando a ficar clara para todos nós à medida que avançávamos pelo túnel de galhos, que era, ao mesmo tempo, claustrofóbico e ameaçador.

No entanto, ninguém fez menção de desistir. Fomos atraídos, imagino, por uma curiosidade mórbida. É da natureza humana querer saber o que está por vir na próxima esquina, não importa o que poderia estar à espreita.

Meu coração batia mais rápido que o normal, meus sentidos estavam aguçados como se eu tivesse acabado de tomar um energético. Meus olhos percorriam o emaranhado de floresta que nos cercava dos dois lados, embora não soubesse o que estava esperando encontrar. Uma forca balançando? Um cadáver? Um fantasma de rosto branco voando por entre as árvores em nossa direção? Eu não conseguia ouvir nada além do crepitar de nossos passos e minha respiração agitada. Contemplei de novo o silêncio peculiar da floresta e disse:

"Ei, Tomo! Onde estão todos os animais?"

"Como assim?", rebateu ele, olhando para trás.

"Não há animais. Nenhum pássaro, nem nada."

"É uma floresta mal-assombrada, cara. Pássaros vazam, se cagando. Acabam indo para outra floresta."

"E o vento?", perguntou Ben. "Também não tem vento."

"Acho que é por causa das árvores", explicou Neil. "Elas crescem densas demais para que qualquer vento possa soprar através delas."

"Se esta trilha é proibida, Tomo", afirmou Mel, "então, por que ela existe? Quem abriu?"

"A polícia. Ela usa para encontrar corpo."

"Quantos corpos costumam encontrar por ano?"

"Uns cem. Duzentos."

Mel parou.

"O quê?"

Todos nós paramos também.

Tomo deu de ombros.

"Às vezes mais, às vezes menos."

"Não fazia ideia de que era um número tão grande." Mel empalideceu. "Imaginei... sei lá... talvez só um punhado de gente por ano."

Isso estava mais próximo da uma ou duas dúzias que eu havia estimado.

"O Japão tem a maior taxa de suicídio no mundo desenvolvido", declarou Neil com naturalidade.

"Nós vamos mesmo ver um corpo?", perguntou Mel.

"A floresta é grande", eu lhe respondi de um jeito evasivo.

"E, provavelmente, se você avistar um", comentou Ben, "vai ser só um esqueleto velho ou algo assim."

"Ah, que ótimo", retrucou ela.

"Quer voltar?", perguntei.

Ela olhou para mim.

"Você quer?"

"Não seja um idiota, cara", ralhou John Scott. "Nós decidimos. Já estamos aqui."

"Quer voltar?", perguntei de novo para ela.

"Bando de viados", exclamou John Scott.

"Não se mete", retruquei.

"Só estou falando que..."

"Não é da sua conta."

"Tudo bem, pessoal", declarou Mel. "Estou de boa."

Rindo como se tivesse acabado de vencer um desafio, John Scott assumiu a liderança com Ben, e continuamos seguindo em frente. Olhei para o cara algumas vezes, continuando diferentes conversas em minha cabeça. Em alguns cenários, eu dizia para ele que ninguém o queria ali. Outros acabavam em uma briga na qual eu o derrotava com facilidade.

Aos poucos, minha irritação diminuiu, e minha atenção se voltou para a floresta. Quanto mais longe íamos, mais assustador ficava. As mudas pareciam estar cada vez mais próximas, os troncos alinhados tão apertados quanto as grades de uma prisão, enquanto alguns dos galhos mais baixos se estendiam em nossa direção, como mãos esqueléticas.

De repente, Ben gritou. Em seguida, nos aglomeramos sobre algo no chão, um pouco afastado do caminho. Inclinei-me sobre Mel e vi equipamentos relativamente novos. Havia uma lanterna prateada, pilhas ainda no pacote, uma serra com cabo laranja, luvas pretas de borracha, tesoura, fita adesiva e um saco transparente cheio de latas de produtos químicos.

"Deve ser da polícia ou dos voluntários que procuram corpos", deduziu Ben. "Viram as tesouras e a serra?"

"Mas para que servem os produtos químicos?", rebateu Neil.

Ninguém tinha uma resposta.

John Scott pegou a lanterna e as pilhas.

"John!", repreendeu Mel. "O que está fazendo?"

"Vai ser útil."

"Você não pode pegar isso."

"Por quê? Claro que alguém deixou essas coisas aqui."

"Podem estar voltando para pegá-las."

"Amanhã, quando partirmos, vou devolvê-las."

"Acho que não deveria pegá-las."

"Você tem uma lanterna?"

"Tenho, claro."

"Alguém mais?"

"Eu tenho uma", afirmou Neil.

"Só isso? Duas lanternas para sete pessoas?" John Scott olhou para cada um de nós. "Alguém mais é contra uma terceira lanterna? Vai ficar escuro como breu aqui mais tarde."

Posto dessa forma, ninguém se opôs.

· · ·

De alguma forma, uma pedrinha entrou no meu sapato esquerdo e estava me irritando demais. Eu não estava usando botas de caminhada como os outros. Calço número 45 — quase impossível encontrar esse tamanho no Japão, mesmo em uma cidade tão grande quanto Tokyo. Como consequência, não consegui comprar botas adequadas para esta viagem e, em vez disso, usei o par de tênis Reebok esfarrapados que trouxe comigo dos Estados Unidos.

John Scott, agora conversando com Nina três metros à minha frente, acendeu um cigarro, soprando fumaça para trás.

Notei seus sapatos pela primeira vez: Doc Martins de cano alto, couro preto, com cadarços amarelos. Assim como sua jaqueta de couro, não sabia o que pensar sobre eles.

Ele havia planejado usá-los para escalar o Fuji? Ou tinha algum outro calçado em sua grande mochila militar?

"Sobre o que estavam conversando antes?", perguntei a Mel.

"Quem?"

Não respondi. Ela sabia quem.

"Ele estava me contando histórias sobre Okinawa. Disse que é um ótimo lugar. Devíamos viajar para lá um dia", revelou ela.

"Onde ele está hospedado em Tokyo?"

"Na verdade, em um tipo de motel."

"Ah! Onde exatamente?" Os motéis japoneses eram lugares chamativos com neon, onde se alugava um quarto, fosse para um descanso de três horas ou para pernoite. A pessoa seleciona o quarto através de um painel de botões e paga a conta por meio de um tubo pneumático ou por meio de mãos misteriosas atrás de um painel de vidro fosco. Mel e eu havíamos ficado em vários deles ao longo dos anos, apenas por diversão, e os quartos tinham camas giratórias, espelhos de teto, karaokê, banheiras de hidromassagem e máquinas de venda automática que vendiam de tudo, desde cerveja até equipamentos de s&m e calcinhas usadas.

"Aquele em que ficamos em Shibuya. Lembra, naquela rua pequena e que ventava muito?"

"Lembro, sim." Acho que a área se chamava Colina dos Motéis. Nosso quarto não tinha janelas pelo mesmo motivo que os cassinos não têm.

"Tem uma porção de hotéis lá. Ele ficou no mesmo que nós?"

"Eu recomendei."

Fiz uma careta.

"Há quanto tempo você sabe que ele estava vindo para Tokyo?"

"Alguns dias antes de ele chegar."

"Foi quando você o convidou para escalar o Fuji?"

"Isso, falei para ele que escalaríamos. Ele disse que já havia escalado e que tinha outros planos. Mas depois me mandou uma mensagem ontem à noite e disse que seus planos não deram certo."

Olhei para a frente. John Scott deu outra tragada no cigarro e soprou a fumaça de volta para nós.

"O que acha da jaqueta dele?", perguntei.

"O que tem ela?"

"Uma jaqueta de couro como essa? Para escalar uma montanha?"

"Ele não estava planejando escalar. Acabei de falar. Acho que é a única jaqueta que ele trouxe."

Justo, pensei. Mas ainda queria me aprofundar. Não gostava dessa relação que Mel tinha com ele. Talvez estivesse exagerando. Não sei. Alguma coisa simplesmente não estava certa.

"De onde ele é?", perguntei.

"Por que esse interesse todo?"

"Estou com ciúme."

"Santa Helena. Falei para você que íamos à escola juntos."

"Qual é o sobrenome dele?"

Mel me deu uma olhada.

"O que foi?", perguntei.

"Scott, dã."

Levantei as sobrancelhas.

"Está me zoando?", pensei que John Scott era um nome duplo ou algo assim, como Billy Bob.

"Não, é o sobrenome dele."

Não aguentei e dei risada. Foi bom — em parte porque a floresta estava tão sombria, mas mais ainda, acho, porque eu estava rindo de John Scott.

"Por que é engraçado?", perguntou ela.

"Quem se apresenta com o nome completo?"

"Muita gente."

"Em uma reunião de negócios, talvez. Você o chama de John Scott?"

"Eu o chamo de John."

"E as outras pessoas?"

"No colégio, o chamavam de Scotty. Não sei agora."

"É como se as pessoas me chamassem de Ethan Childs."

"Ele não te disse para chamá-lo de John Scott. A decisão foi sua."

"Sim, bem, se as pessoas continuassem me chamando de Ethan Childs, eu diria para elas que era apenas Ethan. Quem ele pensa que é? Uma celebridade?"

"Qual é o seu problema com ele?"

"Não tenho nenhum problema com ele..."

"Ei, olhem lá!", gritou Ben.

Por um instante, uma onda de pavor tomou conta de mim. Tínhamos encontrado alguém. Estaria pendurado em uma forca. Morto, frio e...

Era um sapato. Só isso. Um sapato branco solitário.

Estava a cerca de três metros à esquerda do caminho, próximo a uma rocha coberta de musgo.

Ben e John Scott já estavam se aproximando dele.

"É um Nike", afirmou Ben.

Os demais se aventuraram e chegaram mais perto. Era um modelo masculino. Tamanho 39 ou 40. Os cadarços estavam faltando.

Examinei a área, mas não vi nenhum outro sinal de intrusão humana.

"Parece que já está aqui faz algum tempo", observou Neil.

"Você acha que é de... você sabe?", questionou Mel. "Será que é de alguém que se matou?"

"De quem mais poderia ser?", respondeu John Scott. Considerei pensar nele apenas como John daqui para a frente, mas continuei com John Scott. Ainda me divertia com o fato de que ele permitia que o considerassem um cara de dois nomes, como Tom Cruise. "Alguém que estivesse fazendo uma trilha notaria se seu sapato caísse."

"Assim como alguém planejando se matar", comentei. "Estamos falando de uma pessoa, não de um zumbi."

"Onde estão os cadarços?", perguntou Mel.

"Talvez tenha precisado deles para concluir a tarefa", retrucou Neil.

"Com cadarços?", estranhei.

"Sabe o que eu acho?", interveio Tomo. "Acho que algum animal comeu o cara."

Ben fez que não com a cabeça.

"Mas aí haveria um esqueleto, roupas."

"Talvez o bicho tenha arrastado o cara para longe. E, então, o tênis caiu."

"Não estou gostando disso", afirmou Mel.

"Tem ursos por aqui, Tomo?", perguntei.

"Sim, cara", declarou ele. "Muitos."

"Estou falando sério."

"Existem, sim", confirmou Neil. "Li sobre algumas pessoas que viram ursos enquanto escalavam o monte Fuji. Mas raramente atacam humanos, a menos que você fique entre eles e seus filhotes."

"Não disse que o urso comeu o cara vivo", esclareceu Tomo. "Estou dizendo que comeu o cara morto."

"Quem se importa como aconteceu?" John Scott deu de ombros com impaciência. "Tudo o que estamos fazendo é tentar adivinhar. E tudo o que estamos fazendo é perder tempo. Quero ver um *corpo*." Ele voltou para a trilha, avançando mais fundo na floresta.

Um instante depois, todos nós o seguimos.

FLORESTA DOS SUICIDAS 青木ヶ原

5

Era óbvio que ficou mais escuro com rapidez. Mais cedo, pedaços do céu cinza-granito estavam visíveis através do mosaico de galhos suspensos. Agora, pouco ou nenhum cinza penetrava o dossel cada vez mais espesso, transformando o meio-dia em um crepúsculo prematuro. Em geral, eu gostava do crepúsculo que ligava o final da tarde e o início da noite. Havia uma serenidade associada a ele. Mas não ali em Aokigahara. Ali, as árvores assumiam uma aparência sinistra e lânguida. As folhas verdes perderam a vitalidade como se estivessem sem vida. Sombras elásticas engrossaram e se agruparam. Minha mente e meus olhos começaram a pregar peças em mim a ponto de eu ver um rosto torturado em um tronco de árvore retorcido, ou um crânio escurecido em um monte de detritos vulcânicos. Além disso, tive a desconfortável sensação de estar sendo observado. Várias vezes senti movimento às margens do meu campo de visão.

E, ainda assim, não havia animais, nem vento, apenas as árvores e nós nessa... cripta.

Eu não era o único que estava assustado com a floresta. Estávamos todos agindo como animais farejando uma armadilha, lançando olhares furtivos para a copa das árvores ou para os troncos sufocantes, como se estivéssemos procurando alguma ameaça oculta.

Um crepitar de vegetação soou à direita. Ben e Nina, que estavam à minha frente, saltaram trinta centímetros do chão. Tomo se agachou, as mãos emoldurando o rosto como o cara do quadro *O Grito*. Mel agarrou meu antebraço com tanta força que doeu. Então, atrás de nós, John Scott caiu na gargalhada. Eu sabia o que ele tinha feito antes de ele atirar outra pedra nas árvores.

"Caramba, John!", exclamou Mel. "Não teve graça!"

Ele continuou a rir. Neil, que estava ao lado dele, e a quem eu podia imaginar John Scott cutucando de um jeito conspiratório quando pegou a pedra, parecia ter se divertido com culpa.

"Seu filho da puta!", esbravejou Tomo, embora estivesse sorrindo sem graça. "Quase caguei nas calças."

Isso fez com que John Scott gargalhasse ainda mais. Ben e Nina se juntaram ao coro, então todos estavam dando boas risadas. Precisávamos disso. Uma liberação da pressão que estava crescendo dentro de todos nós visivelmente.

Porém, foi um breve alívio, e, depois que as risadas diminuíram e estávamos em movimento de novo, o silêncio inevitavelmente voltou, tão inquietante quanto antes.

Olhei ao meu lado para Mel. Ela estava mordendo o lábio inferior, os olhos baixos, observando onde pisava. Eu quase conseguia sentir a tensão em seu corpo. Ela olhou e sorriu. Um sorriso hesitante, um sorriso de hospital, como as enfermeiras sorriam para mim enquanto eu estava com Gary em suas últimas horas. Um sorriso tranquilizador.

De repente, me senti culpado por impor esse acampamento a ela. Ela não está acostumada com coisas assim. Com frequência se recusava a assistir a filmes de terror porque eram muito assustadores e raramente ou nunca fazia algo que fosse perigoso ou ilegal.

"Ainda sente que esta é uma floresta encantada?", perguntei, pegando sua mão.

"Um pouco", revelou ela. "Mas sinto que acabamos de entrar no domínio da bruxa malvada."

"Sei o que quer dizer."

"No que estava pensando? Não disse nada nos últimos cinco minutos."

"Nossa viagem à Espanha", respondi, o que era verdade. Estava compilando uma lista mental das coisas mais idiotas que fiz ou tentei fazer na vida. Entre os três primeiros dessa lista estava minha decisão, no verão passado, de atravessar o Caminito del Rey, na Espanha, uma passarela decrépita com noventa centímetros de largura, presa contra um penhasco íngreme a trezentos e trinta pés acima de um rio. Eu tinha medo de altura e acreditava que atravessar a passarela poderia me ajudar a superar o medo. Mas, quando cheguei a uma parte onde o concreto havia desmoronado, deixando uma grande lacuna aberta apenas por estreitas vigas de aço, voltei o trajeto que tinha percorrido, encontrando-me novamente com Mel, que teve o bom senso de esperar lá atrás.

"Céu azul, clima quente", comentou Mel. "Foram férias tão boas. Gostaria que não tivesse mencionado."

"Preferiria estar lá?"

"Quer dizer se eu preferiria lá a estar no Japão? Ou em vez de estar em uma floresta assombrada?"

Quis dizer uma floresta assombrada. Mas, agora que ela havia tocado no assunto, eu disse:

"A estar no Japão. Não precisamos voltar para os Estados Unidos. Poderíamos lecionar na Espanha. Precisam de professores de inglês lá."

"Não é tão fácil. Preferem contratar alguém do Reino Unido que já tenha um passaporte da União Europeia."

"E a Tailândia ou a República Tcheca? Podíamos ir até para a Turquia. Estão sempre contratando por lá. É a vantagem de se lecionar. Podemos ir a qualquer lugar, viajar para qualquer lugar."

"E quanto ao futuro, Ethan? Não podemos continuar pulando de galho em galho até fazer sessenta anos. Precisamos..."

"Crescer," terminei a frase por ela.

"É verdade."

"Só temos vinte e seis anos."

"Está mais perto de trinta que de vinte."

"Está mais perto de vinte e cinco do que de trinta."

"Que seja."

"Ainda somos jovens."

"Estamos envelhecendo. E o que temos no nosso nome? Não temos casa, nem poupança. Nem..." Ela parou. "E os filhos?"

Engoli em seco. Filhos de novo. Cada vez mais ela tocava neste assunto. Gostaria de ter um ou dois... no fim das contas. Os trinta sempre me pareceram uma boa idade, embora eu não soubesse exatamente por que escolhi esse número, além do fato de ser o começo de uma nova década. Suponho que pensei que teria amadurecido o suficiente para ser um pai até lá.

"Você realmente quer ter filhos agora?", perguntei.

"Em breve."

"Somos jovens demais."

"Jovem, jovem, jovem!"

"Você sabe como filhos são caros?"

"Exatamente. É por isso que vamos embora do Japão... e por isso que não podemos simplesmente ficar pulando de país em país pelo tempo que você quiser. Não com o salário que estamos ganhando. Estamos bem agora porque estamos apenas nos sustentando. Mas, e se tivéssemos um filho? Tem escola, roupas, comida, convênio médico. Nos Estados Unidos, eu poderia conseguir um emprego no Conselho de Educação. Teria licença-maternidade, benefícios."

"E estaria na Califórnia. Sabe a que distância fica de Wisconsin? É quase como estar no Japão."

"Você podia ir para Santa Helena comigo."

Santa Helena? Fiquei boquiaberto. Santa Helena era uma cidadezinha no vale do Napa, cujo único evento famoso foi Robert Louis Stevenson ter caminhado pela estrada com sua noiva mais de um século antes. Era a primeira vez que ouvia a ideia de me mudar para lá, e me surpreendeu demais.

Cheguei a acreditar que existem quatro tipos de professores de inglês como língua estrangeira na Ásia. Os primeiros são jovens que querem viajar por um ou dois anos e economizar um pouco antes de voltar para casa e iniciar sua carreira nas quais se afundariam pelo resto da vida. Os segundos são aqueles que acabam se casando com um asiático e passam o restante da vida como expatriados, talvez voltando para casa de vez em quando para um casamento, um funeral ou Natal com pais idosos. Os terceiros são os mais aventureiros, dispostos a abrir mão dos melhores salários e padrões de vida no Japão e na Coreia do Sul por um estilo de vida mais *laissez-faire* em um ambiente tropical no Sudeste Asiático. São predominantemente homens e têm pouco interesse em se casar em um futuro próximo, se é que se casam. Na verdade, muitos deles sonham em se aposentar cedo, comprar uma cabana em uma praia de areia branca e passar seus anos crepusculares com um suprimento constante de cervejas de cinquenta centavos e uma porta giratória de namoradas com metade de sua idade.

Os últimos tipos são os Fujões, e seu título é autoexplicativo: estão fugindo de alguma coisa.

Era aqui que Mel e eu nos encaixávamos. Eu estava fugindo da morte de Gary, enquanto Mel fugia da reputação de sua família.

Os pais dela se divorciaram quando ela estava no último ano da UCLA, e a mãe logo começou a sair com outro. Quando o pai descobriu, invadiu a casa do novo namorado e o sufocou até a morte com uma sacola plástica. Ele foi localizado pela Força-Tarefa Regional de Fugitivos de San Diego e agora cumpre prisão perpétua na Penitenciária Estadual de Corcoran, o mesmo lugar horrível onde Charles Manson estava passando seus últimos anos.

Depois que Mel se formou, voltou para Santa Helena para ficar com a mãe, onde a população era de aproximadamente 5 mil habitantes e onde o assassinato continuou sendo o assunto da cidade. Foi assediada com muita frequência e, um mês depois, partiu em fuga para o Japão.

Embora fosse impossível fugir para sempre, ela deixou claro que queria voltar para os Estados Unidos, mas nunca mencionava a cidade onde nasceu.

Mel estava olhando para mim com expectativa, como se esperasse minha resposta.

"Não podemos voltar lá", aleguei.

A raiva turvou seus olhos.

"Por que não?"

"Você sabe por quê."

"Já faz muito tempo. As pessoas esquecem."

"Não em cidades pequenas."

"Eu não fiz nada."

"Não importa."

"É um lugar agradável."

"Existem muitos lugares agradáveis, Mel. Por que Santa Helena?"

"Minha mãe está sozinha", justificou ela depois de alguns segundos de ponderação. "Acho que ela gostaria que eu voltasse para lá."

O pânico tomou conta de mim.

"Você quer que a gente vá morar com a sua mãe?"

"Claro que não. Mas ficaríamos por perto. Eu poderia visitá-la algumas vezes por semana."

"Existem escolas em Santa Helena onde poderíamos trabalhar?", perguntei de um jeito diplomático.

"Acha que tive aulas em casa? O ensino médio tem cerca de quinhentos alunos."

"Qual é a probabilidade de haver uma vaga para professor disponível, nem se fala de duas?"

"Não custa nada verificar, não é?"

Abri a boca para me opor, mas fechei. Não queria brigar com Mel, não ali, não naquele momento. Então, apenas dei de ombros, evasivo.

Ela me lançou um olhar indecifrável, depois aumentou o ritmo, deixando-me para trás pensando nos próximos cinco anos em Santa Helena, cercada por arbustos de lilases, avós e, talvez, uma multidão enfurecida querendo um linchamento.

Já estávamos caminhando havia mais de uma hora e meia, e eu estava começando a me acostumar com a estranheza sombria de Aokigahara quando o caminho terminou abruptamente em duas árvores grotescamente fundidas que me inspiraram tanto fascínio quanto repulsa. Enroscavam-se como serpentinas uma ao redor da outra, lutando, agarrando-se, espiralando para cima em uma luta que durava décadas para alcançar o ponto do céu que deve ter se aberto quando outra árvore caiu. Eram a personificação perfeita da impiedosa crueldade de sobreviver a qualquer custo que havia se enraizado em toda a floresta, reforçando minha percepção de que este era um lugar cruel, primitivo e impiedoso, uma fatia do inferno na Terra, mesmo para a vida vegetal.

Alguém havia pintado o que parecia ser uma flecha branca com cerca de três metros de altura em cada tronco. Elas apontavam em direções opostas.

"São flechas?", observou Mel, franzindo a testa.

"Acho que a polícia as fez", deduziu Neil, "para encontrar o caminho para outras trilhas."

"Ou corpos", comentei.

Todos olharam para mim.

"Acha mesmo que elas levam a corpos?", perguntou Mel.

"Talvez não mais", admiti. "A polícia já os teria removido."

"Então, para que lado vamos?", interferiu John Scott, acendendo um cigarro.

"Acho que não devemos sair dessa trilha", sugeriu Mel.

"Não vamos longe", ele a tranquilizou.

Ben assentiu.

"Vamos nos separar. Metade de nós vai para a esquerda por uma hora, a outra metade para a direita. Se um dos grupos vir algo, chama o outro."

Mel e eu verificamos nossos celulares. Nós dois tínhamos sinal.

"O que acontece se nenhum de nós encontrar nada?", questionou Mel.

Ben deu de ombros.

"Então nos encontraremos aqui daqui a duas horas."

"Combinado?", perguntou John Scott.

"Combinado, mano", respondeu Tomo.

John Scott acenou com a cabeça para Neil.

"O que me diz, garotão?"

Neil estava olhando para a floresta.

"Não sei", respondeu ele. "Estou com um mau pressentimento sobre este lugar."

"Claro que está. É um lugar assustador pra caralho. Estamos todos assustados. Mas já andamos tudo isso. Estamos tão perto de encontrar algo."

"Cara, é isso. Não acho que *quero* encontrar alguma coisa."

"Não quer ver um corpo?"

"Aqui não é o nosso lugar. É errado o que estamos fazendo, desrespeitoso."

Mel gesticulava em concordância.

"Alguém mais quer dar pra trás?", disparou John Scott.

Isso irritou Neil.

"Não estou dando pra trás."

"Então, venha conosco."

"Sim, cara", concordou Tomo. "Não seja um bunda-mole."

Neil ergueu as mãos.

"Não sou bunda-mole. E, se isso vai calar a boca de vocês dois, tudo bem, eu vou."

"Uau!", John Scott grasnou como um idiota. Ele olhou para Mel e para mim.

Embora eu tivesse começado a questionar o caráter sábio do que estávamos fazendo ali, as flechas reconhecidamente despertaram meu desejo de aventura. E John Scott estava certo. Já havíamos percorrido todo esse caminho. Por que parar agora? Era só ir um pouco mais longe para ver o que estava por trás daquela última curva. Então, poderíamos acampar, comer, relaxar e sair dali amanhã com uma sensação de dever cumprido.

Mel viu minha decisão em meus olhos e cedeu.

"Mais uma hora", afirmou ela. "E acabou."

"Mais uma hora", concordou Ben, sorrindo. "Tudo bem... Nina e eu, vamos para a esquerda. Quem gostaria de se juntar a nós?"

"Estou dentro", respondeu John Scott. Ele esmagou o cigarro com o calcanhar e disse: "Até". Depois, começou a subir nas árvores como um escoteiro obediente, ansioso para ganhar seu próximo distintivo de mérito.

Os israelenses acenaram para nós e seguiram em fila atrás dele.

"E, então, agora somos quatro...", observou Neil em voz baixa.

FLORESTA 青木ケ原
DOS SUICIDAS

6

O terreno fora da trilha era desafiador e o avanço lento, o que tinha menos a ver com os obstáculos das árvores do que com o próprio solo. A cada poucos metros, estávamos pisando em troncos podres, galhos mortos e rochas vulcânicas. Tentei me agarrar às mudas em busca de apoio, mas elas muitas vezes se soltavam do solo frágil com a mesma facilidade com que um galho em decomposição se desprende de sua articulação. Descobrimos que o mais perigoso de tudo era o fato de que uma imensa rede de dutos de lava se estendia sob nossos pés. Passamos por duas ocasiões em que o magma solidificado havia cedido sob o peso de uma árvore em um desses dutos subterrâneos, resultando em crateras irregulares com cerca de seis metros de largura. Circundamos com cautela as depressões cobertas de musgo e cheias de cascalho. Se por acaso tropeçasse em uma delas e a queda não matasse a pessoa, a pedra afiada rasgaria a pele, provavelmente causando um sangramento que poderia levar à morte antes que qualquer ajuda chegasse.

Refleti que o único ponto positivo da paisagem desafiadora era que eu estava tão concentrado na topografia e em manter uma trajetória linear que tive pouco tempo para pensar nos corpos pendurados e na noite que estava se aproximando rapidamente.

Quando paramos para um descanso muito necessário, tirei minha garrafa de água da mochila e a distribuí. Ela voltou quase vazia. Eu a terminei, sabendo que Mel ainda tinha meio litro em sua bolsa, o que nos sustentaria até o dia seguinte.

Tomo foi fazer xixi atrás de uma árvore. Decidi ir também. Enquanto estava de pé em um tronco de costas para os outros, olhando fixamente para as árvores, uma ideia séria me ocorreu. Se ficássemos desorientados ali, poderíamos nos perder completamente. As placas já nos haviam alertado sobre isso, claro, e Mel já havia falado também, mas eu não tinha levado a ideia a sério até agora.

Perdido na Floresta dos Suicidas.

Tomo e eu nos juntamos aos outros ao mesmo tempo. Ele estava fechando a fivela do cinto, se gabando de que seu pau havia crescido desde a última vez que havia mijado. Neil disse a ele que provavelmente já era bem pequeno.

"Como estão se sentindo?", perguntei.

"Cansada", respondeu Mel.

"Com fome", informou Tomo.

"Com fome e cansado", completou Neil.

Eu assenti com a cabeça.

"Mais trinta minutos ou mais. Depois vamos voltar e comer."

Mel olhou por onde viemos.

"Temos realmente certeza de que *sabemos como* voltar?"

"Conheço o caminho", afirmei.

"Porque se nós virarmos..."

"Conheço o caminho", repeti.

"Acho que sempre podemos gritar."

Era verdade. Se começássemos a gritar, é provável que John Scott e os israelenses pudessem nos ouvir e nos encontrar. Ou, se Mel ligasse para John Scott e dissesse para ele gritar, poderíamos nos orientar na direção deles. No entanto, seria um desespero vergonhoso para todos nós, e eu tinha certeza de que não seria necessário.

Continuamos na direção apontada pela seta.

Depois de apenas alguns minutos, eu estava novamente lutando para respirar e senti alívio por ter parado de fumar. No fundo da minha mente, ouvi Mel me dizer: "Viu? Eu disse que você devia parar". Ela sempre dizia coisas assim. Se fôssemos a um restaurante e ele fosse bom, ela dizia: "Viu? Eu disse que tínhamos que vir aqui". O mesmo acontecia se assistíssemos a um filme especialmente divertido: "Viu? Eu disse que devíamos ver esse".

Tomo puxou uma trepadeira tão longa que eu a perdia de vista à nossa frente.

"Vamos seguir isso daqui", declarou ele. "Não vamos nos perder."

Menos de cinco metros depois, ele soltou um grito e jogou a trepadeira para o lado.

"O que aconteceu?", perguntei, pensando que algo o havia picado.

Ele estava cheirando as mãos.

"Essa coisa fez xixi em mim!"

"O quê?"

"Sente!"

Peguei a trepadeira com hesitação. Era áspera e seca.

"Aqui!", disse Tomo, apontando para um lugar mais abaixo no caule.

"Sim, estou vendo", respondi eu, notando uma seção de quinze centímetros que parecia estar coberta por algum tipo de líquido. Parecia ser o único ponto molhado.

"Cheire!", ordenou Tomo.

Fiz isso e detectei um leve odor de amônia.

"Tem cheiro de urina", confirmei a Mel e Neil, que estavam olhando para Tomo e para mim como se fôssemos macacos falantes.

"E daí?", perguntou Mel. "Um animal..."

"Você está vendo algum animal?", retrucou Tomo. "Onde? Não vejo nenhum."

"De onde mais viria?"

"Eu mijo na floresta, ela mija em mim."

Neil pigarreou.

"Por favor, Tomo."

"É verdade! Cheire ali!"

"Nem pensar."

Tomo se virou para mim.

"Experimente isso."

Revirando os olhos, comecei a caminhar de novo.

Uma trepadeira mijando na gente. Puta que pariu.

Flertei com pensamentos sobre o paranormal por um tempo. Uma floresta consciente que atrai pessoas e animais profundamente em seu coração com a ilusão de tranquilidade verde, e depois, quando eles se perdem irremediavelmente e morrem, ela se alimenta de suas carcaças. Se algum dia eu escrevesse um livro, poderia chamar a história de

A Floresta de Vênus, ou talvez *A Floresta da Armadilha de Mosquitos*. Teria que haver um grande elenco de personagens para que a floresta pudesse pegá-los um por um. E o protagonista teria que sobreviver de alguma forma e derrotar a floresta. Esse pensamento me deixou perplexo por um tempo, porque, como seria possível derrotar uma floresta inteira além de queimando-a de cabo a rabo? Por outro lado, acabei decidindo que, se o gênero era terror, não precisaria ter um final feliz, não é?

Quando cansei de refletir — e de assustar a mim mesmo —, esvaziei minha mente propositalmente e me concentrei em manter uma linha reta. Inesperadamente, comecei a pensar em Gary. Sempre acontecia nesses momentos. Quando menos esperava pensar nele. Claro, nos meses que se seguiram à sua morte, pensei nele sem parar. Mas o tempo tinha seu jeito de entorpecer a dor, distanciando as memórias. Você nunca esquece algo como a morte de um irmão; também nunca a aceita. No entanto, em algum momento, para o bem ou para o mal, você aprende a conviver com ela.

Gary foi baleado no início da manhã de 12 de dezembro de 1999 enquanto se dirigia para o treino no Giant Center em Hershey, na Pensilvânia. Ele jogava pelo Hershey Bears da Liga Norte-Americana de Hóquei. Embora não tivesse sido contratado pela NHL em 96, foi contratado como agente independente pelo Washington Capitals no ano seguinte e passou as três temporadas seguintes alternando entre o Capitals e times menores. A maioria dos comentaristas esportivos concordava que ele podia se tornar uma presença permanente entre os profissionais se conseguisse se recuperar de uma lesão no joelho, que exigia uma cirurgia reconstrutiva. A lesão devia ter encerrado sua carreira, mas Gary tinha uma determinação que eu não via em ninguém mais. Deve ter treinado o dobro que qualquer outro membro do time para voltar a jogar. Na última vez que conversei com ele, cerca de um mês antes de sua morte, liguei para ele em seu aniversário, e ele me disse que estava se sentindo novo em folha.

O cara que atirou nele era um viciado em heroína de 18 anos que tinha entrado e saído do reformatório durante toda a adolescência. Não conhecia Gary. Nunca tinham se visto antes. Gary simplesmente estava no lugar errado na hora errada.

Meu irmão costumava correr todos os dias ao longo da North Hockersville Road, que cortava uma floresta isolada. No dia em que morreu, ele havia saído da estrada para ajudar alguém caído contra o tronco de uma árvore. O cara, Jerome Tyler, sacou uma arma e exigiu a carteira de Gary, que se recusou a entregar e foi baleado com projéteis calibre .22. Tyler pegou a carteira de Gary e fugiu. Meu irmão ainda conseguiu voltar para a estrada antes de desmaiar. Foi levado ao hospital, onde foi descoberto que as pequenas balas causaram muitos danos, perfurando o fígado e a aorta.

Eu estava no último ano da Universidade de Wisconsin-Madison, ainda deitado com uma leve ressaca, quando minha mãe me ligou histérica e me disse que Gary havia sido baleado. Naquela noite, voei para a Pensilvânia e cheguei ao hospital. Meus pais estavam lá com a esposa de Gary, Cheryl, e sua filhinha, Lisa. Meu pai me chamou de lado e explicou a condição de Gary. Seus olhos estavam vermelhos, uma indicação de que ele havia chorado, algo que nunca o tinha visto fazer. Entrar no quarto de Gary no hospital foi a coisa mais difícil que já fiz. Ele estava deitado, ligado a uma máquina de suporte de vida. Meu irmão estava pálido, a pele oleosa, uma máscara de oxigênio colada na boca. Naquela época, eu não sabia, mas ele não estava recebendo circulação nos pés e no cérebro. Permaneci ao lado do leito o tempo que me foi permitido ficar, sem falar, sem fazer nada, exceto segurar sua mão.

Adormeci em um sofá na área de visitantes e fui acordado pela manhã por meus pais e Cheryl. Estava escrito em seus rostos: más notícias. Os médicos disseram a eles que Gary provavelmente nunca acordaria do coma e, mesmo que acontecesse, teria morte cerebral. A decisão havia sido tomada para que os aparelhos fossem desligados.

Voei de volta para Wisconsin atordoado. Não me lembro do voo. Não me lembro de nada dos dias que se seguiram. Lembro-me vagamente do funeral. A maioria das pessoas que estavam presentes eram familiares. O restante, companheiros de equipe de Gary. Foi um velório com o caixão aberto. Gary parecia estar vivo, e eu meio que esperava que ele abrisse os olhos e dissesse que aquilo tudo era uma grande piada. Acariciei seu rosto com as costas dos dedos. Sua pele estava fria como uma lápide, quase borrachuda. Entender que aquela seria a última vez que o veria foi como um golpe físico, achei difícil respirar e saí para tomar um pouco de ar. Três dos companheiros de equipe de Gary estavam lá, fumando. Um deles estava sorrindo enquanto contava uma piada, como se fosse apenas mais um dia no vestiário. Aproximei-me e perguntei ao piadista o que ele estava falando. Ele teve o bom senso de parecer devidamente envergonhado. Eu não me importei, dei um soco na cara dele, o empurrei para o chão e então caí em cima dele, desferindo mais golpes até que fui puxado para longe.

Jerome Tyler, que havia sido preso pela polícia no dia seguinte à morte de Gary, foi condenado por homicídio doloso. O julgamento durou uma semana. O júri levou uma hora para retornar com um veredicto unânime. A pena foi prisão perpétua com a possibilidade de liberdade condicional após dez anos.

Não era justo, pensei na época. Jerome era um assassino frio e calculista. Não merecia liberdade condicional. Ele merecia a morte, olho por olho. Eu costumava ter fantasias sobre eu mesmo matá-lo, o que me ajudava a dormir à noite. Em cada um desses cenários, eu o matava de uma maneira diferente. Nunca de forma rápida. Seria sempre um processo longo e demorado. Eu conversaria com ele durante esse tempo, zombaria dele, celebraria minha vida diante de sua morte, pintaria um quadro nítido do vazio para o qual ele estava indo.

Não tenho mais essas fantasias. E não é que eu tenha perdoado Jerome. Simplesmente, não há razão para continuar nutrindo ressentimento em relação a ele. Após sete meses na prisão, ele foi encontrado no banheiro, com a cabeça em um vaso sanitário e sete facadas nas costas. A causa oficial da morte foi dada como afogamento.

Não foi nenhuma das maneiras que imaginei, mas foi o suficiente para mim.

Chegamos a uma fita branca vinte minutos depois. Estava frouxamente amarrada em torno do tronco de uma pequena árvore e continuava perpendicular a nós, adentrando profundamente na floresta. Nós a encaramos, cada um tirando as próprias conclusões.

"A polícia também deixou isso?", perguntou Mel.

"Polícia ou suicida", ponderou Tomo.

"Por que um suicida deixaria uma fita para trás?"

"Para que seu corpo pudesse ser encontrado?", sugeriu Neil.

Tomo negou com a cabeça.

"Assim ele consegue voltar."

Fiquei confuso.

"Se ele veio aqui para se matar, Tomo, seria uma viagem sem volta."

"Algumas pessoas não se decidem. Ainda estão pensando."

"Então, desenrolam esta fita atrás deles, caso mudem de ideia sobre se matar?"

"Isso mesmo, cara", confirmou ele e então começou seguir a fita.

"Espere!", pediu Mel. "Aonde você está indo?"

Ele olhou para trás.

"Vamos seguir em frente, certo?"

"Você sabe o que pode estar no final disso?", questionou Neil.

"Não banque o covarde de novo."

O rosto de Neil tensionou.

"Não me chame assim."

"Como? Covarde?"

À medida que começamos a seguir a trilha, me esforcei para entender e me colocar na pele da pessoa que adentrou esta floresta, completamente sozinha, desenrolando uma fita de segurança atrás de si caso decidisse voltar à civilização. Deve ter sofrido por algum tempo. Suicídio não é algo que se faz por impulso. Então, o que teria acontecido com elas para desejarem dar fim à própria vida? A morte de um cônjuge ou filho? Problemas financeiros? Saúde debilitada?

Ou apenas uma maré de má sorte?

Imaginei a pessoa sentada em frente ao computador, altas horas da noite, talvez fumando um cigarro no escuro, pesquisando diferentes maneiras de se matar, investigando sobre esta floresta, pelo menos como chegar aqui, onde estacionar. Arrepios correram pelos meus braços.

Pesquisando a própria morte.

Meu Deus do céu.

Percebi que tinha começado a andar mais rápido. No início, imaginei que se devia ao fato de eu querer percorrer o máximo de terreno possível no tempo que tínhamos antes de dar meia-volta. No entanto, notei que havia algo além isso, pois quase dava a impressão de que a floresta, como se fosse a entidade consciente que eu tinha imaginado, estava me *atraindo* mais profundamente para o seu abraço.

Não percebi que tinha deixado os outros para trás até que Mel gritou.

Estava a seis metros de distância, submersa no chão até o pescoço. Os cotovelos estavam presos em uma raiz retorcida, o que provavelmente era a única coisa que a impedia de afundar ainda mais.

Quando a alcancei, pelo que pude perceber, Mel havia pisado em uma daquelas crateras vulcânicas, só que esta havia sido obscurecida por uma treliça de raízes e detritos. Imaginei que a abertura tivesse quase um metro e oitenta de largura, mas era difícil ter certeza porque não sabia ao certo o que era o solo de verdade e o que não era. Meu primeiro pensamento foi de uma armadilha usada por caçadores e camuflada com galhos e folhas — embora essa tenha sido feita pela própria floresta, não pelo homem.

"Você está bem?", perguntei, minha mente tateando freneticamente em busca de uma maneira de ajudá-la.

"Não sei", respondeu ela, os olhos arregalados em pânico. Ela virou a cabeça de um lado para o outro, buscando outra coisa além da raiz para agarrar.

Ajoelhei-me no que imaginei ser a beirada do buraco. Ela estava longe demais para alcançá-la.

"Qual é a profundidade?"

"Não sei." Ela estava tentando afastar o pânico em sua voz, mas falhou. "Não consigo tocar no fundo."

"Consegue tentar escalar para fora?"

Ela se esforçou por um momento, virando-se de um lado para o outro, até que a raiz na qual estava pendurada rompeu, fazendo-a descer vários centímetros.

Ela gritou.

Mergulhei para a frente e agarrei seus pulsos. Foi uma jogada estúpida. Instintiva. Como agora eu estava de bruços, a parte superior do meu corpo estava projetada sobre a fenda, e eu não tinha força para puxá-la para fora, e não havia como ela voltar sozinha.

Abaixo de nós, através das brechas nas folhas mortas, galhos e raízes, tudo que eu conseguia ver era escuridão.

Qual era a profundidade?

"Não me solte", pediu ela em um sussurro assustado.

"Não vou."

Ouvi Neil e Tomo vindo em nossa direção.

"Cuidado!", avisei para eles.

"Ai, cara", exclamou Neil.

"Ai, merda!", emendou Tomo. "A porra da floresta a está engolindo."

"Segure minhas pernas", ordenei a eles, "para eu não cair."

Um momento depois, senti mãos ao redor dos meus tornozelos.

"Não soltem."

"Não vou, cara", retrucou Tomo.

"Mel", exclamei, fazendo o meu melhor para fingir calma, embora me sentisse como um homem em uma camada de gelo muito fina. "Coloque os braços em volta do meu pescoço. Vou colocar os meus em volta de você. Depois, Tomo e Neil nos puxarão para cima."

"Não posso soltar."

"Claro que pode. Provavelmente, o buraco não é muito profundo mesmo. Nem pense nisso."

"Você viu o tamanho daquelas crateras."

"Esta é pequena. Vamos. Você consegue."

Mel parecia tão assustada que pensei que fosse chorar. Ela se mexeu, de modo que sua axila direita estava enganchada com firmeza sobre o galho, então, ela estendeu o outro braço na minha direção e agarrou o colarinho da minha jaqueta. Deslizei meu braço embaixo do dela.

"Boa", eu a encorajei. "Faça o mesmo com o outro."

Ela seguiu minha instrução e, nesse momento, estava com os dois braços ao meu redor, as mãos entrelaçadas atrás do meu pescoço, enquanto meus braços cercavam seu tronco.

Tínhamos nos tornado uma grande corrente em um Barril de Macacos:* Mel, eu, Tomo, Neil.

"Tomo, você está me segurando firme?", perguntei a ele.

---

* *Barrel of Monkeys* no original, famoso jogo em que o objetivo é tirar macaquinhos de plástico de um barril usando apenas uma das mãos e encaixando um macaco no outro pelos braços, sem deixá-los cair. No Brasil, sua variante se chama *Cada macaco no seu galho*.

"Tô, cara."

"Neil, você segurou o Tomo?"

"Estamos bem, cara. Só dizer quando."

"Agora."

Eles começaram a puxar.

"Esperem!", exclamou Mel. "Minhas mãos estão escorregando!"

"Estou segurando você", afirmei.

O movimento para trás fez com que minha camisa subisse pela barriga. Galhos afiados arranharam minha pele à mostra. Porém, devagar, Mel emergiu do buraco, a raiz em que ela estava pendurada estava agora abaixo do umbigo. Então, eu estava de volta à terra firme. Levantei, ajoelhando-me, puxando-a para mim. Tomo soltou meus tornozelos e se agachou ao meu lado...

De repente, as raízes para as quais Mel havia se movido cederam com um som sinistro. Ela gritou e mergulhou na escuridão abaixo, suas mãos se agarrando à parede rochosa enquanto desaparecia.

Inclinei-me para a frente em um esforço inútil para agarrá-la. Provavelmente, também teria caído se Neil e Tomo não tivessem me contido.

"Mel!", gritei.

Fiquei à espreita com uma expectativa doentia de que ela fosse atingir o chão. Não ouvi nada.

"Mel!"

Tomo e Neil começaram a gritar também.

"Ethan!" A voz de Mel flutuou, aguda e incerta. Eu não conseguia dizer o quanto ela estava longe.

Havia quebrado o tornozelo com o impacto? Uma perna?

Pelo menos, estava viva.

"Mel, o que aconteceu?"

"Me ajuda aqui... Ai, meu Deus!"

"O que está acontecendo?", questionei. "O que aconteceu?"

"Estou em uma plataforma ou algo assim. Não tem... não ...tem nada debaixo de mim."

Por um momento, tive a imagem de uma enorme caverna subterrânea se abrindo abaixo dela, cheia de ossos de todos os animais — e talvez até suicidas — que haviam caído no abismo no passado.

"Não se mexa, Mel. Não faça nada. Vamos tirar você daí", afirmei, engolindo meu medo. Depois, eu me virei para Neil. "Pegue sua lanterna."

Ele a tirou de sua mochila e apontou para o enorme buraco. Mel levou consigo a maioria das raízes e folhas mortas que cobriam a abertura quando caiu, e agora tínhamos uma visão clara do fundo. O fosso não seguia uma linha reta, mas girava em torno do eixo vertical, lembrando o núcleo de papelão de um rolo de papel-toalha que havia sido torcido e destorcido. Mel estava a cinco ou seis metros de profundidade, parada em uma saliência estreita e coberta de escombros. Sua barriga estava pressionada contra a parede de pedra, os braços abertos como uma águia.

Além dela, o fosso continuava na escuridão.

"Minha nossa", exclamou Neil.

Cerrei os dentes.

"Qual é a profundidade?", perguntou Mel em um grito, sem vontade de se mover para olhar para baixo.

Fingi não ouvi-la.

"Vão encontrar uma trepadeira comprida!", ordenei a Neil e Tomo. Então, me virei para Mel. "Vamos pegar uma trepadeira, Mel. Nós vamos te tirar daqui."

"Depressa, Ethan."

"Não se mexa. Não faça nada até conseguirmos a trepadeira... espere aí."

Juntei-me a Neil e Tomo, que estavam a uns sete metros de distância, puxando um emaranhado de cipós, tentando soltá-los dos troncos das árvores e dos galhos aos quais seus brotos se agarravam.

Tirei minha mochila e procurei no bolso de cima o canivete suíço que havia trazido. Abri a pequena lâmina e comecei a cortar o caule lenhoso de um cipó alguns centímetros acima de onde estava enraizado no solo. O diâmetro era cerca de duas vezes o de uma mangueira de jardim. Levei quase um minuto para cortá-lo.

Levantei-me e olhei para cima. O cipó cortado pendia de uma confusão de galhos e outros cipós acima. Tomo e eu o puxamos com todas as nossas forças, mas não conseguimos soltá-lo.

"Merda", reclamei, enxugando o suor da minha testa com as costas da mão.

Então, vi Neil atrás de mim. Ele estava tirando a barraca do saco de nylon. De lá caiu uma lona de poliéster, hastes de metal, várias estacas e cordas de sustentação.

Cordas de sustentação!

Eram quatro, cada uma com um metro e meio ou um metro e oitenta de comprimento.

"Isso aí, Neil!", exclamei.

"Vamos amarrá-las juntas", sugeriu ele, "acho que podemos alcançá-la facilmente."

"Mel! Temos corda!", gritei. "Vamos jogá-las em um minuto!"

Neil colocou as extremidades de duas cordas paralelas uma à outra.

"O nó tem que ser forte", observei, desejando saber algo sobre amarrar os nós.

"Saco, eu sei o que estou fazendo."

Assisti enquanto ele enrolava a ponta de uma corda duas vezes ao redor da segunda corda, passando-a pelo interior das espirais. Ele repetiu isso com a segunda corda na direção oposta. Então, puxou as pontas livres para apertar os nós.

"É isso?", perguntei com ceticismo. Parecia seguro, mas muito simples.

"Um pescador duplo. É a melhor maneira de amarrar duas cordas juntas."

Ele prendeu o terceiro e o quarto segmentos, levantou-se e ergueu com orgulho o comprimento terminado.

"Você pode dar um nó no final em forma de laço?", perguntei.

"Tem corda suficiente?"

"Acho que sim. Se não tiver, desataremos."

Neil prendeu a ponta com um grande nó de bolina, e, em seguida, voltamos para o buraco.

Tomo estava ajoelhado na beirada. Ele olhou para a corda e disse:

"Neil, cara, você é o James Bond."

"Mel!", chamei. "Vamos jogar uma corda. Está pronta?"

"Tô!"

Neil me passou a corda.

"Não há nada perto o suficiente para ancorá-la."

Assenti e soltei a folga da corda.

"Você consegue alcançá-la, Mel?"

"Consigo!"

"Deslize o laço sobre a cabeça e sob os braços."

"Isso vai funcionar?"

"Cem por cento."

O melhor jeito seria ela se inclinar para trás até ficar perpendicular à parede e subir de rapel como um alpinista, mas eu sabia que ela nunca tentaria fazer isso. Ademais, se ela caísse, despencaria de ponta-cabeça passando pela beira até o fundo, não importava o quanto fundo fosse.

Por outro lado, se Tomo, Neil e eu simplesmente a puxássemos para cima como se tira um peixe de um buraco no gelo, e algo catastrófico acontecesse, como o rompimento da corda, ela escorregaria pela parede e cairia na beira de novo.

Quer dizer, esse foi o meu pensamento.

"Está pronta, Mel?", perguntei.

"Acho que não consigo fazer isso!"

"Você precisa conseguir. É a única saída. Olhe para a luz. Não está longe. São menos de cinco metros."

"Não consigo!"

"Sim, você consegue. Vamos puxar você, então só precisa se segurar."

"E se eu cair?"

"Não vai cair. Só segure firme."

"E se a corda arrebentar?"

"Não vai. É forte. Juro. Nem pense nisso. Está pronta?"

Ela não respondeu.

"Mel!"

"Oi!"

"Está pronta?"

"Tô."

"Não solte, aconteça o que acontecer."

"Tá bom!"

Olhei para Neil e Tomo atrás de mim. Como eu, os dois tinham o braço direito torcido ao longo da corda para dar tração extra.

Levantamo-nos enquanto recuamos. Um passo, depois outro, depois outro. Mel estava incrivelmente pesada. A corda de polietileno afundou em minhas palmas, mas ignorei a dor.

Estava funcionando.

Imaginei Mel, espiando o círculo de luz acima, o corpo dela balançando para a frente e para trás enquanto ela subia aos poucos, batendo contra a face da rocha.

Se a corda arrebentasse, ou os nós se soltassem...

Não me permiti pensar nisso.

O tempo pareceu passar rápido até os braços de Mel surgirem sobre a borda da abertura, seguidos pela cabeça. Seu rosto carregava uma expressão de agonia e coragem. Estava tão concentrada que não nos olhou. Mel estava se contorcendo, sacudindo as pernas.

Então, ela caiu para a frente em terra firme. Arrastou-se pelo resto do caminho até nós, como se temesse que algo estivesse prestes a pular do buraco e arrastá-la de volta para baixo. Então, Mel trombou contra mim, agarrando-me em um abraço feroz, e desmoronamos juntos, ofegantes pelo esforço.

Ficamos abraçados por vários minutos enquanto nossos batimentos cardíacos voltavam ao normal e nossos nervos se acalmavam. Gostei do calor do corpo de Mel junto ao meu, da suavidade dela. Respirei o cheiro fresco de limão de seu cabelo.

"Obrigada", sussurrou ela em meu pescoço.

"Está tudo bem", falei, acariciando suas costas de forma tranquilizadora.

"Fiquei tão assustada."

"Tudo bem."

Quando não pude mais ignorar a ardência em minhas mãos, beijei Mel na testa, saí de baixo dela e me sentei. A corda havia deixado sulcos vermelhos nas palmas das mãos. Felizmente, a pele não se rompeu, mas eu não ficaria surpreso se começasse a formar bolhas em algum momento. Levantei a camisa. Tinha alguns cortes finos, mas foi tudo. Eu mal os senti.

Voltei minha atenção para Mel, que ainda estava deitada, de olhos fechados.

"Você está bem?", perguntei, dando um apertozinho em sua coxa.

Ela abriu os olhos e respondeu com um meneio de cabeça.

"Você não torceu o tornozelo ou algo assim?"

"Acho que não." Ela olhou para o buraco. "Eu nem vi."

"Eu também não", concordei. "Devo ter passado direto por ele."

"Estava andando tão rápido. Eu estava apenas tentando acompanhar."

"Eu sei..." Dei de ombros, lembrando do que havia sentido.

"Quanto de profundidade você acha que tem?"

"Não era tão fundo", menti.

"Deixei meu celular cair."

"No buraco?"

"Quando você estava me puxando para fora. Caiu do meu bolso. Acho que o ouvi cair na beirada abaixo de mim."

"Quer ir lá buscá-lo?", perguntei, baixinho.

"Engraçadinho."

"Vamos comprar um novo para você em Tokyo. Já era hora de você trocar aquele aparelho mesmo."

Neil pigarreou.

"Então, o que vamos fazer agora?", perguntou ele, enquanto limpava as lentes dos óculos com a camisa. "Continuar ou voltar?"

"Continuar, cara", rebateu Tomo, levantando-se de um salto. "Por que não?"

"Porque Mel acabou de passar por uma provação, Tomo. Talvez ela não queira continuar."

Todos nós olhamos para ela.

"Vamos continuar", declarou ela. "Na verdade, estou me sentindo bem."

De uma forma estranha, eu também. Vivo e revigorado. Talvez fosse adrenalina, mas achei que fosse mais que isso. Fomos desafiados, e não só triunfamos, como também o fizemos com a cabeça fria e em equipe. Realmente, com Mel agora segura, me senti mais orgulhoso do que qualquer coisa com a nossa conquista.

Floresta dos Suicidas, zero; Equipe Tokyo, um.

"Você a ouviu", afirmei. "Vamos em frente."

Mel e eu caminhávamos lado a lado de mãos dadas, olhando atentamente para o chão em busca de mais aberturas. Menos de cinco minutos depois, avistamos uma segunda fita. Era azul e continuava paralela à branca por um tempo antes de gradualmente virar para a esquerda. Perguntei-me qual havia sido colocada primeiro e se a pessoa que vinha em segundo lugar teria ficado aliviada ao ver outra fita. Saber que você estava em um lugar onde outros se mataram também. Onde era aceitável se matar. Onde era possível desaparecer e não sobrecarregar a família e os amigos, que, de outra forma, teriam que identificar seu corpo no necrotério, providenciar um funeral, comparecer ao funeral.

O lugar perfeito para morrer.

Quanto mais tempo eu estava em Aokigahara, mais acreditava que essa afirmação era verdadeira. Apesar da atmosfera dominante de morte, esforço e tristeza, era possível sentir-se envolvido ali, isolado do mundo exterior. E não era exatamente isso que alguém pensando em suicídio ia querer? Certamente, parecia o lugar mais adequado para passar seus últimos momentos na Terra do que, digamos, a ponte Golden Gate,* com motoristas gritando enquanto passavam, alguns parando para olhar, outros para agir como heróis, enquanto se escalava a barreira de proteção contra suicídios.

Eu, de maneira alguma, era um especialista em suicídio, mas conseguia entender o estado de espírito de alguém que pensa nisso, porque eu mesmo havia pensado nele nos dias depois que Gary morreu. Foi um período de merda, o pior da minha vida, e muitas vezes eu me perguntava como sobreviveria no dia ou na semana seguinte. Não conseguia parar de pensar em tudo que Gary havia perdido: família, carreira e futuro. Tinha uma vida inteira pela frente. Talvez seja por isso que, de alguma forma, eu senti que deveria ter sido eu. Gary era a estrela; eu, o substituto. De nós dois, eu era o descartável. Às vezes, me perguntava se meus pais também achavam isso. Os pais sempre vão dizer que não têm um filho favorito, mas não sei se acredito. Como poderiam não ter preferido o Gary a mim? Como alguém poderia não o preferir? Era... Gary.

Eu diria que o pior da depressão — a depressão do pensamento suicida — durou um mês, talvez dois. Durante esse tempo, eu raramente saía do apartamento, exceto para assistir às aulas. Queria ficar sozinho. Não queria ter contato nenhum com o mundo exterior.

Queria um lugar como Aokigahara, um lugar onde eu pudesse ser deixado a sós, esquecido.

---

* Ponte localizada na Califórnia, Estados Unidos, que liga a cidade de San Francisco a Sausalito, passando sobre o estreito de Golden Gate. Ainda que conte com diversas barreiras antissuicídio, desde a sua construção, em 1937, até 2022, 1.700 pessoas saltaram da ponte, e apenas 25 delas sobreviveram.

No entanto, sempre fui pragmático e também entendia que minha morte não traria Gary de volta e, assim como aquelas placas pelas quais havíamos passado anteriormente sugeriam, só causaria mais dor à minha família e amigos.

Infelizmente, testemunhei esse efeito dominó em primeira mão. Aconteceu quando eu estava no colégio. Em uma tarde de sábado durante as férias de verão, seis caras que eu conhecia haviam se espremido em um carro com cinco cintos de segurança e estavam dirigindo para ver um show do Pearl Jam. Barry Mitchell, o "Rato", estava ao volante, a toda a velocidade. Chris, meu melhor amigo que estava no carro, me disse que queria que o motorista reduzisse a velocidade, mas ficou tímido demais para dizer qualquer coisa. Todos os outros estavam bem com a velocidade, ele imaginou que também poderia ficar. Estavam passando um *bong* de dois bicos, enchendo o carro de fumaça. Quando o *bong* chegou para o Rato, ele disse a Stevie, seu irmão mais novo, que estava no banco do carona, para segurar o volante reto enquanto dava uma tragada. Nesse ponto, Chris não queria mais que eles reduzissem a velocidade, queria que eles parassem para que ele pudesse sair, e ele estava começando a se preparar para dizer algo quando o carro deslizou para o acostamento de cascalho da estrada. O Rato empurrou o *bong* para o lado e puxou o volante para a esquerda. Ele compensou demais o desvio. O carro atravessou o asfalto de duas pistas. Ele virou o volante para o outro lado. Mais uma vez, ele compensou demais. De repente, o veículo ganhou vida própria, girando, girando fora de controle. Inevitavelmente, ele saiu da rodovia, mergulhou na vala rasa, saiu dela e colidiu de frente com uma árvore um pouco depois do Campo de Aviação de Blackhawk.

Isso foi tudo do que Chris se lembrou, porque ficou inconsciente. Os jornais e as fofocas que circulavam pela nossa escola preencheram as lacunas para mim. Um motorista que passava chamou o socorro. O cara que não estava usando cinto de segurança — o sexto passageiro, Anthony Mainardi — foi lançado pelo para-brisa, mas milagrosamente foi o menos ferido, sofrendo apenas lacerações no rosto e alguns hematomas. As outras lesões variaram desde Kenny Baker, que precisou de cirurgia de reconstrução facial, até Tom Reynolds, que teve várias costelas quebradas e engoliu metade dos dentes. Stevie, que era dois anos mais novo que todos os outros, foi a única fatalidade. A colisão com a árvore empurrou o bloco do motor para trás vários metros, esmagando-o no assento. Aparentemente, suas vísceras foram espremidas até saírem dele, semelhante ao que acontece com animais atropelados na estrada. Sua morte foi declarada no local.

Duas semanas depois que o Rato foi acusado de homicídio culposo por intoxicação durante a condução, ele enfiou algumas meias no escapamento do outro veículo de seus pais, sentou-se ao volante, ligou o motor e acabou morrendo envenenado por monóxido de carbono. Sua mãe teve um colapso nervoso logo depois e foi internada no Centro de Cuidados com a Saúde Badger Prairie (que, no século XIX, era chamado de Asilo Manicomial para Criminosos do Condado de Dane), onde não conseguiu se matar cortando os pulsos, mas teve êxito em pular de uma janela do oitavo andar. Um dia depois que foi enterrada, o pai do Rato, um investigador da polícia, pegou o revólver e estourou os próprios miolos...

"Ai, que merda", ouvi Tomo dizer, me trazendo de volta ao presente.

Cerca de sete metros à nossa frente, havia uma clareira aberta quando uma árvore grande caiu e derrubou várias outras menores. A fita branca terminava ali.

"É um beco sem saída", afirmei.

"Parece que sim", concordou Neil.

À medida que o significado daquela situação era compreendido, a decepção crescia dentro de mim. Não chamaríamos John Scott e os israelenses para nos encontrar. Teríamos que caminhar todo o percurso de volta para as árvores entrelaçadas. E, se os outros também não tivessem encontrado nada, toda essa excursão teria sido uma perda de tempo.

Uma fita branca, só isso.

Quando entramos na clareira, olhei para cima. Era a primeira vez que via o céu com clareza desde que começamos a descer a trilha secundária. Estava baixo, cinza e agourento. Continuei em frente, meus olhos ainda erguidos, as mãos estendidas, buscando por gotas de chuva, quando Mel sibilou para que eu parasse.

Congelei, pensando que talvez eu estivesse prestes a cair em um buraco invisível. Mas não, eu estava em terra firme. Franzindo a testa, me virei para ela, meus olhos varrendo o chão da floresta, e vi o que ela havia visto. Meu coração travou no peito, e meu corpo todo ficou gelado.

Eu estava parado no meio de um túmulo.

FLORESTA DOS SUICIDAS 青木ケ原

7

À minha direita, espalhados no chão, havia vários itens inofensivos que não estariam fora de lugar em uma casa qualquer. Mas ali, no meio da floresta — *daquela* floresta — traziam uma visão terrível. Havia um guarda-chuva velho e rasgado. Uma bolsa rasgada, cheia de sujeira e folhas mortas. Um maço de cigarros Seven Stars. Uma garrafa vazia de vodca Smirnoff. Um espelho quebrado, uma escova de dentes, uma escova de cabelo e um batom.

E, talvez o mais perturbador de tudo, uma boneca de cabeça para baixo pregada no tronco de uma árvore adjacente.

Eu não conseguia me mover, não conseguia desviar o olhar do arranjo eclético de itens enquanto minha mente disparava, tentando entender o que estava diante de mim. O batom indicava que a pessoa que aparentemente havia morrido aqui era uma mulher, o que deixou esse túmulo ainda mais trágico para mim. Não sei por quê. As mulheres também se matam. Acho que esperava que, se encontrássemos alguém, seria um homem. Uma mulher morrendo dessa forma — naquele ermo, sozinha — não parecia certo.

Desviei os olhos dos tristes resquícios de uma vida e olhei para cima. Nenhum corpo pendurado nas árvores. Nenhum laço rompido. Examinei a floresta ao redor. Sem ossos, sem roupas.

A escuridão cresceu dentro de mim, refletindo a escuridão que permeava a floresta, e me perguntei sobre a mulher. Quem era ela? Uma secretária? Uma dona de casa? Uma comissária de bordo? Eu dava aula para donas de casa e secretárias, dezenas delas, e percebi que aquela mulher poderia ter sido uma aluna da minha escola. Tentei imaginar um dos meus alunos tirando a própria vida. Não consegui. Eram todos tão felizes, animados, ansiosos para aprender inglês, curiosos sobre o mundo.

Neil estava se movendo. O som de seus pés esmagando as folhas me tirou do transe. Pisquei e olhei para ele. Ele pegou um graveto velho no chão da floresta, voltou e cutucou a sacola. Estava tão rígida quanto uma tábua.

Eu queria dizer a Neil para deixar a sacola como estava. Ver os pertences de uma pessoa morta já era bastante invasivo; vasculhá-los parecia um sacrilégio, mas eu não disse nada enquanto ele enfiava a ponta do graveto no bolso grande e puxava algo branco.

"Roupa íntima?", perguntou Tomo. Ele havia se aproximado de mim sorrateiramente. "Que merda excêntrica."

Neil continuou vasculhando e puxou uma camiseta roxa, um par de meias, um sutiã pequeno, uma tesoura e um livro de bolso. O livro estava parcialmente encoberto por outra camisa, mas pude ver alguns kanjis e as letras em inglês ide.

"Vire o livro", pedi.

"Por quê?"

"Quero ver a capa."

"Essa é a capa."

Tinha esquecido que no Japão os livros são lidos da direita para a esquerda.

"Tire a camisa então."

Neil assim o fez. A imagem da capa era um caixão bidimensional no qual repousava o que parecia ser algum tipo de boneco de teste de colisão. O título dizia: *O Manual Completo do Suicídio*.

"Puta merda", exclamei. "Esse é o livro que Ben mencionou."

Neil respondeu com um gesto positivo.

"Aquele que descreve esta floresta como o lugar perfeito para morrer."

Uma coisa é quando alguém lhe conta algo; outra é testemunhá-la com os próprios olhos.

Ver aquele livro foi como levar um tapa na cara com uma realidade fria e cruel.

"Ei, olhe lá", disse Tomo, apontando para o chão da floresta. Não vi nada além de folhas mortas. Ele caiu de joelhos, afastou algumas folhas mortas e pegou um pequeno pedaço de plástico. Ele descobriu cinco ou seis pedaços no total.

"É uma carteira de identidade?", perguntou Mel.

"Carteira de motorista", explicou Tomo, examinando os pedaços de plástico que segurava nas mãos. "Yumi Akido. 18 de janeiro de 1983. Droga, era jovem. Cadê a foto?"

Ele estendeu sua busca, afastando folhas e galhos. Então, desenterrou mais da carteira de motorista, bem como um cartão de crédito VISA destruído e um cartão de débito do Softbank.

"É gostosa", elogiou ele, examinando um pedaço. "Por que uma garota gostosa se suicidaria?"

"Deixe-me ver", pedi.

Ele me passou a pequena parte da identificação. Segurei-a para que Mel e Neil a pudessem ver também. O cabelo da mulher era tingido de loiro avermelhado e cortado em camadas desfiadas. Tinha boca pequena e nariz empinado. Os olhos pretos tinham cílios pesados — aqueles falsos que se pode comprar em lojas de conveniência e que todas as jovens japonesas pareciam preferir. O rosto era um pouco redondo demais, mas Tomo estava certo. Era atraente.

Eu a visualizei morta, com a cabeça tombada para o lado, o pescoço quebrado, a cor drenada das bochechas avermelhadas demais, a visão ausente de seus olhos, a pele enrugada como uma casca de laranja deixada ao sol.

"Por que cortou o documento desse jeito?", perguntou Mel.

"Acho que foi pela mesma razão que pregou aquela boneca na árvore", observou Neil. "Representavam uma sociedade à qual ela não sentia mais pertencer. Essa foi sua maneira de dizer que se dane a todos e a tudo que deixou para trás."

Enquanto estávamos ali, em silêncio, cada um de nós com seus pensamentos, tentei juntar as peças do ritual bizarro que essa mulher realizou antes de se matar. A julgar pelos pertences pessoais espalhados, ela — e sem nenhuma ordem específica — vestiu roupas íntimas limpas, embebedou-se, destruiu sua carteira de identidade, pregou a boneca na árvore, passou batom, escovou os dentes e o cabelo, fumou alguns cigarros e depois se matou.

"Vamos", disse Mel, pegando minha mão.

"Tá", murmurei, mas não me mexi.

A mulher — Yumi — teria chegado aqui durante o dia; não podia andar pela floresta à noite. Como havia trazido o livro sobre suicídio, provavelmente era uma das hesitantes que Tomo havia descrito. Ainda estava pensando em se matar, tentando se convencer de que era um mal necessário. Então, no que estava pensando enquanto estava sentada aqui sozinha? Em voltar, ir para casa e trabalhar na segunda-feira de manhã? Em seus pais e irmãos? Nos problemas que a levaram até ali? E quais seriam eles? Tinha apenas 21 anos.

A calcinha e o sutiã.

Por quê?

Porque, como havia teorizado, ela não tinha certeza absoluta de que queria se matar e queria se manter limpa até que decidisse? Não entendi. Parecia um pouco como se preocupar com uma febre quando você está diante de um pelotão de fuzilamento. E a pasta de dente, a escova de cabelo e o batom? Higiene de novo? Manter as aparências? Ou eu não estava pensando de forma simbólica o bastante? Escovar os dentes, pentear o cabelo, passar batom, essas eram atividades que ela havia realizado todos os dias durante a vida. Talvez quisesse seguir em frente em um esforço para experimentar a humanidade uma última vez. E, se fosse esse o caso, tivera lágrimas nos olhos enquanto escovava os dentes? Raiva quando passou batom nos lábios pela última vez? Arrependimento enquanto penteava o cabelo cem vezes?

Ou estava sorrindo, aliviada por sua dor finalmente chegar ao fim?

Eu sabia que estava simplificando demais tudo isso. Mas racionalizar, estando certo ou não, era minha forma de lidar com a morte.

Afastei-me dos pertences. Não conseguia me lembrar se estava olhando para eles por trinta segundos ou dois minutos.

Notei que Mel estava de costas, olhando para as árvores. Achei que estava tendo seu momento de reflexão quando disse: "Está ouvindo isso?".

Aquelas palavras me deixaram imediatamente nervoso. Não eram as palavras que você gostaria de ouvir na floresta, de pé sobre um túmulo.

"O quê?", retruquei suavemente.

"Pensei ter ouvido alguma coisa."

Fiquei à espreita, mas não ouvi nada.

"Devemos chamar os outros", sugeriu Neil.

"Não é um corpo", comentei.

"Não, mas acho que é suficiente."

"Está certo. Mel?"

Ela se virou, franzindo a testa.

"Oi!"

"Você pode ligar para John Scott? E pedir a ele que venha para cá?"

"Vir para cá?"

"Para ver o túmulo."

"Para ver o túmulo?"

"Ele, Ben e Nina vão querer ver."

"Ah, certo. Espere aí, não estou com meu celular. Mas sei o número dele. Me empresta seu telefone."

Fiz uma careta para ela. Ela sabia o número de John Scott de cabeça?

Que porra era essa?

Mesmo assim, passei meu celular para ela.

Ela pegou e digitou o número dele.

FLORESTA DOS SUICIDAS 青木ヶ原

8

"John! Sou eu. Está me ouvindo?". Mel perguntou a ele como seguiram seu caminho, ouviu por um tempo, fez algumas perguntas — pediu que ele repetisse várias vezes, indicando um problema de sinal — então explicou que havíamos encontrado um túmulo. Ela disse a ele como chegar até nós e que tomasse cuidado com a fenda em que ela havia caído. Contou também tudo o que aconteceu com ela, ficando cada vez mais agitada no processo. Então, encerrou a ligação.

"Eles encontraram alguma coisa?", perguntei.

Ela fez que sim.

"Ele disse que encontraram uma caixa de transporte para cachorros."

"O quê?"

"Aquelas caixas de metal que carregam cachorros e as coisas do bichinho para o veterinário."

"Tinha um cachorro nela?"

"Eu nem perguntei. Duvidei que tivesse. John teria comentado."

"Por que alguém traria um cachorro?", estranhou Tomo.

"Porque não queriam morrer sozinhos?", sugeriu Neil.

"Como um suicídio com assassinato, mas envolvendo seu animal de estimação?", perguntou Mel.

Fiquei me questionando sobre isso. A pessoa matou o cachorro antes de se matar? Ou será que apenas queria a companhia dele em seus últimos momentos? Havia algum canino selvagem correndo pela floresta agora, sobrevivendo de pequenos roedores — e talvez de corpos humanos?

Afastei os pensamentos e disse:

"Então, o que faremos? Vai levar uma hora ou mais até chegarem aqui."

"Ainda quero ver um filho da puta morto", declarou Tomo.

Levantei uma sobrancelha.

"Um túmulo não basta?"

"Não, cara."

"Então, pode procurar. Vou descansar aqui."

"Eu também", concordou Mel.

"Neil?", perguntou Tomo. "Você quer vir?"

"Acho que não, cara."

"Vamos lá, meu. Eu não vou sozinho. Talvez eu me perca, morra. Depois vai ficar com a consciência pesada."

Neil fez que não com a cabeça.

"Por favor, cara!", disse Tomo. "Rapidinho."

"Já disse que não."

"Não seja medroso."

"Juro, Tomo..."

"Está bem, está bem. Mas vamos. Por favor!"

"Não."

"Por favor!"

"Não."

"Por favor!"

"Ah, pelo amor de Deus, Tomo!"

"Por favor!"

Neil suspirou.

"Então você vem?", questionou Tomo.

"Você vai ficar quieto?"

"Não vou abrir a boca."

Neil me disse para ficar de olho em sua mochila, depois ele se juntou a Tomo, e eles se afastaram, avançando floresta adentro.

"Vamos por ali um pouco", disse eu a Mel, acenando com a cabeça para além dela.

Afastamo-nos a uma distância respeitável do túmulo e nos jogamos em um trecho plano de solo ao pé de um grande cedro, a cabeça nas mochilas, olhando para o dossel verde acima.

Não dissemos nada por um tempo. Queria falar sobre a mulher chamada Yumi, mas não sabia como quebrar o gelo ou o que dizer.

Especificamente, não queria banalizar o que havíamos vivenciado. Encontrando o túmulo daquela maneira, cru, intocado, pertences pessoais espalhados pelo chão, parecia que deveria haver algum peso moral por trás das minhas palavras.

"Você se lembra de quando nos conhecemos?", disse Mel.

Aquela pergunta me pegou de surpresa.

"Sim, claro. No trabalho."

"Lembra-se da Elise?"

"Lembro."

"Ela estava no seu grupo."

"Meu grupo?"

"Você sabe o que quero dizer."

Acho que sim. Como em qualquer ambiente de trabalho ou social, havia panelinhas em nossa escola. Um "grupo", para usar a terminologia de Mel, consistia em professores mais velhos e casados, como Neil, que, na sua maioria, se mantinham isolados. O outro grupo eram os caras de 30 e poucos anos. Havia quatro deles. Todos os dias trocavam histórias sobre sua devassidão noturna: prostitutas russas, bares de travestis, brigas de rua com outros expatriados. Eram engraçados, amigáveis com todos, e eu me dava bem com eles. Meu grupo era formado por pessoas na casa dos 20 anos, recém-formadas na faculdade, viajando por um ou dois anos para conhecer o mundo. Comigo estavam o canadense Derek Miller e três garotas, Jennifer, Karen e Elise. Mel estava meio dentro, meio fora. Derek gostava dela; as meninas não.

O último grupo a ser mencionado, se é que se pode chamá-lo de grupo, pois é composto por notórios solitários, seriam os esquisitos e os nerds. Não gosto de nenhum desses rótulos, mas não conheço uma maneira melhor para descrever alguns dos personagens marginais com quem trabalhamos. Um exemplo seria Brendan Christoffson, também conhecido como Blade. Foi para isso que ele mudou seu nome no meio do ano: Blade, como no Blade, o caçador de vampiros, interpretado por Wesley Snipes. Fora do trabalho, costumava usar presilhas ou faixas coloridas no longo cabelo preto, botas de plataforma e mais correntes do que Keith Richards. Falava de forma efeminada e com frequência enchia a sala dos professores com o cheiro do seu esmalte preto nas unhas.

Há uma porcentagem desproporcionalmente alta de Brendans dando aulas de inglês no Japão, provavelmente devido ao fato de o país ser tão excêntrico que é possível exibir a individualidade com orgulho, além do mito de que, se a pessoa for caucasiana, será vista como uma espécie de deus viking aos olhos dos japoneses. Uma história em quadrinhos popular que contribui para essa última percepção é estrelada por um canadense magricelo e introvertido que, assim que se muda para o Japão, se transforma instantaneamente em Charisma Man,* um tipo de Rock Hudson com um bando de garotas penduradas em seus braços.

"O que é que tem a Elise?", perguntei, curioso para ver aonde Mel estava indo com aquela viagem pela estrada da memória.

"Ela tinha uma queda por você."

"Eu sei."

"Por que não saiu com ela?"

Vinda de sua namorada, essa pergunta era estranha, e me esforcei para responder.

"Porque", comecei.

"Por que o quê?"

"Não sei. Não tinha atração por ela."

"Por que não? Ela era bonita."

"Era barulhenta." Elise era australiana, de alguma cidade do interior no oeste de Queensland, e não tinha botão de volume. Praticamente, gritava tudo com um tom nasal de cem decibéis, as vogais eram esticadas e prolongadas em períodos dolorosos.

"Realmente, ela era *muito* barulhenta", concordou Mel.

"E", tentei continuar.

"E?"

"Conheci você."

Embora não pudesse ver o rosto de Mel — ainda estávamos lado a lado, olhando para o dossel —, eu consegui senti-la sorrindo. Essa foi a resposta correta. Mesmo assim, eu não estava apenas jogando para

---

* *Charisma Man* (カリスママン, *Karisuma Man*), criado por Larry Rodney, manipula o gênero de super-heróis nos quadrinhos para ridicularizar a autoconfiança de alguns estrangeiros quando chegam ao Japão.

ganhar. Algumas semanas após o início do meu contrato, cheguei ao trabalho numa tarde de segunda-feira e encontrei Mel na sala dos professores, isolada, concentrada em um livro didático que ela precisava usar em aula. Lembro-me de Derek me puxar para o lado naquele mesmo dia e fazer um gesto obsceno com a boca, o que parece surreal agora, já que ele virou um dos meus melhores amigos, e ela, minha namorada.

Nos dias seguintes, puxei conversa com Mel sempre que uma oportunidade se apresentava, embora fosse difícil porque, como professora nova, ela estava ocupada aprendendo a lidar com os livros didáticos, o sistema e tudo o mais. Elise pôde ver o esforço que eu estava fazendo, e duas coisas aconteceram. Primeiro, ela parou de flertar comigo, o que vinha acontecendo sem parar desde que nos conhecemos. Em segundo lugar, ela ficou fria com Mel, tanto que elas raramente conversaram nos dois anos antes de Elise finalmente voltar para a Austrália — que foi a razão por que Mel nunca se encaixou em nosso grupo.

"Ela era insuportável", desabafou Mel.

"Você era insuportável", retruquei.

"Eu?"

"Lembra a primeira vez que convidei você para uma bebida? Quando estávamos pegando o trem do trabalho para casa?"

"Sim, e...?"

"Você se lembra do que disse?"

"Que eu não tinha guarda-chuva."

"Mas que diabos significa isso?"

"Estava chovendo."

"Eu não ia levar você para um piquenique."

"Sei lá. Entrei em pânico. Era minha primeira semana de trabalho. Não queria parecer... esse tipo de garota."

"Pensei que você tivesse um namorado."

"Eu tinha. Mais ou menos. Assim como você."

"Como eu?"

"Você tinha uma namorada. Shelly MacDonald."

Fiquei surpreso que Mel soubesse o sobrenome de Shelly. Achei que nunca tinha contado a ela.

"Nós tínhamos terminado", comentei.

"Hum."

"O que significa isso?"

"Nada."

Ficamos em silêncio de novo. Repassei o que havíamos falado naquele primeiro ano no Japão, quando o país ainda era novo para mim. Imaginei a mim mesmo relembrando coisas assim — coisas do Japão — em um jantar em Madison dali a vinte anos. Será que meus amigos de sempre se importavam? Será que seriam capazes de se identificar? Se Mel e eu nos separássemos, todas essas lembranças deixariam de significar alguma coisa, deixariam de existir? Se uma árvore cair na floresta...

"Você se lembra de Degawa?", perguntou Mel de repente.

"Degawa...?", repeti, como se falar o nome fosse trazer uma lembrança.

"Ele foi um dos primeiros alunos para quem dei aula. Eu costumava falar sobre ele. Comprou aquele aparelho de som para mim."

Antes de nos mudarmos para a pousada perto de Shinagawa, o prédio onde Mel morava ficava ao lado de uma loja de eletrônicos usados chamada Hard Off. Um dia, ela estava procurando um aparelho de som barato lá quando esbarrou em Degawa. Ele a ajudou a escolher um aparelho Panasonic com alto-falantes enormes e insistiu em pagar por ele. Mel se opôs, claro, mas ele não aceitou um não como resposta. Então, durante uma de suas aulas no final da semana, ele a convidou para jantar. Garantiu a ela que só queria praticar seu inglês.

Eu adverti Mel para que não aceitasse a oferta do cara. Era um homem de 50 anos. Divorciado. Ela, uma jovem loira norte-americana. No entanto, ela sempre aceita as pessoas como elas se apresentam. Ela procura o bem, não o mal. Isso provavelmente explica por que ela disse a ele que iria até a casa dele — com a condição de que sua colega de quarto, uma garota irlandesa, também fosse.

Aparentemente, Degawa tinha sido um perfeito cavalheiro, genuinamente interessado em melhorar seu inglês. Pensando bem, não ouvi muito sobre ele depois daquele jantar.

"E o que é que tem ele, hein?", perguntei à toa.

Mel hesitou. Então, ela disse:

"Ele se matou."

Ergui o corpo me apoiando nos cotovelos e olhei para ela.

"Quando?"

"Alguns anos atrás."

"Por que nunca me contou?"

"Você nunca gostou dele..."

"Não é verdade."

"Você achava que ele era um velho pervertido."

"Eu não..."

"Achava sim."

"Quem te disse que ele se matou?"

"Um dos outros alunos. Todos ficaram sabendo."

"Ninguém me contou."

Ela deu de ombros.

"Eu o conhecia melhor."

"Como ele fez isso?"

"Se enforcou."

Fiquei paralisado.

"Não me diga que ele fez isso aqui?"

Mel fez um gesto negativo.

"No apartamento dele. Só foi descoberto depois de uma semana. Ninguém se preocupou em ver como ele estava."

"Por quê...?"

"Não sei. Provavelmente estava solitário. De qualquer forma, ver o túmulo me fez pensar nele."

Eu queria dizer algo sobre Yumi naquele momento, sobre o ritual que ela realizou antes de se matar. Em vez disso, disse:

"Você está bem aqui?"

"Acampando na floresta?"

Fiz que sim com a cabeça.

"É só uma noite."

"Mas você está se sentindo bem?"

"Sim." Ela fez uma pausa e perguntou: "E você?".

Eu estava prestes a dizer a ela que estava bem, mas havia alguma coisa em sua pergunta, um subtexto, e levei um momento para perceber o que era.

"Você quer dizer por causa de Gary?"

"Ver o túmulo..."

"Não é a mesma coisa."

"É deprimente aqui."

"Não me incomoda."

"Tem certeza?"

Eu não sabia. Mas não queria falar sobre Gary. Nunca havia falado com ninguém sobre ele. Pelo menos, não em profundidade real. Mesmo depois de passar quatro anos comigo, tudo o que Mel sabia é que ele era meu irmão mais velho, jogador de hóquei e levou um tiro. E era assim que eu queria mantê-lo.

"Sim, Mel", afirmei. "Tenho certeza."

"Certo."

Deitei-me e tentei imaginar o rosto de Degawa, mas, por teimosia, ele se recusou a se revelar. Tudo o que eu conseguia lembrar dele era a sua van. Era compacta, tipo uma Honda, talvez uma Mitsubishi, com cortinas cobrindo as janelas laterais e traseiras. Um dia, enquanto caminhávamos juntos do trabalho para casa, ele buzinou para Mel e para mim. "É o Degawa", informou Mel.

"O pervertido?", respondi.

Um estrondo alto de trovão ressoou acima, seguido por outro, os dois ainda distantes, porém mais próximos do que eu gostaria.

"Acho que, no fim das contas, vai chover", comentei.

Mel suspirou.

"E eu estava tendo um dia tão lindo."

FLORESTA DOS SUICIDAS 青木ケ原

9

Eu não sabia o que havia instigado aquilo — Mel rolando sobre mim, eu pondo a mão em seu traseiro —, mas logo estávamos seminus, fazendo amor na Floresta dos Suicidas. Era arriscado, considerando que Tomo e Neil podiam voltar a qualquer momento, mas eu não ligava e acho que Mel também não. Dado o ambiente sombrio e o chão duro, fiquei surpreso que o sexo tenha ocorrido sem problemas. Bem, quase. No meio do caminho, Mel reclamou de um pedaço de casca de árvore que estava roçando nas costas. Mudamos de posição, mas depois foi um galho. Depois, outra coisa. Independentemente disso, não estava arrependido e acho que Mel também não.

Comecei a me deixar levar por uma soneca da tarde quando Mel, deitada ao meu lado, se sentou bruscamente, gritando.

Sentei-me de uma vez.

"O que foi?", perguntei.

Ela estava arfando com a mão no peito.

"Mel!", insisti, ficando preocupado.

Ela chacoalhou a cabeça.

"Não foi nada. Só um sonho."

"Mais pra pesadelo. Você está agitada. O que foi?"

"Eu caí naquela cratera de novo. Na verdade, você me empurrou."

"O quê?"

"Isso não quer dizer nada. Apenas um pesadelo sem importância. Não acho que você quis fazer isso. Mas, dessa vez, não caí na beirada. Continuei caindo e caindo e bati em um lago enorme e frio. Estava completamente escuro. E, por algum motivo, eu não sabia nadar. Comecei a afundar. Havia alguma coisa na água comigo." Ela estremeceu. "Eu fiquei tão assustada. Não sabia o que era. Ficava roçando nas minhas pernas."

"E você saiu?"

"Eu estava me afogando. Conseguia ver você e John olhando para o buraco. Estava tentando gritar, mas a água enchia minha boca. Vocês não faziam nada. Ficaram apenas observando. Então, afundei para dentro do lago e acordei." Ela puxou os joelhos contra o peito e os envolveu com os braços. Depois, virou o rosto para me evitar.

"Ei", falei, "foi só um sonho."

Ela olhou para mim novamente, e vi lágrimas em seus olhos.

"De verdade, e se naquele momento eu tivesse caído daquela saliência?"

"Eu te disse... Não era tão fundo."

"Eu podia ter morrido."

"Você não teria morrido."

"Poderia, sim. Foi uma questão de centímetros."

"Sim, e você podia ter passado pelo buraco direto sem pisar nele. Tudo na vida é uma questão de centímetros. Atravessar a rua é uma questão de centímetros. Não pense mais nisso." Sequei uma de suas lágrimas com o dedo. "Está bem?"

Ela assentiu.

Ao longe, ouvi a voz de John Scott. Alguns momentos depois, eu vi John, Ben e Nina se movendo pela vegetação, seguindo a fita, em direção ao túmulo. Ben notou primeiro os pertences espalhados e gritou com entusiasmo. Então, começaram a sussurrar em tons abafados e reverentes. Eu não conseguia ouvir o que estavam falando.

Mel esfregou os olhos e os chamou.

"Mel!", exclamou John Scott. Ele se aproximou e se agachou na frente dela. "Puta merda, Mel. Passamos por aquele buraco que você caiu. Ele ia até a porra da China." Ele pegou as mãos dela e as examinou. "Você não tem nenhum corte ou algo assim?"

Quase disse a ele para parar de tocar na minha namorada, mas segurei minha língua.

"Ethan disse que não era muito profundo..."

John Scott olhou para mim como se eu fosse louco.

"Você precisa de óculos, cara? Não tinha fundo."

Mel franziu a testa.

"Não tinha fundo?"

Eu queria que ele calasse a boca.

"Até mesmo com a lanterna", disse ele, "nós não vimos nada. Apenas continuava indo, indo. Deixei cair uma pedra, mas não a ouvi bater no fundo."

Mel se virou para mim.

"Você disse..."

"Não queria preocupar você."

"Ei, não importa", disse John Scott a ela. "Neil te salvou. Você está bem agora."

Olhei para ele. Neil? Só Neil? Lembrei-me de Mel explicando para ele pelo telefone como havíamos usado as cordas de Neil, mas obviamente ele sabia que Tomo e eu também estávamos lá. Ele estava tentando me irritar de propósito?

"Ethan e Tomo também ajudaram", afirmou Mel.

John Scott meneou a cabeça, concordando, mas não parecia estar ouvindo. Apontou com o polegar em direção ao túmulo.

"Como é incrível, cara. E era uma garota. Onde estão Tomo e Neil?"

"Foram andar por aí", respondeu Mel.

"Procurando algum corpo?"

"Estão bem ali."

Ela apontou para Tomo e Neil, que estavam saindo das árvores. John Scott caminhou até eles e começou a lhes dar tapinhas nas costas, parabenizar e cumprimentar.

Cerrei os dentes.

Por que me incomoda?

Então, eu o ouvi perguntando sobre um corpo, vi como negaram com a cabeça. No entanto, Tomo começou a falar com animação sobre alguma coisa. Pelo que pude entender, parecia que ele havia encontrado várias outras fitas. Ben e Nina foram até eles.

"Venha", chamou-me Mel, levantando-se e indo até lá.

"Estou indo", falei.

Tomo continuou a falar de sua descoberta, então John Scott começou a falar sobre a caixa de transporte, prendendo a atenção de todos. Decidindo que já havia pensado o suficiente, me levantei e me juntei a eles.

"Tomo e Neil encontraram outra fita", informou-me Mel.

"Fita *e* corda", declarou Tomo.

"Você as seguiu?"

"Seguimos a fita até a corda", explicou Neil, "depois voltamos."

"Então, quem quer dar uma olhada?", perguntou John Scott.

"Nina e eu vamos continuar", respondeu Ben. "Com certeza."

"Já tive minha aventura", afirmou Neil. "Acho que vou esperar aqui."

"Mas eu esqueço o caminho", falou Tomo.

"Sai fora, Tomo", retrucou Neil.

"É verdade."

"Precisamos de você, cara", disse John Scott a Neil, dando-lhe um sorrisinho imbecil e depois um tapinha no ombro com entusiasmo. "Mel?"

"Concordamos apenas mais uma hora", insistiu ela. "Eu... eu acho que quero ir embora."

"Da floresta?", estranhou John Scott. "Você não pode. Você não vai conseguir sair daqui nesta escuridão."

"Então, por que não ficamos aqui?"

"Ao lado daquele túmulo? Você quer dormir perto daquilo ali?"

Mel franziu a testa.

"Olha só", acrescentou John Scott, vendo que havia marcado um ponto, "não dá pra gente se perder. Vamos só acompanhar a fita e o cordão."

"Se quisermos uma fogueira, precisamos encontrar lenha."

"Vamos recolhê-la no caminho."

Mel fez que não com a cabeça, mordendo o lábio inferior. Era óbvio que estava angustiada. O frenesi de escapar da fenda havia se dissipado fazia muito tempo, e parecia que a experiência a abalara mais do que eu havia suspeitado. Mais uma vez, me arrependi de tê-la trazido aqui. Foi egoísta da minha parte. Estava focado apenas no que eu queria.

"Vou voltar com você, Mel", declarei, pegando a mão dela. "Conseguiremos um quarto em algum lugar..."

"Vocês não me ouviram?", rebateu John Scott. "Vocês só vão conseguir sair daqui de dia."

"Daremos um jeito."

"E vão cair em outra porra de buraco..."

"Por que você não vai se foder?"

"Parem com isso!", gritou Mel. "Vocês dois... parem de brigar!" Ela exalou alto. "Não vamos embora. Não nesta escuridão. E também não vamos ficar aqui. Não do lado daquele túmulo. Então, vamos um pouco mais longe. Depois, montaremos acampamento. Vamos fazer uma fogueira, e vai ficar tudo bem."

John Scott soltou outro daqueles estúpidos gritos de incentivo do Exército.

E isso, ao que parecia... foi o fim.

As lojas de conveniência no Japão ofereciam opções de alimentos muito mais saudáveis e frescos em comparação com seus equivalentes em outros países, especialmente nos EUA. Pensei nisso mais uma vez enquanto observava todos devorando o que haviam comprado mais cedo na estação de trem. Mel tinha uma tigela de macarrão grosso de trigo; Neil, uma bandeja retangular de macarrão de trigo sarraceno gelado servido em caldo à base de soja; John Scott, sushi e uma salada. Tomo, Ben e Nina tinham cada um bentô, as famosas marmitas japonesas. E eu optei por um único *onigiri*, um bolinho de arroz em forma de triângulo envolto em alga marinha. Eu esperava ter escolhido um recheado com atum ou salmão, mas, como não conseguia ler os kanjis na embalagem de plástico, acabei sem querer com um recheado de *umeboshi*, um tipo de ameixa em conserva. Não estava muito apetitoso.

"Não entendo", desabafou John Scott com uma expressão filosófica no rosto enquanto mexia em sua salada. "Suicídio, sabe?"

"Como assim?", perguntou Ben.

"Por que as pessoas se matam? A vida pode realmente ficar tão ruim a ponto de você querer estourar os miolos? Digo, sempre vai ter alguém em uma situação pior que a sua. Você acha que está mal porque não consegue pagar sua hipoteca? Bem, um amigo meu perdeu as duas pernas em um acidente de treinamento, e ele é um dos filhos da puta mais felizes que conheço."

Ben deu de ombros.

"Acho que depende da pessoa. Todo mundo reage às circunstâncias de maneira diferente. Está na sua... como é que se diz... constituição."

John Scott concordou e disse:

"Você só precisa lidar com seus problemas. Seguir em frente. Teve um cara, história real, não estou brincando, que durante a infância e a adolescência, sempre foi o garoto mais baixinho da classe. Tipo, muito baixinho. Ele também tinha uma voz chorosa, meio feminina, e usava todos esses gestos efeminados. Podíamos garantir que ele era gay, mas não era. E vocês morreriam de rir se soubessem qual era o nome dele. Era sal na ferida, sabe? Mas ainda não posso falar disso. De qualquer forma, acham que a situação não podia ficar pior para o pobre coitado? Um cara fraco que nunca conseguiria pegar nenhuma garota? Bem, escutem só. Além de tudo isso, era um cara negro em uma cidadezinha de caipiras brancos em Minnesota. Então, quando o cara não estava levando uma surra dos homofóbicos, os racistas estavam batendo nele. Resumindo, ele sabia que não ficaria nem mais alto, nem mais branco, nem menos gay, então, se alguém fosse se matar, seria esse cara, certo? Mas sabe o que ele fez?"

Olhamos para ele sem expressão.

"Comprou uma guitarra e estudou pra caralho. Então, quando tinha 17 ou 18 anos, assinou seu primeiro contrato com uma gravadora. Alguns anos depois, lançou *Purple Rain*."

Houve um momento de silêncio.

"O cara era o Prince?", perguntou Mel.

"O Homem Símbolo?", questionou Tomo.

"Essa história é real?", perguntou Ben.

John Scott sorriu.

"Real como a chuva, irmão. É disso que estou falando. Nunca se sabe o que a vida te reserva. Então, por que abandonar o jogo antes de saber como termina?"

Assim que todos terminaram de comer, partimos. Pensei que o descanso e a comida teriam dissipado um pouco da sensação de peso que se instalou dentro de mim depois de descobrir o local do sepultamento da Yumi, mas isso não ocorreu. Na verdade, eu me sentia mais sombrio do que nunca e, de novo, comecei a me preocupar com a possibilidade de me perder em Aokigahara. Se não conseguíssemos encontrar esta nova fita e não conseguíssemos voltar para a branca, estaríamos em sérios apuros. Tínhamos comida e água limitadas. Se não conseguíssemos voltar à trilha principal e não chovesse, provavelmente não sobreviveríamos mais do que alguns dias. Achei que estávamos seguindo para o sul, mas era apenas um palpite, já que a floresta parecia não mudar nunca. Apenas mais árvores deformadas, raízes ziguezagueantes e rochas em forma de dentes. A fita branca podia ter serpenteado para sudeste ou sudoeste. Inferno, pelo que eu sabia, poderia ter feito um *loop* em volta de si mesmo, nos levando para o norte. A floresta era tão desorientadora, tão enganosa.

Algum tempo depois, quando estava começando a acreditar que tínhamos realmente nos perdido, avistamos a fita. Era vermelha e, quinze metros à direita, continuava na mesma direção em que estávamos indo.

"Parece que nos afastamos um pouco", comentou Neil, coçando o queixo coberto de barba por fazer. "Não importa. Não estamos longe agora."

Ele caminhou em direção à fita. O restante de nós se alinhou atrás dele. Para a idade que tem, Neil estava em boa forma, mostrando poucos sinais de cansaço. Nina, Ben e Tomo também pareciam estar bem, e os quatro se afastaram aos poucos, então logo havia um espaço de uns dez metros entre eles e Mel, John Scott e eu.

Mel era magra e parecia animada. Era de se imaginar que ia à academia várias vezes por semana, mas o exercício que ela mais fazia era suas aulas de salsa uma vez por semana. Seus músculos estavam enferrujados para esse tipo de esforço contínuo. Isso fazia parte da razão pela qual eu havia planejado originalmente escalar o monte Fuji em duas etapas; eu sabia que seria difícil para ela subir a montanha em uma única caminhada contínua.

Como a maioria dos soldados, John Scott estava em boa forma e era musculoso. Era possível perceber isso em seu andar, no movimento dos ombros, o pescoço grosso. Mas era fumante. Dava para ouvir sua respiração ofegante. Era barulhenta e, de vez em quando, ele tossia, soltando uma grande quantidade de catarro.

E eu? Qual era a minha desculpa para ficar para trás? Eu simplesmente era um cara grande. Tinha muito peso para carregar. Com um metro e noventa e três de altura, eu pesava noventa e cinco quilos, o que me deixava cerca de nove quilos acima do peso. Felizmente, devido à minha estrutura grande, não era muito perceptível, embora Mel frequentemente me alertasse sobre algo chamado gordura invisível.

Quando comecei a ganhar peso?, me perguntei. Na adolescência, Gary e eu éramos igualmente atléticos. Nós dois jogávamos no centro em equipes de hóquei de alto nível em nossos respectivos grupos etários. Nós dois marcávamos números semelhantes de gols e tivemos números semelhantes de assistências. Gary ganhou o troféu MVP enquanto jogava no Bantam AAA; eu ganhei em Peewee AAA. Então, em algum momento do ensino médio, acredito que, no segundo ano, comecei a desacelerar, perder minha vantagem. Logo, eu não era mais o patinador mais rápido ou o melhor no controle do taco. Na categoria Midget Minor, fui transferido para a ala esquerda. Na Midget Major, meu treinador sugeriu que eu tentasse a defesa. Ainda grande e forte, tive um desempenho adequado na nova posição, mas, na melhor das hipóteses, me tornei um jogador medíocre.

Por outro lado, Gary continuou a se destacar, continuou a marcar pontos, continuou a atrair toda a atenção dos olheiros. Em seguida, foi contratado pelos Capitals. Então, no mesmo ano, conheceu Cheryl. Era amiga da namorada de um colega de equipe. Casaram-se seis meses depois na igreja que Gary e eu frequentávamos desde crianças. Fui seu padrinho. Cheryl engravidou logo em seguida, e Lisa nasceu.

Cheryl me ligou tarde da noite, algumas semanas depois do funeral de Gary. Foi durante minha fase suicida, quando eu raramente saía de meu apartamento. Eu dava aula no dia seguinte, mas não estava dormindo. Nunca fui de dormir cedo. As pessoas dizem que, quando ficamos deprimidos, tudo o que queremos fazer é dormir, mas não era verdade para mim. Dormir era a última coisa que eu queria, principalmente por causa dos pesadelos. Em vez disso, assistia à TV ou a filmes até não conseguir mais manter os olhos abertos.

Verifiquei o visor de chamadas, vi o número de Cheryl e não atendi. Não queria falar com ela. Não queria falar com ninguém. Não havia nada a dizer. Não queria consolar nem ser consolado. Queria sentir minha dor. Queria que ela fosse só minha.

No entanto, Cheryl ligou novamente dez minutos mais tarde e outra vez depois de mais dez minutos. Percebendo que algo ruim poderia ter acontecido, atendi. Assim que Cheryl me cumprimentou, soube que eu havia cometido um erro. Embora parecesse sombria e insegura, não havia pânico em sua voz. Passou os primeiros minutos me fazendo perguntas sobre a faculdade, minhas aulas, campus, como se fôssemos amigos, mas nunca tínhamos sido amigos. Cheryl tinha sido a esposa do meu irmão. Eu a via em aniversários e outras ocasiões especiais. Não me sentia à vontade para falar com ela como se fôssemos amigos. Nem sabia por que estava ligando. Conforto, imaginei. Ela estava sozinha. Eu também. Gary conectou nossas solidões.

Eu a interrompi e disse que precisava desligar. Ela não me perguntou por quê, não protestou, não começou a falar sobre Gary, o que me deixou grato.

Desligamos e nunca mais nos falamos.

Ela estava saindo com outra pessoa agora. Meus pais me contaram. Inicialmente, a revelação me irritou, o que era injustificado. Gary se foi. Cheryl teve que seguir em frente com a sua vida. Ainda assim, parecia uma traição. Se as coisas dessem certo com esse cara, esse estranho, um dia ele se tornaria o marido de Cheryl, pai de Lisa.

Lisa tinha acabado de começar o terceiro ano. Ela me enviava um cartão de Natal todos os anos desde que vim para o Japão. Imaginei por quanto tempo isso continuaria, por quanto tempo Cheryl se sentiria obrigada a ajudar Lisa a escrevê-los...

"Ei", exclamou Mel, cutucando meu flanco para chamar minha atenção. "Chegamos."

A corda dividia a fita vermelha em um ângulo de talvez sessenta graus, seguindo para o sudoeste, ou pelo menos o que eu acreditava ser o sudoeste.

"Foi aqui que Tomo e eu paramos", observou Neil.

"Então, para que lado devemos ir?", perguntou Ben.

"Voto pela corda", afirmou John Scott. "Algo um pouco diferente, sabe?"

"Está bem para mim também."

John Scott e Tomo deram um passo à frente ao mesmo tempo, ansiosos para seguir, e quase esbarraram um no outro. John Scott acenou.

"Cavalheiros primeiro."

"Mais para cafetão primeiro", rebateu Tomo.

"Você tem assistido MTV demais, cara."

"Fa shizzle dizzle it's the big Neptizzle with the Snoopy D-O-Double gizzle!"

Tomo cuspindo letras de Snoop Dogg em seu sotaque inglês fora de ordem era bizarro e cômico, embora John Scott fosse a única pessoa a rir.

Tomo assumiu a liderança, seguido por John Scott, Ben, Nina e Mel.

Neil, ao que parecia, estava finalmente sentindo o peso da idade. Esperou até que todos passassem por ele, depois começou a andar ao meu lado, na retaguarda.

"Espero que esteja acompanhando o caminho que percorremos", falei a ele.

"Pensei que você estivesse."

"Estamos indo bem longe."

"Só voltamos pelo mesmo caminho."

"É mais fácil falar do que fazer."

"Seguimos a fita branca até o começo e viramos à esquerda. Só isso."

"Se conseguirmos encontrar a fita branca novamente."

"Como não encontraríamos? São dez minutos naquela direção." Ele apontou na direção de onde viemos.

"Na verdade, está mais para vinte", corrigi. "E se a perdermos, mesmo que um pouco, pode ser que nunca a encontremos."

"Não vamos perder."

Não respondi. Não porque concordasse ou discordasse. Apenas não havia mais nada a acrescentar. Ou encontramos a fita branca de novo ou não. Se encontrássemos, tudo bem. Senão, teríamos que pensar juntos e descobrir o que fazer.

"O que acha que aconteceu com o corpo daquela garota?", perguntou Neil.

"A polícia deve ter levado."

Ele concordou.

"O quê?", retruquei. "Você não concorda?"

"Eu concordei, não concordei?"

"Mas...?" Ele parecia estar escondendo algo.

"Por que os policiais deixariam as coisas dela para trás?"

"Talvez as mãos deles estivessem ocupadas."

"Talvez."

"Ou talvez ela tenha mudado de ideia e saído por conta própria."

"Depois de cortar a carteira de identidade e cartões bancários?"

Dei de ombros.

"Ela poderia substituí-los a qualquer momento."

"Mesma pergunta, então. Por que não levar as coisas com ela? A bolsa, o guarda-chuva."

"No que está pensando, Neil? Ou ela saiu daqui, ou a polícia levou o corpo. Quais alternativas existem? Você acha que um desses *yūrei* veio atrás dela?"

"Taí algo para refletir."

Olhei para ele. Estava olhando para o chão, seu rosto inexpressivo.

"Você acredita em fantasmas, Neil?", perguntei.

"Nunca acreditei", respondeu ele. "Não é uma coisa ocidental, né? Mas Kaori acredita. Acabei pegando a crença dela."

"Ela já viu um fantasma?"

"Ela diz que sim. Uma noite, ela acordou e disse que viu o rosto de uma menininha na ponta da cama. Mais cedo naquele dia, uma menininha... ela jura que era a mesma que tinha visto... tinha sido morta atravessando a rua em frente ao nosso prédio. Kaori só soube da morte da garota no dia seguinte."

Meu primeiro impulso foi rir. Mas não ri. Conheci várias pessoas que afirmaram ter visto um fantasma e levavam muito a sério seus encontros sobrenaturais.

Quando adolescente, trabalhei como carregador de malas em um pequeno hotel familiar no centro de Madison. A proprietária era uma mulher chamada Bella Grayson. Não tinha irmãos e assumiu o negócio do pai uma década antes, quando ele ficou doente na velhice. Ela começou a trabalhar no hotel quando era criança e havia passado por todos os cargos: lavadora de pratos, arrumadeira, cozinheira, administração do escritório etc. Parecia orgulhosa disso, chegando ao topo não através de uma ajuda do pai, mas por anos de trabalho pesado. Parecia uma mulher inteligente e prática — até a metade da minha entrevista de emprego, quando me alertou que o hotel era mal-assombrado, ou pelo menos havia sido no passado.

A história, pelo que me lembro, era a seguinte: seis ou sete anos antes, por volta da meia-noite, depois que a maioria dos outros funcionários havia ido para casa, Bella Grayson estava no escritório, colocando a receita do dia no cofre da parede, quando ouviu um barulho alto vindo do bar ao lado. Ela foi verificar e encontrou uma menininha com um vestido vermelho e sapatos pretos brilhantes caminhando para longe dela, desaparecendo no corredor distante. Bella correu atrás dela. Ela jurou que estava apenas alguns segundos atrás, mas, quando chegou ao corredor, estava deserto. De volta ao salão, ela notou que todos os cinzeiros estavam alinhados ao longo das bordas das mesas.

Ela chamou a garçonete do bar, uma garota de 23 anos chamada Grace que estava na cozinha trocando de roupa. Grace negou ter visto alguém desde que o último cliente havia saído, o homem que administrava a loja de ferragens do outro lado da rua, e tinha certeza de que havia colocado os cinzeiros no meio da mesa, ao lado dos porta-copos de papelão, onde deveriam ficar.

Nada mais incomum aconteceu até um mês depois, quando um solteiro hospedado em um quarto no segundo andar reclamou de uma menininha de vestido vermelho correndo para cima e para baixo no corredor a noite inteira.

Algumas semanas depois, quando Bella chegou ao trabalho, encontrou o cofre de seu escritório aberto, embora não estivesse faltando dinheiro.

Ela contou sobre os acontecimentos misteriosos para seu pai doente, e ele confessou que havia visto a menina e que uma menina havia morrido no hotel no início do século xx.

Lembro-me da maneira como Bella me observou depois dessa revelação, atentamente, quase como se estivesse me desafiando a contradizer a afirmação de alguma forma. Assegurei a ela que acreditava em cada palavra e consegui o emprego. Acabei trabalhando no hotel por três verões consecutivos, muitas vezes permanecendo até tarde da noite.

Nunca ouvi um "bu" sequer.

Embora não acredite que Bella estivesse brincando comigo, permaneço convencido de que deve haver uma explicação racional para sua história, mesmo que ela me escape.

Com relação ao fantasma de Kaori, só posso presumir que não passava de uma coleção de sombras aos pés da cama. O fato de uma menina ter morrido no mesmo dia foi uma coincidência. Ou isso, ou Kaori, sem saber, ouviu falar da morte logo depois que aconteceu, talvez como um comentário casual entre duas mães no saguão do apartamento, algo que sua mente consciente perdeu, mas seu subconsciente registrou e manifestou quando ela estava meio adormecida e mais suscetível a sugestões.

"Você também viu?", perguntei.

"O fantasma?", retrucou Neil.

Fiz que sim.

"Não vi, não."

"Acha que Kaori realmente viu?"

"Não acho que ela inventaria algo assim."

"Ela pode ter ficado confusa."

"É possível."

"Mas você não acha isso."

"Quando ela me acordou, estava pálida e na beira de um ataque. Não voltou a dormir e me fez ficar acordado com ela até de manhã." Ele deu de ombros. "Você faria bem em lembrar que, embora ninguém tenha conseguido provar se fantasmas existem ou não, também ninguém conseguiu desprovar que existem."

"Podemos dizer a mesma coisa sobre a fada do dente."

"Não quero discutir essa questão, Ethan. Não sou um crente fervoroso, mas também não sou cético. Há simplesmente algumas coisas que não podemos entender. Vamos deixar desse jeito."

E assim fizemos.

Uns duzentos metros ao longo da corda, chegamos a outra fita, esta amarela. Como a branca original, corria de norte a sul, serpenteando pela floresta. Só era possível ver seu comprimento por vinte ou trinta metros em qualquer direção antes que as densas samambaias a engolissem, desaparecendo com ela.

"O que devemos fazer?", perguntou Ben. "Continuar ao longo da corda ou descer por esta nova fita?"

"Eu voto pela fita", declarou John Scott.

"Fizemos o que você queria, John", contrapôs Mel, e era quase uma acusação. "Viemos ver a fita e a corda. Se quiser continuar, tudo bem, vá em frente. Vou montar acampamento."

"Estou com você, Mel", falei, e ela se animou de imediato. "Mas o terreno aqui é deformado e rochoso. Sugiro que continuemos um pouco mais ao longo da corda até encontrarmos um lugar melhor."

Ela assentiu com rapidez, pelo visto feliz com qualquer concessão.

"Façam o que quiserem, então", rebateu John Scott. "Ben, está legal para você?"

"Sim, Nina e eu vamos continuar explorando com você. É por isso que estamos aqui."

"Já que meus serviços não são mais necessários", comentou Neil, "vou parar por aqui, obrigado."

"Tomo?", perguntou John Scott.

"Assim eu me mato, cara."

"Você é do mato, cara?"

"Estou muito cansado. Andei demais."

"Tanto faz." John Scott deu de ombros. "Vocês, margaridinhas, vão encontrar um bom lugar para acampar. Não vamos demorar. Só não saiam da corda."

Ele, Ben e Nina seguiram em frente sem mais discussão. O restante de nós continuou ao longo da corda.

"O que é margaridinha?", perguntou Tomo.

"Uma flor", respondi.

"Ele nos chamou de flor?"

"É um idiota."

"Ethan, não fale assim", retrucou Mel atrás de nós.

Alguns passos à frente, passei direto por uma teia de aranha.

"Ugh", exclamei, limpando os fios sedosos do rosto, cuspindo-os da minha boca.

"O que foi?", perguntou Mel, chegando perto de mim.

"Teia de aranha."

"Imagino o que ela está comendo aqui fora", afirmou Neil. "Não há insetos."

"Talvez saiam à noite."

A corda não seguia uma linha reta. Em vez disso, cruzava para a esquerda e para a direita, quase como se a pessoa que a havia deixado estivesse bêbada. Pensei nisso e entendi que não era improvável. Afinal, Yumi havia trazido uma garrafa de vodca. Não era assim que a maioria das pessoas se matava? Um coquetel letal de bebida e comprimidos para dormir?

Imaginei a pessoa forjando o mesmo caminho que estávamos seguindo, com a camisa para fora da calça, o cabelo bagunçado, um carretel de linha em uma das mãos e uma garrafa de vodca ou uísque na outra. Cambaleando enquanto caminhava em direção à morte, oscilando bêbada entre as árvores, lágrimas escorrendo pelo rosto, amaldiçoando o chefe ou o cônjuge ou o mundo em geral, sabendo que não sentiria nenhuma falta disso tudo.

Chegamos a uma árvore caída. Estava em decomposição e coberta de musgo e fungos. A corda passava sobre a parte mais grossa do meio. Era grande demais para ser ultrapassada em um único passo. Tive que montar nela e passar as pernas sobre ela uma de cada vez. Ao me soltar, minha mão esquerda perfurou a casca podre até a cavidade oca abaixo. Uma dor aguda rasgou meu pulso, e eu dei um berro.

"Ethan!", exclamou Mel.

Pequenos insetos pululavam ao redor do buraco que eu havia feito. Puxei a mão livre com certa repulsa. Havia uma linha vermelha brilhante no interior do meu pulso.

Mel apareceu ao meu lado.

"Meu Deus, você se cortou." Ela examinou a ferida fina. "Não temos Neosporin, Band-Aid ou algo assim."

"Eca!", exclamou Tomo. "Olha isso aqui!"

"Nojento", concordou Neil.

Eles estavam curvados sobre o buraco. Os insetos ovais estavam correndo por toda parte. Duas centopeias tentavam entrar na casca de novo se contorcendo. Tomo estava cutucando uma lacraia preta e gorda com um galho. Ela havia enrolado seu corpo segmentado em uma espiral protetora.

"Cuidado", alertou Neil. "Elas espirram ácido."

Olhei meu pulso de novo. O sangue havia começado a fluir livremente.

"Que merda, cara!", disse-me Tomo. "Está parecendo um suicida."

"Precisa pressionar o ferimento", recomendou Mel. Ela tirou a mochila das costas e vasculhou o bolso principal. Depois, puxou uma meia branca e me entregou.

Pressionei contra a ferida.

"Precisa segurá-la até o sangue coagular", instruiu ela. "Tem certeza de que está bem?"

"Sim", respondi. "Não é profundo."

"O chão está um pouco melhor aqui. Vamos acampar e ferver um pouco de água para lavar a ferida. Não quer que infeccione, não é?"

Olhei para a floresta ao redor. Já estava escurecendo, o verde perdendo a vivacidade, as sombras se reunindo e se alongando.

"Está bom para mim", eu disse.

Tirei minha mochila e desafivelei a barraca que havia trazido. Ao contrário da barraca tradicional de Neil — uma lona suspensa por postes e cordas de sustentação e ancorada ao chão com estacas —, a minha era um pequeno design de cúpula, feita para uma pessoa, mas serviria tanto para Mel quanto para mim. Eu havia sugerido que todos trouxessem uma barraca no caso de as cabanas ao longo da trilha até o monte Fuji não estarem abertas. Eu tinha lido na internet que muitas fechavam em setembro. John Scott, notei quando nos conhecemos nesta manhã, não havia trazido uma barraca. Era problema dele. Podia dormir sob as estrelas ou, se começasse a chover, se espremer com Neil, Tomo ou com os israelenses. Tudo o que eu sabia era que não se aconchegaria ao meu lado — ou, a propósito, ao lado de Mel.

Quando terminei de montar a barraca, Mel ainda estava determinada a ferver água e enxaguar minha ferida por completo. Neil, no entanto, sacou uma garrafa de uísque que havia trazido e derramou um pouquinho sobre o corte. O álcool não ardeu tanto quanto pensei que arderia. Mel me deu uma meia nova, que amarrei em volta do pulso.

"Alguém quer dar um gole?", ofereceu Neil, erguendo a garrafa.

"Eu, cara", respondeu Tomo. "Vamos ficar bêbados."

"Eu disse um gole", revidou Neil. "Fique bêbado com sua bebida."

"Eu não trouxe."

"Acho que você não vai ficar bêbado."

Neil pegou alguns copos de papel da mochila e serviu um dedo para Tomo e para mim. Ofereceu um pouco para Mel, mas ela recusou.

"*Kampai*", bradou Tomo, levantando o copo.

"À natureza", replicou Neil.

Pensei no túmulo, na jovem que provavelmente morreu ali, e disse: "À vida."

"À vida", repetiu Neil, pensativo.

Nós bebemos.

"Ei", exclamei a Neil, "onde você aprendeu a amarrar duas cordas desse jeito?"

"Eu costumava andar de caiaque de vez em quando na Nova Zelândia. É assim que amarrávamos as alças de agarre no barco."

"Você não anda mais de caiaque?"

"No Japão? Não."

"Aliás", acrescentei de improviso, "o que John Scott disse para vocês quando nos encontramos lá atrás?"

"Como assim?", perguntou Neil.

"Eu o vi parabenizando vocês e tal."

"Ele disse que fizemos um bom trabalho no buraco."

"Ele disse que, se estivesse lá, teria salvado Mel sozinho?"

"Ele nunca disse isso, Ethan", interveio Mel. Ela estava sentada atrás de mim, em uma pedra.

"É o que ele estava pensando. Eu percebi."

"Você está apenas com raiva porque ele não te deu nenhum crédito."

"Eu não dou a mínima para o que ele pensa. O cara é um palhaço."

"Dá um tempo para ele, Ethan."

Eu me virei para olhá-la.

"Por que você continua defendendo esse cara?"

"Ele é meu amigo."

"Do ensino médio. Sabe há quanto tempo foi isso? Você manteve contato com ele depois?"

"Um pouco."

"Você o viu durante a faculdade?"

Ela franziu a testa.

"O que você está insinuando?"

"O que foi esse lance de ele tocando você e toda essa merda?"

"Do que você está falando?"

"Vendo se tinha ferimento nas suas mãos e tudo mais."

"Ethan, pare com isso."

"Parar com o quê? Sabe, ainda não sei por que ele está nessa viagem conosco."

Ela suspirou.

"Podemos evitar esse assunto?"

"Vocês eram namorados ou algo assim?"

Ela se levantou abruptamente e foi para nossa barraca.

Eu me virei de novo.

Tomo e Neil tentavam agir como se não estivessem desconfortáveis.

"O quê?", perguntei. "Vocês gostam dele?"

Eles não disseram nada. Balançando a cabeça, me encostei na pedra que Mel havia deixado vaga e tomei um gole do uísque.

Eu me arrependi de mencionar John Scott. Deveria ter deixado as coisas como estavam. Mel já estava tensa e estressada. A última coisa de que precisava era que eu a acusasse de dormir com John Scott. E se tivesse dormido? Tinha sido antes de eu conhecê-la. Mel tinha todo o direito.

Mas, se fosse esse o caso, por que ela simplesmente não me contaria? Porque nunca aconteceu?

Ou porque algo mais estava acontecendo...?

Neil e Tomo começaram a debater sobre o melhor filme de ficção científica de todos os tempos, e fiquei feliz em me distrair ouvindo-os. Neil disse *2001: Uma Odisseia no Espaço*, sem dúvida. Tomo disse *Tubarão*, o que irritou Neil, porque, segundo ele, *Tubarão* não era ficção científica.

"É, sim, cara", esbravejou Tomo. "Você já viu um tubarão tão grande? Nunca."

"É um filme de terror", argumentou Neil. "No máximo um thriller."

"Ficção científica é aquela merda falsa, certo? *Tubarão* é falso."

"A ficção científica tem que ser ambientada no futuro."

"Nem sempre", intervim.

Neil me deu uma olhada.

"Não me diga que você acha que *Tubarão* é ficção científica."

Eu não achava, mas gostei de ver Neil se irritar com coisas triviais. Fiz que não com a cabeça.

"Não vou me envolver."

"Você está sendo um tolo, Tomo", afirmou Neil, irritado. "Escolha outro filme."

"Eu já disse. *Tubarão*."

"Já te disse, isso não é ficção científica."

"Tudo bem, tudo bem, me deixa pensar."

Neil o observou com o rosto tensionado. Tomo continuou pensando.

"E então?", questionou Neil com impaciência.

"Tudo bem. Já pensei. *Tubarão 2*."

Neil fez um som de desgosto e se levantou. Ele deu um passo em direção à sua barraca, virou-se e pegou a garrafa de uísque.

"Espera!", pediu Tomo. "Espera! *Star Wars*. Melhor filme. *Star Wars*. Volta aqui!"

Neil desapareceu dentro de sua barraca.

"Cara estúpido", murmurou Tomo.

"Você não deveria ter irritado o cara", comentei.

"Eu estava brincando, certo? Ele não gosta de piada?"

Eu tinha certeza de que Neil podia nos ouvir e eu não queria entrar em sua lista de desafetos, então apenas dei de ombros. Procurei Mel, para ver se tinha se acalmado, mas não a vi em lugar nenhum.

Sentei-me mais empertigado e olhei para a nossa barraca.

"Mel!"

Nenhuma resposta.

Examinei a floresta. Era fantasmagórica no crepúsculo que se aproximava. Eu não a via em lugar nenhum.

Levantei-me.

"Mel!"

Nada.

"Mel!", gritei.

"Estou aqui", respondeu ela. Parecia distante.

"Onde?"

Nenhuma resposta.

"O que está fazendo?"

"Estou no banheiro!"

"Ai, desculpe."

"Estou com fome", comentou Tomo.

"Tenho amendoins na minha sacola..." Parei no meio da frase, mentalmente me dando um tapa na testa. "Merda."

"O que foi, cara?", perguntou Tomo.

Eu estava balançando a cabeça.

"Meu canivete suíço. Acho que esqueci na barraca onde cortei a trepadeira." Deixei o uísque de lado e fui até minha mochila, sabendo que o canivete não estaria lá, mas querendo verificar mesmo assim. Enfiei a mão no bolso principal e tateei.

"Ai!", gritei, puxando minha mão com tudo.

Por um momento, pensei que o canivete havia me picado. Mas a dor consumiu minha mão inteira como se eu a tivesse enfiado em uma chama quente.

Tomo estava me perguntando o que havia de errado, mas mal o ouvi. Eu estava olhando para a minha mão horrorizado. Estava coberto por dezenas de formigas — e elas ainda estavam me picando.

"Porra!", gritei, sacudindo minha mão loucamente. "Porra! Porra! Porra!"

A dor era horrível. Tentei bater as formigas, mas as filhas da puta tinham afundado as presas e não soltavam.

Senti uma picada no tornozelo. Em seguida, outra. Mais outra.

Olhei para os meus pés.

As formigas estavam rastejando por todo lado.

Chutei meus Reeboks, lançando-os a três metros de distância. Então, tirei a calça jeans, tomando mais picadas nos tornozelos e panturrilhas.

Bati nas formigas freneticamente, minha mente a toda velocidade.

De onde estavam vindo? Quantas eram?

E se eu entrasse em choque anafilático?

Tomo e Neil, que haviam sido rápidos em sair das barracas ao ouvir o tumulto, passaram por mim, tomando a ofensiva, gritando e pisoteando, parecendo um par de dançarinos da chuva nativos americanos.

Tomo chutou minha mochila com cautela com a ponta do sapato, depois deu um pulo para trás.

"Aaah!", berrou ele. "São muitas!"

Neil gritou, batendo no tornozelo.

Na pouca luz, notei uma massa ondulante de formigas embaixo de onde minha mochila estava.

Eu havia colocado bem em cima da porra da colônia delas.

"Ethan!", chamou Mel, chegando até mim. "O que tá acontecendo?"

"Formigas! Volte! Estão por toda parte! Arrume a barraca. Temos que sair daqui."

Ela estava examinando o chão aos nossos pés.

"Não estou vendo..."

"Vai!"

Ela correu de volta para a barraca.

Pulei em cima de uma pedra e disse a Neil para pegar meus tênis. Ele os pegou, bateu contra uma árvore e depois os jogou para mim. Eu os bati contra a pedra só para garantir, depois os coloquei. Minha mão direita latejava com o calor. Eu a encaixei debaixo do braço esquerdo.

Passamos os minutos seguintes desmontando as barracas e arrumando as malas, ao mesmo tempo que nos mantínhamos bem longe da colônia agitada. Minha mochila estava bem em território inimigo, coberta pelas pequenas criaturas raivosas, e resolvi deixá-la. Eu a pegaria no caminho de volta no dia seguinte.

Então, depois de uma última olhada no formigueiro, saímos dali.

Seguimos a corda branca por mais dez minutos para ter certeza de que havíamos saído do território das formigas, parando em uma área acolchoada com folhas esponjosas de pinheiro na base de um abeto de trinta metros.

Coloquei minha calça jeans de volta e examinei minha mão. Continuava latejando e havia desenvolvido dezenas de pequenas protuberâncias. Neil tinha algumas mordidas nos tornozelos, enquanto Tomo e Mel escaparam ilesos.

Depois de montarmos as barracas de novo, Mel passou um pouco de hidratante facial nas minhas picadas, embora isso não ajudasse muito a aliviar a dor e a irritação. Em seguida, Neil me ofereceu mais uísque, que aceitei com gratidão.

"Que tipo de formiga você acha que era?", perguntou Mel.

"Eu não consegui realmente ver a cor", confessei. "Podiam ser vermelhas ou amarelas."

"Formigas assassinas", disparou Tomo.

"Formigas de fogo", afirmou Neil, sabichão. "E acho que tivemos sorte de escapar com apenas algumas picadas. Elas são responsáveis por mais mortes humanas do que qualquer outro animal predador do planeta. São insetos pequenos e perversos."

Eu não queria falar de formigas — estava muito desconfortável —, então me deitei com a cabeça na mochila de Mel e me vi pensando em nosso onipresente companheiro, o monte Fuji, em algum lugar por aí. Já estaríamos na metade do caminho, em uma das cabanas do sétimo ou oitavo nível, ou fora delas, em nossas barracas, tentando dormir algumas horas antes de completarmos a etapa final até o cume.

Perguntei-me: alguém de nós ainda teria energia ou desejo de escalá-lo amanhã? Eu tinha certeza de que Neil e Mel se sentiam como eu: exaustos, tanto física quanto emocionalmente. Aquilo não tinha sido um passeio ameno. Tínhamos avançado muito em Aokigahara, experimentando muito mais do que eu imaginava que faríamos. Mas o que eu *imaginava*? Uma ou duas horas de caminhada, uma fogueira, marshmallows, histórias de fantasmas?

A verdade é que eu queria que todo aquele fim de semana acabasse. Estava com frio, fome, dor e... vazio. Não havia mais nenhum ímpeto de aventura dentro de mim, nenhuma curiosidade, nenhuma empolgação. Não havia nada. Eu estava entorpecido.

Se o susto de Mel no buraco no chão me colocou nesse caminho, o túmulo de Yumi, eu estava convencido, havia sido o ponto de virada. Até então, ainda era uma espécie de jogo de vontade, como jejuar por dois dias ou cruzar a nado um pequeno lago. Fazer isso para ver se consegue. No entanto, depois de testemunhar os pertences espalhados de Yumi, tão patéticos, tão desesperados, ficou claro que aquilo era real demais. As pessoas realmente se matavam ali. Iam até ali agrupados como lemingues, centenas, senão milhares ao longo dos anos, cada um deles torturado à sua maneira.

E, em nossa ignorância e egoísmo, viemos para observar, atraídos pela morbidez do espetáculo, assim como motoristas desaceleram quando passam por um acidente na estrada na esperança de vislumbrar algo horrível.

Afastando esses pensamentos da minha mente, imaginei estar em algum lugar muito distante.

"Você está na selva, amor", vibrou a voz metálica da música "Welcome To The Jungle", do Guns N' Roses. *"Acorde. Hora de morreeeeer!"*

Devo ter cochilado por algum tempo porque quando abri os olhos, estava completamente escuro, e John Scott e os israelenses haviam retornado. Todo mundo estava sentado em volta de uma fogueira que haviam conseguido acender. Meu celular continuou a tocar — ou, mais precisamente, Axl Rose continuava cantando —, e foi isso que me acordou.

"Ethan!", Mel me chamou. "Seu celular."

"Sim, estou acordado." Notei que minha mão direita estava inchada e começando a coçar. Ignorando a tentação de coçá-la, mexi dentro do bolso do casaco, abri meu celular amarelo KDDI e verifiquei o visor. Era Derek Miller, colega de trabalho canadense que havia rotulado Neil de estuprador em série esquisito.

Derek e eu tínhamos um ritual quase todas as noites. Depois que saíamos do trabalho às 21 horas, parávamos no supermercado na rua da escola, comprávamos algumas cervejas Kirin ou Asahi, encontrávamos um lugar ladeando fluxo de ternos e saias entrando e saindo da estação de Shinagawa e ficávamos ali enquanto admitidamente parecíamos suspeitos. Independentemente disso, era acessível. Uma cerveja em um bar, mesmo em uma espelunca, custava cerca de setecentos ienes, ou cerca de sete dólares, e não era incomum pagar dez.

Foi durante uma dessas noites econômicas que conhecemos Tomo, que estava fazendo exatamente a mesma coisa.

Embora fosse legal beber álcool em espaços públicos no Japão, as únicas pessoas que realmente o faziam — fora do festival nacional da flor de cerejeira/festa de bebida em abril — eram estrangeiros. Os japoneses tendem a se preocupar muito com o que os outros japoneses pensam deles. Então, quando chamei a atenção de Tomo enquanto ele secava alegremente um latão, inclinei minha lata para ele. Ele inclinou a dele de volta, me mostrando seu sorriso cheio de dentes pela primeira vez. Depois, fez outra coisa não muito japonesa: veio até nós e começou a conversar conosco. Era engraçado, Derek e eu estávamos nos divertindo, e todos compramos outra rodada. Cerca de trinta minutos depois, uma garota apareceu com botas de salto e uma minissaia. Tomo a apresentou como Minami e nos convidou para nos juntar a eles em um bar próximo dali. Ele estava lotado com outras garotas universitárias gostosas. Alguns dos caras lá achavam legal sair com estrangeiros e compraram doses de tequila para Derek e para mim nas duas horas seguintes. Tudo de que me lembro depois disso foi terminar em uma sala de karaokê com tema de masmorra e sair cambaleando de volta para a pousada às duas ou mais da manhã, onde Mel, nada impressionada, me aguardava.

"Hora do Miller!", disse eu ao telefone agora. "E aí?"

"Sr. Childs!", exclamou Derek. "Não sabia se você teria sinal lá em cima. Já chegaram lá?"

"Adiamos a escalada. Ia chover."

"Aqui não está chovendo."

"Aqui também não. Ainda não. Alarme falso, eu acho."

Derek riu.

"Vocês são uns idiotas. Então, o que estão fazendo agora?"

"Estamos acampando em Aokigahara Jukai."

"Aokigahara o quê...? Espere um segundo. Sumiko está ficando louca."

Enquanto Derek e sua namorada, que trabalhava na Starbucks, tagarelavam de um lado para o outro, examinei minha mão direita novamente. A dor havia diminuído, e os pequenos inchaços se transformaram em pústulas brancas. Toquei uma com o dedo para testá-la. Era dura e desconfortável. Então, Sumiko entrou na linha e disse:

"Ethan? O que está fazendo em Aokigahara Jukai?"

"Acampando."

"Você não devia estar fazendo isso. Vá embora agora."

"Não podemos. Já escureceu."

"Não é seguro."

"Fantasmas, certo?"

"Você precisa ter cuidado. E não traga nada de volta daí. Está bem?"

"Por que não?"

"Só não traga. De verdade, não acho que você deveria estar nesse lugar."

Ela estava começando a me assustar, e eu disse:

"Posso falar com Derek de novo?"

A interferência estática soou quando o celular mudou de mãos.

"Floresta dos Suicidas!", gritou Derek alegremente. "Incrível. Como é? Encontrou algum corpo?"

"Escuta, tenho que ir. Vou te contar tudo quando eu voltar."

"Se voltar. Brincadeira, cara. Tudo bem, até mais."

Desliguei, franzindo a testa. O que havia de errado com Sumiko? Entendi que este lugar era um tabu para a maioria dos japoneses, mas ela parecia completamente aterrorizada por nós. Será que realmente acreditava nas lendas associadas à floresta? E o que foi aquela história sobre não levar nada daqui? Isso também fazia parte do folclore? Você fica amaldiçoado ou algo assim?

Guardei o celular e fui para a fogueira.

"Quem era?", perguntou Mel.

"Derek. A namorada dele acha que somos loucos por estarmos aqui."

"Nós somos."

"Ouvi dizer que você foi atacado por algumas formigas, amigo. Como está?", perguntou John Scott.

"Estou bem."

"É bom ver que colocou suas calças de volta."

Nina, notei, estava olhando fixamente para o chão, fazendo um esforço inútil para tentar esconder o sorriso. Fiquei feliz que estava escuro porque isso mascarava o rubor que havia subido às minhas bochechas.

"Sabe", continuou John Scott, "já ouvi a expressão 'formigas nas calças', mas nunca conheci ninguém que tivesse experimentado isso."

Ele estava sorrindo abertamente, enquanto risadas brotavam de todos os outros.

"Encontrou alguma coisa na fita?", perguntei para mudar de assunto. Eu me sentia estúpido lá em pé, sendo motivo de piada. Também estava irritado que estivessem falando de mim pelas costas.

John Scott balançou a cabeça.

"Não deu em nada. Talvez houvesse uma conexão em algum momento. Quem sabe?"

Sentei-me ao lado de Mel, que sugeriu que era hora do jantar, e todos tiraram o que quer que tivessem trazido de Tokyo ou comprado na estação de Kawaguchiko, que era uma comida semelhante a que tivemos no almoço. John Scott passou várias latas de cerveja, desculpando-se por estarem quentes. Recusei sua oferta. Eu teria gostado de tomar uma delas, mas senti que de alguma forma ficaria em dívida com ele se aceitasse.

O fogo era reconfortante, mantendo a noite — e a floresta — sob controle. Nós o alimentamos com os gravetos que coletamos durante a caminhada até ali e falamos sobre o dia: as fitas, o sapato solitário, o túmulo. John Scott, aparentemente bem confortável com uma cerveja em uma das mãos e um cigarro na outra, inventou toda uma história para Yumi. Ela era jornalista, disse ele. Ela veio aqui para fazer uma reportagem sobre todos os suicídios e os *yūrei*. Planejou passar algumas noites, por isso que tinha mudas de roupa íntima, produtos de higiene pessoal. Mas, então, encontrou um homem que tinha ido até lá se matar. Um que estava hesitando. Ela tentou entrevistá-lo, e ele ficou com raiva e a matou — não, melhor, John Scott emendou — ele decidiu que queria trepar com ela. Ninguém saberia. E, mesmo que soubessem, ele se mataria, o que importava? Então, ele a estuprou várias vezes, a enforcou em um galho de árvore e depois se enforcou ao lado dela.

"Bam! Isso explica tudo", concluiu orgulhoso John Scott. "A roupa íntima. O corpo desaparecido."

"E quanto à carteira de identidade cortada?", perguntei.

"Que carteira?"

"Ah, que merda", exclamou Tomo. "Não mostrei para você."

Ele pegou os pedacinhos de plástico que havia recolhido no bolso e os passou para John Scott. Ben e Nina se aproximaram.

John Scott assobiou.

"Ela é gostosa."

"É mesmo, não é?", concordou Tomo. "Por que uma garota gostosa se mataria?"

"Talvez, sei lá, seja uma foto antiga. Talvez tenha passado por um incêndio e estivesse desfigurada", sugeriu Ben.

Nina concordou.

"Ou tinha um tumor no cérebro."

Olhei para ela. Nina tinha ficado reticente o dia todo, e acreditei que era a primeira vez que falava inglês. Tinha feições aristocráticas, com sobrancelhas arqueadas, um nariz aquilino e boca bem composta. Havia prendido o cabelo para trás em um rabo de cavalo, e uma única mecha pendia na frente do rosto. Ela me flagrou olhando. Seus olhos eram grandes, castanhos, quase refletiam a luz fraca, como os de um gato — e havia algo a mais neles.

Malícia? Sedução? Ou eu estava imaginando coisas?

"Queria saber qual é o melhor método para o suicídio", afirmou Ben.

"Cortar os pulsos", respondeu Nina imediatamente. "Em uma banheira quente."

"De jeito nenhum", rebateu John Scott. "Primeiro, isso é covardia. Segundo, leva um tempo para sangrar assim. Se você for se matar, que seja rápido. Não quer ficar sentada, esperando a morte chegar. Pode levar horas. Sou partidário de enfiar o cano de uma Glock na goela e puxar o gatilho."

Fiz que não com a cabeça.

"A maioria das pessoas que tentam isso acaba se mutilando permanentemente e passa o resto da vida em uma cadeira de rodas sem um pedaço do cérebro."

John Scott ergueu os olhos para mim.

"Então, o que você sugere, chefia?"

Fiz um gesto vago ao nosso redor.

"Provavelmente, enforcamento."

"Sim, e se não fizer direito, ou a corda se romper, você fica paraplégico."

"Eu sei", declarou Tomo. "Pular na frente do trem. Cataploft, você está morto."

"Isso seria bom para você, Tomo", observou Neil. "Mas, aí, você está jogando sua morte na cara de outra pessoa, forçando-a a viver com a memória de suas entranhas espalhadas porque você não conseguiu se matar sozinho. Sem mencionar que a companhia ferroviária, pelo menos no Japão, provavelmente processará seus parentes sobreviventes por interromper o serviço."

"E então?", perguntei, querendo ouvir a teoria de Neil.

"Pular de um prédio."

"Isso é tão anos noventa", retrucou John Scott. "Sabe por que ninguém mais faz essa merda?"

"Por quê?", perguntou Neil, secamente.

"Porque foi comprovado que a maioria das pessoas muda de ideia sobre se matar no meio do caminho. Imagine só."

"Como isso poderia ser comprovado?", questionei.

"Foi, cara. Confia."

"E uma overdose?", perguntou Mel. "É indolor, certo?"

"Não é confiável", ponderou John Scott. "Você desmaia, depois vomita todos os comprimidos de volta. Pode deixar a pessoa viva em uma poça de vômito, provavelmente ao lado da carta de suicídio, que, dado o fato de você não estar morta, parece simplesmente uma viadagem."

As chamas da fogueira haviam diminuído para menos de trinta centímetros de altura. Olhei ao redor do círculo que havíamos formado, mas não vi mais lenha.

"Só tem isso de lenha?", perguntei.

"Acabou rápido", respondeu Ben.

"Precisamos da fogueira", afirmou Tomo.

"Isso é fato", concordou Neil. "Vai esfriar ainda mais."

Xinguei a mim mesmo por adormecer e não ter colhido mais lenha antes. Peguei uma lanterna e me levantei.

"Vou pegar mais."

"Vou com você", disse Ben, levantando-se.

"Também vou", concordou Nina.

"Espere, no escuro?", questionou Mel. "Vocês podem se perder."

Fiz que não com a cabeça.

"Não vamos nos afastar da corda."

Eu consegui vê-la ponderando, pesando os prós e os contras. Aparentemente, calor e luz venceram sobre possíveis perigos, pois ela entregou uma lanterna para Ben.

"Tudo bem, mas não vão longe", ela nos recomendou. "E cuidado com os buracos."

FLORESTA DOS SUICIDAS 青木ヶ原

10

Se Aokigahara era perturbadora durante o dia, era dez vezes pior à noite e longe da segurança do fogo. A escuridão da floresta nos pressionava como uma força física. Ben e eu lutamos contra a escuridão com nossas lanternas, mas conseguimos apenas revelar trechos do caos que nos cercava: trepadeiras penduradas como forcas, árvores escarpadas e curvadas em ângulos demoníacos, raízes brotando do solo como se estivessem prontas para apanhar uma presa inocente. E tudo permanecia envolto naquele silêncio enlouquecedor. Em contraste, nossos passos estalavam aqui e ali, aparentemente altos o bastante para acordar os mortos e atrair todos os *yūrei* dentro de um raio de um quilômetro e meio gritando em nossa direção.

Eu estava à frente, nervoso e apreensivo, com Nina atrás de mim e Ben na nossa retaguarda. Seguíamos a corda naquilo que pensava ser a direção oeste, passando por um território desconhecido. Cada um de nós havia levado mochilas para encher de galhos — eu estava usando a de Mel — e até agora havia recolhido vários pedaços de galhos e um maior que quebrei em três com o pé.

O chão começou a se inclinar para cima. Fiquei de quatro enquanto subia, tendo cuidado para não tropeçar ou cortar as mãos nas rochas vulcânicas. No topo, iluminei Nina e Ben para que pudessem ver melhor.

Então, lá nas árvores, ouvi algo. Virei a luz para a esquerda.

"O que foi isso?", perguntou Nina em um sussurro, aproximando-se de mim.

Joguei o feixe de luz de um lado para o outro, mas não vi nada além de troncos de árvores fantasmagóricos.

"Acho que ouvi alguma coisa."

Ben se juntou a nós.

"Foi algum animal?"

"Não sei."

"Que tipo de animal?", perguntou Nina.

Balancei a cabeça.

"Uma raposa?"

"Deveríamos voltar?"

"Ainda não encontramos lenha suficiente", afirmou Ben.

"Provavelmente, foi só um roedor ou algo assim", expliquei. "E Ben está certo. Precisamos de mais lenha."

Continuamos a andar, mas agora continuei a conversa. Era reconfortante, tranquilizador, ouvir nossas vozes. Também queria espantar o que quer que estivesse por ali.

Ben parecia feliz em conversar. Contou-me que nasceu em Haifa, filho de pais judeus franco-argelinos, e mudou-se para Tel Aviv quando tinha 8 anos. Era o terceiro de cinco filhos, formou-se economista na universidade e passou os últimos anos nas Forças de Defesa de Israel. De alguma forma, chegamos à Segunda Guerra Mundial, e ele explicou que seu avô foi morto em um campo de concentração enquanto sua avó sobreviveu escondida em um convento na antiga Tchecoslováquia.

"O que vai fazer quando acabar de servir ao Exército?", perguntei.

"Vou me mudar para Nova York", respondeu ele.

"Ele quer ser ator", comentou Nina.

"É verdade?", perguntei.

Ele assentiu.

"Muitos israelenses são atores de Hollywood. Mas sempre mudam sua nacionalidade para americana. Vou continuar sendo israelense."

"Então, talvez você devesse se mudar para Los Angeles, e não para Nova York."

"Acha que seria melhor?"

"Nova York é mais atuação da Broadway. Coisas de palco. Se quiser fazer cinema, tem que estar em Los Angeles."

"Obrigado, Ethan. Quer dizer, por não perguntar 'Por que quer ser ator?' ou dizer 'Você não pode ser um ator'. É o que todo mundo me diz."

Ele pareceu chateado com isso e ficou em silêncio.

"Diga a ele por que você quer ser ator", pediu Nina.

"Pela fama, claro", revelou Ben, "e pelo dinheiro. Eu poderia levar meus pais para Los Angeles comigo. Longe dos foguetes, dos combates."

"Ele quer se casar com uma linda esposa americana", comentou Nina. "Ele me disse isso uma vez."

"Eu não!"

"Disse sim. Diz que manterá sua cidadania israelense, mas quer se casar com uma americana. Não sei o que fazer com ele. Ele é louco, eu acho."

"Vou me casar com você", afirmou ele.

Nina bufou.

"E você, Ethan?", perguntou Ben. "Você é professor, não é?"

"Como sabia?"

"John Scott me disse."

Fiz uma careta.

"O que mais ele disse?"

"Nada mais. Apenas que você dá aula para crianças."

"Crianças?"

"Não é?"

"Dou aula para adultos." Então, por alguma razão, acrescentei: "Para muitos executivos".

Crianças, pensei. Que porra é essa? Por que John Scott diria isso? Ele não sabia de nada.

"Às vezes", continuei, sentindo que tinha algo a provar, "apresento seminários para grandes grupos em suas sedes corporativas. Sony. Rakuten. Roche."

"Entendi", retrucou Ben.

Parei de falar. Estava fazendo papel de bobo.

"Por quanto tempo você vai morar no Japão?", perguntou Nina.

"Provavelmente, este é meu último ano."

"Para onde você vai?"

"Talvez eu volte para os eua."

"Vai continuar dando aulas lá?"

"Acho que sim. Gosto de lecionar."

"Sua família está lá?"

"Meus pais."

"Não tem irmãos ou irmãs?"

Hesitei.

"Não."

"Filho único. Como é isso?"

"Você se acostuma."

Peguei outro graveto, quebrei ao meio e enfiei na bolsa.

"Eu gosto de John Scott. Há quanto tempo vocês são amigos?", disparou Ben.

"Não somos amigos", rebati. "Eu o conheci hoje."

"Pensei que vocês fossem amigos. Acho que ele disse isso."

"Não somos."

"Mas Melissa? Ela é sua namorada?", perguntou Nina.

"Melinda, sim..."

"Parem!", sibilou Ben.

"O quê?", respondi, congelando no meio do caminho.

Nina trombou nas minhas costas.

"Ouviram isso?" Os olhos dele estavam arregalados e brancos na escuridão. "Pareceu, tipo... Não sei. Outro animal?"

Ficamos paralisados por dez longos segundos, mas não ouvimos nada.

"Tem certeza de que ouviu algo?", perguntei.

"Talvez tenha sido apenas vento."

Vento?, pensei. Não havia vento ali.

A floresta era um maldito vácuo.

Tensos com a adrenalina, continuamos avançando. Ninguém falou por um tempo, e comecei a me perguntar o que havia de errado com Ben. Havia algo na maneira como estava falando. Era diferente de antes. Mais intenso, embora... pausado. Como se ele estivesse fazendo perguntas por fazer, não para ouvir minhas respostas.

Por que estava com medo?

Nina, pelo menos, ainda era Nina.

Ainda era Nina? Eu poderia ter rido disso. Eu havia conhecido Nina apenas cinco ou seis horas antes, e aquela era a primeira vez que conversávamos. De repente, percebi como eu sabia tão pouco sobre os israelenses. Eram estranhos. E ali estava eu, andando em uma floresta escura extensa com eles, sozinho. E se fossem psicopatas? E se me atacassem, batessem na minha cabeça com uma pedra e me deixassem ali para morrer?

Ben, eu tinha notado lá no morro, não tinha pegado nenhuma lenha além de um pedaço de pau de um metro e pouco, que estava usando para afastar a vegetação do caminho ou bater nos troncos das árvores.

"Como vocês se conheceram?", perguntei a eles.

"Nos conhecemos na Tailândia", explicou Ben. "Em uma festa de lua cheia no mês passado. Eu estava com meus amigos. Nos conhecemos na praia uma noite."

"Mas nos perdemos", acrescentou Nina.

"Isso mesmo. Não a vi por uma semana. Então, numa manhã, eu estava procurando um restaurante e ouvi alguém me chamar. E aqui está ela."

"Ele deixou os amigos e ficou comigo", revelou Nina.

"Temos uma barraca. Surfamos, comemos e assistimos a filmes."

"Então, há quanto tempo vocês estão no Japão?", questionei.

"Apenas há alguns dias", contou Ben.

"Tenho um bilhete de 'volta ao mundo'", explicou Nina. "O Japão foi meu próximo destino depois da Tailândia. Você tem que continuar na mesma direção ao redor do mundo, certo? Ben quis vir comigo."

"Há quanto tempo você está viajando?"

"Quatro meses ou mais agora", respondeu ela.

"Está ficando meio caro, não?"

"Eu faço *couch surfing*. Conhece?"

"Você fica na casa das pessoas?"

"Isso, você faz uma conta no site, diz quando vai estar em uma cidade, e as pessoas geralmente respondem e convidam você para ficar. É muito fácil conseguir um anfitrião quando se é uma mulher sozinha. Mas, quando se está com alguém, é muito mais difícil."

"Até agora, no Japão, ficamos em albergues", complementou Ben. "E tudo bem."

"Não é perigoso para uma garota dormir no sofá de desconhecidos?", perguntei.

"Noventa e nove por cento das pessoas são maravilhosas", alegou Nina.

"Você já teve uma experiência ruim?"

"Já, uma."

Algo em sua voz me fez mirá-la por cima do ombro. Não conseguia ler sua expressão no escuro. Queria perguntar o que houve, mas não consegui.

"Quatro meses", disse eu em vez disso. "Você ainda não se cansou de viajar?"

"Às vezes, me canso. Mas eu medito. Posso ficar sentada sozinha por horas. É muito relaxante. Gostaria de encontrar um lugar especial para ficar no meu último mês. Sem TV. Sem turistas. Apenas meditar. Mas ainda não encontrei."

"Vocês notaram as árvores?", interrompeu Ben, sua voz assumindo um timbre estranho. Ele jogou a luz da lanterna de um lado para o outro entre elas. "Veja como elas estão próximas."

Era verdade. Haviam ficado menores, mais finas, mais densas.

"Acho que é hora de voltar", sugeriu Nina.

Verifiquei meu relógio de pulso e fiquei surpreso ao notar que tínhamos saído do acampamento por apenas quinze minutos. Se voltássemos depois de meia hora sem lenha suficiente para durar a noite toda, seria uma ladainha sem fim de John Scott, mesmo que ele não tivesse se oferecido para ajudar a recolher nada.

"Mais cinco minutos", afirmei.

Continuamos avançando. Afastei os galhos do rosto. Havia galhos mortos aqui, que coletei avidamente. Fiquei de pé, tendo recolhido mais um graveto, quando avistei o sangue. Estava respingado no tronco de uma árvore na diagonal oposta a mim, na altura do peito.

Congelei. Senti a tensão na pele como uma febre formigante.

Alguém havia enfiado uma pistola na boca e estourado os miolos contra a árvore?

Mas onde estava o corpo?

Vi minha mão se estender e tocar o sangue, mesmo que uma voz dentro da minha cabeça estivesse gritando para eu dar o fora dali. Uma lasca se soltou da casca. Eu a esfreguei entre o dedo indicador e o polegar, triturando-o até virar pó. Cheirei.

"Tinta", anunciei com lentidão. "É tinta."

Quem havia respingado a árvore com tinta vermelha? E por quê?

Operando em uma espécie de bolha, ciente do pouco que estava acontecendo ao meu redor, dei uma volta, o feixe de luz da lanterna cruzando as árvores. Nada. Apenas árvores e mais árvores e... *que merda era aquela?*

Uns seis metros à frente, pendurado em um galho por uma fita vermelha de suicídio, havia um crucifixo feito com dois pequenos galhos e barbante. Então, avistei outro. Em seguida, outro além desse. Estavam por toda parte. Pelo menos uma dúzia.

Cada um deles oscilava ligeiramente ao vento...

Não há vento.

Fechei os olhos, esperei um tempo e os abri novamente. Os crucifixos ainda estavam balançando.

Tentei me virar e fugir, mas minhas pernas não estavam funcionando direito, e eu cambaleei para trás, agitando os braços para manter o equilíbrio.

Algo me atingiu por trás.

Com exceção de insetos, peixes e talvez pequenos pássaros, a visão de uma carcaça apodrecida quase sempre causa um susto. Não vemos a morte todos os dias, não somos programados para encará-la com naturalidade. Apenas uma semana antes, eu estava caminhando ao longo de uma travessa em Tokyo, tentando encontrar uma loja de lámen que Tomo havia recomendado. Era possível encontrar lojas de lámen em praticamente qualquer esquina da cidade, mas as melhores não são anunciadas. Sem placas e localizados em prédios degradados decadentes, a única maneira de identificar esses estabelecimentos é a longa fila de comerciantes esperando em frente entre 11 e 14 horas.

A loja de lámen em particular que eu procurava ficava em algum lugar no labirinto de ruas atrás da estação Omatchi, perto da linha Yamanote. Tomo havia dito que tinha um lámen de curry com queijo muito bom. Eu estava caminhando havia vinte minutos, temendo estar completamente perdido, quando avistei de canto do olho um cachorro morto na sarjeta. Era um filhote de labrador retriever preto. Os lábios estavam curvados para trás, revelando gengivas rosadas e caninos brancos. Estava a menos de sessenta centímetros de mim.

A visão me fez pular. Não tive medo — apenas fiquei surpreso ao ver algo morto. A surpresa logo acabou, e eu o examinei mais de perto.

Parecia ter sido atropelado, porque a parte do meio estava aberta, derramando um emaranhado de tripas. As patas traseiras estavam quase completamente estendidas. Moscas zumbiam ao redor dele, ansiosas para colocar seus ovos na carne estragada.

A morte, pensei à época. Ela desperta tantas emoções diferentes.

Fascínio.

Nojo.

Tristeza.

Alívio — pelo menos, alívio no sentido de que o que você está vendo não é você.

No entanto, não senti nada disso, apenas um medo entorpecedor, quando me virei e vi o corpo pendurado em uma corda atrás de mim.

Primeiro, notei o cabelo. Era preto, fino, penteado da esquerda do crânio bronzeado para a direita. Da testa para baixo, o rosto era irreconhecível. Quase parecia ter derretido. As pupilas haviam desaparecido, provavelmente roídas por animais, deixando para trás buracos negros vazios, o esquerdo maior que o direito. Circulando as órbitas, havia uma massa cinzenta que havia sido pele. Onde antes estava o nariz, havia um pequeno triângulo aberto. A boca e o maxilar pareciam faltar, embora fosse difícil dizer com certeza, porque aquela massa cinzenta se estendia das maçãs do rosto em longas mechas, mascarando a boca, o queixo e o pescoço, acumulando-se no alto do peito.

O homem havia escolhido usar uma camisa de golfe no dia em que se matou, de cor clara, com listras horizontais. Isso, e seu grau de decomposição, sugeria que provavelmente havia se enforcado vários meses antes, durante a primavera ou o verão. Presa ao bolso da frente da camisa, havia uma caneta esferográfica. Os braços que saíam das mangas curtas eram pouco mais que pele sobre ossos. De alguma forma, a calça bege permaneceu no lugar, sem escorregar da cintura murcha.

O tempo pareceu desacelerar enquanto eu absorvia tudo aquilo, embora, na realidade, apenas alguns segundos tivessem se passado. Girei de costas para a visão medonha e vomitei o que havia no estômago. Foram necessárias três tentativas para soltar tudo.

Enquanto eu estava curvado com as mãos nas coxas, minha garganta ardendo, meus olhos lacrimejando, fiquei ciente da comoção ao meu redor.

"Ben!", gritou Nina. "Pare!" Ela pegou meu braço. "Ethan, venha!"

"Onde ele está...?"

"Venha!"

Ela partiu.

Eu não me mexi. Estava confuso. O que estava acontecendo? Por que estavam correndo? Então, me lembrei dos crucifixos — *eles estavam balançando* — e comecei a cambalear na direção de que viemos.

Ben e Nina estavam muito à frente. Eu conseguia ver o feixe de luz da lanterna de Ben sacudindo loucamente enquanto ele corria. Eu estava avançando através do denso bosque de árvores finas. Um galho errante passou por meus braços erguidos e cortou minha bochecha. A dor era quente, rápida, e depois esquecida enquanto eu seguia em frente. Tropecei, cambaleei de joelhos, levantei-me novamente e continuei.

Ouvi o ruído das minhas calças e grunhidos de esforço. Vi meus pés aparecendo abaixo de mim, primeiro o esquerdo depois o direito, um após o outro. Finalmente, quando as árvores começaram a se abrir, diminuí a velocidade para um trote. Os israelenses estavam muito à frente para os alcançar. Olhei para trás, sabendo que não haveria nada lá, mas olhei mesmo assim.

Meu coração palpitava como o de um coelho, e eu respirava fundo para desacelerá-lo.

A porra dos crucifixos balançavam a um vento inexistente.

Eu tinha certeza de que não havia vento?

Não houve vento o dia todo.

Eu tinha certeza?

Tinha toda certeza.

Então, o que fez os crucifixos balançarem? Fantasmas? *Yūrei?* Tinha que ter vento. Eu estava apenas assustado. Deixei minha imaginação correr solta. Tinha que ser o vento.

Olhei para trás de novo.

"Tinha que ser o vento", murmurei para mim mesmo.

• • •

Luz à frente. Piscava entre as árvores.

"Ei!", gritei.

"Ethan!", Mel gritou de volta.

"Sim, sou eu."

Quando nos encontramos, descobri que ela estava com Tomo. Ela me envolveu em um abraço apertado. Achei que fosse me perguntar sobre o corpo, mas ela apenas disse:

"Temos que voltar para o acampamento. Rápido."

"Por quê? O que aconteceu?"

"É Ben. Ele está surtando pra valer."

FLORESTA DOS SUICIDAS 青木ヶ原

11

Eu esperava que o acampamento estivesse um tumulto. Talvez Ben chutando coisas de um lado para o outro, gritando palavras sem sentido ou uivando para a lua. Mas tudo estava calmo quando surgimos detrás das árvores. Neil e John Scott estavam parados perto da fogueira moribunda. Mais longe, nas árvores, consegui enxergar as silhuetas de Ben e Nina. Suas cabeças estavam juntas, indicando que provavelmente estavam conversando.

No caminho de volta, Mel fez um breve resumo do que havia acontecido. Quando Ben e Nina voltaram, Nina estava bem, mas Ben começou a andar de um lado para o outro e dizer coisas em hebraico que ninguém entendia. Quando Tomo tentou acalmá-lo, ele o empurrou e derrubou. Nina lhes disse que eu estava bem e que estava chegando. Ainda assim, Mel recrutou a ajuda de Tomo e veio me procurar.

"Mas que merda vocês viram?", questionou John Scott quando me aproximei do fogo.

"Um corpo", respondi.

"Só isso?"

"O que quer dizer com 'só isso'?", brinquei, irritado com a apatia dele. Ele havia ficado com a bunda sentada aqui o tempo todo. Ele não tinha ideia de como era aterrorizante descobrir um corpo em Aokigahara à noite.

"Ben está tendo um colapso nervoso", observou Neil.

"Sim, Mel me contou." Fiz uma pausa, tentando descobrir como colocar em palavras o que eu acrescentaria. "Havia...pequenos crucifixos pendurados nas árvores."

"Crucifixos?", perguntou Mel.

"Feitos de gravetos."

"Então, foi isso que deixou Ben desse jeito?", quis saber Neil. "Esses crucifixos?"

Fiz que não com a cabeça.

"Não sei o que aconteceu. Vimos uma tinta na árvore..."

"Uma flecha?", perguntou John Scott.

"Não, só... tinta vermelha. Então, vi os crucifixos. O cara que se matou deve tê-los feito."

"Qual o tamanho?", perguntou Tomo.

"Dos crucifixos? Não sei. Alguns centímetros de altura. Então, Ben começou a gritar e saiu correndo. Quer dizer, foi assustador. Mas a reação dele foi exagerada. Antes disso, ele também estava agindo de um jeito um pouco estranho."

"O que quer dizer?", perguntou Mel.

"O jeito que ele estava falando. Não sei. Simplesmente não parecia ser ele mesmo."

"Porque o cara come cogumelos", afirmou Tomo.

John Scott deu uma cotovelada em Tomo.

"Cogumelos?", questionei. "Cogumelos mágicos?"

"Só um pouco", respondeu John Scott sem preocupação.

Ouvi que era possível comprar legalmente cogumelos psicodélicos em sites para envio pelo correio ou *coffeeshops* em todo o Japão até alguns anos atrás (contanto que você prometesse não comê-los), mas agora tinham se tornado ilegais e era impossível encontrá-los. Então, onde Ben os havia conseguido? E o que tinha na cabeça para comê-los nesta floresta à noite?

"Como você sabe que ele está usando cogumelos?", perguntei.

John Scott tirou um Marlboro da mochila e acendeu.

"Eu dei um pra ele."

Eu franzi a testa.

"Você *deu*?"

"Claro."

"Onde você os arranjou?"

"Eu os encontrei."

Por um momento, imaginei-o encontrando um saco de cogumelos na rua. Então, alguns neurônios entraram em ação.

"Você quer dizer que os colheu?"

"Isso."

"Aqui? Na floresta?"

Ele soltou a fumaça e assentiu.

"O que você sabe sobre cogumelos comestíveis?"

"Fazemos isso o tempo todo fora da base."

"Você também comeu?"

"Claro."

Eu o estava observando atentamente.

"E você está bem?"

"Perfeitamente."

"Alguém mais comeu?"

Neil, Tomo e Mel balançaram a cabeça negativamente.

"Nina?", perguntei.

"Não", respondeu John Scott.

Olhei na direção dos israelenses. Ben parecia estar balançando para a frente e para trás. O braço de Nina estava em volta do ombro dele.

"Sempre tem um cara que faz uma viagem ruim", comentou John Scott com indiferença. "Como eu disse, só precisa de um pouco de espaço, um tempo para se acalmar."

"Tipo, umas oito horas", supus.

"Não posso controlar como as outras pessoas vão reagir."

"Então, não lhes dê esses cogumelos malditos. O que você é, traficante de drogas?"

"Cara, relaxa."

Eu estava ficando com mais raiva a cada segundo. Eu não era nenhum santo quando se tratava de experimentar um pouco de droga, mas a ideia de John Scott distribuindo cogumelos silvestres em Aokigahara Jukai passava e muito da estupidez.

"Ainda tem alguns?", perguntei.

"Tenho."

"Alguém mais quer comer uns cogumelos nesta floresta?"

Ninguém respondeu.

"O que acontece se ele tiver uma reação grave? Como vamos conseguir ajuda para ele?"

John Scott acenou com a mão. "Cara, você está acabando com a minha *vibe*."

"Não dou a mínima para a sua *vibe*! Comer cogumelos em um ambiente controlado já é arriscado. Mas coisas que você colhe por aí? E aqui, no meio do nada? Ele pode entrar em coma..."

"Para de falar merda..."

"É verdade!"

"Vá se foder. Não quero mais falar sobre isso."

"Ethan...", Neil começou.

"Não, é irresponsável e estúpido pra caralho."

"Ethan, John, parem com isso!", gritou Mel. "Só parem."

Houve um longo e tenso silêncio.

Engolindo minhas palavras, tirei minha mochila dos ombros, despejei a lenha que havia pegado no chão e comecei a fazer a fogueira.

FLORESTA DOS SUICIDAS 青木ヶ原

12

Consegui fazer uma fogueira bem forte com pouco esforço ou ajuda de qualquer outra pessoa. Neil abriu novamente sua garrafa de uísque, desta vez compartilhando-a livremente. Ele, Tomo e John Scott beberam em silêncio, passando a garrafa de um para o outro. Mel tentou conversar, tentando aliviar o climão. Tomo ficou bêbado rapidamente e convenceu todos, menos eu, a participar de um jogo que envolvia nomear atores que haviam ganhado um Oscar. Aquilo ajudou a aliviar a atmosfera negativa que havia se instalado no acampamento. Ainda estava longe de ser alegre, mas não estava mais sombria.

Para alguém que tinha comido cogumelos, era surpreendente como John Scott estava agindo com normalidade. Ou não havia comido tanto quanto Ben, ou era um daqueles caras que conseguiam ser funcionais sob o efeito de drogas. Estava entrando nos jogos que Tomo vivia inventando e conversando com os outros e me ignorando, o que eu não me importava. Nina e Ben permaneceram sozinhos. Mel e eu nos sentamos juntos aquecendo os pés perto do fogo, nossas costas contra uma pedra. As chamas estalavam e saltavam à nossa frente. Eu assistia em um estado quase hipnótico, tentando bloquear todos os outros. De vez em quando, uma pequena faísca zumbia sozinha pela noite e depois desaparecia. Eu me perguntava se era isso que tinha acontecido com Yumi, o cara com o penteado estranho e os outros que decidiram acabar com tudo aqui.

Desaparecer de uma vez por todas.

Porque, qual era a alternativa? Fantasmas, espíritos e vida após a morte? Queria conseguir acreditar em tudo isso. Era reconfortante pensar que fazemos parte de algo maior do que nós mesmos, que a vida continua de alguma forma após a morte. Mas eu simplesmente não conseguia me convencer disso. Já havia pensado demais na morte. Vivi com ela por muito tempo. Cheguei a conhecê-la muito bem.

Era o fim, e dizer o contrário não mudaria esse fato.

Meu toque de chamada do Guns N' Roses me tirou daquela reflexão mórbida. Tirei o celular do bolso, pensando que era Derek de novo. Olhei para o visor e soltei um palavrão.

"Não vai atender?", perguntou Neil.

"Não estou com muita vontade de falar agora."

"Talvez seja o Honda. Talvez esteja querendo saber como estamos."

"Não é o Honda."

O toque continuou, a voz estridente de Axl parecendo ainda mais alta e insistente porque eu me recusava a aceitá-la.

"Que porra é essa?", questionou Tomo. "Eu atendo."

Ele pegou o celular, mas eu o afastei.

Por fim, um tempo impossivelmente longo depois, a porcaria se calou.

"Era o Derek?", perguntou Mel.

"Não."

"Quem então?"

"Por que importa?"

"Por que você está ficando na defensiva?"

"Eu não estou."

"Talvez alguma ex-namorada", comentou Tomo.

"Ah, é?", questionou Mel, olhando para mim com expectativa.

Eu pisquei para ela.

"Ah, é o quê?"

"Era uma ex?"

"Ai, fala sério."

"Qual é o problema?"

"Era apenas um velho amigo."

"Shelly?"

"Não", respondi e, no mesmo instante, me arrependi da mentira.

Mel me examinou.

Tentei ignorá-la.

"Deixa eu ver o seu celular", pediu ela.

"Está me zoando?"

"Não acredito em você."

"Tá ficando maluca?" Eu estava fazendo o papel de indignado adequadamente e era provável que parecia culpado pra caramba. "Então, eu não queria atender meu celular. O que é isso?"

"Deixa eu ver o celular."

Considerei negar seu pedido, mas seria o mesmo que admitir que era Shelly. Dei de ombros e entreguei o celular para ela.

"Mac", disse ela, lendo o nome no registro de chamadas. "Quem é Mac?"

Quase disse a ela que era um cara com quem eu tinha estudado, mas havia algo nos olhos dela. Ela *sabia*. Estava me atraindo para uma armadilha.

"Você sabe", respondi.

"Shelly MacDonald?"

Não respondi.

"Por que você não gravou o contato na sua agenda como 'Shelly'? Por que 'Mac'?"

Mas que merda de interrogatório era aquele?

"Porque, se você visse o nome dela", expliquei calmamente, controlando minha raiva, "eu sabia que você surtaria, como está fazendo agora."

"Não estou surtando."

"Está, sim."

"Porque você mentiu para mim, Ethan."

"Dá um tempo."

"Se simplesmente tivesse me dito que era Shelly quando perguntei, teria terminado aí."

Fiz que não com a cabeça em um gesto de sarcasmo.

"Por que tudo isso?"

"Sério, Ethan? Preciso mesmo te dizer? Vamos lá. Sua ex-namorada liga, pela segunda vez em um mês, e é alguém que você me disse uma vez que queria se casar com você. Você não atende o celular e mente sobre quem é. Acho que mereço algumas respostas, não?"

"O que você queria que eu fizesse? Atendesse aqui? O que eu deveria dizer? 'Ei, Shell! E aí?' Você e eu estaríamos fazendo exatamente o que estamos fazendo assim que eu desligasse, exatamente o que eu queria evitar."

"Eu não teria ficado brava."

Aquilo era uma besteira. Mel tinha um ciúme insano de Shelly desde que encontrou fotos provocantes dela no meu computador. Foi no dia em que Mel e eu comemoramos nosso aniversário de seis meses. Ela estava olhando minhas fotos, procurando uma boa de nós dois para imprimir e fazer um cartão, quando se deparou com as fotos. Eu havia esquecido completamente que as tinha e, quando Mel me pediu para excluí-las, o fiz com prazer. Mas, depois disso, ela sempre se irritava, não apenas com qualquer menção a Shelly, mas qualquer menção aos meus tempos de faculdade em geral, pois representavam um mundo ao qual ela não pertencia e do qual pouco sabia.

Então, no mês passado, Mel e eu estávamos jantando no meu aniversário quando meu celular tocou. Não reconheci o número que apareceu no visor, pensando que poderia ser meus pais. Acabou que era Shelly, me ligando do nada. Não falava com ela fazia anos, então pedi licença e saí por dez minutos. Admiti para Mel quem era quando voltei. Ela ficou mal-humorada, e o restante da noite foi arruinado.

"Podemos esquecer isso?", sugeri, cansado.

"Não."

"Você acha que estou tendo algum caso transpacífico?"

"Quero saber por que ela está ligando de novo."

"Como é que eu vou saber? Eu não atendi."

"Conte a verdade, Ethan!"

"Ela me ligou no meu aniversário. E agora. Duas vezes. E é só isso."

"Ela te mandou mensagem?"

Eu olhei para Mel. O que ela sabia? Obviamente mais do que estava deixando transparecer.

"Você anda mexendo no meu celular?"

"Ele vibrou na semana passada", respondeu ela. "Você estava no chuveiro se preparando para ir trabalhar. Estava atrasado por causa da festa de Becky na noite anterior. Achei que poderia ser o sr. Kurosawa querendo saber onde você estava. Então, olhei para responder de volta para você. Quer que eu conte o que li?"

Eu sabia o que ela havia lido.

"Você não entende", disse eu apenas.

"Sim, acho que entendo."

"Você não sabe de nada!" Fiz que não com a cabeça. "Não posso acreditar que você mexeu no meu celular. Você leu meus e-mails também?"

"Já te disse porque mexi. E não tente reverter a situação contra mim."

Neil limpou a garganta.

"Talvez devêssemos dar uma volta."

"Não, fiquem aqui", falei. "Eu vou."

Levantei-me, peguei uma lanterna e saí.

Ninguém tentou me impedir.

FLORESTA 青木ケ原
DOS SUICIDAS

13

Nem pensei em seguir a corda. Simplesmente, caminhei em uma direção aleatória, minha raiva superando meu medo ilusório da floresta. Fantasmas e ursos eram a última coisa em minha mente naquele momento. Eu estava repassando tudo o que tinha acabado de acontecer e me xingando pela maneira que tinha lidado com isso. Por fim, encontrei uma pedra grande e me sentei nela. Conseguia ver a fogueira ao longe, um pequeno brilho laranja.

Shelly.

Minha nossa.

Embora a fazenda dos meus pais ficasse apenas a vinte minutos de carro de Universidade de Wisconsin-Madison, escolhi morar na residência universitária durante meu primeiro ano para ganhar experiência no campus e conhecer pessoas. Entrei para a Kap Sig no ano seguinte e morei em um quartinho no terceiro andar da ampla casa da fraternidade. No entanto, as bebedeiras incessantes e as festas deixaram minha média de notas em perigo de ficar negativa, então, durante o verão antes do meu último ano, me mudei para um apartamento de dois quartos com um amigo que não era da fraternidade.

No dia em que conheci Shelly, eu estava na loja de conveniência do outro lado da rua do meu prédio. Shelly entrou logo depois de mim, usando óculos escuros, um vestido de verão arejado, que revelava bastante decote e pernas longas, e tamancos de cinco centímetros de altura. Ela passou atrás de mim em uma nuvem de perfume. Eu a observei por um momento enquanto ela ia até o freezer para contemplar o sorvete.

De repente, George, o dono da loja, gritou:

"Ethan, venha aqui! Venha rápido!"

Juntei-me a ele no caixa. Uma mãe pata havia entrado pela porta da frente da loja, que sempre ficava aberta nos meses de verão, seguida por quatro patinhos dourados. Estavam ziguezagueando por toda parte, aparentemente sem propósito ou cuidado.

"Devem ser do rio", disse George, animado. "De alguma forma se perderam e vieram parar aqui."

Abri o saco de batatas fritas que tinha pegado antes e joguei algumas batatas no chão. Foi um verdadeiro frenesi alimentar.

"Boa ideia, Ethan! Pegue um pouco de pão também!"

George reconhecia de longe uma oportunidade de publicidade e ligou para o jornal *The Capital Times*. Dez minutos depois, um repórter e um fotógrafo chegaram e tiraram fotos do ocorrido. Shelly e eu conversamos e trocamos números de telefone. Mais tarde naquela noite, nos encontramos para tomar uma bebida. Dois dias depois, fomos a outro bar. Durante o fim de semana, jantamos e, na segunda-feira seguinte, fomos a um pequeno festival em um parque. Em uma semana, ficou claro para mim que estávamos namorando. Eu não sabia como estava me sentindo em relação a isso. Shelly era muito divertida, mas, quando o novo semestre começasse em setembro, eu não tinha certeza se queria ser namorado de outra garota de uma associação de garotas. Eu já havia namorado algumas no passado e sabia o que isso significava: festas, saraus de queijo e vinho, festas, bailes formais, festas, bailes semiformais e mais festas. Basicamente tudo de que eu estava tentando me distanciar.

No entanto, me senti confortável no relacionamento e, depois que Gary morreu, em dezembro, Shelly foi solidária e me ajudou nos meses seguintes. Nós nos formamos, conseguimos empregos em Chicago e fomos morar juntos. Todos pensavam que éramos o casal perfeito — todos, menos eu. Eu me sentia preso. Inquieto. Sentia que estava fingindo ser alguém que não era. Os beijos no ar, a moda cara, a cocaína que circulava tão livremente quanto a grama na faculdade — nada disso era eu. Eu não estava pronto para nada disso. Então, Shelly começou a falar sobre casamento. Foi isso que me fez decidir. Eu tomado por essa imagem de trabalhar na mesma empresa, socializar com as mesmas pessoas, fazer as mesmas coisas bobas daqui a dez anos — só que, com filhos — e decidi que precisava dar o fora.

Eu tinha alguns milhares de dólares guardados, o suficiente para fazer uma boa viagem para algum lugar, mas não estava procurando por algumas semanas no Caribe. Queria um recomeço. Por alguma razão, a Índia parecia um bom lugar para recomeçar. Era barato, enorme, e eu poderia facilmente me perder lá por um ano. O problema era que eu precisaria de algum tipo de trabalho, e o único emprego disponível para ocidentais era de gerente de call center, o que não me interessava e para o qual eu não estava qualificado. Mudei meu foco para a Ásia e descobri que havia uma alta demanda para professores de inglês.

Pensando em retrospecto, foi a melhor escolha, considerando que eu nunca teria conhecido Mel de outra forma. Depois de apenas alguns meses no Japão, a dor da morte de Gary desapareceu, mentalmente eu estava em um lugar muito melhor e, a cada dia que passava, a cada ano que passava, minha antiga vida deixava de existir.

Mas, é claro, o passado sempre dá um jeito de te alcançar.

Dizer que fiquei surpreso quando Shelly me ligou no meu aniversário, algumas semanas antes, seria um eufemismo grosseiro. Não tínhamos nos comunicado uma única vez desde que saí de Chicago. Então, quando ela disse "Ei, Ethan! Sou eu! Como você está?", eu não tinha ideia de quem era. Continuei com a conversa até que reconheci sua voz. Ela me perguntou como estava o Japão. A comida, a cultura. Eu tinha conhecido alguma garota japonesa? Para essa última pergunta, respondi que não. Eu devia ter mencionado Mel. Se tivesse feito isso, provavelmente teria sido a primeira e última ligação que recebia de Shelly, e eu não estaria no dilema em que fiquei naquela noite. Independentemente disso, não mencionei. Não parecia ser da conta de Shelly.

Permaneci no telefone tanto tempo porque fiquei à espera de que ela soltasse algum tipo de bomba. Como se um amigo tivesse morrido. Ou ela estivesse grávida. No entanto, dez minutos depois, ela disse:

"Ótimo falar com você, Ethan! Tenho que ir agora. Se cuida."

E, assim, a conversa surreal acabou.

Alguns dias depois, ela me enviou um e-mail com três ou quatro parágrafos confusos nos quais explicava que estava pensando muito em mim ultimamente, em nosso tempo juntos e em algumas das coisas que havíamos feito. Nunca disse diretamente que queria voltar a ficar comigo, mas a insinuação estava ali, o que achei estranho, considerando que eu estava do outro lado do mundo. Será que ela achava que eu voaria para casa — ou ela viria para cá? Ela terminou com "Sinto sua falta. Com amor, Shell".

Eu me encolhi de vergonha, porque essa havia sido a mensagem que Mel lera. O que havia pensado? E por que não me disse nada antes? Estava me dando o benefício da dúvida? Estava esperando para ver se eu recebia outra mensagem? Obviamente, ela estava me vigiando. Talvez esperando para me pegar no flagra, assim como fez naquela noite...

Com esses pensamentos na cabeça, comecei a voltar para o acampamento para resolver as coisas.

FLORESTA DOS SUICIDAS 青木ヶ原

14

Eu estava tão focado em evitar as árvores, galhos e buracos na escuridão que não vi o brilho vermelho da brasa de cigarro até estar a menos de três metros dele. A pessoa estava sentada aos pés de uma árvore. Eu não conseguia distinguir nada além de uma silhueta escura, mas quem mais fumava além de John Scott? Eu estava me preparando para evitá-lo quando Nina chamou:

"Ethan!"

Fui até ela. Estava com os joelhos pressionados contra o peito. E não era um cigarro em sua mão. O cheiro era de baseado e parecia skunk.

"E aí", cumprimentei.

Ela me passou o baseado sem dizer uma palavra. Refleti por um segundo antes de aceitar. Fazia anos que não fumava maconha; era quase tão difícil conseguir no Japão quanto cogumelos. No entanto, decidi que era exatamente do que eu precisava naquele momento para relaxar.

Sentei-me diante de Nina e dei uma longa tragada. Ela não havia misturado a maconha com tabaco, pelo que fiquei grato. Segurei a fumaça nos pulmões até uma coceira na garganta me sinalizar que uma crise de tosse estava prestes a começar, então exalei, lenta e uniformemente.

"Onde está Ben?", perguntei.

"Foi para a barraca para se deitar."

"Como ele está?" Passei o baseado de volta.

"Está bem."

"Ele ainda está...?"

"Tendo alucinações? É culpa dele. Eu falei para ele para não comer demais. É esganado."

"Você estava lá quando eles comeram?"

Ela assentiu.

"Onde John Scott os encontrou?"

"Perto de um tronco de árvore. Isso aconteceu antes com Ben, sabe?"

"Faz pouco tempo?"

"Na festa da lua cheia, na Tailândia, havia um bar de cogumelos. Fomos lá com alguns amigos, tomamos batidas de cogumelos. Mas você tem que descer uma escada muito íngreme e estreita para sair. Não há corrimãos. É perigoso, na verdade. Ben ficou com medo e não conseguiu descer. Brincamos que íamos deixá-lo no bar. Ele começou a ter alucinações."

"Por que faria isso de novo?"

"John Scott disse que os cogumelos eram tranquilos. Que ele ficaria bem." Ela deu outra tragada e passou o baseado.

Eu inalei profundamente.

"Posso te perguntar uma coisa, Nina?"

"Você pode me perguntar o que quiser, Ethan."

"Por que você e Ben quiseram vir para a Floresta dos Suicidas? Não é exatamente um destino turístico."

Ela pareceu refletir sobre isso.

"Ben quis."

"Mas por quê? Só por diversão?"

"Ben... ele conheceu uma pessoa que cometeu suicídio. A pessoa era muito próxima dele." Ela deu de ombros. "Ele ficou obcecado por suicídio depois disso. Assiste a filmes sobre isso, lê livros, tudo. Acho que ele quer entender melhor, compreender por que as pessoas escolhem tal destino. Então, quando ele ouviu falar desta floresta, quis vê-la com os próprios olhos. Ver o ajudaria a entender. Faz sentido?"

"Sim, acho que sim."

"E você, Ethan? Por que está aqui?"

"Porque você e Ben nos convidaram."

"Você não tem nenhuma obsessão secreta pelo suicídio?"

Hesitei.

"Não", respondi. "Nenhuma obsessão."

"Entendi. Então... o que está fazendo aqui?"

"Quer dizer, na floresta?"

"Sim, aqui sozinho."

Esqueci que Nina estava ausente durante o incidente do telefone.

"Tive uma briga com Mel."

"Quando?"

"Quarenta e cinco minutos atrás, mais ou menos."

"Você sempre sai para andar sozinho na floresta depois de uma briga?"

"Não havia muitos outros lugares para ir."

"Há quanto tempo você está com sua namorada?"

Achei estranho como ela se referia a Mel como "minha namorada". Ela sabia o nome dela. Eu não estava chamando Ben de "namorado dela"... ou estava? Não conseguia me lembrar. Meus pensamentos estavam confusos.

Ofereci a ela o que restava do baseado. Ela fez que não com a cabeça, e então eu o apaguei.

"E então?", insistiu ela.

"Qual era mesmo a pergunta?"

"Há quanto tempo você está com sua namorada?"

"Cerca de quatro anos."

"Você é americano?"

"Sou."

"Nunca namorei um americano."

Eu pisquei.

"Namorei um alemão, um italiano. Hum, e um grego também. Nenhum americano."

Comecei a rir — baixinho. Não queria que os outros no acampamento ouvissem.

"Qual é a graça?"

"Sei lá."

"Talvez você esteja chapado."

"Acho que sim."

"E você?"

"E eu o quê?"

"Já namorou uma americana?"

"Sim, namorei. Mel é americana."

"Ah, entendi. E quem mais? De qual outro país?"

"De nenhum", respondi.

Foi a vez de Nina rir.

"Que foi?", disse eu.

"Você é um virgem do mundo, Ethan."

"Um virgem do mundo?"

Ela assentiu.

Acho que eu era.

"Ei", exclamei. "Eu estava pensando. Você mencionou que teve uma experiência ruim com *couch surfing*. O que aconteceu? Quer dizer, se for pessoal ou algo assim, não precisa me contar."

"Não, eu posso te contar, Ethan. Ficou no passado." Ela parecia pensativa, como se estivesse elaborando a história na cabeça, ou pelo menos como começar. Ela disse: "Eu estava no Paquistão, indo para a Índia. Uma mulher que oferecia hospedagem em Nova Délhi disse que eu podia ficar na casa dela. Achei que era uma mulher solteira, mas acabou sendo uma família inteira. O marido dela e os quatro filhos. O lugar era pequeno, mas eram pessoas muito legais. Cozinhavam para mim todos os dias."

"Curry?" A ideia de carne de vindalho ou frango indiano na manteiga me fez perceber como eu estava com fome. Eu poderia ter comido uma pizza gigante naquele momento.

"Isso. Comi muito. Era tudo vegetariano. Muito saudável. Eu só planejava passar alguns dias em Délhi. Queria ir para Agra e, se tivesse tempo, Jaipur. Mas eu estava me divertindo tanto com eles que acabei ficando uma semana inteira."

"Não foi ao Taj Mahal?"

Ela fez que não com a cabeça.

"Sabia que devia ter sido construído um preto também?"

"O que aconteceu?"

"Acho que o xá mudou de ideia."

"Acho que é um mito."

"Não é um mito."

"Tem mais algum fato interessante para me contar?"

"Você está sendo arrogante comigo?"

"Vai me interromper de novo?"

"Vá em frente."

"*Então*", Nina disse com ênfase, fingindo estar irritada comigo — ou pelo menos pensei que ela estava apenas fingindo, "meu próximo destino era a China. No dia anterior ao meu voo, o irmão da mulher veio jantar. Ele acabou ficando bêbado e passou a noite por lá."

"Os hindus podem tomar álcool?"

"Claro, Ethan. O hinduísmo não proíbe nada. Não há carma ruim se a bebida for consumida com moderação. Você está pensando no Islã."

"Não estou. Sei a diferença entre o hinduísmo e o islamismo."

"Tem certeza?"

"Claro."

"Porque os muçulmanos governaram a Índia por muito tempo. Talvez seja por isso que você tenha se confundido com as diferentes religiões."

"Não estou confuso. Só pensei que..." Balancei a cabeça. "Tanto faz." Eu estava tão chapado que não sabia se ela estava brincando comigo, embora suspeitasse que sim. "E, então, você foi para a China?", perguntei, para mudar de assunto.

"Você continua me distraindo."

"Desculpe."

"Você disse que não faria mais isso."

"Não vou mais."

"Espero que não." Ela cruzou as pernas na frente dele. "O quê? O que foi?"

"Hum?"

"Você está olhando para as minhas pernas."

"Ah!" Senti minhas bochechas ficarem vermelhas. "Você ainda está usando shorts. Eu... estava imaginando se não estava sentindo frio nas pernas."

"Elas estão bem, Ethan."

Respirei fundo e tentei agir normalmente.

"Então, o que aconteceu com sua família?"

"Depois do jantar naquela noite, a noite que eu estava descrevendo para você antes de você querer saber se eu estava sentindo frio nas pernas, fui dormir cedo porque tinha um voo cedo na manhã seguinte. O irmão que passou a noite era taxista. Ele se ofereceu para me levar ao aeroporto. Seu táxi estava estacionado bem na frente. Parecia perfeitamente seguro."

Ela me deu um olhar como se eu estivesse contestando.

"É mesmo?"

"Nova Délhi é uma cidade grande. Eu não tinha ideia de onde ficava o aeroporto. Tudo parecia igual para mim. Mas quanto mais dirigíamos, mais eu tinha a sensação de que não estávamos indo na direção certa."

"Por quanto tempo vocês estavam dirigindo?"

"A essa altura, vinte, trinta minutos. O trânsito naquela cidade é péssimo. Mas era cedo. Não havia muitos carros. Então, já devíamos ter chegado ao aeroporto. Quinze minutos depois, tive certeza de que não estávamos nem perto do aeroporto e pedi para ele parar. Ele parou em um beco sem saída. Nessa hora, eu já estava muito assustada. Mas eu tinha essa mochila enorme. Não tinha como fugir. Quando saí, ele me agarrou e..." Ela parou por um longo momento. "Ele me prendeu contra o carro e levantou meu vestido. Tentei gritar, mas meu peito estava tão apertado que não conseguia fazer barulho. Enquanto ele estava tentando tirar as calças, eu o empurrei e, não estou brincando, Ethan, eu o atingi com um golpe de caratê na garganta. Essa é a melhor maneira de parar um agressor. A virilha, o pescoço ou os olhos. Eu o ataquei assim", ela demonstrou em mim, segurando o golpe pouco antes de bater no meu pomo de Adão, "e ele me soltou."

"Puta merda. Você foi à polícia?"

Ela fez que não com a cabeça.

"O cara tentou te estuprar!"

"Se eu contasse à polícia, ficaria presa em Nova Délhi por muito tempo. Naquele momento, só queria ir embora. Além disso, era minha palavra contra a dele."

Eu meio que entendi o argumento dela. Ela não queria ficar presa na burocracia de um país em desenvolvimento. E a Índia era a Índia, uma sociedade patriarcal. As autoridades talvez rejeitassem a história dela sem pensar duas vezes. Ainda assim, parecia incompreensível que esse cara pudesse simplesmente sair livre disso.

"E a irmã dele... a que te hospedou? Contou para ela o que aconteceu?"

"Considerei isso. Mas, quando cheguei à China e estava com meu próximo anfitrião, parecia que tinha acontecido muito tempo antes, em um mundo diferente. Depois de ela ter sido tão legal, eu não achava que poderia contar para ela o que seu irmão tentou fazer."

"E se ele atacar outra pessoa?"

"Eu sei, Ethan. Não estou feliz com a forma como as coisas aconteceram. Às vezes, a vida é assim mesmo." Ela deu de ombros. "De qualquer forma, essa é a minha experiência ruim no *couch surfing*."

"Não sei o que dizer. Estou... estou feliz que você esteja bem."

"Obrigada, Ethan."

Fiz que não com a cabeça, sem jeito. Não sabia mais o que fazer. Não sou bom com condolências. Isso porque, desde a morte de Gary, eu geralmente as recebo e estou bem ciente de como soam estranhas e triviais.

"Ei", exclamei, lembrando-me de algo. "Quando estávamos pegando lenha e encontramos aquele corpo..."

"Você ficou enjoado."

"Eu esbarrei nele. Toquei. O cheiro..."

"Entendo."

"Você e Ben viram os crucifixos pendurados nas árvores?"

"Crucifixos? Não."

"Nenhum deles?"

"Vimos a tinta na árvore. Estávamos examinando quando ouvimos você gritar. Vimos você se afastando do corpo."

Ela soltou uma risadinha.

"Você achou engraçado?"

"Parecia que você estava dançando com ele. Foi o que achei. Que você estava dançando com ele. Então, você se virou e vomitou."

"Então, Ben surtou por causa do corpo?"

"Você já comeu cogumelos?"

"Já."

"Imagine estar sob efeito deles aqui e ver um cadáver... especialmente um que parecia com o que vimos. Acho que eu teria reagido da mesma forma. E esses crucifixos?"

"Eram feitos de gravetos. Havia pelo menos uma dúzia deles, pendurados em galhos." Hesitei. "Estavam se mexendo."

"Se mexendo?"

"Balançando para a frente e para trás. Como se houvesse um vento. Mas acho que não tinha, não."

Nina franziu a testa.

"Você está tentando me assustar, Ethan?"

"Não..."

"É uma história de terror?"

"Foi o que eu vi." Dei de ombros. "Não sei. Deve ter sido um vento forte."

"Forte o suficiente para soprar os crucifixos? Você teria sentido."

"Não há outra explicação."

"Há, sim. Você simplesmente não quer reconhecer o que talvez seja." Ela tirou a câmera do bolso e me entregou. "Tem uma foto que quero te mostrar."

Liguei o dispositivo e apertei o botão Play. Uma foto de Tomo, Neil, John Scott e Mel apareceu. Estavam sentados ao redor da fogueira.

"A foto de todos ao redor da fogueira?", perguntei.

"Sim, essa mesma."

"Quando você tirou essa foto?"

"Um pouco antes de você sair."

"E daí?"

"Você vai ver."

Examinei a foto mais atentamente. A fumaça subia da fogueira diante deles, encobrindo grande parte do lado direito da foto — e nela havia algo que não era fumaça. Os cantos eram sólidos demais, definidos demais, e eram de uma cor ligeiramente diferente, mais clara, quase branca.

"Está vendo isso?", perguntou Nina.

"Acha que é um fantasma?"

"Não sei o que é. E você?"

Um arrepio percorreu minha espinha como se um dedo frio tivesse me tocado na base do pescoço. Crucifixos balançando — e agora isso?

"Não acredito em fantasmas", comentei.

"Então, o que é?"

Eu não tinha resposta. Usei a função de zoom para ampliar a imagem. Quanto mais eu olhava, mais achava que quase podia ver um rosto.

"Um reflexo de luz?", perguntei.

"Era noite, Ethan."

"Uma lente suja?"

"Tirei mais fotos. Olha. Essa marca está apenas nessa."

Apertei o botão para rolar para a direita. Havia várias fotos da floresta, incluindo uma do canil e das várias placas pelas quais passamos no caminho para a floresta. Havia uma do monte Fuji tirada por uma janela que parecia ser de trem. A estátua de bronze do famoso cão Hachioji, um ponto popular de encontro na estação de Shibuya.

Nina nua.

Ela estava em pé em um quarto de frente para um espelho de parede. Uma toalha branca estava enrolada na cabeça. Suas costas e a metade superior das nádegas estavam à mostra.

Eu devia ter desligado a câmera. Em vez disso, cliquei com o botão para a direita. Nina de novo, desta vez alcançando a câmera como se quisesse impedir que a foto fosse tirada. Essa não deixou nada para a imaginação.

A próxima era de Nina de calcinha e sutiã, escovando os cabelos. A próxima era de um grande avião atracado em um portão de embarque do aeroporto.

Voltei à fotografia da fogueira e do suposto fantasma. Pigarreei.

"É, não sei o que pensar sobre isso."

"Viu, não era lente suja."

Devolvi a câmera para ela.

"Não…"

"Mas você acha que deve haver uma explicação racional."

"Não acha?"

"Talvez sim. Talvez não. Estou chapado demais para pensar em explicações racionais agora."

Lembrei-me de como me senti antes, durante o dia, quando começamos a descer a trilha secundária. As formas que pensava poder ver nos troncos retorcidos das árvores e nos aglomerados de raízes.

"Estamos projetando", falei.

"Hum?"

"Tipo, quando você vê uma girafa ou um elefante nas nuvens. Não estão realmente lá. Mas você quer vê-los, então projeta."

"Você estava projetando quando viu os crucifixos balançando?"

"Não sei." Dei de ombros. "Acho que provavelmente sim."

"Sabe, Ethan", declarou Nina com um sorriso perspicaz, "você é um péssimo mentiroso."

• • •

Passei mais meia hora conversando com Nina. Não mencionei as fotos dela sem roupa, e ela também não, mesmo que soubesse que estavam na câmera. Então, meu celular tocou.

Tirei-o do bolso, xingando por não tê-lo desligado. A última coisa de que eu precisava era Mel pensando que eu estava conversando com Shelly na floresta. Olhei para a tela e hesitei. Era um número restrito.

Apertei o botão para atender.

"Alô!"

Silêncio.

"Alô!"

"Por que você está na minha floresta?", perguntou uma voz áspera.

Por um momento, eu não consegui respirar e muito menos responder, até perceber que era Derek, tinha que ser Derek, tentando me assustar.

"Vai se foder, Miller", esbravejei. "Eu sei que é você."

"Por que você está na minha floreeeeeesss...?"

Não é o Derek, a voz não parece nada com a dele.

"Quem é?", questionei.

Um tom de discagem.

Olhei para o meu celular, congelado até os ossos.

"Quem era?", perguntou Nina, preocupada.

"Um... amigo."

"Você perguntou quem era."

"Estava tentando me assustar."

"O que ele disse?"

"Perguntou por que eu estava em sua floresta."

"Meu Deus, Ethan! Tem certeza de que era seu amigo?"

"Quem mais poderia ser?"

"Veja o número."

"Apareceu como restrito."

"Você reconheceu a voz dele?"

"Não... sim. Ele estava disfarçando."

"Como era?"

"Como... como um japonês."

"Assustador?"

"Sim."

"Como um fantasma japonês?"

"Como é a voz de um fantasma japonês?"

"Não é engraçado."

"Eu sei. Vou dar uma surra nele quando o vir."

"Isso está errado, Ethan. Está muito errado."

"Nina, está tudo bem, acalme-se."

"Tem certeza de que era seu amigo?"

"Sim... total."

"Ligue para ele de volta."

"Não dá pra ligar para números restritos."

"Ligue para o número real dele."

Assenti e disquei. Depois de sete toques sem resposta, desliguei.

"Viu?", falei a ela. "Ele sabe que eu sei. E agora não está atendendo."

"Espero que você esteja certo."

"Quem mais poderia ser?"

"Talvez realmente tenha sido..."

"Não foi, não, Nina."

Meus olhos estavam secos e as pálpebras pesadas por causa da maconha, e o trote de Derek me deixou sóbrio, então disse a Nina que ia dormir. De volta ao acampamento, o fogo se resumia essencialmente a brasas. Todos haviam se retirado para suas barracas. Olhei em volta procurando por John Scott, imaginando onde havia escolhido para dormir. Não o vi em lugar nenhum.

Coloquei meu celular na mochila de Mel para não rolar sobre ele enquanto dormia, em seguida entrei em nossa barraca, esperando que Mel não sentisse o cheiro de maconha em mim. Estava encostada do outro lado sob um daqueles cobertores de emergência da era espacial. Eu nunca tinha usado um e estava curioso para descobrir se forneciam algum calor ou não. Tirei meus sapatos, levantei o cobertor e deslizei ao lado dela, tomando cuidado para não me aproximar demais.

"Ei", sussurrei suavemente.

Ela não respondeu.

"Está acordada?"

"Não."

"Quero explicar a história sobre a Shelly..."

"Não mencione o nome dela."

"Quero explicar sobre *ela*..."

"Agora não."

"É importante."

"Não quero ouvir nada disso."

"Então, quando?"

Nenhuma resposta.

"Mel?"

"Boa noite!"

Quase expliquei de qualquer maneira, mas não queria correr o risco de ser chutado para fora da barraca. Mudei de posição para ficar mais confortável. O chão era duro. Até agora, não tinha detectado nenhum benefício de calor do cobertor.

Deitado lá no escuro, ainda bem acordado, contemplei Mel e nosso relacionamento, e perguntei a mim mesmo como as coisas tinham ficado tão ruins e tão rapidamente. Depois de reproduzir nossa discussão anterior, tirei o assunto da cabeça, convencendo a mim mesmo que tudo se resolveria pela manhã.

Meus pensamentos se voltaram para Nina. Não pude deixar de me livrar da sensação de que ela sabia que aquelas fotos dela estavam em sua câmera, ela não as havia esquecido e queria que eu as visse.

Mas por quê?

Uma fantasia passou pela minha cabeça. Nina e eu voltamos para onde havíamos fumado o baseado. Ela me entrega a câmera e eu vejo as fotos dela. Desta vez, porém, eu as menciono.

"O que você acha, Ethan?", indaga ela.

"Você tem um corpo bonito."

"Você gosta dos meus seios?"

"Eles são bonitos."

"Quer vê-los de verdade?"

Nesse ponto, ela se levanta e me leva para mais fundo na floresta, onde começamos a nos despir. Só quando tiro suas roupas é que encontro um corpo seco e apodrecido, nada além de ossos saltando através da pele flácida e acinzentada...

Abri meus olhos. Eu estava caindo no sono, passando por aquele mundo sombrio onde ainda se está acordado, mas também não se está. Embora estivesse olhando para a escuridão, eu via o corpo do homem enforcado. Uma sensação fria, pegajosa e quase paralisante me dominou como se a morte tivesse me seguido para dentro da barraca. Eu queria abraçar Mel, sentir seu corpo, seu calor, sua presença. Mas eu não conseguia. Estávamos em uma briga estúpida sobre uma infidelidade inexistente.

Fechei os olhos novamente e rolei para o lado.

A manhã precisava chegar o mais rápido possível.

FLORESTA DOS SUICIDAS 青木ヶ原

15

Estávamos na cozinha comunitária da pousada Shinagawa. Eu estava no fogão, preparando o café da manhã para Gary e para mim. Os ovos na frigideira eram mexidos, como Gary gostava, e o bacon, extra crocante. Gary estava sentado à mesa: cachos escuros, nariz reto, olhos verdes com riscos dourados. Ele estava vestido com o uniforme de hóquei Hershey Bears branco e marrom, um "c" de capitão na frente da camisa e o número 14 nas costas. Ele estava até de patins, protegendo as lâminas com protetores de borracha. Vestir-se em casa antes de um jogo ou treino era algo que fazíamos quando éramos crianças, o que dava ao nosso pai, que estava regularmente de ressaca nas manhãs dos fins de semana, algum tempo extra de sono.

"Por que você já está vestido, Gare?", perguntei a ele. "Você não faz isso desde quando ainda era amador."

"Tenho treino nesta manhã, cara."

"Mas por que não se veste no estádio?"

Ele franziu a testa.

"Porque estou atrasado."

"E daí? É só um treino."

"Não, cara. Estou atrasado para outra coisa."

"Para quê?"

"Tenho um compromisso."

"Que compromisso?"

Sua testa se aprofundou: tristeza ou medo, não sei dizer.

"Não posso falar sobre isso." Ele se levantou. "Obrigado pelo café da manhã. Tenho que ir."

Um pavor terminal tomou conta de mim porque eu sabia que, aonde quer que ele estivesse indo, ele não voltaria.

"Espere aí! Gare! Você ainda não tomou seu café da manhã. Pelo menos fique para tomar seu café."

"Não queime os ovos, cara."

Então, ele foi embora. Olhei para onde ele estava, desejando que voltasse. Nina apareceu, em vez disso, do corredor e seguiu para o chuveiro que ficava fora da cozinha, perto das máquinas de lavar que funcionam com moedas. Uma camiseta azul-marinho flutuava solta sobre o corpo, terminando na metade de suas coxas.

"Bom dia, Ethan!", cumprimentou ela.

"Oi, Nina", respondi, animado. "Você perdeu de conhecer meu irmão, Gary." Desejei que ela pudesse tê-lo conhecido.

"Ah, que pena."

"Quer tomar café da manhã? Tenho mais um aqui."

"Uma torrada vai bem. Onde está sua namorada?"

"Não sei." E eu não sabia. Mel não havia dormido em nosso quarto. Eu devia estar mais preocupado — ela nunca ia a algum lugar durante a noite sem me avisar —, mas não estava. Eu sabia que ela ainda estava com raiva de todo aquele lance de Shelly, e não queria lidar com nada disso naquela hora.

"Você devia se casar com ela, Ethan."

"Eu sei."

"Você está pronto?"

"Não tenho certeza."

Nina desapareceu na cabine de banho. A água ressoava pelos velhos canos do prédio. Mais uma vez eu fiquei sozinho.

Mexi os ovos e virei o bacon. Então, pus os dois pedaços de pão branco na torradeira. Era tão difícil encontrar pão integral no Japão, assim como maionese de verdade ou pasta de dente com flúor.

Nina começou a me chamar. Ela precisava de uma toalha.

Peguei uma no quarto e bati na porta do chuveiro com os nós dos dedos.

"Está aberta."

Eu abri. Havia um pequeno vestíbulo, onde era possível trocar de roupa, e o próprio box do chuveiro. Nina estava embaixo do chuveiro em um biquíni branco. Pendurei a toalha no gancho.

"Está surpreso?", perguntou ela.

"Por quê?"

"Por eu estar usando um biquíni."

"Não", respondi eu, embora estivesse — e também decepcionado.

"Quer que eu tire?"

O vapor ondulava ao redor dela. Eu conseguia sentir a umidade.

"Sua torrada deve estar pronta."

"Tchau, Ethan!"

Fiquei ali por um momento, não querendo sair, mas ela estava me ignorando. Fechei a porta e voltei para o fogão. Coloquei em um prato bacon e ovos e no outro duas fatias de torrada.

Nina saiu do chuveiro. A toalha que dei a ela enrolada no corpo. E, quando ela se sentou à mesa, a toalha escorregou pelo torso e se amontoou na cintura. Ela não estava mais usando o biquíni. E não parecia notar ou se importar com o fato de os seios estarem expostos, e tive uma sensação de *déjà-vu*. Mais uma vez, no entanto, escolhi não dizer nada. Enquanto comíamos, ela me contou de quando, na Índia, quase foi estuprada. No meio de sua história, ouvi algo do outro lado da porta de vidro deslizante que dava para uma varanda. As cortinas estavam fechadas, e eu não conseguia ver lá fora. O barulho continuou. Pareciam passos. Como alguém andando sobre folhas secas.

"Você vai ver quem chegou?", perguntou-me Nina.

Uma indecisão me paralisou. E se fosse Mel? Se ela visse Nina sentada seminua à mesa comigo, com certeza ficaria louca. Ainda assim, me senti compelido a ver quem era.

Levantei-me e abri a porta...

Acordei bruscamente de novo, revivendo os últimos momentos do sonho. A cozinha da pousada. Gary. Nina. Mel — estava na porta? Nunca tive a chance de descobrir. À medida que a realidade imediata do sonho desapareceu, lembrei onde estava.

Eu tinha rolado contra Mel durante a noite, então estávamos de conchinha, meu braço direito sobre seu flanco. Ou ela estava dormindo profundamente e não estava ciente da minha transgressão, ou havia notado em algum momento, mas não se importou. Eu esperava que fosse a última opção.

Ouvi um ruído do lado de fora da barraca e fiquei paralisado em estado de alerta.

Foi isso que havia me acordado?

Permaneci perfeitamente imóvel, ouvindo.

Passos.

O alerta se transformou em medo total.

Eu me sentei. O cobertor de emergência caiu para longe de mim, o alumínio vaporizado estalando e fazendo muito barulho.

Mel não se mexeu. Escutei mais uma vez e, depois disso, não ouvi mais nada.

Estava prestes a abrir a aba da barraca, embora não conseguisse me obrigar a fazê-lo.

E se fosse... o quê?

Um *yūrei?*

Repreendi-me por ser infantil. Era só alguém indo mijar. Estava nas árvores agora. Voltaria a qualquer minuto. Eu ouviria a pessoa quando entrasse em sua barraca.

Deitei-me, extremamente alerta.

"O que está fazendo?", perguntou Mel, sonolenta.

"Ouvi algo lá fora."

"O que foi?"

"Alguém indo ao banheiro, acho."

Ela não respondeu.

Um minuto passou para dois, depois três, depois quatro.

Talvez não fosse um número um, mas podia ser um número dois?

Quando dez minutos se passaram e tudo permaneceu quieto do lado de fora da barraca, comecei a me perguntar se havia imaginado o som.

Não, tinha certeza de que não.

Teria sido, então, algum animal?

Tinha que ter sido algo grande.

Um urso? Um cervo?

Talvez. Mas eu não estava convencido. Tive a impressão de que os passos haviam sido bem lentos, com a intenção de não fazer muito barulho.

Sério? Você está meio sonolento. Para de ficar alarmado.

Fechei os olhos e segui meu conselho.

FLORESTA DOS SUICIDAS 青木ケ原

16

Através do nevoeiro do sono, ouvi Nina chamando o nome de Ben. Não lembro quantas vezes ela o chamou, ou em que intervalos, apenas lembro que eu continuava ouvindo a repetição incessante. Por um momento pensei que poderia estar sonhando, mas a realidade lentamente penetrou no meu sono, me dizendo que eu provavelmente deveria me levantar, algo poderia ter acontecido. Relutante, me sentei. Já estava claro lá fora. Não era um dia ensolarado brilhante. A luz cinzenta e filtrada de outra manhã nublada.

Mel não estava na barraca. Eu nunca a ouvi acordar, o que significava que eu devia estar muito fora de mim. Fiquei surpreso com isso, porque, depois de ouvir os passos no meio da noite, descansei apenas de forma irregular, ficando semiacordado pelo enigma dos passos, do chão duro e do clima gelado. Além disso, Mel estava se mexendo e falando durante o sono, algo que ela nunca fazia, o que me fez imaginar se ela estava tendo mais daqueles pesadelos relacionados àquele buraco.

Empurrei o cobertor de emergência para o lado, esfreguei os braços para me aquecer e notei que minha mão direita tinha inchado ainda mais durante a noite. As pústulas se transformaram em bolhas claras cheias de líquido turvo. Elas continuaram a coçar terrivelmente, especialmente as que estavam nos vincos da palma e entre os dedos. Mais uma vez, no entanto, recusei a tentação de coçá-las. Se eu as rompesse, havia uma boa chance de elas infeccionarem.

Rastejei para fora e fiquei de pé. A floresta parecia tão sombria e desesperadamente infernal como no dia anterior, mas eu não estava tão incomodado com isso. Tínhamos passado a noite e estávamos indo embora. Aleluia.

Eu conseguia ver minha respiração ofegante diante de mim. O fogo estava aceso, e o cheiro de fumaça me fez sentir semi-humano. Tomo e Neil estavam sentados um ao lado do outro. Neil estava lendo um livro — ele sempre tinha algum livro de não ficção ou outro — enquanto Tomo folheava um de seus quadrinhos de mangá. Ele dizia que as histórias eram de ficção científica ou terror, mas, toda vez que eu espiava uma página sobre seu ombro, algo traumatizante estava acontecendo com uma mulher peituda em roupas minúsculas.

John Scott estava encolhido na base de uma árvore próxima. Parecia volumoso, como se tivesse vestido roupas extras embaixo de sua jaqueta de couro. Ele estava usando sua mochila como travesseiro. Eu devia ter passado direto por ele na noite anterior depois de me despedir de Nina.

Mel estava a vinte metros de distância, sentada em uma pedra, de costas para nós.

"Ei!" Limpei minha garganta seca. "Bom dia!"

"Bom dia, Ethan!", cumprimentou Neil. "Quer uma xícara de café? Vou colocar a chaleira de novo para esquentar."

Percebi que cada um tinha copos de papel ao seu lado, cheios de café preto, o que ativou meu sentido olfativo e, de repente, pude sentir o aroma rico e forte.

"Quero um pouco, sim."

Neil colocou a chaleira diretamente nas chamas, manobrando-a para evitar que o cabo de plástico preto derretesse. "Infelizmente, só tem isso de água."

"Não vamos ficar aqui."

Tomo retirou seus fones de ouvido.

"E aí, cara! Você dormiu bastante."

Eu olhei para meu relógio.

"São só sete e meia." Olhei para Mel novamente. Ela conseguia me ouvir? Por que não se virava?

"Vocês dois, pombinhos, ainda estão brigados?", perguntou Neil, colocando café instantâneo em um copo.

"Acho que sim."

"Porque você viadinho", disse Tomo.

"Porque Mel e eu discutimos?"

"Sim, e você corre pras árvores e chora igual garotinha. Tem que ser macho, né? Diga a ela que você fala com a vagabunda que quiser."

"Obrigado pelo conselho, Snoop."

"Você sabe como é."

Nina chamou o nome de Ben novamente de algum lugar nas árvores.

"O que está acontecendo com Ben?", perguntei.

Neil deu de ombros.

"Ele não apareceu desde que acordamos."

Franzi a testa. Aonde ele foi? Foi dar uma volta — sem contar a Nina ou a qualquer outra pessoa?

"Acha que devemos ajudar Nina a procurá-lo?", perguntei.

"Não tem necessidade de entrar em pânico", afirmou Neil. "Vamos descobrir o que está acontecendo quando ela voltar." Ele despejou água fervente no copo e me entregou, eu aceitei, segurando pela borda para não queimar os dedos. "Enquanto isso", acrescentou ele, acenando para Mel atrás de mim, "você tem problemas próprios para resolver, não acha?"

Mel não disse nada quando me sentei em uma pedra perto dela. Coloquei o café ao meu lado.

"Ei", cumprimentei com falsa normalidade.

"Ei", respondeu ela.

"A que horas você acordou?"

"Quinze minutos atrás, talvez."

"Comeu alguma coisa?"

"Tomei chá."

"Então, não comeu."

"Não estou com fome."

"Eu acho que tem umas nozes..."

"Não estou com fome, Ethan."

Ficamos em silêncio. O ar da manhã estava não apenas gelado, mas também úmido. O odor flagrante das folhas mortas perfumou o ar.

"Escuta, Mel, essa coisa da Shelly, é idiota demais para ficar chateada."

Ela olhou para mim.

"Você está me chamando de idiota?"

"O quê?"

"Acho que mentir sobre as ligações de uma ex-namorada é uma coisa grave. E você acha que mentir sobre as ligações de uma ex-namorada é uma coisa idiota. Então, você está me chamando de idiota por pensar que é uma coisa grave?"

Cerrei a mandíbula.

"Não."

"Não?"

"Só foi exagerado, só isso."

"Benjamin!" Era a Nina de novo. Parecia mais perto do que antes.

"Olha", disse eu. "Não está nos ajudando nada adiar isso..."

"John e eu dormimos juntos", disparou ela, de repente.

Pisquei, pensando que não tinha ouvido certo, mas passou num lampejo e uma onda de ciúmes em brasa me invadiu.

"Quando?", murmurei.

"Na faculdade. Ele estava de licença do Exército, visitando amigos na UCLA. Eu o encontrei em um bar."

"E você o levou para casa?"

Ela não respondeu.

"E depois disso?", questionei. "Você o viu de novo?"

"Não. Ele voltou para a base onde estava lotado. Foi no meu último ano. Voltei para Santa Helena alguns meses depois. Depois, vim para cá."

Assimilei essa revelação. Foi irritante ouvir, e tive que me convencer que ela não tinha feito nada de errado. Aconteceu antes de eu conhecê-la. Se não tivesse conhecido John Scott nesta viagem, eu não teria ligado. Por outro lado, eu *conheci* John Scott. Ele *estava* nessa viagem. Mas que merda era essa?

"Você o viu depois que ele chegou ao Japão?", perguntei.

"Não."

"Nenhuma vez?"

"Não."

"Não acha que devia ter pelo menos me dito algo sobre essa história entre vocês dois?"

"Por favor, Ethan, como se alguma vez já tivesse me contado alguma coisa sobre Shelly e você."

"Não está acontecendo nada!", gritei. "Nada!"

"E nada está acontecendo entre John e mim."

"Ele está aqui agora, Mel. Está acampando com a gente. Você está vendo Shelly em algum lugar?"

"Não posso ser amiga dos meus ex?"

"Você podia ter me dito que passaríamos o fim de semana com um deles."

"Bom, agora você sabe." Ela se levantou. "Vou pegar mais chá."

"Espera aí, eu quero conversar sobre isso."

"Eu não, Ethan. Preciso de tempo para refletir sobre tudo isso."

Senti um aperto no peito. *Refletir sobre tudo isso?* Não gostei de como aquilo soava. Parecia algo que se diz quando está pensando em terminar o relacionamento.

"Refletir sobre o quê?", perguntei.

"Sobre as coisas, Ethan. Sobre as coisas."

Ela saiu.

Permaneci onde estava, tentando entender o que Mel havia me contado. Então, ela e John Scott haviam ficado juntos. Não gostei, mas tanto faz. Aconteceu no passado. Mas por que ela o havia convidado para escalar o monte Fuji? E por que não me contou sobre sua história com ele? Por que o segredo? Essa era a maneira dela de se vingar de mim? Ela sabia das mensagens de Shelly fazia algum tempo. Ela suspeitava, embora erroneamente, que uma faísca havia reacendido entre nós. Então, quando John Scott ligou procurando algo para fazer em Tokyo, ela o convidou para escalar o Fuji com a única intenção de me deixar com ciúmes? Manteve segredo sobre a história deles, sabendo que eu inevitavelmente descobriria? Será que havia entrado em contato com *ele*, não o contrário?

Imagine uma coisa doentia e distorcida.

Mel era capaz disso?

E que porra era aquela pseudoameaça de terminar tudo? De jeito nenhum, ela podia estar falando sério. Era um blefe, uma fase. Afinal, não era como se ela tivesse nos pegado na cama juntos. Isso poderia ter sido motivo para algo tão drástico quanto terminar. Foram apenas algumas mensagens de texto, um mal-entendido.

Bom, que se foda, pensei. Se Mel quisesse se exibir com John Scott para me deixar com ciúmes, tudo bem. Se ela quisesse ameaçar terminar para me mostrar alguma coisa, tudo bem. Eu não me envolveria nesses joguinhos estúpidos.

Ao longe, vi um flash da jaqueta amarela de Nina entre a folhagem verde. Ela me viu e acenou. Acenei de volta. Ela se aproximou e sentou-se na pedra em que Mel estava sentada. Seu rosto estava vermelho, e ela respirava com dificuldade, de raiva ou esforço, não tenho certeza.

"Ben sumiu", afirmou ela, balançando a cabeça. "Você ouviu?"

"Ele estava na sua barraca quando você foi dormir ontem à noite?"

"Estava lá, sim. Ele queria falar, falar, falar, sobre nada. Eu estava cansada. E tinha dito isso a ele. Ele ficou inquieto e saiu da barraca. Eu fui dormir."

"Que horas eram?"

"Uma hora depois que você me deixou. Por quê, Ethan?"

"Pensei ter ouvido alguém andando do lado de fora das barracas ontem à noite."

"E daí?"

"E daí nada. Só estou tentando juntar as peças."

"Quem era?"

"Se não era Ben, acho que era alguém que precisava se aliviar."

"Se aliviar?"

"Sim, mijar."

"Ah! Sabe o que me preocupa? Que Ben tenha se perdido."

"Ele deve ter ido muito longe", admiti. "Digo, se ele não consegue ouvir você chamando seu nome."

"Sim, isso, ou ele não conseguiu encontrar o caminho de volta e simplesmente foi dormir em algum lugar. Você acha que ele está dormindo agora?"

"Pode ser", respondi. Era uma alternativa melhor do que estar deitado em uma daquelas crateras de lava com o crânio fraturado. "Você tentou ligar para ele?"

"Estou sem celular."

"Por quê?"

"Tenho um em casa, mas não trouxe comigo. O roaming é muito caro quando se está viajando."

"Então você não tem o número de Ben?"

"Ele também está sem celular."

"Então, o que você quer fazer?"

"Quero encontrá-lo, claro."

"Talvez ele tenha ido ao estacionamento?"

Ela franziu a testa.

"Estacionamento?"

"Se a floresta o estava assustando, ele talvez tenha querido se afastar dela, ficar ao ar livre."

"Sem me dizer?"

"Talvez. Não sei."

"Não, acho que esteja perdido", afirmou ela com firmeza. "Devemos esperar que ele volte."

"E se não voltar?"

"Ele vai. Provavelmente está apenas dormindo. Você vai ver."

De volta ao acampamento, Mel já estava desmontando nossa barraca. Neil ainda estava lendo seu livro, enquanto Tomo cochilava. John Scott estava sentado no trecho de terra onde havia dormido, fumando um cigarro. Tive que resistir à vontade de dizer algo a John sobre Mel e ele. Seria um sinal de fraqueza, admitir que eu o via como ameaça. Ele provavelmente gostaria disso, alimentaria seu complexo de macho alfa.

"Até que horas você ficou acordado ontem à noite?", perguntei a ele em vez disso.

"Até tarde."

"Viu Ben por aí?"

"Não. O que está pegando?"

"Ele desapareceu", explicou Nina, encaixando as mãos nos quadris. Era uma pose confrontadora, quase como se ela estivesse culpando John Scott.

Eu estava gostando mais dela a cada minuto.

"Ele está bem", retrucou John Scott.

"Você acha?", perguntou ela, com um tom de crítica.

"Acho."

"Sabia que a culpa é sua por ele estar desaparecido, não é? Podia pelo menos fingir que está preocupado."

"Eu não sou a babá dele. Se ele não aguentar..."

"Ai, cala a boca." Nina se virou para os outros. "Ele não tem celular, então não podemos contatá-lo. Vou esperar aqui até que ele volte. Vocês podem fazer o que quiserem."

"Ainda quero ir até lá ver aquele corpo", declarou John Scott. "Tomo estava com medo de fazer isso ontem à noite."

"Eu estava muito bêbado", justificou-se Tomo sem abrir os olhos.

"E agora?"

"Beleza, cara, vamos lá."

"Neil?", perguntou John Scott.

"Vou vivenciar indiretamente por meio de sua descrição."

Não achei que estava em posição de falar por Mel naquele momento, então simplesmente olhei para ela. Ela continuou a desmontar a barraca em silêncio.

"Mel?", perguntei.

"Oi?"

"Fica ou vai?"

"Claro que vamos ficar até Ben voltar", informou ela. "Não podemos deixar Nina aqui sozinha."

FLORESTA DOS SUICIDAS 青木ヶ原

17

Depois que terminamos de desmontar as barracas e empacotar nossas coisas, nós nos sentamos em círculo para o café da manhã, que eram as sobras do jantar da noite anterior. Dado as escolhas limitadas de todos, decidimos juntar a comida e, depois, dividi-la entre todos nós. Ao todo tínhamos um saco de uvas, algumas nozes, frutas secas, uma banana murchando e dois pacotes de macarrão instantâneo, só que não tínhamos mais água para cozinhá-los. Separei sete porções, deixando de lado a de Ben. Neil, no entanto, disse que não estava com fome, então dividimos o dele também.

"Pena que você deixou sua comida no local das formigas", disse-me John Scott.

"Nós pegaremos na volta."

"Se as formigas não comeram tudo."

Elas não teriam comido. Não havia deixado nada aberto; estava tudo embalado. Ainda assim, não me incomodei em contar isso a John Scott.

Não conseguia parar de imaginar aquele filho da puta e minha namorada juntos na cama.

Enquanto comíamos, Neil desapareceu na floresta, voltando cinco minutos depois.

"Foi cagar, cara?", disparou Tomo.

"Você é muito vulgar, não é?", retrucou Neil, ficando vermelho.

"Você fez, ó..." Ele fez um barulho de peido.

"Deixa disso, Tomo", pedi. "Estamos comendo."

"Como vocês dizem? Diarrémia?"

"Caganeira", respondeu John Scott.

"Fiquei mal do estômago, está bem?", alegou Neil.

"Eu disse que o peixe cheirava mal, cara."

"Não foi o peixe. Kaori não teria me dado peixe ruim."

"É, você tá certo", concordou Tomo. "Provavelmente a água engarrafada."

Neil fez uma careta. A cor subiu novamente para seu rosto, desta vez mais em irritação em vez de constrangimento. Ele estava prestes a explodir.

"Então, qual é o plano?", perguntei, mudando de assunto. "Devemos começar a procurar o Ben?"

"O que sugere?", retrucou John Scott. "Se ele não pode nos ouvir gritando daqui, então está longe demais para nós o encontrarmos."

"Ele pode estar ferido," ponderei.

"Se estiver dentro de um possível parâmetro de busca, ainda vai poder nos ouvir."

"Não se estiver inconsciente." Olhei para Nina, depois para cada um dos outros, certificando-me de que tinha a atenção deles. "Ele já tinha sumido quando acordamos, o que significa que saiu durante a noite ou de manhã cedo. Pode ter escorregado e batido a cabeça em uma pedra... ou caído em uma dessas crateras grandes."

"Ei, calma lá", interrompeu John Scott. "Se começarmos a vagar sem rumo, provavelmente vamos nos perder."

"Não iremos longe", comentei com ele, ficando irritado por ele estar discutindo comigo. "Mas temos que fazer alguma coisa."

"Quando?", perguntou Nina.

"Agora. Não há razão para adiar."

"E se não o encontrarmos?", perguntou Mel.

Olhei para Nina. Era decisão dela.

"Então, esperamos aqui", afirmou ela. "Se ele não voltar até a hora do almoço, voltamos para o estacionamento."

John Scott balançou a cabeça. Todos os outros, no entanto, pareciam ter gostado do plano.

"Acho que devemos procurar em duplas. Que tal John Scott e Tomo, Nina e Neil, Mel e eu?", sugeri.

"Eu vou com Neil", retrucou Mel de um jeito incisivo.

Eu olhei para ela. Ela desviou o olhar.

Dei de ombros. "Está bem. Mel e Neil. Nina e eu."

"Acho que Tomo e eu seguiremos a corda até o corpo", anunciou John Scott, levantando-se. "Quem sabe? Talvez Ben quisesse voltar e ver por algum motivo."

"Por que ele ia querer fazer isso?", ponderei. "Foi o que o deixou perturbado num primeiro momento."

"Talvez, quando ficou mais calmo, quis ver o que estava acontecendo."

Eu não queria ceder ao idiota, especialmente quando sabia que ele só queria visitar o corpo para saciar sua curiosidade, mas tinha um motivo válido. Ben poderia ter voltado lá.

Nos levantamos, nos juntamos em duplas e começamos a nos espalhar.

Nina e eu fomos na direção oposta à que ela havia ido antes. Andamos majoritariamente em silêncio, concentrando-nos em procurar sinais da passagem de Ben. Então, de repente, ela tropeçou em uma pedra, tombando para a frente. Eu a segurei pela cintura, impedindo-a de cair.

"Você está bem?", perguntei.

"Sim, obrigada. Não estava prestando atenção."

Começamos a andar novamente.

"Tenho certeza de que Ben está a salvo", comentei.

"Tenho certeza também."

"Mesmo que não o encontremos, a polícia fará uma busca. Vão encontrá-lo. Aqui não é o parque Yellowstone."

"Onde o Zé-Colmeia mora?"

"Aí é Jellystone."

"Sabe", desabafou ela, "eu me sinto culpada..."

"Ele ficará bem..."

"Não, você não entende." Ela franziu a testa. "Veja, eu acho que ele me ama."

Eu a olhei.

"E isso é ruim?"

"Eu não o amo."

"Ah!"

"Eu sei, eu sei. Não é legal dizer isso, especialmente com ele desaparecido, mas é verdade. É por isso que me sinto culpada. Porque estou pensando assim agora quando deveria me preocupar com ele."

Eu não disse nada.

"Sabe", continuou Nina, "eu não tinha certeza se queria que ele viesse comigo para o Japão. Mas ele veio. Ele insistiu. Eu pensei, por que não? Melhor do que ficar sozinha. Mas talvez eu estivesse errada. Gosto de ficar sozinha."

"Para onde você vai depois?"

"Depois do Japão? Para os Estados Unidos, seu país."

"Você nunca esteve lá?"

"Não."

"Você deveria visitar Wisconsin."

"É de onde você vem?"

"Sim e não. É de onde eu venho, sim, mas você não precisa visitar. Eu estava brincando. Não há muito o que fazer por lá."

"É tranquilo?"

"Bem silencioso."

"Ah, é isso que estou procurando! Lembra, eu te disse que estou procurando um lugar para meditar. Você deveria vir comigo, Ethan. Viveremos juntos."

Eu a olhei novamente. Ela era brutalmente direta.

"Então, o que você acha?", pressionou ela.

Fiz que não com a cabeça. Não sabia o que mais eu poderia fazer.

"Não seja tímido", insistiu ela.

"Não sou tímido. Você é... não sei."

"Sou o quê?"

"Ben vai para os Estados Unidos também?", perguntei.

"Ele não pode."

"Por quê?"

"Ele não concluiu o serviço militar. Nós dois terminamos nossos três anos ao mesmo tempo, mas ele tem que cumprir mais nove meses, pois ele é um oficial."

"Você também estava no Exército?"

"Sim, em Israel, homens e mulheres têm que servir."

"Isso é loucura."

"Somos um país pequeno, em uma parte do mundo onde poucos países gostam de nós. Fazemos o que podemos para sobreviver. As mulheres servem nas Forças Armadas desde antes da Guerra da Palestina."

"O que você fazia... seu cargo ou algo assim?"

"Fiz parte da Guarda de Fronteira."

"Como a Patrulha de Fronteira nos EUA?"

"Ela protege contra terroristas?"

"Mais contra imigrantes ilegais."

"Então, não acho que sejam semelhantes."

"Você já atirou em alguém?"

"Não, mas sou treinada para usar metralhadoras, granadas, morteiros, qualquer coisa. Portanto, não mexa comigo, Ethan."

"E você tem um golpe de caratê malvado."

"Isso é verdade."

Tentei imaginar Nina em uniforme militar com uma metralhadora, e, por algum motivo, a imagem veio facilmente. Talvez fosse sua personalidade obstinada...

Mel gritou.

O som congelou a medula dos meus ossos porque não era um grito de surpresa ou alarme.

Foi de puro horror.

"Vamos!", gritei para Nina, já correndo, meu coração palpitando dentro do peito.

Mel e Neil não estavam longe, e eu os alcancei rapidamente. Através das árvores, eu os vi em pé lado a lado, de costas para mim.

De repente, a floresta assumiu uma qualidade surreal porque à frente, além deles, vislumbrei o que estavam encarando.

Quando cheguei a Mel, a afastei do terrível cenário, puxando-a contra o meu peito, fazendo-lhe carinho com suavidade, dizendo-lhe que tudo ficaria bem, o que, claro, era a coisa mais distante da verdade.

FLORESTA DOS SUICIDAS 青木ヶ原

18

Enquanto eu segurava Mel ali parada, encarando Ben, senti como se tivesse caído na toca do coelho — ou tivesse sido atingido no rosto com um cajado estúpido — e foi com um olhar clínico e distante que estudei a carcaça do que um dia foi o feliz israelense.

Ele estava suspenso a vários metros acima do chão, o que me levou a acreditar que havia escalado o alto pinheiro no qual estava pendurado, ficado em um dos galhos mais baixos, amarrado a corda acima da cabeça a um galho mais alto e dado um passo para a morte.

Sua cabeça parecia grande demais, pelo menos maior do que eu me lembrava, em comparação com o resto do corpo. Então, percebi que sua cabeça não era grande demais; seu pescoço era muito fino, muito alongado. A corda estava bem amarrada embaixo da linha da mandíbula, puxada a uma altura impossível e apertada pela gravidade e pelo peso do corpo, esmagando o tecido mole da garganta, dando a ilusão de que o pescoço havia sido esticado.

Os olhos estavam fechados, a boca, uma abertura espantada pela qual sua língua se projetava, inchada e grossa, de cor roxo-sangue. Não pude ter certeza, dada a distância entre nós, mas era como se seu rosto estivesse coberto por pequenas manchas vermelhas, quase como se ele tivesse desenvolvido um caso grave de sarampo, e levei um momento para perceber que isso provavelmente era resultado de capilares rompidos que haviam sangrado sob sua pele.

Na floresta silenciosa, seu corpo pendia como se não tivesse ossos, como um fantoche em repouso, exceto que não havia cordas ou hastes conectadas às mãos de um manipulador de fantoches, apenas a corda, a horrível corda, esticada de forma tensa e gemendo com suavidade enquanto lutava com o peso que carregava.

Ben estava vestindo as mesmas roupas do dia anterior, embora a jaqueta estivesse aberta, revelando uma camiseta com as palavras "Carne é Assassinato — Assassinato muito, muito saboroso" — uma piada que soou terrivelmente errada naquele momento. As pernas internas de suas calças estavam úmidas e tingidas de marrom, indicando que ele havia urinado e defecado em si mesmo.

Este último detalhe me fez pensar em um documentário sobre pena de morte que eu havia visto uma vez. O programa havia dedicado uma quantidade considerável de tempo às execuções por enforcamento, já que elas continuavam sendo um método legal de execução judicial em cerca de sessenta países, incluindo algumas partes dos Estados Unidos. Pelo que eu me lembrava, o objetivo de um enforcamento ideal era quebrar o pescoço do sujeito e separar a coluna. A morte cerebral levaria alguns minutos para ocorrer, enquanto a morte completa poderia levar até vinte minutos — no entanto, o sujeito perderia a consciência quase instantaneamente e não sentiria nada disso. Por outro lado, se a distância da queda pelo alçapão fosse mal calculada, e não houvesse torque suficiente para quebrar o pescoço do indivíduo, a pessoa morreria decapitada se a queda fosse muito longa ou por estrangulamento se a queda fosse muito curta.

Não pude deixar de imaginar naquele momento o que aconteceu com Ben. Ele morreu com rapidez, ou ficou pendurado no galho da árvore por um longo período, chutando e tremendo de maneira horrível por muito tempo?

O vácuo em que eu estava enquanto esses pensamentos passavam pela minha mente explodiu abruptamente. Mais uma vez, percebi Mel me abraçando, murmurando algo sem parar. Minha primeira suposição foi "não consigo sentir"; então, mais provavelmente, "Isso não pode ser real".

A vegetação atrás de mim se agitou, e, um momento depois, Nina irrompeu passando por nós, fazendo um gemido estranho. Quando ela chegou ao corpo de Ben, parou como se não pudesse tocá-lo. Aquele gemido se tornou uma choradeira, mais aguda, mas igualmente terrível.

John Scott e Tomo apareceram. John Scott parou por um momento, soltou um palavrão e, em seguida, subiu na árvore. Puxou com força a ponta de ancoragem da corda, mas não conseguiu desfazê-la.

Vê-lo assumir o comando me fez agir.

Talvez Ben ainda estivesse vivo.

Parecia impossível, mas...

Soltei Mel e fui até Ben. Envolvi meus braços em volta da sua cintura e o levantei para que a pressão da corda saísse do pescoço. Seu corpo estava rígido como o de um manequim. O cheiro de suas fezes quase me fez vomitar. Cheirava pior que merda — rançoso de sangue e entranhas —, quase como se ele tivesse descarregado os órgãos internos no fundilho das calças.

"Pegue minha faca!", gritei, então lembrei que a tinha esquecido na barraca. "Pegue uma pedra! Ou algo assim!"

Tomo e Neil correram em direções diferentes. John Scott continuou a trabalhar no nó. Permaneci onde estava, elevando Ben. Ele parecia incrivelmente leve, embora eu imaginasse que isso se devia à adrenalina que percorria meu corpo. Na *verdade*, meu pensamento até agora parecia ser notavelmente claro.

"Ele já está morto!", Mel deixou escapar. "Ele está morto!"

Nina caiu de joelhos e, de braços estendidos, olhou para Ben. Era uma pose estranhamente religiosa, quase como se ela estivesse rezando para ele.

"Ele já está morto!", lamentou Mel.

Eu sabia que era verdade — tão óbvio quanto o dia —, mas continuei a manter a esperança, embora ilógica.

John Scott soltou um grito de triunfo acima de mim, e, de repente, Ben estava livre. Tentei baixá-lo com delicadeza ao chão, mas acabei deixando-o cair como uma tábua.

Ajoelhei-me ao lado dele e pressionei meus dedos em seu pescoço, esperei e, depois, abaixei minha orelha ao peito dele.

Olhei para Nina e balancei a cabeça.

FLORESTA DOS SUICIDAS 青木ヶ原

19

A confusão passou. Nós nos acalmamos um pouco, embora os nervos de todos continuassem em frangalhos e à flor da pele. Consciente ou inconscientemente, não tinha certeza, nós nos afastamos em grupo cerca de quatro metros do corpo de Ben e nos mantivemos de costas para ele. Ele não havia morrido fazia tanto tempo assim, mas a morte ainda era a morte. Ninguém queria ter nada a ver com isso.

Mel e Nina se aproximaram uma da outra e se abraçaram. Nina chorava baixinho, enquanto Mel acariciava os cabelos dela. Tomo olhava para o chão, com o boné de Jay Gatsby em uma das mãos, coçando o cabelo desarrumado com a outra como se não conseguisse entender o que aconteceu. Neil não estava à vista; eu não sabia aonde ele tinha ido. John Scott tinha acendido um cigarro e andava de um lado para o outro, o rosto concentrado. Provavelmente, estava pensando nas repercussões que a morte de Ben teria sobre ele. Como deveria ser, ele estava em apuros.

Depois de cinco minutos desse bizarro jogo teatral — nada parecia real naquele momento, mas uma peça encenada, nós os atores —, senti a obrigação de dizer algo, embora não fosse muito inspirado.

"Desculpe, Nina, eu...", balancei a cabeça, o restante do que eu diria falhando na ponta da minha língua.

"Não acredito que ele faria isso!", ela deixou escapar, enxugando as lágrimas e balançando a cabeça. "Ele estava feliz. Por que faria isso?"

Esperei que John Scott dissesse alguma coisa. Quando não o fez, eu o encarei com um olhar de expectativa.

"O quê?", perguntou ele com desafio em sua voz.

"Por que acha que Ben fez isso?"

"Como é que eu deveria saber?"

"Você está falando sério...? De *verdade*?" Eu podia ter mantido a calma se o idiota recalcitrante tivesse mostrado qualquer sinal de remorso. Nenhum. Zero.

"Não me diga que você vai culpar os cogumelos."

"Ele ficou chapado a noite inteira", retruquei. "Ele foi para a floresta sozinho. Depois, ele se matou. Qual outra explicação?"

"Ninguém se enforca comendo cogumelos."

"Pelo visto, sim!"

"Não foram os cogumelos", insistiu ele de um jeito desafiador.

"Então, o que aconteceu? Ele decidiu experimentar o suicídio? Ver como era?"

A sobrancelha de John Scott se ergueu sobre os olhos tempestuosos. Ele cerrou os punhos como se estivesse prestes a me dar um soco.

Eu queria que ele fizesse isso.

"Vai jogar essa culpa em mim?", rosnou ele. "Vai realmente tentar fazer isso?"

Fiquei chocado demais para responder a ele. Olhei para Tomo.

"Você tem que chamar a polícia."

"E dizer o quê?", rebateu ele. Ele estava olhando John Scott de um jeito apreensivo.

"Diga que nosso amigo está morto. Eles precisam vir até aqui."

"Como é que vão nos encontrar?"

Era verdade, percebi. Teríamos que encontrá-los no estacionamento.

"Dizemos à polícia que Ben pegou os cogumelos sozinho", afirmou John Scott.

Nina piscou como se estivesse saindo de seu torpor.

"*Stom ta'peh!*", gritou ela. "*Você* os colheu."

"O que importa? Por que qualquer um de nós precisa se envolver nisso? Não há nada que possa ser mudado."

"Você fez isso com ele! Assuma sua responsabilidade!"

"Eu não fiz porra nenhuma!" Ele apontou um dedo na direção de Ben. "Foi ele quem se enforcou."

"Vou dizer à polícia que vi você colhê-los. Direi que vi você entregá-los a ele. Ele nem queria, mas você disse que estava tudo bem. Isso é homicídio culposo."

John Scott deu um passo agressivo em direção a Nina. Eu me movi entre eles e o empurrei com força. Ele perdeu o equilíbrio e caiu de bunda no chão. Tive pouco tempo para apreciar a expressão de surpresa em seu rosto, porque ele rolou rapidamente para a frente sobre os joelhos e saltou para cima de mim. Sua cabeça golpeou minha barriga, arrancando o ar de meus pulmões. Antes que eu pudesse me recuperar, ele me arrastou para o chão. Não consegui me livrar dele enquanto ele dava cotoveladas no meu rosto. Então, um dos golpes ferozes que eu estava desferindo acertou a mandíbula dele e ele tombou em cima de mim. Pulei para cima dele e levantei meu punho. Seus olhos estavam desfocados; a mandíbula, frouxa. Eu queria tanto bater nele — por dormir com Mel, por dar os cogumelos a Ben, por ameaçar Nina —, mas não consegui.

Eu plantei minha mão em sua cabeça e empurrei, jogando o rosto dele no chão.

Todo mundo estava olhando para mim. Ninguém parecia saber o que dizer.

"Ele ia bater na Nina", aleguei.

"Porra nenhuma", murmurou John Scott.

"Você está sangrando, Ethan." Mel pressionou a ponta dos dedos em um ponto perto da minha têmpora direita.

Fiz uma careta de dor e me afastei.

"Estou bem."

"Você está sangrando."

"Estou bem."

John Scott se levantou com dificuldade e me encarou. Ele olhou para mim. Por um momento, pensei que continuaria a briga comigo. Em vez disso, se virou para Nina e disse:

"É a sua palavra contra a minha. Você diz aos policiais que dei os cogumelos a Ben, e eu digo que quem deu foi você."

Nina jogou os braços no ar.

"Todo mundo aqui sabe que foi você!"

Ele deve ter provado o sangue que escorria do lábio, pois passou a palma da mão pelo corte.

"Quem estava comigo?", perguntou ele. "Só você e Tomo. E o Tomo não vai falar nada, né, cara?"

"Me deixem fora disso", retrucou Tomo, erguendo as mãos.

"Você admitiu que os deu para ele!", explodiu Nina.

"Besteira!" Ele lançou um olhar na direção de Tomo, depois para Mel, depois para mim. Ele voltou para Mel, sua melhor aliada. "Mel?"

Ela não olhava para ele.

"O que foi?"

"Eu disse que dei a ele os cogumelos?"

Ela fechou os olhos e fez que não com a cabeça. Eu não conseguia dizer se ela estava do lado dele ou se ela estava simplesmente negando que tudo aquilo estivesse acontecendo.

"Mel?", repetiu ele.

"Meu Deus!" Ela se virou. Descansei minha mão em seu ombro, dizendo-lhe para não dar ouvidos a ele.

"Não joguem essa culpa em mim, filhos da puta", rugiu John Scott. "Tomo!" Ele abriu as mãos em um gesto de clemência. "Tomo?"

"Não sei, cara. Não sei."

"Você o matou!", berrou Nina. Ela saltou sobre John Scott, batendo em seu peito com seus pequenos punhos. Ele ergueu os braços em uma tentativa meia-boca de bloquear os golpes. Foi uma visão tão patética — uma visão tão humilhante — que, por fim, senti pena dele.

Eu me mexi para puxar Nina para longe. Ela não facilitou. Tive que levantá-la do chão. Ela continuou a balançar os braços e chutar loucamente. Quando a deixei no chão, ela me encarou, com fúria em seus olhos, então desabou no local. Ela encolheu as pernas na direção do peito, descansou a testa nos joelhos e começou a chorar de novo.

Além de Nina, o restante de nós estava taciturnamente quieto. John Scott me deu uma breve olhada e uma saudação ainda mais breve, o que me irritou.

"Escuta", disse eu, decidindo que precisávamos deixar a culpa de lado por enquanto. "Não está ajudando em nada. Precisamos descobrir o que fazer."

"Temos que sair daqui", aconselhou Mel. "Temos que sair daqui agora."

"Eu quis dizer com o corpo de Ben. Deixamos ele aqui ou levamos conosco?"

"Não podemos deixá-lo aqui", declarou Nina de um jeito ríspido.

"Mas como vamos carregá-lo?"

"Podemos fazer uma padiola", sugeriu John Scott.

Mel cruzou os braços sobre o peito.

"Não estaremos, sei lá, alterando a cena?", perguntou ela.

"Nós já o tiramos da árvore", respondi. "Não consigo ver como movê-lo pode prejudicar. Traremos a polícia aqui mais tarde."

Os lábios de Mel se apertaram, e os olhos endureceram como se ela estivesse acabado de perceber o alcance daquilo, as consequências. Tirar Ben da floresta era apenas o começo. Haveria entrevistas, declarações, possível detenção até que os fatos fossem esclarecidos, talvez um julgamento, tudo acontecendo em um idioma estrangeiro, em um país estrangeiro.

"Ai, meu Deus", murmurou ela. "Ai, meu Deus."

E isso resumiu tudo.

FLORESTA DOS SUICIDAS 青木ヶ原

20

De acordo com John Scott, precisávamos de duas estacas e duas jaquetas para fazer uma padiola. Você vira as jaquetas do avesso e fecha o zíper, deixando as mangas para dentro. Em seguida, você rasga os ombros, enfia as estacas pelos buracos que fez, pelas mangas e pela parte inferior, uma jaqueta após a outra, como um espeto em um kebab.

Entreguei minha jaqueta para ele. Estava frio lá fora, mas eu sabia que aqueceria rapidamente assim que começássemos a nos mover.

"Tudo bem", disse ele, "precisamos de mais uma."

"Tudo bem." Eu olhei para ele com expectativa.

"Cara, não dá para rasgar um buraco neste couro sem uma faca."

"Tenho certeza de que eu conseguiria."

"Você pode pegar a minha." Nina tirou a jaqueta. Ela só estava com uma camiseta fina por baixo.

"Você vai ficar com frio", falei para ela.

"Eu trouxe um suéter comigo."

"Use o meu", ofereceu Mel.

"Não, Mel, fique com ele", retruquei. "Vamos usar o de John Scott."

"Eu te disse..."

"Besteira! Vou rasgar os ombros."

"Qual é o seu problema?"

"Qual é seu problema com essa jaqueta?"

"Do que você está falando?"

"Essa porra de jaqueta de couro." Peguei uma lapela.

"Tira as mãos de mim." Ele afastou minha mão.

"Me dê isso!", exclamei, agarrando a frente e puxando.

Ele me deu um soco no rosto. Meus joelhos ficaram fracos. Ainda assim, enquanto eu caía, consegui agarrar um bolso interno e ouvi um forte rasgo.

Caí com força sentado sobre o meu cóccix. O impacto limpou as estrelas da minha visão, e, para minha satisfação, John Scott estava segurando a jaqueta aberta, olhando com incredulidade para a enorme faixa de forro que eu tinha quase arrancado fora.

"Eu avisei", exclamei, embora minha mandíbula estivesse dormente; e as palavras, confusas.

"Seu idiota de merda", zombou ele.

Ele podia ter vindo atrás de mim, mas Tomo, Mel e Nina o seguraram. Cuspi o sangue da boca e vi um dente sair também.

Mel cuidou do meu ferimento enquanto John Scott trabalhava na padiola. Ele acabou usando minha jaqueta e a de Ben, considerando que Ben não precisaria mais dela. Tomo e Nina ficaram quietos. Neil foi até as árvores para cagar outra vez.

"Qual é seu problema com a jaqueta dele?", perguntou Mel enquanto limpava o sangue do meu lábio cortado. As mãos dela tremiam, seu semblante estava pálido.

"Não foi pela jaqueta dele. Foi o fato de ele ter deixado você e Nina sacrificarem as suas antes que ele sacrificasse a dele."

"Você mencionou algo sobre a jaqueta dele ontem."

"Tanto faz. É ele. Não a jaqueta."

"Você está chateado por causa do Ben. Sua raiva transbordou para John."

"Estou bem."

"Você não quer enxergar a realidade."

"A realidade de que Ben está morto?"

"Isso."

Dei de ombros. Não achava que me recusava a enxergar a realidade. Mas queria mudar de assunto; não gostava quando Mel bancava a psicóloga. Dado como ela estava visivelmente abalada com a morte de Ben, era a última pessoa que deveria dar conselhos pós-traumáticos.

"Tudo bem", disse ela com uma última esfregada para tirar o resto do sangue do meu queixo. "É o melhor que posso fazer. Só morda isso até parar de sangrar."

Ela me deu a camiseta que estava usando.

"Obrigado."

"Agora, quero que você faça algo por mim."

"O quê?"

"Peça desculpas a John Scott."

Eu fiquei incrédulo.

"Por quê?"

"Por rasgar a jaqueta dele."

"Tá de sacanagem?"

"Não precisamos disso agora, amor. Precisamos deixar tudo para trás. Todos nós precisamos estar no mesmo time."

"Ele me deu um soco."

"Você começou tudo isso."

"Meu deus, quantos anos nós temos?"

"Exatamente, Ethan."

"Fala para ele me pedir desculpas."

"Você vai aceitar se ele pedir?"

Hesitei.

"Ótimo", disse ela.

John Scott se aproximou de mim pouco antes de estarmos prontos para partir.

"Ei, Ethos", disse ele, "desculpe pelo soco na cara."

Olhei além dele para Mel. Ela me incentivou em silêncio.

"Desculpe por rasgar sua jaqueta." Eu parei. "Parece que você provavelmente terá que forrá-la de novo. E é caro."

"Não vai ser tão caro quanto consertar seu dente."

Minha língua sondou o local onde meu incisivo esquerdo ficava.

"Sim, tudo bem."

"Então, estamos de boa?"

"Sim, de boa."

"Apertem as mãos", Mel nos incentivou.

John Scott estendeu a mão. Eu a apertei. Ele me deu um aperto de mão firme, como eu sabia que faria, segurando minha mão por mais tempo do que seria confortável, apertando cada vez mais forte, como eu também sabia que ele faria.

Então, ele soltou.

Melhores amigos de novo.

John Scott e eu voltamos para o corpo de Ben e colocamos a padiola no chão.

"Pegue os ombros dele", ele me orientou. "Eu pego as pernas."

"Espera. E a corda?" O nó ainda estava no pescoço de Ben.

"O que tem ela?"

"Não deveríamos tirá-la dele?"

"Não acho que devíamos mexer com isso. Vamos colocar o restante sobre o peito dele..."

"Ei", exclamei em uma epifania repentina. "Mas de onde ele tirou essa merda de corda?"

"É a corda."

"A corda?"

"Que nós seguimos."

Percebi que ele tinha razão. A corda era um barbante grosso, feito de fibra de coco trançada, forte o suficiente para suportar o peso de uma pessoa.

"Tomo e eu não conseguimos encontrá-la quando fomos procurar o corpo."

"Ela se foi? Tudo isso?"

John Scott acenou com a cabeça.

"Tinha centenas de metros de comprimento. Onde está o restante?"

"Talvez parte dela ainda esteja por aí. Não tivemos tempo para procurar. Agora vamos. Contando até três."

Levantamos Ben do chão, demos um passo para o lado e o colocamos na padiola. Em seguida, empilhamos a corda em cima dele e o cobrimos com o saco de dormir. Nós o carregamos de volta ao acampamento, John Scott na dianteira, olhando para a frente, eu atrás. Tomo, Mel e Nina estavam nos esperando, com suas mochilas nas costas. Neil, no entanto, estava encostado em uma árvore, segurando a barriga.

Pedi que John Scott colocasse a padiola no chão, depois fui até Neil e me agachei ao lado dele.

"Neil! Você está bem?"

"Dói pra diabo."

"Consegue andar?"

"Não sei. Me ajude a levantar."

Eu o puxei para cima. Ele oscilou, depois cambaleou para as árvores. Ele se curvou, colocando uma das mãos contra o tronco de uma árvore para se equilibrar. Pouco depois, vomitou. Vi a primeira parte do vômito marrom sair da boca dele e me virei rapidamente. Ele vomitou várias vezes. Não pude fazer nada para bloquear os sons úmidos e respingos ou o fedor pútrido, que me estavam revirando o estômago.

Ele voltou, cambaleante, mas parecendo um pouco melhor.

"Estamos saindo agora", avisei. "Você consegue?"

"Não tenho escolha, não é?"

"Você pode esperar aqui. Vamos trazer a polícia conosco."

Ele balançou a cabeça e alcançou sua mochila.

"Deixa", aconselhei. "Depois a gente pega."

"Não, cara..."

"Ninguém vai tocar."

Ele estendeu a mão para ela de novo.

"Eu levo", afirmei a ele, já que não tinha mais a minha para carregar. Coloquei nas costas. "Você só precisa se concentrar em andar."

Voltei aonde John Scott estava me esperando. Erguemos a padiola de novo — estava mais pesada do que eu esperava — e abrimos caminho até onde antes estivera a corda.

"Ei!", exclamou Mel, parecendo em pânico. "Onde está a corda?"

Eu expliquei.

"Ele levou?" Ela ficou incrédula. "Mas como encontraremos a saída?"

"Sabemos a direção geral. Vamos acabar encontrando a fita vermelha."

"E se nos perdermos?"

"Não vamos nos perder."

"Como você tem certeza disso?..."

"Mel, não tem opção."

Avancei com pressa, desviando John Scott com a padiola, e começamos a andar.

• • •

Era impossível não pensar em Ben, claro. Fazia muito pouco tempo que eu o conhecia, menos de 24 horas, mas sua morte repentina me fez sentir como se fôssemos muito mais próximos. Isso nos uniu de alguma forma. E deixou uma dor dentro de mim. Era tão jovem, tão cheio de alegria e vida. Lembrei-me da maneira como nos cumprimentou na frente da estação de trem. Aberto, amigável, sem exibir as suspeitas automáticas que a maioria das pessoas tem em relação aos estranhos. Beijando Tomo no estacionamento. Como ficou animado ao descobrir o tênis Nike e as setas pintadas, como uma criança numa manhã de Natal. A maneira como falava afetuosamente sobre pais e avós. Era quase surreal olhar para baixo agora e ver seu corpo na minha frente, coberto pelo saco de dormir, inerte, algo que em breve começaria a atrofiar e apodrecer. Não parecia certo.

Minha mente saltou para seu relacionamento com Nina. No começo, presumi que os dois estavam juntos havia muito tempo. Transpareciam isso. Os toques familiares, os olhares sabidos, as conversas em hebraico, que ninguém mais conseguia entender. Sem mencionar o fato de que eles simplesmente pareciam bons como um casal. Então, veio a primeira revelação, de que ele e Nina haviam se conhecido fazia apenas um mês na Tailândia, e a segunda, de que a atração entre eles não era tão mútua quanto parecia.

Ouvir a última certamente me deu um frio na barriga. Nina estava disponível. Eu podia ficar com ela se quisesse, ou era provável que pudesse ficar com ela, dada a maneira como estava flertando comigo. Era pura fantasia. Apesar dos fiascos Shelly/John Scott, Mel e eu éramos quase perfeitos juntos, eu nunca a trairia. Ainda assim, era um impulso ao ego saber que eu *podia* ficar com Nina se as circunstâncias fossem diferentes. Isso me fez sentir atraente e revigorado.

Não mais.

Desejei que Nina nunca tivesse revelado nenhum de seus problemas com Ben para mim. Porque agora eu não só me sentia culpado por cobiçar a namorada de um cara morto, como também minha memória deles tinha ficado manchada. Eu teria preferido me lembrar de Ben e Nina felizes e apaixonados, não de Ben cortejando tolamente alguém que não iria ou não poderia retribuir seus sentimentos.

Flexionei meus dedos ao redor das estacas da barraca. Nós tínhamos caminhado por vinte minutos. As bolhas em minha mão direita ardiam, e imaginei que tivessem estourado. Mas eu não pararia para descansar; haveria tempo suficiente para isso quando chegássemos à fita.

Comecei a pensar no aqui e agora, principalmente no que aconteceria quando saíssemos de Aokigahara e ligássemos para a polícia. Os policiais nos encontrariam no estacionamento. Seríamos questionados — não, interrogados. A polícia no Japão é extremamente minuciosa quando se trata de pequenos crimes com frequência associados a estrangeiros. Nunca fez sentido para mim, especialmente considerando o fato de que fecham os olhos para a Yakuza, que realiza todos os tipos de atividades ilegais em escala épica.

Eu já tinha sido preso no país, ou pelo menos detido, então sabia do que estava falando. Depois de uma noitada fora com um amigo, peguei o último trem indo para o meu lado da cidade — ou pensei que tinha —, porque ele terminou seu serviço no que me pareceu ser uma estação escolhida arbitrariamente a quilômetros e quilômetros de onde eu queria estar.

Comecei a andar na direção em que achava que era o meu lugar, e ao longo do caminho encontrei uma bicicleta destrancada encostada contra um poste. Pulei nela, dizendo a mim mesmo que a devolveria no dia seguinte. A bicicleta tinha apenas uma marcha, mas as ruas eram planas e logo eu estava voando baixo — direto para uma batida policial. Mais tarde, eu descobriria que a polícia com frequência erguia essas paradas de trânsito especificamente para reduzir o número de bicicletas emprestadas por ciclistas bêbados de um trecho só como eu, o que, não tão surpreendente, é uma ocorrência comum em uma cidade com dez milhões de bicicletas que parecem iguais e raramente são trancadas.

O policial me perguntou se a bicicleta era minha. Eu disse que sim. Ele verificou o adesivo de registro. Era algo que eu não sabia à época. Os ciclistas precisavam registrar suas bicicletas e colar um adesivo ao quadro. O policial perguntou pelo número em seu rádio. A bicicleta emprestada pertencia a uma mulher chamada Kimiko Kashiwa. Ele me perguntou se eu era ela. Disse a ele que não, não era.

A delegacia era um grande prédio branco onde todos falavam japonês comigo. Por fim, um policial tentou o inglês. Era bom o suficiente para que eu pudesse adivinhar suas perguntas. Qual o seu nome? Onde você conseguiu a bicicleta? Por que a pegou? Onde você mora? Onde trabalha? Então, começou com umas perguntas estranhas. Quanto ganha? O que os seus pais fazem? Onde cresceu? Em qual escola estudou? Quando ficaram sem coisas irrelevantes para perguntar, me fizeram sentar em uma cadeira desconfortável por cinco horas, embora eu não pudesse ver nenhum propósito nisso. Por fim, depois de preencher um monte de formulários que eu não conseguia ler, tendo que refazer várias páginas porque minha caligrafia saía das caixas fornecidas, eles me liberaram com um aviso que parecia sinistro, e eu não entendi por completo.

Considerando como haviam reagido seriamente ao roubo de uma bicicleta barata de cinquenta dólares, mal podia imaginar como tratariam um caso envolvendo uma morte questionável.

Fiz minha pesquisa depois desse encontro tarde da noite, para determinar se tinha sido detido ilegalmente, e descobri que não há *habeas corpus* no Japão. A polícia pode prendê-lo por até 23 dias sem acusá-lo de um crime e sem permitir que você tenha acesso a um advogado ou ajuda de um.

Eu flexionei meus dedos novamente. Agora não era apenas minha mão direita que doía. Meus bíceps e ombros começaram a doer. Por quanto tempo tínhamos caminhado? Trinta minutos? Mais? A que distância estava a fita vermelha? Não mais de quarenta minutos. O que significava mais dez minutos antes de podermos descansar.

Continuei olhando para as costas de John Scott. Imaginei se ele também estava cansado. Tinha que estar. Ele não era o Super-Homem, embora pudesse gostar de acreditar que sim. Estranhamente, apesar de não gostar dele, senti pena. Porque ele, claro, tinha mais motivos para estar ansioso do que os outros. O restante de nós não tinha feito nada pior do que transgressão, se é que fizemos isso. Ele tinha dado os cogumelos a Ben, também os tinha tomado, o que poderia ser comprovado com um exame de urina. E drogas, mesmo as leves, são extremamente proibidas no Japão. Paul McCartney já tinha ficado preso aqui por nove dias, a turnê dos Wings foi cancelada, porque ele havia sido pego com maconha no aeroporto de Narita. Os Stones lutaram por anos para entrar no país porque os membros da banda já tinham condenações anteriores por drogas. E, então, havia todas as histórias que você ouvia através de amigos de amigos. Uma história que me vem à cabeça envolve um britânico que foi preso por fumar um baseado em sua própria casa. Dez policiais revistaram seu apartamento e encontraram algumas sementes de cannabis em uma caixa e alguns gramas de maconha no freezer. Ele foi condenado a dezoito meses de prisão.

E isso foi só por posse. Se John Scott fosse condenado por fornecer uma substância controlada e homicídio culposo, ele poderia passar muito, mas muito tempo atrás das grades.

Podia ser um soldado americano, mas seu crime foi cometido fora da base. Não havia nada que o Tio Sam pudesse fazer por ele se já estivesse sob custódia japonesa.

Finalmente, não consegui continuar mais. Estava prestes a dizer a John Scott para esperar, mas ele se adiantou, pedindo para colocar a padiola no chão.

Eu o fiz rapidamente e estendi meus braços, que pareciam macarrão cozido demais. Mel, Tomo, Nina e especialmente Neil pareciam gratos pelo intervalo.

"Então, onde está?", perguntou Mel, afastando o cabelo que havia caído na frente do rosto. "Onde está a fita?"

"Foi por isso que parei", explicou John Scott. "Acho que nós estamos perdidos."

FLORESTA DOS SUICIDAS 青木ケ原

21

"Não podemos estar perdidos", esbravejei, surpreso por ele ter feito uma declaração tão amedrontadora. "Apenas não chegamos à fita ainda."

"Estamos caminhando há 45 minutos. A caminhada até aqui era de apenas trinta minutos", argumentou John Scott, balançando a cabeça.

"Demorou mais que isso."

"Eu acompanhei." Ele bateu no relógio. "Trinta, 35, no máximo."

"Estamos carregando Ben. Não estamos seguindo tão rápido."

"Estamos mantendo o mesmo ritmo, cara. Agora, me escute. Devíamos ter chegado à fita faz uns dez minutos. E não chegamos."

Mel franziu a testa.

"Então, estávamos indo na direção errada?"

"De alguma forma, nos desviamos."

"De jeito nenhum", insisti. "A fita continuava por centenas de metros de onde ela cruzava com a corda em ambas as direções. Não há como termos nos desviado dela."

"Então, estamos completamente perdidos."

Olhei em volta para a floresta, com uma sensação de aperto no estômago.

"Acho que ele está certo", disse Tomo. "Caminhamos demais."

"Eu sabia que isso era uma má ideia", afirmou Mel.

"Sabia o quê?", perguntei, bem ciente de que seu comentário era direcionado a mim. Fui eu quem afirmou com confiança que não nos perderíamos.

"Sair sem a corda para seguir."

"O que deveríamos ter feito, Mel?"

"Alguém tem uma bússola?", perguntou ela.

"Elas não funcionam aqui", respondeu Tomo. "A rocha não as deixa funcionar."

"A rocha o quê?", retrucou John Scott.

"A rocha. O ferro. Impedem que funcionem. Sério."

"Nada a ver."

"Alguém trouxe uma bússola mesmo assim?", perguntei. Como ninguém respondeu, acrescentei: "Então, o que isso importa?".

"Talvez Ben tenha pegado", ponderou Mel.

Olhei para ela.

"A fita?"

"Talvez."

"É realmente improvável, Mel", rebateu John Scott.

"Bem, ele pegou a corda, não pegou?"

"Porque precisava dela."

"E onde está o restante dela?", perguntou Nina.

Todos nós nos viramos para ela. Estava quieta até agora. Seu rosto era inexpressivo; os olhos, indecifráveis. Parecia pequena, frágil, sob o peso de sua mochila.

"Ben não precisava de um quilômetro de corda para se enforcar", continuou ela. "Então, o que fez com o restante dela?"

"Deve ter jogado em algum lugar", alegou John Scott.

"Por que pegaria tanta corda? Por que não cortar o que precisava e deixar o resto onde estava?"

"Quem sabe? Estava fodido da cabeça."

Neil, notei, estava se arrastando para as árvores. Os outros também o observaram se afastar. Um momento depois, nós o ouvimos vomitando.

"Ele precisa de água", afirmou Mel.

Olhei para cima e pude ver manchas escuras de nuvens de tempestade entre as brechas das copas das árvores. Queria dizer a ela que talvez chovesse, que poderíamos coletar água da chuva, mas não disse. A necessidade de recorrer a tal medida seria admitir de que não sairíamos da floresta tão cedo.

"Então, o que vamos fazer?", perguntou Tomo.

"Temos que encontrar o caminho para sair daqui", respondi.

"Verdade?", rebateu John Scott.

"O que sugere?", questionei. "Se continuarmos andando e estivermos indo na direção errada, estamos ferrados. Ficaremos mais perdidos."

"Vamos ficar aqui", sugeriu Nina, tirando a mochila das costas. "Vamos chamar a polícia."

"Como nos encontrarão se nem nós sabemos onde estamos?", argumentou Mel.

"Eles podem rastrear o sinal do celular", explicou John Scott.

"Eles podem fazer isso? Rastrear um celular?"

Eu também estava cético.

John Scott fez que sim, como se tivesse certeza.

"Claro. Por que não?"

"Então, só vamos ficar aqui esperando por eles?"

"Tem uma ideia melhor?"

Concluí que ele estava certo.

"Certo, Tomo. Você pode ligar para eles?"

"O que eu digo?"

"Diga que alguém está morto e que alguém está muito doente. Diga que estamos perdidos em Aokigahara Jukai. E que precisamos que nos encontrem."

Tomo largou a mochila no chão e começou a mexer nela. Ele começou com o bolso superior, depois passou para o principal. Logo todas as suas roupas e gibis estavam espalhados pelo chão ao seu redor. Ele bateu o casaco e as calças. "Merda, cara", exclamou ele. "Cadê meu celular?"

John Scott estava revirando sua mochila, procurando seu celular, enquanto eu verificava a mochila de Mel, onde eu havia colocado o meu na noite anterior.

Os dois haviam desaparecido.

"Isso é ridículo", falei. "Não há como todos nós termos perdido nossos celulares."

"Deixei o meu cair no buraco", Mel me lembrou.

"Mas onde estão o de Tomo, o de John Scott e o meu?"

John Scott pareceu irritado.

"Sério, se alguém está fazendo uma alguma piada, deu certo. Agora, onde estão os celulares caramba?"

"Será que Ben pegou?", perguntou Mel.

"Por que ele faria isso?", retrucou Nina.

"Ele estava doidão", afirmou John Scott. "Talvez tenha pensado que eram dispositivos de teletransporte que poderiam transportá-lo para casa. O idiota!"

"Ben não os levou", declarou Nina com firmeza. "Ele estava viajando, sim. Mas não era louco."

"Ele levou a porra da corda, não levou?"

"Devíamos voltar?", sugeri.

Mel olhou para mim.

"Para o acampamento?"

"Talvez ele tenha escondido em algum lugar."

John Scott balançou a cabeça.

"Não sabemos mais em que direção fica o acampamento."

Ficamos ali em silêncio, todos com rostos perplexos. Ben poderia ter levado nossos celulares? Pensei. Parecia tão improvável.

Senti os olhos de Nina em mim. Eu os encontrei e soube imediatamente o que ela estava pensando. Os crucifixos balançando, o borrão parecido com uma aparição na fotografia, o misterioso telefonema. Contemplei a possibilidade de que algo sobrenatural estava acontecendo, *acreditei* por um momento, mas apenas por um momento. Fantasmas não existiam. Não havia floresta assombrada. Fiz que não com a cabeça. Ela se afastou de mim.

Tirei a mochila de Ben da padiola e a examinei.

"Mas o quê...?", perguntei, erguendo uma cópia de *O Manual Completo do Suicídio*.

"Esse é o livro que estava no túmulo daquela mulher!", exclamou Mel. "Por que Ben teria uma cópia..." Ela se conteve. "É dela, não é? Ele pegou."

Ela estava certa. Era velho e desgastado, nas mesmas condições que a de Yumi estava.

"Você sabia que ele estava com isso?", perguntei a Nina.

"Não." Ela balançou a cabeça. "Não fazia ideia."

"Por que teria levado esse manual?", questionou John Scott.

"Lembrancinha?", sugeriu Tomo.

"Diga a eles o que você me disse", pedi a Nina. "Ontem à noite, na floresta. Diga a eles por que Ben quis vir para a Floresta dos Suicidas."

Ela parecia desconfortável.

"Fala logo", esbravejou John Scott.

"Ben", disse ela, relutante, "ele conhecia alguém que se suicidou. Não parava de falar em suicídio desde então."

Silêncio.

Então, John Scott disse:

"Viu? Não *foram* os cogumelos. Ele estava planejando o suicídio o tempo todo." Ele não estava tendo uma revelação, mas declarando um fato em nosso benefício. O fato de a morte de Ben ter sido um suicídio premeditado o livrou. Adeus acusação de homicídio culposo, muito obrigado.

"Isso não é verdade", sibilou Nina.

"Claro que é", continuou John Scott, triunfante. "Ele estava obcecado por suicídio. Você mesma acabou de falar. Todo mundo aqui ouviu."

Ela estava fervendo de raiva.

"Você é um porco."

"Que seja. Só quero respostas. Além disso, isso prova que Ben pegou os celulares."

"Como se prova isso?"

"Ele é um ladrão."

"Ele *não* é um ladrão. Não o chame assim."

"O livro estava na mochila dele. Não pertencia a ele. Parece uma atitude de ladrão para mim."

Neil emergiu das árvores, interrompendo a discussão. Sentiu a animosidade no ar e disse:

"Desculpe. Não consigo controlar." Ele caiu no chão, segurando o estômago, fazendo uma careta. "Acho que não consigo ir mais longe."

"Posso ver sua mochila para procurar seu celular?", perguntei a ele.

"Por quê?"

"Precisamos dele."

Ele retirou o celular daquela bolsinha que guardava no cinto, escondida por sua jaqueta. Minha exclamação de euforia se perdeu entre as dos outros.

Neil franziu a testa para nós, confuso.

"Precisamos chamar a polícia para que ela possa nos resgatar", comentei simplesmente.

Peguei o celular — era um modelo flip básico da DoCoMo — e olhei para o pequeno display monocromático. Havia duas barrinhas de sinal e uma de bateria.

"Está quase sem bateria", comentei e passei para Tomo. "Ligue para a polícia, rápido."

Ele digitou os três números e, um momento depois, estava falando em japonês com alguém. Depois de alguns minutos, se virou para nós e disse:

"Ela quer retornar a ligação."

John Scott ficou indignado.

"Por quê?"

"Ela precisa falar com outra pessoa."

"Bem, diga a ela para ir buscá-la! Agora!"

Tomo transmitiu a mensagem. Ele balançou a cabeça.

"Ele não está lá. Ela precisa ligar para o cara."

"Tomo", falei com calma, "diga a ela que a bateria do celular está quase acabando. Diga que não podemos esperar."

Ele falou novamente com a expedidora por vários minutos.

Eu andava de um lado para outro, furioso com a polícia, amaldiçoando, provavelmente de forma injusta, sua incompetência.

"Quanta bateria resta, Tomo?", perguntei, interrompendo-o no meio da frase.

Ele checou.

"Está quase zerada."

"Fala para andar logo!", berrou John Scott. "Onde está esse cara? Na porra da lua?"

Tomo falou por mais dois minutos, sua voz aumentando em frustração.

Então, ele desligou.

"E então?", perguntei, sabendo que seria uma má notícia.

"Vão ligar primeiro para a companhia telefônica, depois para nós. A companhia telefônica vai rastrear."

"Quanto tempo vai demorar?"

"Não sei. Eles ligam de volta."

John Scott zombou.

"De que adianta isso se o celular está sem bateria?"

"Eu tentei, cara."

"Então, o que devemos fazer?", perguntou Mel.

"O que podemos fazer?", John Scott devolveu a pergunta. "Esperar que liguem de volta antes que o telefone morra."

"Desligue-o", disse eu de pronto.

Tomo franziu a testa.

"Quê?"

"Desligue o celular. Precisamos economizar a bateria. Vamos ligar para *eles* daqui a algumas horas. Devem ter resolvido as coisas até lá e estar prontos para rastrear com rapidez."

Tomo olhou para os outros.

"Talvez não dê certo", comentou John Scott.

"É um risco que temos que correr", argumentei.

Ele considerou, dando de ombros.

"A decisão é sua, Ethos."

Olhei para ele. Ele estava disposto a concordar com a minha sugestão, mas, se não desse certo, ele estava deixando claro que a culpa seria toda minha enquanto ele permanecia livre de qualquer responsabilidade por ser covarde demais para tomar uma decisão.

"Faça isso, Tomo", ordenei.

Ele desligou o celular.

FLORESTA DOS SUICIDAS 青木ケ原

22

Nossa situação havia piorado rapidamente, pensei enquanto me sentava sozinho, longe dos outros. Ben havia se enforcado, estávamos perdidos, e Neil estava ficando cada vez mais doente. Os pensamentos estavam tumultuados na minha cabeça, e eu tentei desacelerá-los, organizá-los. Não havia nada que pudéssemos fazer por Ben, então o coloquei em segundo plano. Decidir permanecer onde estávamos provavelmente foi uma jogada inteligente. A última coisa que queríamos era ficar mais desorientados. Era uma caminhada de mais de duas horas até o estacionamento, portanto, estávamos em um local muito remoto. Com sorte, a polícia seria capaz de triangular nossa posição e nos resgatar. Se não conseguisse, saberia que estávamos aqui, estávamos perdidos e tínhamos um morto e um doente. Coordenaria uma equipe de busca. Enquanto isso, teríamos que ficar parados e tentar encontrar uma fonte de água.

A falta de água levou à preocupação mais urgente: Neil. Tive uma intoxicação alimentar uma vez quando tinha 8 anos. Meus pais tinham viajado no fim de semana. Gary havia sido encarregado de cuidar de mim e preparar minhas refeições. Na primeira noite, preparou hambúrgueres de frango na churrasqueira do quintal dos fundos. O peito de frango estava mole por dentro e pouco apetitoso. Gary, com apenas 13 anos na época, me disse para botar mais cebolas e outros ingredientes, e eu fiz isso para mascarar o gosto desagradável. Na manhã seguinte — Deus, as cólicas abdominais. Eu tinha certeza de que um alienígena estava crescendo dentro de mim, pronto para explodir do meu estômago. Passei o dia inteiro na cama, fazendo visitas regulares ao banheiro, sem nunca saber de qual extremidade sairiam as coisas.

Por fim, fiquei tão fraco que não conseguia mais fazer aquele vai e volta e caí na frente do vaso sanitário. Gary ficou comigo o tempo todo, me trazendo copo após copo de água para que eu pudesse me reidratar. Não fosse por ele, não sei o que teria acontecido na pior das hipóteses. Já tinha ouvido falar de pessoas saudáveis morrendo de intoxicação alimentar, mesmo quando tinham acesso a água e remédios. Tudo se resumia à toxicidade do caso.

Então, o quanto era tóxico o vírus ou a bactéria dentro de Neil? Ele seria capaz de esperar mais um dia ou dois se fosse necessário?

Olhei para ele. Estava deitado de costas, com as mãos na barriga, os joelhos apontando para o céu. Parecia quase tranquilo. Pensei que poderia estar dormindo até que ele convulsionou de repente, soltando um grito rouco como se alguém tivesse atingido seu abdome com um taco de golfe.

Os outros o ignoraram ou o olharam, impotentes.

O que poderíamos fazer?

Concentrei-me no mistério dos celulares desaparecidos. Tentei me colocar no estado de espírito de Ben. Ver o corpo, no estágio de decomposição em que se encontrava, havia acionado um interruptor dentro dele. Sei como isso pode acontecer facilmente quando se está sob efeito de cogumelos mágicos. Já aconteceu comigo uma vez durante a faculdade. Depois de comer um brownie de chocolate com três gramas de cogumelos, eu estava tendo um dos melhores momentos da minha vida, experimentando iluminação após iluminação, ou o que eu pensava que eram iluminações.

Então, a *bad trip* começou.

Enquanto flutuava pelo meu dormitório, liguei para uma garota chamada Amy, que havia conhecido em um pub no dia anterior. Ela morava fora do campus, na casa dos pais. Quando a mãe dela me disse que Amy estava fora, perguntei se ela já tinha ido à festa que eu planejava ir mais tarde, alguma coisa de toga em uma fraternidade. A mãe dela disse que não, ela estava na casa de uma amiga, e que festa era essa afinal? Embora fosse uma pergunta inocente, surtei, acreditando que havia colocado Amy em apuros. Desliguei na cara da mãe dela e logo me vi andando de um lado para o outro pelos corredores da minha residência. No meu pensamento distorcido, eu estava convencido de que Amy devia ter mentido para a mãe sobre a festa, dito que ia passar a noite na casa de uma amiga e que eu tinha estragado todo o subterfúgio. Amy voltaria para casa amanhã para seus pais gritando, e ela colocaria toda a culpa em mim. Quanto mais pensava nisso, mais me convencia da gravidade do problema. Logo foi um desastre em grande escala na minha mente. Amy ficaria de castigo por semanas. Ela me mandaria para o inferno e, depois, contaria a todos o que eu tinha feito. As pessoas pensariam que eu era um idiota e começariam a me evitar. Meu primeiro ano seria arruinado.

Tudo aquilo não fazia sentido, é claro, mas a gente não pensa ou age racionalmente sob efeito de cogumelos. Menos de uma hora de viagem, eu estava tão fodido que não conseguia falar com ninguém e acabei do lado de fora, vagando pelo perímetro da floresta que cercava o campus. Eu estava ligado, incapaz de dormir e não queria nada além de ficar sóbrio novamente. A ansiedade e a paranoia ficaram tão fortes que comecei a pensar em maneiras não letais de me nocautear. E tudo começou a partir com algo tão simples como uma ligação (o que, descobri no dia seguinte pela própria Amy, não era grande coisa; a mãe de Amy só estava puxando assunto mesmo).

Então, foi isso que aconteceu com Ben, só que em uma escala mais devastadora? Será que os cogumelos se voltaram contra ele, sua viagem se intensificou tanto que ele decidiu que a única maneira de acabar com ela seria se enforcando? Afinal, quem sabia da potência dos cogumelos aqui, ou quanto ele havia comido? Eles não teriam sido secos e cortados em tiras e colocados em um saquinho. Ele podia ter consumido uma dose autodestrutiva sem saber.

A raiva pela estupidez de John Scott cresceu em mim novamente, mas eu a deixei de lado.

Os telefones.

Por que Ben os levaria? Estava tão delirante que achava que éramos seus inimigos? Será que se convenceu de que tínhamos matado o homem com a caneta no bolso da frente? Escondeu a corda e os telefones para que estivéssemos condenados a morrer em Aokigahara com ele?

Não parecia certo pra mim. Senti como se estivesse forçando uma explicação para se encaixar na conclusão que já havia tirado.

Encarei o enigma por uma dúzia de ângulos diferentes, mas, depois de mais trinta minutos sem progresso, comecei a reexaminar o que tinha visto nos olhos de Nina e sumariamente descartado anteriormente: o paranormal.

Nunca acreditei em fantasmas e coisas do tipo porque a ideia de espíritos presos entre este mundo e o outro me parecia muito piegas, propaganda religiosa, mais coisas de Hollywood e programas de tv do que da vida real.

Mas, e se houvesse uma explicação mais científica?

Pensei em algo que li em uma velha revista *Popular Science* que folheei em um albergue de Barcelona alguns dias antes da minha tentativa tola de atravessar o Caminito del Rey. O artigo em questão tinha o seguinte título: "A ciência por trás dos fenômenos invisíveis". Citando a teoria das cordas e a física quântica e outras coisas que não consigo lembrar detalhadamente agora, o autor argumentou que não existia apenas um, mas bilhões de universos, formando uma espécie de espuma cósmica na qual havia um número infinito de dimensões e linhas de tempo. Quando uma dessas linhas do tempo ou dimensões se sobrepunha à nossa, podíamos capturar um vislumbre eletromagnético de alguém ou algo existindo em um plano diferente.

Suponho que preferia isso a espíritos aprisionados presos porque era baseado em ciência e não em fé cega. O problema, é claro, era que essa ciência não estava comprovada. Sem mencionar que todo o conceito, embora elegante de uma forma metafísica, ainda parecia duvidoso, quase como um truque barato de mágica, algo que cairia muito bem em uma festa quando todos estivessem bêbados, mas que sem dúvida seria ridicularizado e desconstruído na reflexão mais detalhada na manhã seguinte.

Então, me lembrei do que uma garota chinesa chamada Bingbing Wong, que morava em minha pousada, me disse uma vez. Certa noite, tínhamos entrado no assunto de *fantasmas*, e ela admitiu que, quando criança, costumava muitas vezes ouvir passos do lado de fora de seu quarto no meio da noite. Ela sempre teve medo demais de verificar se alguém estava lá, mas seu cachorro ficava sentado na porta e rosnava até que os passos parassem. Anos depois, ela soube de seus pais que o proprietário original havia construído a casa para sua noiva como presente de casamento, mas ela morreu antes de se casarem, e ele depois se enforcou no ventilador do sótão.

Bings era uma das pessoas mais inteligentes e racionais que eu conhecia, então, não fiquei surpreso quando ela justificou essa história dizendo que certas rochas e minerais dentro da terra, ou até mesmo grandes corpos de água acima ou abaixo do solo, eram propícias para armazenar a energia residual deixada para trás quando alguém morria, e essa energia podia se reproduzir por anos, décadas ou mesmo séculos. Era por isso que a maioria dos fantasmas não parecia possuir inteligência, personalidade ou massa, e por que suas ações eram sempre as mesmas; eram o equivalente tridimensional de antigos programas de TV transmitidos no ar muito depois de seus atores terem morrido.

Pensando no argumento de Bings agora, comecei a me empolgar enquanto me perguntava se os depósitos de ferro no magma solidificado subjacente a Aokigahara Jukai podiam constituir uma formação geológica propícia para armazenar e reproduzir as imagens dos mortos que haviam se matado aqui — até eu perceber o que estava deixando passar.

Se os fantasmas eram meras gravações impressas no ambiente, sem inteligência e massa e, portanto, não tinham como interagir com o nosso mundo, como daria para explicar os crucifixos balançando ou os celulares desaparecidos?

Eu fiquei lá sentado, franzindo a testa, enquanto tentava imaginar outras possibilidades que explicariam a existência de fantasmas. Isso se tornou um jogo para mim, uma maneira de passar o tempo. Mas não consegui pensar em mais nada. Eu tinha bancado o advogado do diabo comigo mesmo e perdi. Fantasmas não existiam, e eu não conseguia me convencer do contrário. Eu estava certo esse tempo todo. Avistamentos de fantasmas eram nada mais do que fenômenos psicológicos ou, como disse a Nina, projeções: a pessoa vê o que quer ou espera ver. A viúva enlutada vê o marido morto porque precisa do conforto de saber que ele está bem e feliz na vida após a morte. Sua mente permite que ela alucine para ajudá-la a lidar com o estresse da perda.

Acho que, se você quisesse enlouquecer — e toda essa linha de pensamento tinha sido louca, então por que não —, poderia levar essa ideia de projetar mais longe e argumentar que avistamentos não eram apenas alucinações, mas também manifestações físicas reais, criadas pelo seu subconsciente ou pelo de outra pessoa. Energia psicocinética, ou seja lá o que for. E por que não? A ciência ainda não compreende completamente os poderes da mente humana. Quanto disso a pessoa comum usou? Dez por cento? Quinze? Havia tanto que não sabíamos que certamente era possível que fosse capaz de produzir manifestações e ruídos.

Isso me levou de volta ao início das minhas reflexões e ao único culpado possível pelos celulares desaparecidos: Ben. Ele estava delirando, paranoico e, por razões que talvez nunca vamos saber, os pegou, escondeu e depois se matou.

Agitei a cabeça de novo, sem gostar da sensação incerta e enganosa que persistia em meu estômago — então, tomei consciência da floresta ao meu redor mais uma vez. Ela escurecia à medida que o dia se transformava em crepúsculo, inflando-se com malevolência e medo ocultos.

Levantei e me juntei aos outros, ansioso por ligar de volta para a polícia.

Nina e Mel estavam sentadas juntas, de mãos dadas, olhando em silêncio para o chão à frente. John Scott havia tirado a jaqueta de couro e estava fazendo flexões. Eu queria pensar que ele estava sendo um idiota pomposo, mas o exercício provavelmente era sua maneira de dissipar a energia nervosa. Eu sabia que podia ter me entregado a uma boa corrida se houvesse uma pista por perto. Tomo estava a seis metros de distância de todos, agachado ao lado de Neil, parecendo indefeso, enquanto Neil estava enrolado em posição fetal, braços em torno do estômago, balançando para a frente e para trás, gemendo.

Meu estômago estava roncando nas últimas horas, e considerei dividir a porção de café da manhã não consumida de Ben, mas decidi guardá-la, apenas por precaução.

"Você está pronto para ligar para a polícia de novo, Tomo?", perguntei a ele.

"Pode crer", respondeu ele, aproximando-se.

De repente, ele era o centro das atenções, todos se aglomerando ao seu redor. Ele pressionou o botão liga/desliga do telefone. O logotipo da DoCoMo apareceu com uma música fofa.

Embora a tensão entre nós fosse perceptível, ninguém produziu uma reação comemorativa. Os olhos permaneceram fixos na tela. Ainda não estávamos livres.

Tomo discou para a polícia e colocou o celular no ouvido. Uma voz atendeu. Parecia fraca e mecânica. Tomo falou rapidamente. Ele começou a menear a cabeça, dando-nos um sinal positivo com o polegar.

Então, afastou o celular da orelha como se ele tivesse sido mordido.

A tela ficou preta.

"Ai, merda!", exclamou ele.

"Acabou a bateria!", falaram todos.

"Não pode ser."

"Tenta de novo!"

Tomo tentou ligá-lo, sem sucesso.

Eu me virei, chutando folhas de pinheiro.

"Eu te disse, Ethos", vangloriou-se John Scott. "Falei que não deveríamos desligá-lo. Agora estamos fodidos e mal pagos."

Eu me virei para ele.

"Que merda você fez!"

"É culpa sua..."

Eu me lancei contra ele, mas ele se esquivou atrás de Tomo, fora do meu alcance.

De repente, Mel estava na minha frente, gritando para eu parar.

"Chega!", trovejou ela. "De novo não! Podem parar vocês dois!"

Fiz uma última tentativa de agarrar John Scott, mas desisti.

O filho da puta estava com um sorriso no rosto.

"Maldito mentiroso", disparei.

"Vá chupar uma rola..."

"Chega!" Era Mel novamente, sua voz como uma faca. "Cresçam e parem de brigar. Temos assuntos mais sérios para tratar aqui, não acham?"

Ela estava certa, claro. Afastei-me dela, considerei um movimento falso para alcançar John Scott, mas decidi que não valia a pena.

"Temos que sair daqui", afirmou ela com mais suavidade. "Temos que dar um jeito de sair daqui."

"Acho que é por ali", falou Tomo, apontando para além de mim.

"É por ali", retrucou John Scott, projetando o queixo em outra direção.

Eu não tinha mais ideia e não especulei.

"Será que a polícia conseguiu rastrear a ligação?", ponderou Nina.

"Depois de cinco segundos?", eu contestei.

"Talvez."

"Duvido."

"Como sabe?"

"Não sei."

"Então, esperamos?", perguntou Tomo.

Nina assentiu.

"Sim. É o que devemos fazer."

Eu concordei.

"Mesmo que não tenham conseguido rastrear a ligação", afirmei, "eles sabem que estamos aqui. Vão organizar uma equipe de busca."

"Mas Aokigahara é grande demais", observou Tomo. "Como é que vão nos encontrar?"

"Eles têm o vídeo da gente entrando na floresta", argumentei. "Eles saberão que pelo menos subimos por aquele caminho. Vão suspeitar que seguimos as setas para a esquerda ou para a direita. Não deve ser tão difícil nos rastrear."

"E o Neil?", perguntou Mel.

Todos nós olhamos para ele. Seus olhos estavam fechados. Pensei que poderia estar dormindo até que vi as linhas tensas ao redor dos olhos e boca.

Ele não estava dormindo. Estava sentindo dor.

"De qualquer forma, não consegue andar", comentou John Scott. "Melhor deixá-lo descansar."

"Então, quando vão vir?", perguntou Nina. "A equipe de busca? Hoje à noite?"

Fiz que não com a cabeça.

"Só restam algumas horas de luz. Até conseguirem organizar alguma coisa, já estará escuro. Acho que vão começar a busca amanhã cedo."

"Não consigo passar outra noite nesta floresta", desabafou Mel, cruzando os braços sobre o peito. "De jeito nenhum. Há... Acho que há..."

"O quê?", instigou John Scott.

"Alguma coisa lá fora."

"Alguma coisa?", questionei.

"Não sei", respondeu ela, claramente desconfortável.

"Fantasmas", afirmou Nina.

"Você só pode estar de sacanagem", desdenhou John Scott.

"Então, o que aconteceu com nossos celulares?"

"Ben...", comecei a falar.

"Não é verdade", interrompeu Nina bruscamente. "E você sabe disso."

John Scott gargalhou.

"Vocês duas piraram?"

"Não tem graça, John", rebateu Mel.

"Você assistiu a muitos filmes de terror."

"Nossos celulares sumiram. A fita vermelha desapareceu..."

"Não sabemos se desapareceu."

"Por que Ben levaria tudo?", continuou ela. "Não faz sentido."

"Por que um *fantasma* faria isso?"

"Porque não quer que a gente saia."

"Certo", disse John Scott, sorrindo. "Ei, talvez Ben não tenha se matado. Talvez o fantasma o tenha possuído e o obrigou a fazer isso."

O silêncio que se seguiu foi carregado de uma consideração cuidadosa. Eu quase podia ver Mel e Nina concordando mentalmente.

"Pelo amor de Deus", exclamou John Scott. "Tomo, você está acreditando nisso?"

"Fantasma assassino?"

"Isso."

"De jeito nenhum, cara."

"E você, Ethos?"

"Não estou descartando nada", declarei, principalmente porque não queria que John Scott pensasse que eu estava do lado dele.

"Mas você quer passar a noite aqui?"

"É melhor do que ficar vagando. Precisamos economizar energia." Dei de ombros, ficando impaciente com toda essa conversa sobre o sobrenatural. "Olha, é só mais uma noite. Se você está preocupada com algo que está lá fora, Mel, então John Scott, Tomo e eu nos revezaremos para ficar de guarda. Somos seis. Vamos ficar bem."

Pude ver nos olhos de Mel o que ela estava pensando, mas o que sem dúvida parecia bobo dizer em voz alta: seis pessoas, ou seiscentas pessoas, não fariam diferença contra um fantasma.

"Ainda há luz", observou ela. "Você continua dizendo que podemos seguir o caminho errado. Mas, se seguirmos o caminho *certo*, podemos sair daqui antes do anoitecer."

"O que você quer fazer?", perguntei a ela. "Uma votação?"

Ela mordeu o lábio inferior, frustrada. Sabia que estava em desvantagem. John Scott levantou a mão.

"Voto que devemos ficar aqui."

Tomo levantou a mão. Então, depois de um momento, Nina levantou a dela também.

Mel olhou para mim, com raiva e suplicante ao mesmo tempo.

"Não importa no que vou votar", aleguei a ela. "Já está três a um."

"E o Neil?"

"Ele não consegue votar."

"Por que não?", questionou ela.

"Ele mal consegue andar."

"Ele vai querer ir embora. Sei que vai. Ele precisa de ajuda."

"Ei, peraí", interrompeu John Scott. "Ethos, apenas vote."

"Sinto muito, Mel", falei. "Acho que devemos ficar."

Ela olhou para mim, com lágrimas reluzindo, em seguida, se virou.

FLORESTA DOS SUICIDAS 青木ヶ原

23

Sombras emergiram de seus santuários diurnos, pervertendo ainda mais as árvores, transformando-as em monstros imponentes saídos de um conto de fadas sádico. Os tons de cinza se tornaram carvões; e os carvões, pretos. Então, a noite caiu sobre nós como um ladrão, rápida e silenciosamente. Se alguém lhe disser que não tem medo do escuro, é porque nunca passou uma noite em Aokigahara Jukai. Por mais que se pense que é corajoso, há algo tão perturbador e errado nesta floresta que se infiltra até nas gavetas mais profundas de sua mente e desperta seus medos mais primitivos.

Não querendo ser pegos novamente sem a tranquilidade de uma fogueira, passamos o resto da luz do dia montando nossas barracas e coletando lenha mais do que suficiente para durar até de manhã. Agora, estávamos sentados em círculo em torno de chamas de um metro de altura, tudo igual à noite anterior — exceto pelo fato de não termos comida nem água, e um de nós estar morto.

A mente do grupo estava ruim. Ninguém falava nada. Ninguém fazia muita coisa. Sentamos e esperamos, ou pela polícia milagrosamente aparecer ou pelo sono nos levar até a manhã. Eu queria dizer alguma coisa, quebrar o silêncio sufocante, mas não havia nada a dizer.

Meu estômago estava azedo com uma mistura desagradável de ansiedade e fome. Minha boca estava seca, a cabeça e o corpo doíam, e eu também estava ficando tonto.

Olhei para Neil. Permaneceu a uns bons quatro metros de distância do restante de nós por sua teimosa insistência. Quando não estava encolhido em posição fetal, balançando para a frente e para trás, estava vomitando ou cagando. Mal conseguia reunir forças para se levantar e nunca ficava a mais de uma dúzia de metros do acampamento para fazer suas necessidades. Seus gemidos constantes e idas ao banheiro começaram a me irritar. Sabia que ele não conseguia se controlar, mas eu estava irritado e em um estado de espírito sombrio, e parecia quase desrespeitoso à memória de Ben que Neil pegasse uma intoxicação alimentar justamente naquele momento e naquele lugar.

Não era apenas eu que estava irracionalmente insensível. Na luz tremeluzente do fogo, peguei todo mundo olhando para Neil com raiva em algum momento ou outro.

Sentindo-me culpado por abrigar esses pensamentos, fui ver como ele estava de novo. Ele estava de lado, de costas para mim. O rosto, coberto de suor. A camisa provavelmente estava encharcada também, embora eu não pudesse vê-la. O saco de dormir cobria seu corpo, apertado ao redor do pescoço. Ele parecia uma lagarta envolta em um casulo, com apenas a cabeça aparecendo.

"Ei, Neil", exclamei, agachando-me ao lado dele. "É o Ethan."

Ele não respondeu, nem mesmo reconheceu minha voz. Toquei sua testa suavemente com as costas da mão. Ele estava com uma febre bem alta.

"Como você está?" Era uma pergunta estúpida. Mas o que mais havia a dizer? *Seu testamento está atualizado, amigão? Alguma última palavra que você queira que eu transmita a Kaori?*

Não achava que Neil estava em perigo de morte. Já estava doente fazia um dia. Os sintomas deviam diminuir durante a noite. Se não diminuíssem, a polícia estaria aqui amanhã. E o levaria a um hospital.

E se os sintomas não diminuírem?, fiquei me perguntando. *E se a polícia não vier? E aí? Eu te digo. Neil realmente estará em perigo de morte. Ele vai morrer aqui, nesta floresta, devastado e pútrido, provavelmente por falência de órgãos, mas, ei, tudo é possível, talvez ele sofra um derrame... ou decida que já era um caso perdido e tire a própria vida. Este era certamente o lugar para fazer algo assim.*

Ele murmurou alguma coisa.

"O que foi, Neil?", perguntei, curvando-me perto dele.

"Á-ua." A palavra era seca, rouca.

"Não, não temos nenhuma. Acabamos com ela hoje de manhã."

Sua resposta foi fechar os olhos com mais força.

Eu o encarei, impotente. Quanto tempo você aguentaria sem água? Três dias? Parecia certo. Três dias em circunstâncias normais, embora depois de dois você já deva estar bastante infeliz. Mas, e quando você tem uma febre alta e está suando, mijando e cagando até a última gota de líquido sua? Metade desse tempo? Menos?

Se ao menos chovesse, pensei com melancolia, poderíamos amarrar as barracas entre as árvores para funcionar como grandes baldes de nylon. Teríamos água suficiente para tomar banho, mas as tentadoras nuvens baixas e prenhes permaneciam impossivelmente distantes. Quem sabe quanto tempo elas reteriam sua preciosa carga ou se explodiriam por completo?

Tentei me lembrar dos filmes que vi em que os personagens principais ficavam presos em algum lugar sem água. Algumas imagens vagas se materializaram em minha mente. Uma delas era de um cara enrolando trapos velhos nas canelas e, depois, caminhando pela grama alta para pegar o orvalho. Outro cara — ou talvez fosse o mesmo — fez uma soleira abaixo do solo. A mecânica disso levou alguns segundos para se fazer entender, mas pensei que tinha entendido. Você cava um buraco em forma de tigela com cerca de um metro de diâmetro e meio metro de profundidade. Faz um pequeno poço e coloca um recipiente nele. Cobre o buraco com plástico e coloca uma pedra no centro para que ela fique suspensa cerca de trinta centímetros diretamente sobre o recipiente para formar um cone invertido. A umidade do solo reage com o calor do sol para produzir condensação no plástico, que escorre pela soleira e pinga no recipiente.

Era um bom conceito na teoria, mas funcionaria? Infelizmente, não seríamos capazes de testá-lo até a manhã seguinte. E, mesmo assim, precisaríamos de um dia claro e de uma clareira aberta onde a luz solar pudesse penetrar a copa até o chão da floresta.

Urina?, pensei desesperadamente. Ele poderia beber urina?

Embora fosse principalmente água, também estava impregnada com todos os eletrólitos tóxicos que o corpo expelia. Isso contribuiria para a desidratação, o que significava que não era possível se sustentar com isso por muito tempo. Mas serviria como uma solução rápida?

Eu simplesmente não sabia.

"Me ajuda", murmurou Neil.

"Do que você precisa?", perguntei rapidamente.

"Banheiro."

Deslizei meus braços sob suas axilas e o ajudei a ficar em pé. Eu estava certo; sua camisa estava saturada de manchas de suor. Ele cambaleou, instável, balançando para a frente e para trás. Ouvi John Scott me chamando, perguntando se precisava de ajuda. Mas a oferta veio tarde demais, já que Neil e eu já estávamos caminhando pesadamente em direção às árvores. Por um momento terrível, Neil se curvou, teve ânsia, e eu esperava que ele fosse vomitar em cima dos meus tênis. Felizmente, nada aconteceu, e continuamos em frente. Quando chegamos a uma árvore espessa, ele me soltou e se atrapalhou com o botão da calça. Afastei-me vários passos, de frente para o acampamento. Eu podia ver o brilho do fogo, mas era só isso.

Neil cagou. O som era como uma torneira totalmente aberta. Puxei minha camiseta sobre o nariz.

"Neil!", exclamei, depois de uma pausa na atividade dele. "Você está bem?"

"Espera."

Dez segundos depois, houve um barulho gasoso, depois outro, depois nada.

"Neil!"

"O quê?"

"Terminou?"

"Não."

Esperei mais dois minutos. O algodão fino esticado sobre meu nariz mal era uma máscara de gás, e eu podia sentir o mau cheiro na parte de trás da minha garganta. Isso quase me fez perder meu café da manhã, mas reprimi o reflexo do vômito.

Então, ouvi alguma coisa, ou pensei ter ouvido, um ruído de vegetação, em algum lugar à minha frente. Apurei os ouvidos e ouvi um estalo.

Um galho se quebrando?

Olhei para a escuridão, mas não havia outros ruídos.

Olhei para trás. Neil estava agachado, com as calças nos tornozelos, a cabeça apoiada nos antebraços, que estavam dobrados sobre os joelhos brancos como peixe cru. O pênis pendia abaixo dele como uma lesma pálida.

Ele estava dormindo?

"Neil!"

"Me dá um segundo."

Mais ou menos trinta segundos depois, eu o ouvi se levantar, puxando as calças para cima. Virei-me bem a tempo de vê-lo cair de joelhos e vomitar uma gosma preta e pegajosa. Ele limpou a boca com as costas da mão e, depois, se arrastou em minha direção. Eu o levei de volta para onde ele estava descansando. Ele desabou no local, usando o que restava de suas forças.

Coloquei o saco de dormir sobre seu corpo, puxei até o queixo e esperei que o pior de sua doença tivesse passado.

Vislumbrei Mel através da aba da porta da nossa barraca. Ela estava deitada de lado, lendo um livro com uma das lanternas. Eu estava prestes a falar para desligá-la, porque precisávamos economizar as pilhas, mas estava muito exausto para outro confronto.

"Como está Neil?", perguntou-me John Scott. Ele estava sentado de pernas cruzadas, fumando um Marlboro. Eu tive um desejo quase irresistível de pedir um para ele naquele momento.

"Ruim", respondi, olhando para o cigarro.

"Ele quer alguma coisa?"

"Água."

"Não deveríamos ter bebido tudo."

Esperei que me culpasse por qualquer motivo. Em vez disso, ele jogou um pouco de terra no fogo.

Os olhos de Tomo estavam fechados. Não sabia se ele estava dormindo ou pensando. Permaneci de pé. Se eu me sentasse, provavelmente teria que continuar falando com John Scott.

Olhei para as árvores e vi Nina a alguma distância, sentada na base de um abeto, na periferia do brilho lançado pelo fogo. Ela levantou uma das mãos em meio a um aceno. Entendi isso como um convite para me juntar a ela, mesmo que não fosse, e fui até lá.

"Ele está muito doente", afirmou ela. Ela estava olhando além de mim, em direção a Neil. "Ele vai ficar bem durante a noite?"

"Não sei", admiti.

"O que podemos fazer?"

"Nada."

Ela fez uma cara sombria.

Sentei-me ao lado dela.

"Você não tem outro baseado, né?"

Ela fez que não com a cabeça.

Provavelmente, era melhor assim, pensei. Queria alguns tragos para relaxar e diminuir minha vontade de fumar, mas não sabia o quanto eu queria ficar introspectivo ou filosófico naquele momento.

"Como você está?", perguntei a ela.

Ela deu de ombros.

"Ben... ele era um cara legal." Contorci-me interiormente com o quanto aquilo soou idiota.

"Está tudo bem", disse Nina.

"O que está bem?"

"Não precisa dizer nada."

Concordei, aliviado por não ter que falar besteira. Se conhecesse Ben, teria contado a Nina uma história sobre ele, uma lembrança sincera da qual ambos poderíamos sorrir. Mas eu nem sabia seu sobrenome, muito menos algo nostálgico, e me contentei em deixar como "ele era um cara legal".

"Ele queria ser ator", contou Nina. "Você acredita nisso? Ator?"

Eu não disse nada.

"Ele era inteligente", continuou ela. "Havia tantas coisas que ele poderia ser, não é? Médico. Advogado. Empreendedor. Mas ele queria ser ator, um ator famoso." Ela enxugou uma lágrima que escorreu. "E sabe de uma coisa? Ele poderia ter conseguido. É isso. Todo mundo dizia que era um sonho impossível. Mas como pode ser impossível se outras pessoas realizaram esse mesmo sonho? Porque elas conseguem. Você as vê na tv, nos filmes. Então, algumas pessoas realizam esses sonhos. Ben poderia ter sido uma dessas pessoas. Era tão simpático. Tinha tanta paixão. Conseguia fazer muitas imitações. Woody Allen. Imitava muito bem. E muitos outros."

"Ele atuou em alguma coisa?", perguntei.

"Não."

"Um comercial? Uma peça de escola?"

"Não que tenha me contado. Ele tinha medo de se apresentar na frente das pessoas."

Levantei as sobrancelhas.

"Mas ele queria ser ator!"

"Que cara estúpido, não é?"

Depois de uma pausa incerta, eu ri de mim mesmo, constrangido. Senti-me bem. Por um breve momento, vi Ben cheio de seu otimismo infantil. Era assim que gostaria de me lembrar dele. Não azul e inchado e pendurado em uma corda.

Ouvi John Scott e Tomo conversando e olhei para eles. Tomo estava passando para John Scott um de seus mangás. Nina pegou um pequeno galho ao lado dela e o cravou no chão. Não foi nada dramático. Apenas uma fustigada rápida e forte, que ela repetiu três vezes.

"Ele não se matou", disparou ela de repente.

"Nina, nós conversamos sobre..."

"Você viu a foto."

Pensei nisso de novo: a forma fantasmagórica sobreposta ao fogo, as arestas duras que o contornavam. A formação vaga de um rosto.

"Era uma lente suja", declarei, "uma distorção."

"Afetou apenas uma foto?"

"Você está acreditando no que quer."

"Projetando", afirmou ela com firmeza.

"Isso."

"Ethan, abra a mente! Só porque não consegue ver uma coisa não significa que não exista. Milhões de pessoas acreditam em fantasmas. Vai dizer que todos estão enganados?"

"Vou."

"Então, você é um tonto."

"Milhões de pessoas acreditam em um deus. Não significa que exista."

"Ah!", exclamou ela.

"Ah, o quê?"

"Você é cristão?"

"Fui batizado. Mas, não, não sou religioso."

"Foi o que pensei, e esse é o seu problema."

"Qual?"

"Você não acredita em nada. Não tem fé em nada. É um cético eterno. Estou discutindo *contra* uma porta."

"*Com* uma porta", corrigi.

Ela fez uma careta.

"Quer continuar em hebraico?"

"Contra uma porta está bom."

"Então, o que acha que acontece quando morremos, Ethan?"

"Nada."

"Isso é muito deprimente, não é?"

"Eu acho. Mas dizer que acredito em alguma coisa não vai mudar como me sinto."

"Bem, eu acredito, Ethan. Acredito em um deus e na vida após a morte. Porque estamos aqui. Existimos e temos um propósito. Algo é responsável por isso. E só porque você não sabe o que acontece em seguida, não significa que não haja nada."

Eu não tinha dito que não havia nada, não começaria a pregar, e minha falta de resposta pareceu irritá-la. Ela balançou a cabeça e exalou alto.

"*Ben não se mataria*", repetiu ela. "Ele estava feliz. Queria ser ator. Você não tem um sonho assim num dia e se mata no outro."

"Concordo com você nesse ponto."

"E então?"

"Ele estava drogado."

"Essa é uma desculpa ridícula."

"Não, não é. Drogas mexem com a mente. Obrigam a pessoa a fazer coisas."

"Não Ben", insistiu ela, com teimosia.

"Nina, você disse que Ben estava obcecado por suicídio. Talvez você não conhecesse toda a situação. Talvez John Scott estivesse certo, e Ben fosse meio suicida. Algumas pessoas... você nunca poderia dizer. Se ele fosse e usasse drogas..."

Nina começou a mexer com o galho e não me olhava nos olhos.

"Tem uma coisa que preciso te contar", declarou. "Não fui totalmente sincera com você."

Franzi a testa.

"Sobre?"

"Ben não estava obcecado por suicídio. Não foi ideia dele vir para cá."

"Mas você disse que a amiga dele..."

"A amiga dele não cometeu suicídio. Ela tentou. Pegou uma faca afiada na cozinha, encheu uma banheira com água quente, entrou nela e cortou os dois pulsos."

"Quem a encontrou?"

"A mulher chinesa em cuja casa ela estava hospedada. Ela chamou a polícia. Os médicos salvaram a vida da garota."

Pisquei enquanto entendia o que ela dizia. Olhei para os pulsos de Nina. Estavam escondidos pelas mangas de sua capa de chuva amarela.

Sorrindo com tristeza, ela enrolou as mangas, depois as faixas rosa que usava em volta de cada pulso, revelando uma série de cicatrizes brancas e irregulares. Os cortes pareciam ter sido feitos pouco tempo antes.

"Meu deus, Nina, por quê..." Estaquei. "Ele estuprou você."

"Eu não dei um golpe de caratê na garganta dele. Não consegui escapar dele. Ele me estuprou naquele beco, entrou no táxi e foi embora."

"Eu... sinto muito. Por Deus, Nina... sinto muito."

Em silêncio, ela meneou a cabeça, assentindo.

"E então?", perguntei, acreditando que tinha que dizer algo. "Foi ideia sua vir para a floresta?"

Ela assentiu de novo.

"E foi você quem pegou aquele livro sobre suicídio do túmulo?"

"Mantivemos nossa comida na minha mochila. Não queria o livro perto da nossa comida. Então, coloquei na mochila do Ben."

"Será... que Ben sabia? Quero dizer, seus pulsos..."

"Não, nunca contei a ele sobre o estupro ou a tentativa de suicídio."

"Ele nunca viu essas cicatrizes?"

"Nunca mostrei para ele. Sabe, Ethan, Ben e eu... éramos mais amigos que ficantes. Nunca tivemos relações sexuais. Dormíamos na mesma cama, às vezes nos beijávamos, mas nunca transamos. Acredita nisso? Ele tentou uma noite na Tailândia, mas deixei claro que não queria. Então, ele não tentou mais. Como eu disse antes, acho que Ben me amava. Ou estava apaixonado pela ideia de me amar. Era muito romântico assim. Teria feito qualquer coisa que eu pedisse." Ela colocou o galho de lado. "Acha que sou louca, Ethan? Seu conceito sobre mim caiu?"

"Não, de jeito nenhum", afirmei com sinceridade.

"Bom. Porque me importo com o que você pensa de mim."

Ela se aproximou e me beijou na boca. Seus lábios eram macios e permaneceram por um longo momento. Fiquei tão surpreso que não me mexi — ou me afastei.

Então, ela se levantou e foi para sua barraca.

FLORESTA DOS SUICIDAS 青木ヶ原

24

Tentei não levar aquele beijo muito a sério. Nina estava sob pressão, emocionalmente abalada. Estava grata por poder conversar comigo. Era isso. Acreditar que havia algo mais entre nós seria infundado e perigoso. Então, em vez disso, me concentrei em sua confissão. Fiquei surpreso que ela tentou se matar e disse a mim mesmo que não deveria estar. Só porque era jovem, inteligente e bonita não a excluía de ser suicida. A maioria das pessoas que me conheciam jamais suspeitaria que alguma vez pensei em suicídio. Era uma doença, uma doença que podia afetar qualquer pessoa, a qualquer momento.

No entanto, a confissão dela de que Ben não estava obcecado por suicídio não mudou minha opinião sobre o que causou sua morte, não me fez entrar no trem-fantasma com ela. Quer Nina acreditasse ou não, Ben havia tirado a própria vida, e as drogas foram responsáveis. Era a única explicação terrestre e, portanto, lógica.

Levantei-me e voltei para a fogueira onde John Scott e Tomo liam em silêncio suas histórias em quadrinhos. Nina havia fechado bem o zíper da porta de sua barraca enquanto Mel, ainda dentro de nossa barraca, havia apagado a lanterna e estava ou acordada no escuro ou dormindo. Talvez eu estivesse me sentindo culpado pelo beijo, mas não dava a mínima para o relacionamento duvidoso de Mel e John Scott, nem me importava com o que ele estava fazendo aqui. Tudo o que eu queria era me enfiar debaixo do cobertor de emergência ruim ao lado dela, puxá-la contra mim e dizer que sentia muito — pedir desculpa por tudo. Por trazê-la a esta floresta, por não ser franco com a situação de Shelly, por ficar do lado dos outros e votar para não sairmos. Esse último ponto foi o que me incomodou mais.

Era minha namorada, minha futura noiva, minha futura esposa. Ela estava assustada, e, antiquado ou não, era meu dever cuidar dela. Eu podia entender por que ela ficou chateada. Aos olhos dela, eu a traí.

Ainda assim, o que eu poderia ter feito diferente? Arrumado nossas mochilas e tentado sair de Aokigahara uma ou duas horas antes de escurecer? Eu não achava uma boa ideia lá atras, e ainda não achava naquele momento. Sobrevivência para iniciantes: se você se perder, permaneça no ponto zero até que os socorristas o encontrem. Estatisticamente, os heróis que vagam em busca de ajuda têm mais chances de serem pegos pelo clima ou geografia e morrerem pela exposição.

Havia um cara que eu conhecia na faculdade que morreu desse jeito. Seu nome era Craig VanOrd, o Galã. Tinha um metro e oitenta e oito, era jogador de rúgbi com cabelos loiros espetados e olhos cinza-claros, e provavelmente o aluno mais popular do nosso ano. Era o cara com quem você conversaria se quisesse saber onde era a festa naquela noite. O cara com quem você conversava se quisesse comprar maconha, cogumelos, ecstasy, cocaína, qualquer coisa que te deixasse animado. Não era traficante, não ganhava dinheiro vendendo essas coisas, não precisava de dinheiro; os pais eram ricos. Simplesmente, sabia quem tinha o quê e conseguia pra você. Mas não era estúpido. Não fazia isso para qualquer um. Você tinha que ser amigo ou, pelo menos, amigo íntimo de um de seus amigos.

Eu não sabia ao certo por que ele era apelidado de Galã, mas imaginei que tivesse a ver com o fato de ele se dar bem com as mulheres. O boato era que, para começar a semana dos calouros, ele era um dos caras responsáveis por pendurar faixas de seis metros nos viadutos da rodovia perto da faculdade que diziam: "Obrigado pais por suas filhas!". O Galã deve ter pegado mais de vinte dessas filhas entre o início das aulas em setembro até sua morte em fevereiro. Esse número sempre me surpreendeu porque as garotas que ele seduzia para seu quarto conheciam bem sua reputação. E, mais, elas provavelmente conheciam a maioria das outras garotas com quem ele dormia. No entanto, ele não só conseguia, mas também o fazia com orgulho, de alguma forma permanecendo em bons termos com todas as suas ficadas de uma noite só, tanto que nunca disseram uma palavra ruim sobre ele pelas costas.

É desnecessário dizer que fiquei surpreso quando Shelly — minha ex, Shelly — me disse que havia dormido com ele. Minha primeira pergunta foi se ela havia sido testada para ISTS. Ela pensou que eu estava brincando, mas eu não estava, e me disse alegremente que fazia exames todos os anos. Minha segunda pergunta — e parecia estranho admitir isso porque o Galã estava morto fazia três anos naquele momento — era se ele era bom de cama ou não. Shelly sorriu e deu de ombros de um jeito misterioso. Deixei por isso mesmo, decidindo que não queria saber.

Para comemorar o Dia dos Namorados, Galã levou sua última garota, Jenny Walton, para a cabana de seus pais nas montanhas Pocono, a três horas de carro a leste da Pensilvânia. Eles encaixaram a viagem em um longo fim de semana e estavam dirigindo de volta na noite de segunda-feira quando Galã perdeu o controle de seu jipe e disparou para fora da estrada por uma encosta rochosa de quinze metros (o boato era que Jenny estava fazendo sexo oral nele no momento). Embora Jenny tenha ficado gravemente ferida no acidente, Galã saiu sem um arranhão. Era de se pensar que o cara tinha sido abençoado ao nascer pelo próprio anjo Gabriel para ter uma existência maravilhosa se não soubéssemos o que aconteceu a seguir.

Estava vinte graus abaixo de zero nas montanhas. O motor do Jeep foi destruído no acidente, o que significava que Galã e Jenny não conseguiam ligar o aquecedor para se manter aquecidos. Além disso, já era tarde, a estrada em que haviam derrapado era pouco usada, e o barranco era muito íngreme para escalar. Então, Galã decidiu descer a montanha a pé para procurar ajuda.

Jenny foi encontrada três horas depois por um motorista da FedEx que notou a falta de um trecho da barreira de proteção de cabos e postes. A polícia levou mais duas horas para montar um sistema de elevação e içá-la de volta para a estrada. Ela teve queimaduras de frio nos dedos dos pés e das mãos, além de ter quebrado duas costelas e a clavícula. Galã só foi encontrado no meio da tarde do dia seguinte. Suas pegadas levavam a um rio congelado a 24 quilômetros de distância, que ele seguiu por mais de nove quilômetros. Paradoxalmente, havia tirado a maior parte de suas roupas, um efeito colateral comum da hipotermia, antes de cavar um buraco na neve, onde passou suas últimas horas de vida na Terra.

Então, sim, eu disse a mim mesmo. Tínhamos tomado a decisão certa. Ficar parado foi uma jogada inteligente. Mel pode estar brava comigo, mas ela vai ver. Vai me agradecer amanhã.

Notei os copos de papel em suas mãos pela primeira vez. Perguntei, confuso, onde John Scott e Tomo haviam encontrado água e por que estavam bebendo quando um olhar para Neil me disse que ele não tinha água. Então, vi a garrafa de uísque Suntory encostada na raiz de uma árvore.

"Mas que porra vocês dois estão fazendo?", perguntei.

John Scott virou o que restava em seu copo.

"Não achei que Neil se importaria se pegássemos sua garrafa, dada sua condição."

"Já pensaram na *condição* de vocês amanhã?"

"Posso me virar sozinho, cara."

"É um diurético", comentei.

"Diu o quê?", perguntou Tomo.

"Faz você mijar", explicou John Scott.

"Ah!", exclamou Tomo.

"Sim, ah, Tomo", falei. "Estamos no meio de uma floresta sem água."

"A polícia vem aqui amanhã."

"Esperamos que sim. Mas, e se não conseguirem nos encontrar?"

"Não seja melodramático conosco", censurou John Scott.

"É possível."

Ele deu de ombros.

"Se não conseguirem nos encontrar e não chover, morreremos em poucos dias mesmo." Como se para provar que ele aderiu a esse tipo de fatalismo — ou, talvez e mais provável, para esfregar sua afronta na minha cara —, ele pegou a garrafa e encheu o copo. Bebeu desta vez, voltando sua atenção para o quadrinho que lia.

"Quer um pouco?", ofereceu Tomo.

"Não, Tomo. E acho que você deveria parar de beber também."

"Sim, tudo bem, chega. Só mais este. Quer mangá?"

"Não."

"Peitos grandes."

"Não."

"Estão aqui. Na minha mochila."

Observei os dois por alguns momentos, lendo e bebendo como se estivessem em uma preguiçosa festa do pijama. Uma palavra me veio à mente: *idiotas*.

Como não tinha para onde ir e me senti um tolo ali de pé, olhando para eles, sentei-me e flexionei minha mão direita. As bolhas realmente haviam estourado, embora a dor crua tivesse diminuído e não fosse mais perceptível. Além do crepitar da fogueira, a noite estava surpreendentemente silenciosa. Até Neil permaneceu em silêncio. Parecia que suas cólicas haviam finalmente diminuído e ele havia adormecido.

A fumaça subia da madeira queimada, o cheiro almiscarado tentando minha fome. Imaginei-me cozinhando uma salsicha sobre as chamas, escurecendo a pele, fazendo a gordura chiar. A imagem era tão forte que comecei a salivar. Meus olhos se voltaram famintos para a garrafa de uísque, que estava meio cheia. Um copo de uísque pode não ser comida, mas apaziguaria meu apetite. Também aliviaria meus nervos, me deixaria esquecer um pouco de Ben, e a provação que nos aguardava amanhã. Um copo, talvez até dois. Não faria mal. Provavelmente me faria dormir um pouco mais fácil também...

"Como vamos organizar essa vigília?", perguntei para me distrair.

"Você não está falando sério, né, cara?", retrucou John Scott.

"Não faz mal."

"Não seja um idiota." Ele baixou a voz. "Não há nenhuma merda de fantasma aqui."

"Talvez não. Mas alguém precisa ficar de olho em Neil... e Ben."

"E Ben?"

"Garantir que nenhum animal se aproxime ou algo assim."

"Ai, merda", exclamou Tomo, tirando os olhos de sua história em quadrinhos.

"Tudo bem, então." John Scott deu de ombros. "Eu fico com o primeiro turno."

"Que começa quando?"

"Agora."

"Pode esquecer."

"O quê?"

Passava um pouco das oito horas. Se John Scott pegasse o primeiro turno e começasse agora, terminaria por volta das onze — ou mais ou menos na hora que provavelmente escolheria para dormir de qualquer maneira.

"O primeiro turno começa às dez", defini. "Cada um vai durar duas horas. Isso nos levará até as quatro horas, que não é muito antes de o sol nascer."

"E daí?", retrucou John Scott. "Você quer o primeiro turno?"

"Vamos tirar no palito. O mais longo escolhe primeiro."

Peguei um pequeno galho da pilha de lenha e o quebrei em três segmentos desiguais. Virei-me enquanto alinhava as partes superiores das peças para que ficassem iguais umas às outras. John Scott podia ser um adulto, mas não confiava que ele não ficaria de olho. Virei-me e estendi minha mão.

Tomo escolheu primeiro, depois John Scott. Comparamos nossas seleções. Tomo tinha o mais longo. Eu tinha o mais curto.

"Quero o primeiro", declarou Tomo.

"Primeiro turno?", confirmei.

"Isso."

"Vou da meia-noite às duas", disse John Scott.

Respondi com um gesto afirmativo.

"Tá legal, Tomo, você acorda John Scott à meia-noite então."

"Tô ligado."

Ele terminou o uísque em seu copo e o jogou na fogueira.

"Ei!", gritei. "Temos poucos copos, Tomo. Podemos precisar deles para pegar água da chuva."

"Cara", exclamou John Scott em tom de reprovação.

"O quê?"

"Pare de ser rainha do drama. Estamos bem, tá legal? Não estamos em uma ilha deserta."

"Você sabe o tamanho dessa floresta?"

"E daí? Na pior das hipóteses, vamos subir em uma árvore, localizar o Fuji e seguir a estrada de tijolos amarelos até em casa."

"Espero que você seja bom em escalar."

Ele resmungou e voltou para sua revista em quadrinhos.

"Sabem o que vocês me lembram?", disse Tomo. "Maridos brigando. Briga, briga, briga. E eu sou o filho, né? Eu mereço, mesmo. Vocês vão me deixar marcado pra sempre."

"Eles te ensinam isso na escola de psicologia?", perguntei.

"Tô ligado."

"Isso é algum novo bordão?"

"Tô ligado."

Tomo havia tirado o chapéu. Seus cabelos estavam espetados por toda parte, as costeletas de elfo espetadas na frente das orelhas. Bolsas haviam se formado sob os olhos enquanto a barba por fazer começou a brotar no lábio superior e no queixo. Olhando para ele agora, pensei em um suspeito numa sala de interrogatório. Um rosto externamente calmo, mas por dentro assustado pra caramba. Como John Scott, ele parecia confiante de que seríamos encontrados amanhã, então não estava preocupado em morrer aqui. Imaginei que seu medo era mais pelo que ele acreditava que aconteceria depois que a polícia chegasse. Ele deveria começar uma residência em algum hospital em Shibuya-ku em breve. O que aconteceria com ele se fosse revelado que ele estava acampando em Aokigahara com um bando de estrangeiros, um dos quais cometeu suicídio? Este não era o julgamento sábio que se esperava que um psiquiatra mantivesse. Se nossa expedição fosse noticiada nos jornais, toda a sua carreira poderia estar em perigo antes mesmo de decolar.

"Ei, cara!" Tomo chamou John Scott. "Você tem um cigarro?"

"Você fuma?"

"Só depois do sexo, mesmo. Mas agora eu quero."

John Scott pegou um cigarro do maço, jogou para Tomo e depois pegou outro pra ele. Ele acendeu o de Tomo com seu isqueiro e depois o seu próprio. Ele se deitou de costas, com a cabeça sobre a mochila, olhando para o topo das árvores e soprando fumaça pela boca em um redemoinho azul. Depois que descobrimos o corpo de Ben, ele ficou em pânico, pensando nas consequências para si mesmo, mas desde então manteve a calma. Neste momento, ele poderia estar relaxando em um bar sem se importar com o mundo. Ele tinha uma cara de paisagem muito boa ou uma total falta de empatia. A segunda opção me fez pensar se já havia matado alguém.

Se tivesse participado da invasão do Iraque, a possibilidade era bastante alta. Podia ter matado um bom número de pessoas. Certamente, ele teria experimentado a morte de uma forma ou de outra.

"Você já esteve no Iraque?", perguntei a ele.

"Em férias?"

Sim, pra porra das férias. Por que puxei assunto?

"Uma vez", revelou ele alguns momentos depois.

"Como foi?"

"Muito foda." Apagou o cigarro e imediatamente acendeu outro. "E, sim, matei pessoas."

Eu o encarei.

"É isso que você queria saber, não era? É o que todos querem saber."

"Quantos?", perguntou Tomo.

"Dois."

"Você atirou?"

"Minha unidade estava em patrulha. Uma bomba explodiu a viatura da frente. Fomos emboscados. Recebemos uma enxurrada de tiros. Eu atirei de volta."

"Você matou cada filho da puta?"

"Havia muitos. Chamamos reforços. Um Blackhawk chegou a quinhentos metros de distância. Corremos até ele, atirando em qualquer coisa que se movesse."

"Você ficou com medo?", perguntei. Não estava provocando, estava genuinamente interessado.

"Você não tem tempo para ficar com medo", respondeu ele apenas.

"Quando foi isso?"

"Alguns meses atrás." Ele bateu na perna esquerda. "Levei um tiro acima do joelho. É por isso que estou preso aqui no Japão agora." Então, ele se endireitou e olhou para Tomo e para mim. Parecendo ao mesmo tempo pensativo e grave. "Se eu for denunciado por ter dado cogumelos a Ben", afirmou ele em uma voz baixa e séria para combinar com sua expressão, "provavelmente vou acabar preso aqui."

A mudança abrupta na conversa me pegou de surpresa.

"Foi estúpido, sei disso", continuou ele. "Gostaria de poder voltar atrás. Mas não posso. E Ben se *foi*. Não me fodam aqui."

"O que dissermos não importa", comentei. "Nina é a pessoa com quem você tem que falar."

"Eu vou. Amanhã. Mas será mais fácil convencê-la se vocês já estiverem comigo. Tomo? O que me diz, cara?"

Tomo hesitou.

"Sim, tudo bem. Não sei de nada."

John Scott olhou para mim.

Ele estava certo: dar cogumelos a Ben aqui foi estúpido. Mas foi uma falta temporária de juízo. Ele merecia passar os próximos sete ou oito anos em uma prisão japonesa por causa isso?

"Cara!"

Dei de ombros, sem compromisso.

John Scott fez que sim com a cabeça. Aparentemente, foi o suficiente para ele.

Não me virei, mas sabia que estavam me seguindo, do jeito que você sabe as coisas nos sonhos. Eu estava de volta ao sexto ano. Os caras atrás de mim estavam no ensino fundamental. O líder se chamava Hubert Kelly. Morava na rua ao lado da minha, o que significava que, na maioria das vezes, nos víamos no caminho de casa de nossas respectivas escolas. Além disso, tudo o que eu sabia sobre ele era que ele supostamente carregava um par de socos ingleses — e gostava de implicar com crianças mais novas.

Por mais de um ano, tive medo de voltar para casa, sem saber se seria emboscado ou não. Era uma questão de quem estava andando na frente de quem. Se o babaca do Kelly estava à minha frente, eu mantinha distância e estava relativamente seguro. Às vezes, ele olhava para trás, me via e parava. Eu também parava, sem tirar os olhos dele, até que ele ficasse entediado e continuasse andando. Se eu estivesse na frente dele, no entanto, era outra história. Naqueles dias fiquei muito bom em dar uma olhada furtiva para trás. No entanto, eu ainda era uma criança, tinha tendência de sonhar acordado e, muitas vezes, não sabia que Kelly estava chegando até ouvir seus sapatos batendo na calçada atrás de mim. Ele podia ser muito mais velho do que eu, mas era gordo e lento. Se eu tivesse uma boa vantagem, podia correr mais rápido que ele. E, mesmo quando tinha sorte e me pegava, muitas vezes eu conseguia escapar do encontro com apenas alguns hematomas porque ele não tinha mais ninguém a quem provar nada. Era quando vinha atrás de mim com os dois amigos dele que eu mais temia. Os dois eram magros e rápidos e, quando eu estava com a cabeça nas nuvens, eles me pegavam oito a cada dez vezes. E eram cruéis. Sentavam-se em cima de mim, me batiam na cara e rasgavam minhas roupas. Algumas vezes, quando eu revidava, eles me batiam com força até me fazer sangrar.

No sonho, por fim me viram, e meu coração subiu pela garganta quando os encontrei logo atrás de mim. Não sabia como se aproximaram tanto sem que eu os ouvisse — outra anomalia do sonho —, mas conseguiram. Gritei e tentei fugir, mas Kelly agarrou meu cabelo e me jogou no chão. Depois, os três me prenderam e começaram a enfiar neve na minha boca e dentro da minha jaqueta.

Contorci-me e gritei, mas não consegui tirá-los de cima de mim.

"Uma noite dessas também vamos atrás dos seus pais, Childs", Kelly rosnou no meu ouvido. "Vamos entrar à noite, amarrá-los e cortá-los em pedaços. Depois, vamos fazer o mesmo com você, seu ramelento, vamos cortar você em pedaços..."

De repente, Kelly foi arrancado de cima de mim. Olhei para cima e vi Gary pairando sobre nós. Esqueça que eram três contra um. Esqueça que todos tinham a altura aproximada de Gary. Esqueça que Hubert Kelly carregava um galho do tamanho de um taco de golfe que poderia usar efetivamente como arma. Esqueça tudo isso porque Gary certamente não se importava com nada disso. Ele desafiou cada um deles a dar um soco nele, dizendo que quem fizesse isso iria para casa com muito menos dentes. Kelly e seus comparsas começaram a ir embora, xingando e prometendo surras futuras, do jeito que os valentões fazem para salvar a cara. Gary também não queria nada disso. Ele os perseguiu. Os dois mais rápidos escaparam, mas Gary pegou o gordo do Hubert Kelly com bastante facilidade. Ele o jogou no chão, pisou na cabeça com uma bota e colocou uma corda em volta do pescoço dele.

"Não!", bradou Kelly. "Vou contar pros meus pais!"

Gary jogou a outra extremidade da corda sobre um galho de árvore e puxou, fazendo Kelly se levantar e depois cair, chutando freneticamente no ar.

"Gare! Para!", gritei.

Mas não era mais Gary. Era John Scott.

"Cala a boca, Ethos!", trovejou ele. "Você concordou com isso. Você disse que não falaria nada. Então, cala a boca, ou nós dois vamos para a prisão, está entendendo?"

Os olhos de porco de Kelly estavam esbugalhados agora. Vasos sanguíneos vermelhos se entrelaçavam nos brancos dos olhos. Ele abriu a boca gorda e soltou um grito vidrado e aterrorizante...

Acordei, desorientado, me perguntando por um momento por que estava tão frio e rígido. Então, senti o cheiro do ar fresco e quebradiço. Acampando? Acampando com Gary? Fizemos isso várias vezes, só nós dois, nas montanhas Porcupine. Mas não — Gary estava morto. Eu estava sonhando com ele de novo. Algo sobre os valentões que costumavam me perseguir. Gary os havia espancado no sonho, assim como havia feito na vida real naquela tarde de novembro...

"Que porra foi essa?". Ouvi alguém dizer.

Sentei-me e vi John Scott agachado ao lado da fogueira moribunda. Tudo voltou com um golpe nauseante de medo.

Floresta dos Suicidas. Ben. Morto.

"O que foi?", perguntei, minha cabeça confusa.

O zíper da barraca de Nina se baixou rapidamente. Ela colocou a cabeça pela entrada da porta.

"Vocês ouviram isso?", questionou ela. Seus olhos estavam arregalados, o rosto pálido, quase luminescente na escuridão.

Sentei-me mais ereto. O que perdi? O que estava acontecendo?

"O que você ouviu?", perguntei.

"*Xiu*", sibilou John Scott.

Mel apareceu ao meu lado, me fazendo pular.

"Alguém gritou", sussurrou ela.

Pensei imediatamente no meu sonho, em Hubert Kelly abrindo a boca e soltando aquele gemido arrepiante e assustador.

"Quem?", retruquei, ficando nervoso.

"Uma mulher", afirmou Mel. "Acho que foi uma mulher..."

"*Xiu!*", sibilou John Scott de novo.

Esperamos e ouvimos. Tomo continuava dormindo profundamente. Depois de um minuto, eu disse:

"Tem certeza..."

Um grito de banshee* se ergueu da floresta, agudo e selvagem, interrompendo-me no meio da frase. Subia cada vez mais alto, afinando-se em um gemido arrepiante. Então terminou tão abruptamente quanto começou.

"Puta merda", exclamei, olhando para os outros, enlouquecido.

"São *eles*", sussurrou Nina. "São eles."

"Cala a boca, Nina", esbravejou John Scott.

"Então, *o que é?* O que é?"

"É um pássaro", respondi sem pensar.

"Aquilo *não* era um pássaro, Ethan."

"Talvez um gato selvagem", sugeriu John Scott. "Talvez no cio."

Mel estava tão rígida quanto um cadáver ao meu lado. Sua mão apertava a minha e fazia doer.

"O que vamos fazer?", sussurrou ela tão baixinho que mal pude ouvi-la.

"Nada", respondeu John Scott. "Ficamos aqui, perto do fogo..."

O grito rasgou a noite mais uma vez, uma explosão curta e feminina de agonia e terror irracionais. Aquilo se despedaçou em algo que poderia ter sido uma risada louca. Os cabelos na minha nuca se arrepiaram. Senti uma vontade louca de correr, de dar o fora dali. Mas estávamos no meio do nada. Abandonados. Impotentes.

Mel começou a puxar a mão. Percebi que estava apertando com força. Soltei meu aperto e encontrei minha palma escorregadia com algo — sangue. As unhas dela haviam se cravado em minha carne.

"Meu Deus", exclamou ela. "Ah, meu Deus. *Minhanossassinhora*."

Nina voltou para dentro de sua barraca.

"Fiquem todos calmos", recomendou John Scott, com autoridade em sua voz. "Provavelmente... é apenas alguém que veio aqui para se matar."

"Por que está gritando?", perguntou Mel com a voz rouca. "O que está *acontecendo* com ela?"

"Talvez tenha feito besteira", argumentou John Scott.

"Feito besteira?", estranhei.

"Se matando."

---

* Banshee é um ente fantástico da mitologia celta, também conhecida como Bean Nighe. Fala-se que a banshee seria um ser maligno.

"Se você tivesse uma corda no pescoço, não estaria gritando desse jeito."

"Talvez não tenha se enforcado. Talvez, como você disse antes, tenha explodido metade do rosto."

"Você ouviu um tiro?"

"Algo parecido!", gritou John Scott. "Você entendeu."

Nina saiu de sua barraca. Ela estava com a mochila nas costas. Nós a encaramos.

"Temos que sair daqui", ela nos disse com uma voz vazia e monótona.

"Não podemos ir embora, Nina", falei. "Não tem para onde ir."

"Estão lá fora!"

"Não, não estão, Nina", insisti. "John Scott está certo. É apenas uma mulher que estragou sua tentativa de suicídio. Talvez tenha tomado pílulas ou veneno e esteja reagindo mal, causando dor..."

Nina gritou algo em hebraico para nós, depois marchou para as árvores.

"Nina!" Levantei-me em um salto e corri atrás dela. Eu a segurei rapidamente e me pus diante dela. Ela tentou passar por mim. Eu a agarrei pelos ombros. "Nina, pare! Você não pode ir embora."

"Não vou ficar aqui!"

"É só uma mulher."

"Você sabe que isso não é verdade."

"É só uma mulher."

"Me solta!"

"Você vai se perder."

Ela tentou tirar minhas mãos de seus ombros. Eu a segurei firme. Ela respirou fundo, recompondo-se.

"Ethan", disse ela com confiança gélida, "saia do meu caminho agora mesmo. Você não pode me prender aqui contra a minha vontade."

"Aonde você vai?"

"Pra longe daqui!"

"Aonde?" Fiz um gesto violento, apontando para as árvores escuras. "Lá para dentro? Sozinha?" A dúvida cintilou em seus olhos, e eu continuei. "Você não vai estar mais segura lá fora do que aqui."

"Não posso ficar aqui."

"Só até de manhã. Faltam apenas algumas horas até o amanhecer. Não precisa dormir. Pode ficar acordada perto do fogo. Vamos todos ficar. São apenas algumas horas."

"Não", retrucou ela e tentou tirar minhas mãos de novo, embora não estivesse tentando muito desta vez.

Eu a soltei.

"Volte para a fogueira, Nina. É seguro lá."

Embora seus olhos brilhassem de terror, a cada segundo que passava eu podia ver o pânico que a dominava começar a afrouxar.

Perdendo algum debate interno, ela me abraçou e murmurou algo em meu peito. Ficamos assim por um tempo até que ela me soltou.

Voltamos ao acampamento. Nina se fechou dentro de sua barraca sem dizer uma palavra a ninguém. Voltei a me sentar. Os próximos minutos pareceram lentos, borrados e oníricos, como se eu estivesse debaixo da água. Continuava esperando ouvir o grito de novo, mas ele nunca ecoou. Surpreendentemente, Tomo continuou dormindo. Neil também não havia se mexido.

Soluços da barraca de Nina quebraram o silêncio. Ficaram mais altos, mais arrasados. John Scott olhou para sua barraca, seu rosto ilegível. Mel esfregou os olhos, e percebi que ela também estava chorando.

"Volte a dormir", pedi a ela em voz baixa.

"Era mesmo só uma mulher?"

"Claro."

"Não foi...?"

"Não. Agora volte a dormir."

"Entre na barraca comigo."

"Não posso. Logo será minha vez de vigiar."

"Vou ficar acordada com você."

"Volte a dormir. Quanto mais cedo fizer isso, mais cedo nascerá o sol."

Foi muito tentador para ela deixar passar. Deu-me um beijo na bochecha e voltou para a barraca, deixando as abas abertas.

Os soluços de Nina ficaram abafados, em seguida pararam por completo. John Scott desviou o olhar para além da barraca dela, em direção à floresta, na direção de onde os gritos tinham vindo. Queria conversar com ele, trocar mais algumas teorias. Mas Nina e Mel nos ouviriam. Não era o momento.

Deitei-me de volta, com a cabeça na mochila de Mel, e olhei para o meu relógio de pulso. Uma hora até o meu turno. Fechei os olhos, esperando pelo sono, sabendo que seria impossível, mas tentando mesmo assim. Vi uma mulher se debatendo no chão, membros em espasmos, corpo convulsionando, um rosto pálido *yūrei* flutuando com tristeza por entre as árvores, cabeça jogada para trás, boca escancarada em um buraco obtuso, uma dúzia de outros cenários para explicar o que tínhamos ouvido, e então apaguei e não pensei mais em nada.

FLORESTA DOS SUICIDAS

青木ヶ原

25

Por fim, cedi ao meu desconforto e acordei no início da manhã, entre a escuridão e a aurora. Abri meus olhos, mas não me mexi. O frio da noite penetrou profundamente em meus ossos. O chão parecia de concreto, e eu tinha me mexido muito. A pressão havia aumentado na minha bexiga até se tornar uma dor aguda, mas eu me recusei a levantar para me aliviar, sabendo que, se o fizesse, ficaria acordado até de manhã.

O mundo era um cinza etéreo arroxeado. Através da névoa espessa, eu conseguia ver os contornos vagos dos galhos escarpados emaranhados acima. Eu me ergui nos cotovelos. O fogo havia se apagado, tomando forma de um leito sem fumaça de brasas vermelhas. John Scott estava ao lado dele, roncando, inchado por causa das roupas que havia colocado embaixo da jaqueta de couro. O lugar de Tomo estava vazio. Presumi que havia se retirado para dentro de sua barraca. Cara esperto. Eu devia ter voltado para a minha. Podia ter entrado embaixo do cobertor de emergência e pressionado meu corpo contra Mel, compartilhando nosso calor corporal.

Por um momento, me perguntei por que não tinha feito isso, por que estava ali fora, então lembrei que havíamos concordado em vigiar. Tomo, John Scott e depois eu. Mas por que John Scott não me acordou? Tinha adormecido? Olhei para ele de novo. Provavelmente.

Levantei-me, odiando o sensação de algodão na boca e o toque gelado das roupas contra a pele. Deus, eu esperava que não estivesse nublado hoje. Daria qualquer coisa para ver um céu azul brilhante e um sol dourado.

Agora que eu estava de pé e me movendo, a pressão na bexiga aumentou dez vezes, chegando a um nível de dor de pedra nos rins. Movimentei-me em direção às árvores — e avistei Ben. Estava exatamente como o deixamos, na padiola, embaixo do seu saco de dormir. Seu corpo ainda estava sob o controle sinistro do rigor, torcido na cintura, joelhos dobrados. Presumi que levaria mais um ou dois dias até que a decomposição se instalasse e começasse a relaxar.

Pensando nisso, me senti estranhamente indiferente. *Apenas mais uma pessoa morta.* Foi assim que me senti após a morte de Rato e Galã. Choque quando ouvi a notícia pela primeira vez, uma sensação de vazio e enjoo o dia inteiro, mas então, na manhã seguinte, nada. Ou eu era um filho da puta de coração frio, ou o cérebro humano tinha uma capacidade notável de lidar com a morte — pelo menos, a morte de conhecidos menos próximos.

Apesar da bexiga que me alfinetava, desviei meu caminho para verificar Neil rapidamente. Ajoelhei-me ao lado dele e, por um momento horrível, pensei que ele estivesse morto. Parecia um cadáver. Seu rosto estava emaciado, branco e manchado de sujeira. Havia manchas de vômito seco na pele e no queixo que eu queria limpar, mas não consegui tocá-lo. No entanto, quando me aproximei — respirando seu cheiro doentio e pútrido —, ouvi sua respiração. Era fraca e cheia de catarro, como se houvesse muito fluido nela.

Eu o deixei descansar e caminhei uns vinte metros para dentro da floresta, com cuidado para evitar as manchas de vômito ou fezes que pareciam estar por toda parte, tão estrategicamente colocadas quanto minas terrestres.

Parei perto de uma árvore de bordo, abri o zíper e apontei para um arbusto indefeso. O vapor subiu do arco de urina. Depois, examinei a floresta antes do amanhecer. A névoa flutuava preguiçosamente entre as árvores, quase como uma forma de vida amorfa e senciente, farejando sua presa.

Nenhum inseto chiando ou o canto alegre dos pássaros da manhã saudou o novo dia, apenas aquele silêncio profundo e expectante com o qual me familiarizava com desconforto.

A névoa se dissipou e vi alguém parado a cinco metros de mim.

Provavelmente, teria gritado se meu peito não tivesse travado de uma vez. Essa reação instintiva passou rapidamente, no entanto, foi substituída por uma espécie mágica de admiração quando percebi que não estava olhando para uma pessoa, mas para um cervo.

Estava parado como uma estátua, olhando diretamente para mim. Seus olhos eram de um preto líquido, atemporais, e se você não conhecesse direito, seria fácil acreditar que guardavam algum tipo de segredo, sabedoria antiga. As orelhas arranhadas estavam alertas, como duas pequenas antenas parabólicas, aninhadas na base de um majestoso conjunto de chifres aveludados. O nariz preto como alcaçuz brilhava, as narinas se dilatavam em silêncio. Era mais compacto e de pernas finas do que um cervo norte-americano e ostentava manchas brancas ao longo do pelo cor de mogno. O rabo fofo tremulou uma vez.

Nós nos encaramos por um longo tempo. Tive uma vontade quase irresistível de avançar, me aproximar dele, embora soubesse que iria embora se eu tentasse. Em vez disso, levantei as mãos devagar, mostrando que estava desarmado. Seu nariz farejou o ar.

"Ei", exclamei. "Está tudo bem. Não vou machucar você."

Uma nuvem de neblina pairou entre nós, espessa e cinza, e, quando ela se dispersou, o cervo havia desaparecido. Observei as árvores tortuosas, espantado que o cervo pudesse partir tão silenciosamente — tão silencioso quanto um fantasma, uma voz sugerida por um canto ignorado da minha mente — e tive que me convencer de que o tinha visto.

Por vários longos minutos, me recusei a me mover, relutante em deixar para trás a experiência. Tinha sido algo completamente diferente do que eu poderia ter imaginado. Durante aqueles poucos segundos em que nossos olhares se encontraram, uma serenidade transcendente se instalou em mim, alimentada por uma sensação inebriante de liberdade, como se eu pudesse abandonar minha civilidade e fazer qualquer coisa que quisesse em um mundo onde não havia preocupações, decisões a tomar, consequências de ações, nem conceito de passado ou futuro.

Naquele momento, eu estava, completamente, vivendo em êxtase e ignorância.

De volta ao acampamento, todos ainda estavam dormindo, então me sentei em silêncio, fiz o possível para ignorar minha fome e sede e repassei os gritos horríveis da noite anterior. Agora, com a escuridão se retirando rapidamente, o que ouvimos parecia mais intrigante do que aterrorizante, um mistério a ser resolvido em vez de uma superstição a ser temida.

John Scott estava certo? Os gritos tinham vindo de uma mulher que havia falhado em seu suicídio? Imaginei que a maioria das pessoas que não tinham estômago para se enforcar optaria por engolir um punhado de Valium com uma garrafa de bebida. Isso, claro, não provocaria os gritos que ouvimos. Mas, se a tal mulher não tivesse acesso a essas pílulas, talvez tivesse tentado algo mais criativo e perigoso, como, por exemplo, um limpador de ralo ou veneno de rato. Se não consumisse o suficiente de nenhum dos dois para se matar rapidamente, poderia muito bem ter sofrido uma morte lenta e agonizante quando seus órgãos internos fossem corroídos. Eu quase conseguia vê-la caída contra um toco de árvore, as gengivas e o nariz sangrando, o corpo se contorcendo, os tendões do pescoço se contraindo como cabos enquanto ela soltava aqueles gritos horríveis.

Enquanto esperava que os outros acordassem, me mantive ocupado com meia dúzia de cenários horríveis, um dos quais tinha a tal mulher cortando os pulsos enquanto, sem saber, perturbava uma colônia de formigas lava-pés, assim como eu havia feito, sem forças para afastá-las ou se mover.

O redemoinho de névoa foi gradualmente se dissipando e evaporou por completo, revelando a floresta vazia e sem vida em toda a sua glória verde. Meu desejo não se tornou realidade. O céu não clareou, mas continuou inchado com as nuvens sujas mantendo longe a luz solar direta. Isso significava que não havia necessidade de tentar cavar um buraco — o que não acho que teria cavado mesmo se o sol estivesse em plena força pelo mesmo motivo que não me incomodei em coletar orvalho em panos amarrados em minhas canelas ou mijar em uma garrafa.

Eu estava com frio, com sede, com fome e exausto. Não tinha mais energia ou desejo para entreter cenários pessimistas. Queria que essa viagem de pesadelo acabasse; ou, mais precisamente, eu não aceitaria que isso pudesse continuar por mais tempo. A polícia estava vindo. Chegaria em algumas horas. Meio-dia no máximo. Não dava mais a mínima para as possíveis declarações e interrogatórios. Tudo o que eu queria era estar em um quarto aquecido com um prato quente de comida e um café diante de mim.

E, se por qualquer motivo a polícia não conseguisse vir, sairíamos daqui por conta própria. Eu não me importava se tivesse que carregar a porra do Neil nas minhas costas a tarde toda. De uma forma ou de outra, estaríamos saindo de Aokigahara hoje.

• • •

John Scott foi o primeiro a acordar. Ele se mexeu, abriu os olhos, mas, como eu antes, não se levantou. Viu-me olhando para ele e voltou a fechar os olhos.

"Você não me acordou na noite passada", comentei.

Ele grunhiu.

"Por que não me acordou para o meu turno?"

"Caí no sono", murmurou ele.

Mel deve ter nos ouvido conversando porque, alguns momentos depois, houve um farfalhar dentro de nossa barraca, e ela saiu. Seu cabelo estava uma bagunça loira desgrenhada, e ela parecia mais jovem e vulnerável com a maior parte da maquiagem agora borrada no rosto. Olhou para o que restava do fogo e franziu ligeiramente a testa, como se esperasse ver uma chaleira sobre as brasas, a água fervendo para um chá matinal. Desviou o olhar para mim, depois para John Scott e depois para mim novamente.

"Que horas são?", perguntou ela, cansada.

"Seis e meia."

"Quando a polícia vai chegar?"

"Provavelmente daqui a algumas horas."

Ela estremeceu, abraçando a si mesma, então voltou para a barraca como se tivesse decidido voltar para a cama.

"Venha comigo", pedi, me levantando. "Vamos encontrar mais lenha para a fogueira. O exercício vai aquecê-la."

Passamos os próximos trinta minutos ou mais vasculhando a área ao redor em busca de gravetos e madeira morta, em seguida acendemos uma fogueira. Fiquei tão perto de chamas que minha pele exposta se queimou, embora eu não tenha me movido. O calor rejuvenesceu meu espírito e me fez esquecer temporariamente o corpo de Ben, a doença de Neil e meu estômago vazio.

Nina enfiou a cabeça pelas abas da porta da barraca e observou o acampamento. Ela lembrava uma marmota espiando de sua toca, cautelosa com um falcão que circula. Quando fizemos contato visual, ela desviou o olhar rapidamente. Eu não conseguia decidir se estava envergonhada por sua tentativa de fuga da floresta na noite anterior ou se estava com raiva de mim por impedi-la.

John Scott atiçou o fogo com um galho. Faíscas se soltaram. Tive que pular para trás para evitar ser atingido.

"Acabamos com toda a comida?", perguntou Mel. Ela estava sentada no chão, com os joelhos puxados para o peito, parecendo arrasada.

"Ainda há a porção de Ben do café da manhã de ontem. Não é muita coisa", respondi.

"Pega logo, cara", retrucou John Scott. "Por que estava guardando?"

"Eu não estava guardando", aleguei. "Estava esperando até realmente precisarmos."

Retirei a porção da mochila de Mel. Eu a havia selado em um saco plástico Ziploc onde um dos sanduíches estava. Ela colocou seis pratos de papel no chão. Dividi a comida em seis porções iguais: uma colher de sopa de nozes, meia colher de sopa de frutas secas, uma fatia fina de banana madura e uma pequena pilha de macarrão instantâneo seco.

Aquela visão fez meu estômago roncar alto.

"E as uvas?", perguntou John Scott, observando as onze uvas que eu não havia distribuído.

"Acho que Neil deveria ficar com elas", respondi. "Ele precisa do líquido."

"Acha que Neil pode comer?"

"Cabe a ele decidir, não a nós."

John Scott deu de ombros. Mel e Nina concordaram.

"Tá legal, Mel", disse eu. "Pode escolher."

Ela pegou a porção mais próxima dela. Nina pegou a dela e depois John Scott. Ele jogou as nozes e as frutas na boca, mastigou rapidamente e depois aspirou o macarrão da mão. Terminou tudo em menos de dez segundos. Mel, Nina e eu comemos nossas porções mais devagar. Coloquei as nozes na boca, algumas de cada vez, saboreando a crocância e a textura. Suguei os quadrados doces de tangerina, damasco e maçã até que não pudesse mais resistir e engoli. A banana estava mole, mas deliciosa mesmo assim. Comi o macarrão como John Scott tinha feito, de uma só vez, mastigando entre os dentes até que se transformassem em uma pasta, surpreso com o quanto algo tão simples poderia ser tão bom.

John Scott nos observou em silêncio, provavelmente se arrependendo de ter comido tão rápido. Ele me lembrou um cachorro rondando a mesa em busca de sobras.

Eu disse a Mel para acordar Tomo e dar a ele sua porção, em seguida levei a de Neil para ele. Se parecia mal quando acordei, estava duas vezes pior agora na luz da manhã que estava surgindo. Suas órbitas estavam sombreadas, as bochechas cadavéricas, a boca frouxa. Parecia de alguma forma murcho, como uma múmia.

"Ei, amigo", chamei. "Você acordou?"

Ele abriu os olhos. Estavam lacrimejantes e distantes, sem foco.

"Tenho um pouco de comida para você. Está com fome?"

Ele disse alguma coisa, mas foi tão baixo que mal pude ouvir.

Eu abaixei minha cabeça.

"O que foi isso?"

"... á-ua..."

"Não temos. Mas a polícia vai chegar aqui em breve. Ela vai trazer água."

Ele fechou os olhos.

"Quer comer?"

Um movimento de cabeça quase imperceptível.

"Coma uma uva. Tem água nelas."

Nenhuma resposta.

"Neil!"

"Não."

"Aqui."

Pressionei uma uva contra sua boca. Seus lábios se abriram e a uva desapareceu dentro.

"Mastigue, Neil. Você tem que mastigar."

Ele trabalhou as mandíbulas lentamente. Um fio de suco escorreu de sua boca.

"Engula agora. Tá bom? Engula..."

Ele tossiu, rolou trabalhosamente para o lado e depois vomitou, embora a única coisa que saísse de sua boca fosse a uva roxa esmagada. Continuou com ânsia de vômito. O som era áspero, poeirento e tenso.

Permaneci ao seu lado, frustrado com a minha incapacidade de ajudá-lo de alguma forma.

John Scott gritou o nome de Tomo. Olhei para trás, confuso. John Scott estava girando em círculos, examinando a floresta.

"Tomo!", chamou ele de novo.

Neil caiu de costas e fechou os olhos. Lágrimas marcaram seu rosto pálido.

"Já volto", avisei a ele, então voltei para a fogueira. "O que está acontecendo?"

"Tomo sumiu", informou John Scott.

"O quê?"

"Ele está desaparecido", confirmou Mel. "Não está em sua barraca."

As palavras me atingiram como uma marreta no peito. Olhei para sua barraca. A porta agora estava aberta, o interior vazio, exceto por seu saco de dormir e mochila.

"Ele está bem", comentei, automaticamente. "Provavelmente acordou cedo e foi explorar por aí." Mas, mesmo enquanto dizia isso, duvidava da minha sinceridade. Eu já estava acordado fazia quase uma hora, quase desde a primeira luz do dia. Onde Tomo estaria todo esse tempo?

"Tomo!", gritei.

A única resposta foi o eco da minha voz.

"Isso é foda pra caralho", desabafou John Scott.

"Ele está bem." Incapaz de pensar em qualquer outra coisa, mesmo com o pânico crescendo dentro do meu peito. Continuei pensando, *Tomo, não. Qual é? Dá um tempo, porra. Tomo, não!*

"Para onde iria? *Por que* iria a algum lugar?", questionou Mel.

"Talvez esteja procurando a fita", respondi.

"Sem falar com ninguém?" Mel balançou a cabeça. "Não é a cara dele."

"Bom, aonde *você* acha que ele foi?"

Ela não respondeu. Ela não precisava. Vi em seus olhos.

"Ele não se enforcou."

"Ben..."

"Ben estava drogado!", argumentei.

"Tudo bem, vamos todos nos acalmar", recomendou John Scott. "Vamos procurá-lo agora mesmo. Ele deve estar aqui em algum lugar. Ele tem que estar aqui em algum lugar."

Dez minutos depois, nós o encontramos.

FLORESTA dos SUICIDAS 青木ヶ原

26

Avistei o vermelho a trinta metros de distância de mim. Era o mesmo carmesim forte das listras verticais na jaqueta de motociclista de Tomo, e eu provavelmente não teria notado se não contrastasse tão fortemente com a folhagem verde ao redor. A princípio, eu disse a mim mesmo que era coisa da minha imaginação. Estava projetando. Esperava encontrar o corpo de Tomo pendurado em uma árvore, eu tinha me convencido morbidamente disso quando ele não respondeu aos nossos gritos repetidos, então, ali estava eu, minha mente pregando peças, confundindo um aglomerado de frutas silvestres com listras de corrida. Mas isso não me impediu de avançar, dobrando e quebrando galhos para tirá-los do meu caminho.

Não era um ato de imaginação. Era Tomo. Seu corpo estava suspenso no ar, de costas pra mim por seu cachecol Louis Vuitton.

Afastei os galhos finais longe do rosto e parei um metro antes dele. Não tentei nenhum resgate heroico desta vez. Sabia que Ben estava morto quando vimos seu corpo pendurado, claro que sabia, mas dei espaço para a falsa esperança e tentei salvá-lo. De novo, não. Eu tinha me acostumado com os horrores que Aokigahara oferecia e acreditava em sua autenticidade.

O cabelo de Tomo estava, como sempre, elegantemente despenteado, mesmo na morte. O colarinho da jaqueta de couro de carneiro estava levantado, como o Fonz às vezes usava na *sitcom Happy Days*. Eu estava com Tomo quando ele comprou a jaqueta em uma loja retrô em Kitchijoji. Disse a ele para não comprar porque não tinha gostado da enorme águia americana estampada nas costas, que eu estava olhando agora. Acima dela estava escrito *viver para correr* e abaixo dela *correr para viver*.

Derek e eu apelidamos Tomo de "Correria" por algumas semanas, embora o apelido não tenha pegado porque Tomo não percebeu ou ignorou o sarcasmo, o que tornava a provocação redundante.

Seu tênis Converse All-Star esquerdo havia caído do pé, revelando uma meia amarela brilhante. O tênis de lona azul descansava no chão abaixo dele, lembrando estranhamente o Nike solitário que encontramos em nosso caminho pela floresta.

As pessoas dizem que a vida passa diante dos olhos quando se está à beira da morte. Acredito que isso seja possível porque experimentei um fenômeno semelhante naquele momento, exceto pelo fato de que o caleidoscópio de imagens visualizadas não era meu, mas de Tomo. Pensei em quando Derek e eu o conhecemos, bebendo um latão na estação de Shinagawa, e ele nos cumprimentou com um "Bôdia, mano!" ridículo que havia aprendido com um amigo australiano. Pensei em sua festa de aniversário de 22 anos, que, por razões conhecidas apenas por ele, decidiu realizar em uma boate em que todos os clientes eram nigerianos suados dançantes e jovens garotas do hip-hop que gostavam de nigerianos suados e dançantes. Tomo e seus amigos japoneses se entrosaram muito bem com o pessoal, mas Derek e eu não nos enturmamos bem e quase levamos uma surra por sermos brancos. Pensei no restaurante *yakitori* em Shimokitazawa aonde ele me levou e, para sua grande diversão, devorei coração, fígado, língua e útero de porco sem saber.

Nesse breve momento em que o tempo parecia ter parado, pensei em uma dúzia de outras ocasiões que passei com Tomo, mas uma se destacou sobre as outras. O dia que passei com ele e sua irmã mais nova e a maneira como ele lidou de forma tão paciente e hábil com os episódios autistas dela, o que me lembrou do futuro dele, ou, mais precisamente, de sua falta de futuro. Ele nunca começaria sua residência no hospital. Nunca se tornaria um psiquiatra, nunca abriria um consultório próprio, nunca ajudaria ninguém com seus problemas. Nunca se casaria ou teria filhos. Nunca viajaria para o exterior. Nunca teria netos. *Nunca, nunca, nunca, nunca.* Nunca mais faria nada disso. Estava morto. Fim de jogo. Acabou. Se foi.

Toquei seu ombro. O corpo se virou devagar em minha direção, girando, como um pedaço de carne pendurado em um gancho de açougueiro. Os olhos estavam abertos e vazios. A pele, assim como a de Ben, estava pálida e manchada com vasos capilares rompidos. Para meu horror, um besouro escapou dos lábios entreabertos e subiu em seu rosto.

Isso tem que ser um sonho, disse a mim mesmo. *Estou sonhando. De jeito nenhum, isso é real. Não pode ser.*

Mel, que percebi estar ao meu lado, não se mexeu, não chorou, não falou nada e não reagiu. Acho que estava esperando que ela gritasse e, se o fizesse, eu provavelmente teria gritado também. Mas ela não o fez. Provavelmente, estava em choque. Eu também estava em choque. Então, ela rompeu sua paralisia e me agarrou com força em um abraço, enterrando o rosto no meu ombro.

Meu Deus, às vezes a vida era uma bagunça terrível.

Ainda estava segurando Mel quando John Scott e Nina chegaram. John Scott foi de pronto para o cachecol e cortou-o com uma pedra afiada que carregava. A pedra pronta para uso me surpreendeu, fazendo-me pensar se ele esperava encontrar Tomo pendurado em um galho de árvore. O cachecol se rasgou com um som repentino, e Tomo caiu no chão sem nenhuma elegância. Talvez tenha sido o pior momento: ver meu amigo despencar daquela maneira. Reforçou a ideia de que ele não existia mais, era nada além de um torso e membros, carne crua, não muito diferente dos cortes de porco, do nariz ao rabo, que se encontram na seção de congelados do mercado.

Soltei Mel e me ajoelhei ao lado de Tomo, endireitando-o, dando-lhe toda a dignidade que podia. Passei os dedos sobre os olhos dele, fechando as pálpebras. Só tinha visto isso antes em filmes e na TV, e era algo que nunca mais desejava fazer. Então, no instante seguinte, fui consumido por uma raiva abrasadora. Eu descobriria quem fez aquilo e faria a pessoa pagar.

Levantei-me, minhas mãos fechadas em punhos. Mel tocou meu ombro. Eu me encolhi.

"Quem fez isto?", questionei, indignado. "Quem foi o desgraçado que fez isso?"

Ninguém respondeu, e percebi que provavelmente os estava assustando.

Respirei fundo, dei um passo para trás para ganhar espaço, levantei as mãos.

"Tomo não se matou", murmurei.

"E nem Ben", completou Nina.

Eu olhei para ela com raiva. Ela me encarou, desafiadora. Eu estava prestes a lembrá-la de que Ben estava usando drogas, Tomo não, havia uma diferença — quando percebi como não teria sentido nenhum. Dois suicídios em menos de 24 horas. Claro que havia uma conexão. Suas mortes estavam ligadas de forma tão inseparável como unha e carne.

"Está certo", concordei.

Nina mordeu o lábio inferior e começou a tremer. Fiquei confuso, imaginando como ela poderia ter interpretado mal o "está certo" — a menos que ela só estivesse aliviada. Nos últimos dias, tinha ficado estranha, sozinha. Ninguém queria acreditar no que ela sabia desde o início — e ela deve ter sabido, de forma inerente/instintiva, que Ben não havia se matado, assim como eu sabia também que Tomo não se matou.

Que idiotas tínhamos sido com ela.

"Então, quem fez isso?", questionou John Scott. "Quem os matou? Estamos aqui sozinhos."

"Não sabemos", exclamei.

"Você viu alguém?"

"Alguém matou Ben e Tomo. Significa que tem alguém aqui."

Nina estava me encarando. Sabia o que ela estava pensando.

"Não", retruquei.

"Por que não, Ethan? Por que você não..."

"Porque essa merda de fantasma não existe!"

"Como alguém poderia fazê-lo se enforcar? Nós o teríamos ouvido gritar. Teríamos ouvido uma luta..."

"Verifique", pediu Mel.

"O quê?", perguntei.

"Nina está certa. Tomo não poderia ter sido enforcado sem uma luta. Verifique."

Olhei para o corpo de Tomo. Mel caiu de joelhos, segurou a cabeça de Tomo em suas mãos, virando-a de um lado para o outro. Separou os cabelos, pouco a pouco, como os chimpanzés cuidam dos filhotes contra piolhos e outros parasitas.

"Olhe!", exclamou ela de repente, instigada. "Olhe!"

Ajoelhei-me ao lado dela e vi uma contusão com crosta de sangue.

• • •

Nina voltou correndo para o acampamento. Eu não tinha certeza do que ela havia planejado — eu suspeitava, mas não tinha certeza —, então, eu corri atrás dela. Foi diretamente até o corpo de Ben.

"Nina!", exclamei. "Espere..."

Ela puxou o saco de dormir para trás e recuou, girando, as bochechas estufadas. A cabeça balançava para a frente e para trás como um pelicano regurgitando, então ela vomitou no chão. Quando terminou, imediatamente cobriu o nariz com a dobra do braço.

Puxei a camisa sobre o rosto e me juntei a ela ao lado de Ben. O cheiro que exalava dele era tão enjoativo quanto o lixo deixado ao sol por uma semana. Seu rosto estava amarelado agora; o sangue havia escorrido nele para se estabelecer e se acumular na parte mais baixa do cadáver. A língua ainda estava para fora da boca, embora tivesse escurecido ainda mais para um roxo berinjela. O pescoço estava coberto de escoriações e contusões vermelhas.

Usando a mão livre, Nina começou a separar o cabelo dele em busca de sinais de traumatismo craniano. Seus dedos se concentraram em um ponto perto da parte de trás do crânio. Ela se aproximou, e eu também.

O inchaço era quase idêntico em tamanho e localização ao de Tomo.

FLORESTA DOS SUICIDAS

青木ヶ原

27

Eu puxei o saco de dormir de volta sobre o cadáver de Ben e, de repente, me levantei com as pernas bambas. Peguei a mão de Nina e a levei até Mel e John Scott, que estavam emergindo das árvores à nossa frente.

"Ben tem a mesma lesão que Tomo", garanti.

"Então... alguém os matou?", concluiu Mel, desconfiada. "Os dois? Como?"

"Obviamente os atingiu na parte de trás da cabeça com alguma coisa", deduziu John Scott.

"Mas *por quê*?"

"Porque, quem quer que seja, tem sérios problemas, por isso."

Eu estava encarando John Scott com a mente lenta, ainda lutando para entender o que estava acontecendo — e foi aí que as peças se encaixaram. Como John Scott tinha ficado indiferente à morte de Ben, preocupado apenas em desviar a culpa dele mesmo. Como a Floresta dos Suicidas parecia tê-lo incomodado pouco até agora. Como estava carregando a pedra para derrubar Tomo — como se soubesse que o encontraríamos amarrado.

"Por que você tinha uma pedra?", questionei.

Ele franziu a testa para mim.

"O quê?"

"Quando fomos procurar Tomo. Você estava carregando uma pedra. Usou-a para derrubá-lo. Você sabia que ele estava morto."

"Do que você está falando?"

Dei um passo na direção dele.

"Você *sabia*."

"Ethos, acho melhor você se acalmar."

"Você os matou, não foi?"

"Você enlouqueceu?"

Tentei bater nele. Ele se esquivou do golpe e acertou um soco de baixo para cima no meu queixo. Mas não caí e usei minha vantagem de altura e peso para puxá-lo para um mata-leão. Ele socou meu corpo com golpes curtos e, de alguma forma, a chave de braço se tornou um mata-leão frontal e reverso. Perdi o equilíbrio e caí para trás, mantendo a pegada ao redor do pescoço dele, empurrando sua cabeça no chão.

Mel e Nina, gritando, tentaram nos separar. Eu estava quase louco o suficiente para ir atrás delas também — quase, mas nem tanto.

Soltei John Scott, levando meus joelhos para perto do peito, pronto para chutá-lo se ele tentasse alguma coisa. Ele balançou para trás, sentando-se, e cuspiu terra.

"Que porra é essa, cara?", gritou ele, enxugando os lábios.

Mel olhou para mim.

"Ethan, o que aconteceu com você?"

"Ele matou Ben e Tomo", insisti.

"Por que eu ia querer matá-los?", berrou John Scott.

"Por que você está aqui? Por que você veio nesta viagem?"

Ele apontou.

"Mel me convidou."

"Eu sei de vocês dois. Sim, sei o que rolou no passado. Você trepou com ela na faculdade. Você ainda está trepando com ela?"

"Você enlouqueceu, Ethos."

"Ethan, por favor", falou Mel.

Levantei-me e me virei para ela.

"Estão?", questionei, indignado. "Vocês ainda estão trepando?"

"Não, *não estamos*! Tá?"

Afastei-me deles. Não acreditei nela. Não confiava em ninguém.

Esbarrei na Nina.

"Ethan...", começou ela, tocando meu braço.

Eu me soltei.

"Você e Ben também conheciam John Scott antes?"

Nina franziu a testa.

"Antes? Antes de quando, Ethan? Antes de nos conhecer por acaso na estação de trem?"

"Foi por acaso?"

John Scott assobiou, como se eu fosse louco.

"Cala a boca", trovejei. "Vou quebrar a porra da sua cara. Juro que vou."

"Você está chateado com Tomo, Ethan", afirmou Mel. "Todos estamos. Mas você precisa se controlar. Não está fazendo sentido algum."

"Vocês três sempre estiveram juntos", aleguei a Nina. "Você, Ben e John Scott. Comeram cogumelos juntos. Está me dizendo que nunca, nunca tinham se encontrado antes deste fim de semana?"

"É exatamente o que estou dizendo, Ethan. E eu não comi cogumelo nenhum."

"Você está mentindo."

"Ethan, para e pensa! Você primeiro abordou a Ben e a mim. Lembra? Não foi outra pessoa."

Balancei minha cabeça, frustrado, porque sabia que ela estava certa. Mesmo assim, não podia deixar passar. John Scott tinha algo a ver com tudo aquilo. Passei a mão pelos cabelos e comecei a andar de um lado para o outro.

"Quem matou Tomo então?", questionei, olhando para cada um deles. "Estamos no meio do nada. Quem foi o maldito que o matou?"

Ninguém tinha uma resposta.

Avancei floresta adentro. Não queria ficar perto de ninguém naquele momento. Mel, porém, veio correndo atrás de mim, dizendo que eu não deveria ficar sozinho. Tentei ignorá-la, mas ela agarrou meu braço.

"Me solta, Mel", exclamei em um tom perigoso e, pela primeira vez, pensei em usar minha força contra ela.

"Sei que está com raiva de John", afirmou ela, quase tropeçando em suas palavras para pronunciá-las, "e está com raiva de mim, mas não deveria estar. John e eu... eu menti. Nós nunca dormimos juntos."

"Do que você está falando?"

"Nunca dormimos juntos. Inventei tudo isso."

"A-hã, claro."

"É verdade, Ethan. Juro pra você. Sinto muito."

"Você inventou?" Fiz uma careta, confusa. "Por quê?"

"Shelly... ela me incomoda de verdade, Ethan. Ela é tão bonita. Você tinha aquelas fotos dela no seu computador, então ela te ligou no seu aniversário. Depois, as mensagens. Então, ela te liga *aqui*... sei lá. Quase esqueci esse assunto, mas foi demais. Não conseguia lidar com isso. Estava tão brava com você. Sabia que você não gostava de John. Então, inventei... aquelas coisas sobre nós. E, bem, tudo parece uma idiotice agora, não é?"

"Então por que ele está aqui?", exclamei. "Por que você o convidou?"

"Eu te disse a verdade antes. Somos apenas velhos amigos. Ele ligou, queria fazer alguma coisa. Mencionei que estávamos indo para o Fuji e sugeri que ele viesse. Só isso."

"Minha nossa, Mel", comecei a falar, mas fiquei sem palavras. Eu não tinha certeza se estava zangado com ela pela mentira ou aliviado por nada estar acontecendo entre ela e John Scott.

"Sinto muito", disse ela. "Sinto mesmo. Foi idiota. E... e eu te amo, Ethan. Amo muito. Eu nunca, jamais..."

O muro que eu havia erguido finalmente desmoronou. Eu a puxei contra mim, beijando-a no alto da cabeça.

"Também te amo, Mel", sussurrei.

De volta à fogueira, com a cabeça mais fria do que antes, reconheci a conclusão que todos já haviam aceitado. Alguém estava na Floresta dos Suicidas conosco, nos perseguindo, alguém sobre quem não sabíamos nada. Era o predador na escuridão, o bicho-papão no armário. O câncer nas células. Uma ameaça sobre a qual sabíamos pouco, que não conseguíamos enxergar, não podíamos prever — e, assim, contra quem pouco podíamos fazer para nos defender. Ao entender isso, Aokigahara não parecia apenas sombria agora, mas também sinistra. Virara cúmplice nas mortes de Ben e Tomo, mantendo-nos cativos e escondendo um assassino.

Mel, que estava sentada ao meu lado, segurando minha mão, disse:

"Onde está a polícia? Por que está demorando tanto? Precisamos sair daqui agora."

"São oito e pouco ainda", eu lhe respondi. "Os policiais devem estar chegando ao estacionamento."

"Quanto tempo vai demorar para nos encontrar?"

"Não sei, Mel."

"Talvez não venham", respondeu Nina.

"Por que não viriam?", questionou Mel. "Nós ligamos para eles, certo? Eles sabem que estamos aqui. Eles têm que vir. Não é, Ethan? Eles têm que vir?"

"Deveriam estar vindo", respondi.

"Mas e se não vierem?", insistiu Nina. "Não podemos mais ficar aqui. Seu amigo está muito doente. Precisamos ir."

"Ela tem razão", declarou John Scott. "Não podemos passar mais uma noite aqui."

"E se a polícia chegar depois de termos saído?", quis saber Mel. "E se não conseguirmos sair daqui sozinhos?"

"Ontem você estava determinada a ir embora."

"E você era a favor de ficar. Aquilo foi antes. Isto é agora."

"Vamos esperar até o meio-dia", determinei. "Isso vai dar à polícia mais algumas horas para nos encontrar. Se não aparecer por qualquer motivo, ainda teremos quatro ou cinco horas de luz para sair daqui. Alguém aí discorda?"

Ninguém discordou.

John Scott e eu discutimos sobre fazer uma segunda padiola, mas decidimos esperar primeiro para ver o que a polícia traria consigo. Em vez disso, usamos a padiola de Ben para transportar Tomo de volta ao acampamento. A visão dos dois corpos deitados lado a lado me lembrou como países em desenvolvimento alinhavam corpos lado a lado no chão de um hospital para identificação por familiares após algum desastre, como um tsunami ou desabamento de um prédio. Era impessoal, indecoroso e evidenciava a fragilidade da vida humana. Era possível ganhar cem milhões de dólares na loteria um dia e, no outro, colidir com sua Ferrari novinha em folha contra um caminhão em alta velocidade. A morte não é seletiva, não tem favoritos. Não se importa com seu país de origem ou quanto dinheiro você acumulou em sua breve existência ou quanto você é feliz. Tem uma paciência suprema e com razão, pois sabe que não se pode escapar de seu alcance. Um dia, todo mundo vai estar deitado no chão de um hospital ou em uma maca de aço inoxidável em um necrotério.

Ela já venceu. Sempre venceria. Em outras palavras, nascemos para perder.

Esfreguei os olhos com os dedos. Estava me deprimindo com esses pensamentos sombrios, mas não conseguia evitar. A morte de Tomo me arrastou para um nível do fundo do poço que só havia experimentado depois que Gary morreu — um nível que me prometi nunca mais me permitir descer.

John Scott entrou no modo militar e começou a fazer lanças para nós. Desmontou a barraca de Tomo, colocou as hastes de suporte de alumínio no chão, buscou uma pedra do tamanho de uma bola de boliche e martelou-as até criar pontas afiadas. Deu uma haste para cada um de nós. Balancei a minha na mão. Tinha cerca de um metro de comprimento, oca e leve. Pensei que talvez conseguisse empalar um peixe com ela, talvez até um esquilo, mas não disse nada. John Scott parecia orgulhoso de seu trabalho, e as garotas pareciam mais tranquilas por estarem empunhando armas.

Armados e alertas, nos agrupamos de forma melancólica ao redor do fogo e esperamos a polícia chegar. Mel roía as unhas, um comportamento que eu só a tinha visto fazer algumas vezes, quando estava estressada ou animada. Nina ficou sentada em silêncio, sem dizer nada. John Scott fumou seus cigarros, dizendo coisas inúteis de vez em quando, como: "Será que Tomo deu uma olhada na cara do desgraçado?" ou "Se vir esse filho da puta, vou enfiar esta lança no coração dele".

Fiquei quieto, tentando recriar exatamente o que aconteceu com Tomo. Em algum momento da madrugada, depois de ouvirmos aqueles gritos arrepiantes, ele deve ter entrado na mata para se aliviar. O agressor, a quem chamarei de Desconhecido, se aproximou por trás e o atingiu na nuca com um objeto obtuso. Não havia razão para Tomo se aventurar a cerca de cem metros até onde encontramos seu corpo, então o Desconhecido deve tê-lo arrastado até essa distância. No entanto, Tomo tinha a altura de um homem japonês mediano, o que significava que o Desconhecido possivelmente tinha uma altura anormal e era forte, porque seria extremamente difícil para alguém carregar o peso corporal dele tão longe no escuro. Na verdade, provavelmente teria que ser do meu tamanho.

Isso me fez pensar. Nos quatro anos aproximados em que estive no Japão, encontrei apenas um japonês mais alto do que eu — e o cara era uma anomalia, provavelmente sofrendo de gigantismo, ficando bem na faixa de dois metros. Suspeito que trabalhava perto da minha escola, porque muitas vezes o via durante a hora do rush saindo da estação de trem para os prédios de escritórios ao redor. Em algumas ocasiões, notei que ele caminhava — embora "cambalear" fosse uma descrição mais precisa de sua marcha — ao lado de um sujeito baixinho de menos de um metro e meio, que tinha um problema que o fazia arrastar o pé esquerdo. Essa combinação de extremos parecia ser muito coincidente para ser uma casualidade, e eu sempre me perguntei se eram amigos por serem excluídos.

De qualquer forma, a questão era que o percentual de homens japoneses de estatura física para carregar Tomo como um saco de farinha seria muito pequeno. Então, o Desconhecido poderia ser de outra nacionalidade? Difícil. A perspectiva de um dinamarquês ou russo assassino de um metro e noventa de altura rondando Aokigahara parecia ridícula.

Meus olhos recaíram sobre Neil, e fiquei imaginando por que ele havia sido poupado. Afinal, era o alvo mais fácil. Já estava incapacitado e isolado do restante de nós. Então, por que o Desconhecido não foi atrás dele? Por que não representava uma ameaça?

O Desconhecido estava deixando os mais fracos para o final?

"Vocês deviam estar de vigia", disparou Mel abruptamente. "Disseram que se revezariam na vigilância."

"E nós ficamos", aleguei, sabendo para onde isso estava indo.

"Então, aconteceu no turno de Tomo?"

"Não", respondi. "Aconteceu no meu."

"E você não viu nada?"

"Eu estava dormindo."

"Você adormeceu?"

"Ninguém me acordou."

"Quem deveria te acordar?"

Eu não disse nada porque não culpava John Scott. Queria, mas não seria justo. Fui eu, não ele, quem ofereceu seus serviços voluntariamente. Ele não acreditava em fantasmas, assim como eu. O quanto teria se sentido tolo, sentado no frio, enquanto todos os outros estavam dormindo, observando as árvores em busca de um inimigo imaginário? Depois de trinta minutos sem incidentes, eu provavelmente também teria cochilado.

Nina e Mel, no entanto, não foram tão indulgentes. Encararam John Scott com um olhar gélido.

"Por que você não acordou o Ethan?", indagou Nina.

John Scott deu de ombros.

"Eu adormeci."

"Meu Deus! Você é tão..."

"Suponho que vá colocar a culpa em mim também."

"Não tem a ver com você!", interveio Mel. "Tomo *morreu*. Está *morto*. Você entende isso? Qual é a dificuldade de ficar acordado por algumas horas?"

"Não vi você se oferecendo para vigiar."

"Eu não teria adormecido."

"Tanto faz."

"Não é assim, 'tanto faz'."

"Tanto faz."

"Caramba, John, às vezes você é um idiota."

Finalmente, pensei, um fato sobre John Scott que Mel e eu poderíamos concordar.

"Você disse que aquela mulher tinha se ferrado tentando se matar", disse Nina a John Scott. "Mas, e se você estiver errado? E se ela foi assassinada como Ben e Tomo?"

"De jeito nenhum", retrucou ele de pronto.

Mais meia hora se passou. Agora, eram 9h24 da manhã. A luz do dia estava um pouco mais brilhante, o ar um pouco mais quente. Mas o sol ainda se recusava a aparecer, o céu continuava cinza implacável.

"Por que não?", desafiou Nina.

"Aqueles gritos foram bem longe. Eu diria que mais de um quilômetro, talvez dois. Como teria conseguido voltar para cá no escuro?"

"Tínhamos uma fogueira. Ele podia vê-la."

"Não a essa distância. Ele estaria andando às cegas."

"Ele conseguiria fazer isso", insistiu Nina.

John Scott deu de ombros.

"Tá. Beleza. Talvez", admitiu ele. "Mas vamos olhar para os fatos. Ele matou Ben duas noites atrás, significa que estava aqui. Significa também que, em algum ponto entre aquele momento e esta manhã, ele teria vagado pela floresta, procurando outra vítima em potencial. Depois, teria encontrado aleatoriamente aquela mulher, a matado, em seguida, voltado aqui e matado Tomo no espaço de — o quê? — algumas horas? Parece muito trabalho para fazer em uma noite."

"Por que nós?", indagou Mel. "Por que nos perseguir?"

"Porque somos diferentes", respondi.

"Como?"

"Somos estrangeiros. Talvez ele quisesse algo diferente."

"Diferente de quê?"

"De vítimas japonesas."

"Acha que essa não é a primeira vez que ele faz isso?"

"Pessoas que matam sem motivo", expliquei eu, "são doentes. Têm problemas. Não conseguem controlar seus desejos. Então, imagine que fosse você. Você sairia por Tokyo caçando vítimas, onde havia uma boa possibilidade de ser pego? Ou iria para algum lugar com um suprimento constante de vítimas — e onde esperavam ser encontradas mortas? Sem suspeita de crime, sem investigação. Você escaparia todas as vezes."

"Acha que é um assassino em série?", deduziu Mel, horrorizada.

"Merda, talvez você tenha razão", admitiu John Scott. "O cara não se importaria se as vítimas fossem se matar de qualquer jeito. Só quer a emoção de tirar suas vidas. Talvez... talvez estivesse até mesmo observando o estacionamento. Ele escolhe quem quer, depois os segue floresta adentro."

"Isso é loucura", exclamou Mel.

"Ou talvez", continuou John Scott, "ele próprio tenha sido um dos suicidas. Vem aqui para se enforcar, decide que não quer fazer isso, mas ainda está irritado com a sociedade ou seja lá o que for, então desconta nos outros que vêm aqui."

"Independentemente de quem ele seja", afirmei, vendo que a discussão estava deixando Mel e Nina perturbadas, "é um covarde que só ataca à noite, e nós estaremos bem longe daqui quando isso acontecer."

● ● ●

As duas horas seguintes se arrastaram lenta e dolorosamente. Passei grande parte desse tempo pensando nos Chicago Blackhawks, que não ganhavam a Copa Stanley desde 1961, mas que eu assistia religiosamente quando criança. Quando eu tinha 11 anos, meu pai surpreendeu Gary e a mim com ingressos para um jogo contra os Montreal Canadians. Foi em 1988, quando os Blackhawks ainda jogavam no Chicago Stadium, também conhecido como "O Hospício da Madison Street". Passei quase tanto tempo admirando as arquibancadas de três andares cheias de torcedores animados quanto os jogadores no gelo. Nunca esqueci o cheiro de cerveja velha e suor que impregnava a velha arena, ou o rugido da multidão que parecia abalar a construção quando os Blackhawks marcavam, ou a música circense que o órgão de tubos tocava entre os apitos.

Por fim, levantei-me para verificar Neil e senti tontura ao fazer essa ação muito rápido.

"Ei, Neil", exclamei. "Está se sentindo melhor?"

Ele tentou umedecer os lábios, mas não tinha saliva para isso.

"Tomo?", perguntou ele em um sussurro seco.

"Precisa de alguma coisa?", perguntei a ele, evitando a pergunta.

"Tomo?" A palavra era densa e desajeitada, como se a língua estivesse inchada e soasse como "Dômo".

Fiz que não com a cabeça.

"O que aconteceu?"

"A polícia vai estar aqui em breve. Provavelmente uma hora ou mais. Estamos nos preparando para ir embora. Você precisa ir ao banheiro antes?"

Ele assentiu, e eu o ajudei a se levantar. Ele deu pequenos passos em direção à floresta, curvado, com a cabeça baixa. Talvez não estivesse mais vomitando e gemendo, mas sua situação era grave, beirando a crítica.

Ele parou perto de uma árvore e desabotoou a calça com dedos desajeitados. Não tínhamos nos afastado muito do acampamento, mas, mesmo assim, me senti exposto e vulnerável. Permaneci vigilante, examinando as sombras, paranoico de que o Desconhecido pudesse sair da vegetação e nos atacar a qualquer segundo. Na minha mente, implorei a Neil que se apressasse. Por fim, ouvi um som curto de respingo e, em seguida, ele estava abotoando a calça novamente. Ainda não tinha defecado naquele dia, e eu me perguntava se isso se devia ao fato de ele não ter mais nada dentro de si, ou se era o resultado da desidratação.

Eu o levei de volta ao saco de dormir, puxei-o até o queixo e voltei para a fogueira do acampamento.

"Como ele está?", perguntou Mel.

"Se você desse uma olhada nele de vez em quando", retruquei, "saberia."

"Eu dei uma olhada", respondeu ela na defensiva. "Várias vezes. Mas simplesmente não suporto vê-lo do jeito que está." Ela abaixou a voz. "Parece que já está meio morto."

"Sim, eu... desculpa", murmurei, passando a mão pelos cabelos, que estava coçando e oleoso. A dor de cabeça que havia começado na noite anterior agora era uma pulsação constante e latejante, impossível de ignorar. E não estava ajudando em nada meu humor. "Ele está fraco por causa da intoxicação alimentar", acrescentei de forma mais sociável. "Mas o problema já passou. Vai recuperar a cor com um pouco de água e comida."

"Talvez a Kaori também tenha chamado a polícia."

"Kaori?" Fiz uma careta, incapaz de identificar o nome.

"A esposa dele."

"Sim, claro." Mas ainda não fazia ideia do que Mel estava falando. Por que Kaori chamaria a polícia? De repente, eu estava achando difícil pensar direito.

"Se esta viagem tivesse ocorrido conforme o planejado", explicou Mel, "teríamos descido do monte Fuji ontem à tarde. Kaori estaria esperando uma ligação de Neil. Você sabe como ele é. Como um relógio com as coisas. Então, se ele não ligou para ela ontem, talvez tenha ficado preocupada. Como ele não ligou hoje, ela pode ter ficado preocupada o suficiente para chamar a polícia. Aí teriam certeza de que estamos com sérios problemas."

Respondi com um gesto positivo, mas foi tudo que eu ofereci. Porque, na verdade, não importava se Kaori havia chamado a polícia ou não. Os policiais tinham mais uma hora para chegar.

Depois disso, estaríamos por conta própria.

Por volta de quinze para o meio-dia, acho que todos haviam desistido da esperança de um *deus ex machina* para salvar o dia, e eu disse:

"Nós devíamos ir agora."

Ninguém concordou verbalmente, mas ninguém discordou também.

"Neil consegue andar?", perguntou Mel.

"Não."

Nina franziu a testa.

"Como vamos carregar *três* pessoas?"

"Precisamos fazer uma segunda padiola."

"Sim, mas são três pessoas..."

"Não podemos levar o Ben, Nina. Desculpa."

Houve um silêncio vazio.

"Não podemos deixar o corpo de Ben aqui!", explodiu Nina.

"Somos apenas quatro pessoas", comentei. "Dois por padiola."

"Vamos colocar Ben e Tomo juntos então", declarou ela.

"Vai ser muito pesado para carregar."

"Você e John Scott podem fazer isso."

"Para uma distância curta, talvez. Mas não sabemos onde estamos. Vamos caminhar por horas. Precisamos nos mover rápido, aproveitar ao máximo nosso tempo."

"Então, todos nós carregaremos um lado."

"Nina..."

"Não podemos deixar o corpo de Ben aqui!"

"Vamos deixar um rastro ou algo assim. A polícia poderá voltar para buscá-lo. Eu volto com ela."

"Não vou deixar o corpo dele para aquela... aquela pessoa que está por aí."

"O cara não está interessado nos corpos, Nina. Ele os pendurou para que nós os encontrássemos. Provavelmente vai estar nos seguindo."

"Animais. E se eles..."

"Você viu algum animal? Não vi. Nenhum em dois dias." Eu estava omitindo o cervo, claro, mas estávamos falando sobre os carnívoros.

"Por que Ben? Por que não Tomo?"

Vi a acusação nos olhos dela: *Porque ele é seu amigo.*

"Ben está morto há mais de um dia. Está se decompondo. Já cheira mal", argumentei.

"Ben é menor, mais leve."

"Eles têm mais ou menos o mesmo tamanho."

"Não é justo!"

"Você quer votar...?"

"Ah, cala a boca! Cala a sua boca!"

Ela se virou e começou a chorar.

John Scott e eu fizemos a segunda padiola usando as jaquetas dele e de Tomo. Surpreendentemente, John Scott entregou a sua sem dizer palavra, abrindo buracos nos ombros com uma de suas lanças caseiras.

Ele me viu olhando e observando e perguntou:

"Que foi?"

Balancei a cabeça e disse:

"Nada."

Quando terminamos, colocamos o corpo de Tomo em uma padiola, cobrindo-a com seu saco de dormir, e Neil na outra. Neil não questionou nem protestou.

John Scott e eu tínhamos discutido sobre cavar uma cova temporária para Ben, mas a camada superficial do solo era apenas uma fina membrana sobre o magma solidificado, não mais profundo que trinta centímetros até encontrarmos pedras. Também decidimos deixar as barracas para trás para aliviar nossa carga. Precisávamos economizar o máximo de energia possível.

"Mel, você e Nina vão carregar Tomo", informei. "John Scott e eu vamos carregar o Neil."

"Pra que lado devemos ir?", perguntou Mel.

Olhei para John Scott.

"Você ainda quer subir naquela árvore?"

Pensei que ele me mandaria enfiar o dedo no cu e cheirar ou fazer algo criativamente indesejável, mas fez um gesto positivo com a cabeça e disse:

"Qual delas?"

"Vai subir na árvore?", questionou Mel.

"Está muito nublado para calcular a posição do sol", explicou ele. "Mas, se eu subir em uma árvore, vou poder ver o Fuji, que fica a leste daqui?"

"Isso mesmo", confirmei.

Mel esticou o pescoço e olhou para as árvores imponentes.

"Não acho que seja uma boa ideia", comentou ela com ceticismo.

"Sou um bom escalador", John Scott assegurou-lhe. "Então, qual delas?"

"A mais alta", respondi.

FLORESTA 青木ヶ原
DOS SUICIDAS

28

Depois de vários minutos de busca, escolhemos uma espécie de abeto. Não era a árvore mais alta por ali, ao contrário do que eu havia sugerido que John Scott tentasse, mas, diferentemente de alguns cedros maiores, a copa chegava quase até o chão, o que significava que poderíamos escalá-la sem cordas e pregos — que, é claro, não tínhamos. Além disso, os galhos se estendiam horizontalmente do tronco e estavam dispostos em ramos achatados, tornando-os perfeitos para a escalada. Achei que chegava ao dossel em trinta metros de altura e o ultrapassava em cerca de 36. A forma não era cônica, como os abetos lá na minha casa em Wisconsin, era mais irregular, os galhos principais pendiam, como se estivessem carregados de pesos invisíveis.

"Está pronto?", perguntei a John Scott.

Ele assentiu.

"Me dê um impulso."

Fiz um estribo entrelaçando os dedos das mãos e o levantei. Ele agarrou o galho mais baixo e começou a chutar, tentando balançar as pernas por sobre o galho. Um de seus pés atingiu minha cabeça. Eu xinguei e observei enquanto ele continuava se contorcendo como um girino recém-nascido. Enganchou a perna esquerda no galho e, por um momento, parecia que conseguiria se alçar para cima. Mas sua perna escorregou, e ele perdeu o apoio. Ficou pendurado por um momento, recusando-se a ceder, antes de se soltar e cair no chão.

No geral, havia sido uma exibição espetacularmente descoordenada de habilidade atléticas.

"Temos certeza disso?", perguntou Mel.

John Scott a ignorou.

"Me dê outro impulso", pediu ele.

Repetimos o processo, embora desta vez ele tenha se levantado com maior sutileza.

"Tome cuidado", advertiu Mel.

John Scott começou a subir. Alguns dos galhos mais baixos pareciam mortos, ou quase mortos, devido à falta de luz solar no nível inferior. Ele os evitou, optando pelos que tinham folhas. Os galhos cresciam próximos uns dos outros, auxiliando e atrapalhando sua ascensão. Isso facilitava ainda mais para ele encontrar pontos de apoio para as mãos e os pés, mas também levava a espaços apertados.

Nina, Mel e eu ficamos com o pescoço esticado, observando seu progresso. Eu não sabia quanto às outras, mas eu estava cheio de entusiasmo e pavor. Se John Scott conseguisse chegar ao topo, poderíamos descobrir qual era o caminho e dar o fora daquela prisão. No entanto, se caísse... bem, ele já estava a quinze metros de altura, o que era alto o suficiente para ser fatal.

"Ele estava certo", observou Mel ao meu lado. "É um bom escalador."

Suas mãos estavam estendidas sobre a boca, as pontas dos dedos se tocando.

"Verdade", respondi distraidamente.

"Ele vai conseguir."

"Acho que sim."

Ele foi subindo cada vez mais, aproximando-se do dossel, embora seu progresso tivesse diminuído consideravelmente. Era provável que estivesse ficando sem galhos firmes que pudessem suportar seu peso.

"Consegue ver alguma coisa?", gritei.

Uma pausa.

"Ainda não!"

"Veja se os galhos não estão podres!"

Ele não respondeu.

Eu mal conseguia vê-lo nesse momento, exceto por vislumbres de seu suéter branco. Acho que tinha parado de se mexer.

"Você chegou?", gritou Mel.

"Ainda não!"

"O que foi?"

"Os galhos são finos!"

"Não é melhor descer?"

"Só mais um pouco!"

Houve um movimento de novo — então, um estrondo tremendo, como uma arma de fogo disparando. Uma grande confusão se seguiu, com galhos sacudindo e estalando, como se a árvore estivesse de repente cheia de macacos rebeldes.

Ele está caindo! Minha nossa, puta que pariu, ele está caindo!

Mel e Nina gritaram em uníssono, rajadas curtas e intensas de alarme.

John Scott não caiu diretamente no chão. Foi uma descida irregular, como uma bola de *pachinko** se batendo pelo labirinto de pinos. Ele caía um metro e meio ou três até atingir um galho grande, virava para um lado ou para o outro, caía mais longe, batia em outro galho, e assim por diante.

Não emitia som nenhum, e eu não tinha ideia se ele estava consciente ou não. Tudo o que eu conseguia ver eram seus membros se contorcendo em todas as direções.

Então, como por milagre, ele parou a seis metros de altura.

"John!", gritou Mel. "John!"

Ele não respondeu.

"John!"

"Me dê um impulso", pedi rapidamente. "Vou pegá-lo."

Mel não pareceu me ouvir. Estava com o rosto voltado para cima, pálido, os olhos esbugalhados. As mãos não estavam mais unidas, mas cobriam a boca, da mesma maneira que uma criança faz quando solta um palavrão na frente da mãe ou do pai.

"John!"

"... oi..." Soou fraco, mais um gemido que uma palavra.

Estava vivo?

"Consegue se mexer?", perguntei.

"Não."

"Aguenta aí! Estou subindo." Virei-me para Mel. "Preciso de um..."

---

* Jogo de azar e de entretenimento criado na década de 1920. É uma mistura de fliperama estilo *pinball* com máquina de caça-níqueis.

Houve mais um estalo quando outro ponto de apoio em que John Scott tinha pousado cedeu. A descida recomeçou, embora desta vez fosse muito mais rápida. Em um momento, ele estava a seis metros de altura, no próximo, ele despencou pelos galhos finais. Atingiu o chão duro com o som surdo e pesado que um peso de academia faz quando atinge o chão.

Eu o ouvi soltar um "uff!" quando o último ar saiu de seus pulmões ao mesmo tempo que ouvi algo muito pior: o estalo agudo e úmido de um osso se fraturando.

Então, John Scott começou a gritar.

Seu rosto e braços estavam cobertos com vários cortes. O suéter estava rasgado em meia dúzia de lugares, com vermelho manchando por baixo. Ele parecia ter sido arrastado por uma moita espinhosa, e suponho que, em certo sentido, foi, embora fosse uma moita gigantesca e vertical.

A perna esquerda — aquela com que teve tanta dificuldade para passar naquele primeiro galho — estava dobrada sobre si mesma. Estava dobrada em um ângulo tão impossível que pensei que o joelho tivesse saído do lugar. No entanto, não podia ser esse o caso, pois abaixo do joelho havia uma estranha protuberância de vários centímetros estendendo com firmeza o jeans folgado. Eu sabia o que devia estar causando aquele inchaço alienígena, e meu estômago revirou de náusea.

"Ai, Deus!", gritou Mel. "Olha a perna dele!"

Eu mal a ouvi porque John Scott ainda estava gritando, metade de dor, metade, acho, de consternação, à medida que a extensão de sua lesão se tornava clara para ele.

Queria ajudá-lo, mas estava paralisado por minha incapacidade de decidir o que precisava ser feito. Aquele não era um corte que se fazia numa quadra de esporte, que se ganhava ao tropeçar durante uma partida de basquete cinco contra cinco, e o médico poderia costurar com alguns pontos.

A perna dele havia se quebrado ao meio.

Virei-me para Mel e Nina, querendo que outra pessoa tomasse as rédeas. Mel apontava um dedo torto para a perna de John Scott enquanto pulava para cima e para baixo no mesmo lugar, como se tivesse virado uma Beatlemaníaca com quarenta anos de atraso. Nina estava de costas, talvez querendo vomitar de novo e descobrindo que já não restava mais nada.

Corri até o acampamento, minhas pernas se movendo mais rápido que meus pensamentos. Tudo o que eu sabia era que precisava de algo para fazer um torniquete. Parei junto à fogueira apagada, hesitei apenas um momento e corri para a barraca de Neil. Desamarrei uma das cordas e corri de volta para onde John Scott estava se contorcendo de dor no chão.

Pelo menos ele está se mexendo, pensei. *Podia ter sido pior. Ele não está paralisado.*

Passei por Mel e me ajoelhei ao lado de John Scott. Ele havia parado de gritar com um esforço hercúleo. A boca estava esticada em uma careta trêmula. Uma veia pulsava na testa.

"Vou fazer um torniquete", eu lhe avisei, enrolando o barbante na coxa.

"Não!", sibilou ele.

"Tenho que fazer parar o sangramento..."

"Se fizer a porra de um torniquete, vai matar minha perna. Vai ter que ser amputada."

Eu hesitei.

"O que quer que façamos?"

"Minha calça. Tira."

"Por quê?"

"Você precisa reposicionar o osso!"

Meu estômago se apertou quando compreendi suas palavras. Ele estava certo. Teríamos que, de alguma forma, empurrar a tíbia fraturada de volta para dentro da carne.

Desamarrei os cadarços das botas Doc Martens dele e as tirei uma após a outra.

"Mel!", exclamei. "Me ajude!"

Abri seu cinto com dificuldade, desabotoei sua calça jeans e abri o zíper.

Mel apareceu do outro lado dele.

"Vamos tirar as calças dele", avisei. "Devagar."

Ela assentiu, e juntos puxamos a calça para baixo sobre as coxas, parando quando elas se acumularam acima dos joelhos. Agarramos as bainhas e deslizamos as pernas da calça sobre os pés.

Fiz o possível para erguer o jeans enquanto ele se movia sobre a tíbia exposta, mas não havia pano livre suficiente, e ele se arrastava. Eu esperava que John Scott uivasse de dor, mas ele permaneceu em silêncio resoluto, exceto pelas respirações ofegantes e irregulares que saíam pelo nariz.

Então, as calças saíram.

"Ah...", exclamou Mel, e essa única palavra estava cheia de horror e nojo.

A lesão parecia saída diretamente do departamento de efeitos especiais de um estúdio de cinema, porque a visão era tão grotesca que não podia ser real, a pele cerosa lembrava nada além de borracha de silicone, a carne vermelha exposta, uma espuma tingida de vermelho.

A tíbia de John Scott se projetava cerca de uns dez centímetros do rasgo sem contorno que havia se aberto na pele, branca e brilhante, como um colossal dente pré-histórico. Pedaços fibrosos de tendão e ligamentos se agarravam ao osso enquanto o sangue se acumulava na carne onde deveria estar, transbordando pela perna em regatos cruzados. A meia esquerda estava encharcada de vermelho.

John Scott havia se apoiado nos cotovelos para que pudesse ver. Eu esperava que ele estivesse com os olhos arregalados e o queixo caído de choque e nojo. Em vez disso, seu rosto era uma máscara de aço de determinação feroz, e, naquele momento, adquiri um novo respeito pelo cara. Não sei como eu teria reagido nessa situação, mas tinha certeza de que não teria conseguido seu nível de compostura.

"Agora, o que eu faço?", questionei.

"Você precisa empurrar o osso de volta."

"Só empurrá-lo?"

"Empurra!"

Não pensei que fosse possível simplesmente enfiar um osso de volta em seu alojamento carnal. Achei que seria necessário criar algum tipo de tração, esticando o membro, para que as metades quebradas do osso não se sobrepusessem.

"Nina!", chamei, virando o rosto para trás. "Nina!"

"Oi!", respondeu ela.

"Vá pegar uma camisa limpa, qualquer camisa, e a garrafa de uísque. Deve estar perto da fogueira, em algum lugar."

Eu a ouvi sair correndo.

"Mel", exclamei, "fique atrás do John Scott, atrás de sua cabeça."

"Por quê?"

"Depressa!"

Ela se agachou atrás da cabeça de John Scott e começou a dizer que ele estava bem, que ele ficaria bem. Nina voltou e me entregou uma camiseta rosa e a garrafa de uísque.

"Tá legal, me escute, Mel", disse eu. "Pegue John Scott embaixo dos braços e, quando eu falar, puxe-o em sua direção."

"Por quê?"

"Só faça isso!"

Ela segurou John Scott embaixo dos braços. Pressionei meu joelho firmemente no pé esquerdo dele, segurando-o no lugar.

"Tá legal... agora!"

Mel puxou. John Scott gritou. Ela parou.

"Continue puxando!", exclamei.

"Ele está sofrendo!"

"Tem que continuar puxando. Agora, puxe!"

Ela puxou. John Scott conteve a dor desta vez. Quando sua perna esquerda estava esticada até onde os músculos intactos permitiam, enrolei minha mão na camisa rosa, a coloquei em cima da tíbia e a empurrei de volta ao lugar. John Scott gritou. O osso deslizou com uma facilidade surpreendente.

"Última coisa", avisei, abrindo com rapidez o uísque para manter o ritmo que havíamos criado. "Vai arder. Preparado?"

John Scott abriu os olhos e olhou para a perna em silêncio. Ainda havia um grande corte vermelho ensanguentado, mas pelo menos não havia mais osso exposto.

Ele assentiu.

Derramei o álcool sobre o ferimento, usando todo o líquido que restava na garrafa. John Scott teve uma convulsão. Um gemido escapou das mandíbulas cerradas. Envolvi a camiseta ensanguentada ao redor do ferimento, pressionei uma estaca da barraca contra sua perna e prendi a tala improvisada no lugar com a corda.

John Scott caiu de costas. Estava respirando pesadamente e pingando de suor, mas eu achava que ele ficaria bem.

Parte de mim ficou emocionada com nossa conquista, mas outra parte me dizia para não comemorar tão cedo, porque, sendo a operação bem-sucedida ou não, John Scott não andaria por um tempo — o que prejudicou muito nossa estratégia de saída.

FLORESTA DOS SUICIDAS

青木ケ原

29

Em vez de tentar levar John Scott de volta ao acampamento, trouxemos Neil para nosso novo local na base do abeto para que pudéssemos ficar de olho nele. Em seguida, Mel e Nina se ocuparam, cuidando dos vários ferimentos superficiais de John Scott, que estavam principalmente no rosto, nos braços e no torso. Como não havia água ou uísque para limpar os cortes, aplicavam principalmente pressão com mais uma camiseta para estancar o sangramento. Hematomas antes invisíveis começaram a aparecer por todo o corpo. O bíceps e o ombro direitos haviam adquirido uma tonalidade amarelada, enquanto uma grande área arroxeada apareceu na coxa direita, onde terminava a cueca boxer Calvin Klein. Fiquei de olho na perna esquerda, abaixo da fratura, garantindo que ela não ficasse dormente, fria ou pálida, o que podia indicar um nervo ou um vaso sanguíneo rompido. Até agora, parecia estar tudo bem, pois não consegui distinguir nada além de uma leve descoloração e inchaço.

Pensei que ele teve muita sorte por ter caído daquela altura e sobrevivido com apenas uma perna quebrada, por pior que tenha sido a fratura. No entanto, ainda estava longe de estar fora de perigo. O risco de infecção era possível em qualquer fratura exposta, especialmente uma que ocorresse na natureza, onde não havia desinfetantes nem antibióticos adequados. Além disso, ele podia estar sangrando internamente, o que não sabíamos. Na melhor hipótese, os médicos inseririam uma haste de metal no canal medular da tíbia e ele ativaria os alarmes do aeroporto pelo resto da vida. Na intermediária, a perna gangrenaria e ele precisaria amputar. Na pior, ele entraria em choque hemorrágico e sofreria danos cerebrais ou morte.

A questão principal era que tínhamos que levar John Scott e Neil para um hospital, o mais rápido possível. Infelizmente, a menos que a cavalaria não desse para trás e ainda estivesse vindo nos resgatar, a possibilidade de chegarmos a um hospital em breve parecia extremamente improvável.

Meu estômago roncou de fome. Obviamente, ele não se importava com nada, além de ser alimentado. Engoli em seco, o que estava se tornando cada vez mais desconfortável. A dor de cabeça continuava latejando, só que agora ela surgia se eu movesse a cabeça rápido demais. Embora ainda fosse de manhã, eu queria fechar os olhos e cair no sono, escapar de tudo, mas isso não era uma opção.

Mel veio e se juntou a mim debaixo do abeto onde eu havia me refugiado para pensar no nosso próximo passo sem distrações.

"Oi!", cumprimentou ela.

"Oi!", respondi.

"O que está fazendo aqui?"

"Nada."

"Posso me sentar aqui um pouco?"

Fiz que sim com a cabeça, e ela se aconchegou em mim.

"John Scott está reagindo... bem."

"Que bom", falei.

"Você salvou a perna dele."

"Fiz o que ele me mandou fazer."

"Poderia ter dado uma infecção."

"Ainda pode."

Ficamos em silêncio. Então, ela disse:

"Quero ir para casa, Ethan."

"Eu também, Mel. Eu também." Eu a abracei e senti alguma coisa apertada no meu flanco. Olhei para baixo. "O que tem no seu bolso?", perguntei.

Ela se sentou empertigada novamente.

"No meu bolso? Não é nada."

"Mel?"

Ela estava olhando para um ponto invisível no chão à sua frente, como se, ao não me olhar, eu fosse me esquecer dela. Um avestruz com a cabeça enfiada no chão tinha uma chance melhor de ser mais discreto.

"Me mostra", pedi, minha mente já estava três passos à frente, tentando adivinhar o que ela poderia estar escondendo. Minha primeira suspeita era um celular, mas não faria sentido.

"Não é nada", repetiu ela.

"Então, me mostre."

"Não."

"Não vou deixar você sair daqui até eu ver o que é."

"Caramba, Ethan! Você não manda em mim."

"Você está começando a me deixar preocupado, Mel. O que é?"

"Não é nada! É só... é comida. Está bom?"

Ela abriu o bolso com raiva e tirou dele uma caixa amarela retangular. Era um CalorieMate Block, uma barra energética que se encontra em qualquer loja de conveniência japonesa. Eu tinha experimentado uns anos atrás apenas porque aparecia no jogo *Metal Gear Solid*. O personagem principal, Snake, o comia para manter a resistência. Feito quase inteiramente de açúcar e gordura, provavelmente aumenta a resistência, ainda que tivesse gosto de biscoito amanteigado seco.

"Onde conseguiu isso?" Meu tom não era de acusação... mas quase.

"Estava em um dos bolsinhos da minha mochila."

"Há quanto tempo está com isso?"

"Comprei na loja de conveniência."

Não era o que eu queria saber.

"Por que não compartilhou com todos no café da manhã?"

"Não sabia que estava com essa caixa até então."

"Então, há quanto tempo está com ela?"

"Isso importa, Ethan?"

"Importa porque o restante de nós está *morrendo de fome*, Mel, é por isso."

"Ninguém está morrendo de fome. As pessoas podem passar semanas sem comida."

Talvez tenha sido o tom insolente dela, ou a recusa em confessar o que tinha feito, mas rebati.

"Neil está *morrendo*, Mel", retruquei. "Ele vomitou e cagou tudo o que tinha dentro dele. Não tem forças para ficar de pé sozinho. Semanas sem comida? Ele não vai durar mais uma noite. E você com comida o tempo todo?"

Ela conseguiu a façanha de empalidecer e corar ao mesmo tempo, o rosto dela perdendo a cor, exceto por manchas rosadas nas bochechas.

"Eu... eu só achei isso aqui hoje de manhã, depois do café."

Peguei a caixa dela e sacudi o conteúdo. Dois dos quatro biscoitos em forma de barra surgiram.

"Estavam bons?", perguntei.

"Não pode me julgar, Ethan", murmurou ela. "Você não tem esse direito."

"Não estou te julgando", menti.

"Eu estava com tanta fome", alegou ela. "Encontrei isso nesta manhã e estava com muita fome. Só peguei um pouquinho. Eu ia compartilhar com todos, mas tinha um gosto tão bom. E... e, então, guardei de volta. Eu estava guardando para o caso de alguém realmente precisar."

"Neil precisava", afirmei.

"Você pode parar com isso de Neil! Olhe para ele... não pode comer nada. Vomitaria tudo de novo. Ou seja, vai para o lixo. Como você disse, talvez ele nem... nem sobreviva."

Eu a encarei abertamente. Estava ouvindo aquilo mesmo? Aquela não era a Mel que eu conhecia. Ela carregava um coração de ouro. Sempre colocava os outros em primeiro lugar. E agora estava guardando um recurso vital, disposta a jogar Neil aos lobos para saciar sua fome?

"Não me olhe desse jeito", bronqueou ela, e sua voz vacilou como se estivesse à beira das lágrimas. "Não faça isso. Não é minha culpa. Eu estava com fome. E era *meu*."

"Aproveite o resto", retruquei.

"Vá se foder, Ethan! Você não pode me julgar. Você não tem esse direito." As lágrimas começaram a escorrer. "Você teria feito a mesma coisa. Se fosse seu, você teria feito a mesma coisa."

Eu não disse nada. Queria que ela fosse embora.

"Eu sou a menor", argumentou ela. "Todo mundo é maior do que eu. Vocês têm mais reservas de gordura..."

"Cala a boca, Mel. Está legal? Só cala a boca."

Ela me encarou, mordendo o lábio inferior.

"Quer um pedaço?", ofereceu ela.

Desviei o olhar dela.

"Vou dividir agora."

"Faça o que você quiser."

Ela pegou os dois biscoitos restantes da minha mão e os partiu em quatro pedaços iguais.

"Olhe... pra você, Nina, John Scott e Neil. Não vou ficar com nenhum."

Fiquei olhando para os pedaços de biscoito marrom sabor chocolate na mão dela. Então, disse:

"Dê o meu para Neil."

"Não seja..."

"Você me ouviu."

"Certo, porque você é o sr. Nobreza." Ela se afastou de mim. "Vá se foder, Ethan. Vá se foder. Espero que você morra de fome."

Observei Mel voltar para os outros e distribuir os biscoitos. Não conseguia ouvir o que ela estava dizendo — estava a uns bons quinze metros de distância, mas imaginei que estivesse contando onde havia conseguido. Então, foi até Neil e tentou alimentá-lo. Apesar do que eu tinha dito sobre Neil precisar de comida, não achava que o biscoito fosse fazer bem a ele. Secaria ainda mais a boca. E, mesmo que ele conseguisse engolir de alguma forma, como Mel enfatizou, ele provavelmente vomitaria. No entanto, eu estava com raiva da sua dissimulação. Queria magoá-la.

Esfreguei os olhos. *O que estava acontecendo comigo?* Era apenas um maldito biscoito. Tínhamos coisas mais importantes com que lidar.

Voltei a contemplar nosso próximo passo e o dilema de que agora tínhamos mais corpos para remover do que mãos aptas para transportá--los. Porque, mesmo que deixássemos Ben e Tomo para trás, Mel, Nina e eu não conseguiríamos carregar John Scott e Neil. Isso significava que teríamos que ficar mais uma noite onde estávamos, ou deixaríamos um deles para trás. Eu acreditava que ficar parado estava fora de questão. Fazia quase 36 horas que nenhum de nós bebia nada além de uísque. Neil, se sobrevivesse à noite, entraria em estado crítico. O restante de nós estaria fraco e letárgico. Então, tínhamos que agir, e tínhamos que agir naquele momento, enquanto ainda contávamos com energia e pensávamos com clareza. Isso significava sair dali. Mas quem nós levaríamos? Neil ou John Scott? Os dois precisavam de atenção médica imediatamente, então a questão era: quem precisava *mais*?

Ouvi um estalo vindo de algum lugar atrás de mim e me virei.

Procurei nas árvores, meio que esperando ser confrontado por um homem louco correndo para cima de mim, mas tudo que eu vi foi verde e verde e mais verde.

Concluindo que o que havia ouvido era uma bolota ou pinha caindo, retomei minha atenção para o dilema em questão.

Neil ou John Scott?

Eram 14h37.

Disse a Mel e Nina que precisava de ajuda com uma coisa no acampamento e as levei para longe de John Scott e Neil. Quando estávamos fora de alcance, parei e disse:

"Não podemos perder mais tempo. Temos que ir agora se quisermos ter alguma esperança de sair da floresta ao anoitecer."

"Nós três não conseguimos carregar John e Neil juntos", afirmou Mel. Ela estava séria, e eu não conseguia dizer se ela ainda estava amargurada por causa da forma como eu a tratei, embora suspeitasse que sim.

"Esse é o problema", concordei. "E isso nos deixa com apenas uma opção." Eu hesitei. "Deixarmos um deles para trás."

Ela piscou.

"Deixarmos um para trás?" Ela abaixou a voz. "De jeito nenhum vamos deixar alguém para trás."

"Sim, eu concordo", disse Nina. "Não podemos."

"Que outra escolha temos?", questionei. "Continuar esperando a polícia? Temos que considerar seriamente a possibilidade de que não ela está vindo, pelo menos não hoje. Vocês querem passar mais uma noite nesta floresta com algum assassino maluco por aí?"

Mel mordeu o lábio inferior. Nina puxou compulsivamente uma mecha de seu cabelo.

"Não está certo", afirmou Mel com suavidade.

Levantei as mãos.

"Estou aceitando sugestões. Podem falar, por favor, se tiverem."

"Um de nós pode ir", ponderou ela. "Você, eu ou Nina. Será mais rápido, apenas uma pessoa..."

"Pensei nisso. Mas de jeito nenhum vou deixar você ou Nina, ou mesmo vocês duas, saírem sozinhas com esse cara na floresta. E não vou deixar vocês para trás."

"Então, você não vai nos deixar, mas vai deixar Neil ou John?"

"Que porra você quer que eu faça, Mel?", perguntei, minha paciência se esgotando. "Não deixaria ninguém para trás se isso pudesse ser evitado, mas não pode. Agora, se tivermos sorte e sairmos daqui rapidamente, poderemos voltar em questão de horas."

"E se não tivermos sorte? Se nos perdermos?"

"Eles vão morrer", disse Nina. "Pelo menos Neil vai. Ele já está morrendo."

"Exatamente", concordei. "Neil está morrendo. Se nós ficarmos aqui, sem fazer nada, ou tentarmos sair e nos perder, ele já era. Nossa única esperança é que *não* nos percamos. Nós vamos sair daqui. Traremos ajuda."

"Como encontramos o caminho de volta para cá?", perguntou Nina.

"Faremos uma trilha. Dois de nós carregarão a padiola, o terceiro vai deixar um rastro com galhos ou algo assim."

"Como decidimos qual direção seguir?", questionou Mel.

"Vou subir na árvore", declarei.

"Você *vai*?"

"É a única maneira."

"Você tem medo de altura!"

"Mel, a menos que você queira subir na porra da árvore, então, pode parar, porque não há outras opções..."

Um barulho alto me interrompeu no meio da frase. Nina se levantou imediatamente, enquanto Mel e eu ficamos meio agachados — uma cena congelada de três pessoas prestes a correr para salvar suas vidas.

"Que raio foi aquilo?", sussurrei. Parecia alguém batendo um taco de beisebol contra o tronco de uma árvore.

Ninguém respondeu.

Peguei minha lança, que estava ao meu lado.

Toc-toc-toc.

Comecei a ir na direção do barulho, perguntando-me o que estava fazendo. Minha lança parecia absurdamente frágil. E se o cara tivesse uma arma, facão ou um arco e flecha...

TOC-TOC.

Estaquei e quase derreti de alívio.

Seis metros acima do tronco de um cipreste próximo estava um pica-pau verde brilhante. Sua cabeça cinza girou em minha direção, revelando um bigode ruivo e um bico amarelo. A cabeça tiquetaqueava para um lado e para o outro e depois voltava a atenção para o buraco que estava escavando.

Toc-toc-toc.

"É só um pica-pau", afirmei, apontando para ele.

Eu quis rir, mas meus nervos estavam muito agitados.

"Vou matá-lo!", retrucou Nina, saindo de trás da árvore onde havia se escondido. "Quase enfartei aqui."

Mel pegou um pequeno galho e jogou, mas não chegou nem perto do pássaro.

"Então, *há* vida aqui", comentou ela.

"Também vi um cervo", confessei.

"Quando?"

"Nesta manhã, logo depois que acordei."

"Por que não nos contou?"

"Vocês ainda estavam dormindo. Então, percebemos que Tomo não estava ali..." Dei de ombros. O cervo não importava. "Olha, de qualquer forma já são três horas. *Estamos* ficando sem tempo. Temos que ir."

"Não podemos abandonar ninguém!", teimou Nina.

"Meu Deus, Nina, você não conseguiu entender? Não há escolha! Se ficarmos aqui, Neil vai morrer, depois John Scott, depois nós. Sim, nós também. Você acha que se sente mal agora? Imagine como se sentirá amanhã, a esta hora, sem água. Isso se pela manhã não encontrarmos você enforcada em algum lugar."

Ela empalideceu. Balancei a cabeça.

"Sinto muito, Nina. Mas cada segundo que desperdiçamos debatendo isso é um segundo a menos de luz do dia que temos. Certo? Então, a pergunta não é se ficamos ou não. *Estamos* indo. O ponto é: quem levaremos conosco?"

"Suponho que queira deixar John, então?", concluiu Mel.

"Acho que a condição de Neil é mais crítica."

"Você não quer levar John porque não gosta dele."

"O que eu acho ou não sobre o John não têm absolutamente nada a ver com nada disso agora."

"Quero levar John, então."

"Agora você está escolhendo com base na emoção."

"Não estou."

"Então, me diga por que devemos escolher John Scott em vez de Neil?"

"John está com dor. Neil não. E não sabemos o quanto a perna dele está ruim. Ainda está sangrando. Se a pressão arterial baixar muito, ele pode desmaiar ou sofrer uma parada cardíaca."

"Nina?", questionei.

"Não vou escolher."

"Pare de enrolar, Nina! John Scott ou Neil?"

Seus olhos se encheram de lágrimas, e eu não achava que ela responderia. Então, muito suavemente, ela disse:

"John Scott. Acho que devemos levar John Scott."

"Por quê?", perguntei.

"Ele é mais jovem", explicou ela com facilidade.

Eu quis discutir com elas, dizer que estavam cometendo um erro, que estavam arriscando a vida de Neil, mas tínhamos que partir. A escolha estava feita.

Fui explicar a Neil o que estávamos fazendo enquanto Mel explicava a John Scott. A pele de Neil estava frágil como papel, a boca ligeiramente aberta. Ele fazia aquele som úmido e fleumático a cada respiração frágil.

"Ei, Neil. É o Ethan. Consegue me ouvir?"

Ele não respondeu.

"Neil. Está me ouvindo?"

Ele abriu os olhos, olhou vagamente para mim por um momento e depois os fechou novamente.

"Escute", disse eu. "John Scott sofreu um acidente. Ele caiu da árvore. A perna dele está bem ruim. De qualquer forma, vamos tirá-lo daqui agora para que ele possa conseguir ajuda. Mas depois, logo em seguida, voltaremos para buscar você. Entendeu? Voltaremos direto para cá."

Ele não respondeu.

"Pode escurecer", continuei. "Mas você vai ficar bem. Apenas fique dentro do seu saco de dormir. Não vá a lugar nenhum. Isso é o mais importante. Não vá a lugar nenhum, caso contrário, talvez a gente não encontre você."

Não achava que Neil tivesse forças para avançar nem três metros em qualquer direção, mas queria ter certeza de que ele ficaria onde estava, caso passasse por uma recuperação milagrosa enquanto estivéssemos fora.

"Neil? Está me ouvindo?"

Ele não respondeu.

Encontrei a mão dele sob o saco de dormir e a apertei.

"Te vejo em breve."

Levantei-me e fui até os outros. Mel parecia estar discutindo com John Scott.

"O que está acontecendo?", perguntei.

"John não está pensando com clareza", explicou Mel. "Quer que levemos Neil."

Olhei para John Scott com surpresa.

"Ele está pior do que eu", afirmou ele, com a voz firme. "Posso me virar sozinho por uma noite."

"Não seja besta, John", retrucou Mel. "Você vai sangrar até a morte se não..."

"Então é melhor você parar de enrolar e se mexer."

"Nós não vamos..."

"Você me ouviu."

"John..."

"*Esta escolha é minha!*", disparou ele, e aquela determinação feroz estava de volta em seu rosto. "A porra da minha escolha. Tudo bem, Mel? É minha. Não sua. Fim de papo."

Por um momento, Mel pareceu desafiar a afirmação altruísta de John Scott sobre o livre-arbítrio, mas o brilho nos olhos dele — uma mistura de intensidade, dor e determinação — a fez reconsiderar.

"Ei, Ethos!", exclamou ele, virando aqueles olhos febris para mim.

"Oi!", respondi.

"Você vai mesmo subir naquela árvore?"

"Vou."

Ele fez que sim com a cabeça no que poderia ter sido uma aprovação.

"Não foda com tudo."

FLORESTA DOS SUICIDAS 青木ヶ原

30

Nós estávamos embaixo da árvore que John Scott tentou escalar, olhando para cima, muito para cima. Ele caiu dela, sim, mas ainda era a melhor candidata. Desta vez, Nina fez o estribo com as mãos, e, com Mel me empurrando pelas costas, consegui alcançar o galho mais baixo na primeira tentativa.

Levantei-me em uma posição semiereta, segurando em galhos próximos para me equilibrar. O tronco estava a trinta centímetros do meu rosto. Era espesso e escamoso com sulcos profundos e cicatrizes de bolhas de resina que exalavam um odor forte e picante que se misturava com o aroma de alecrim das folhas verde-mate em formato de agulha.

Comecei a subir.

Do chão, olhando para cima, os galhos pareciam crescer uniformemente do tronco em forma de anel. Mas rapidamente ficou claro que haviam sido produzidos em uma série de espirais, espiralando para cima. Posso ser um cara grande, mas, como John Scott, eu era bastante ágil e capaz de me curvar para dentro e para fora dos galhos para progredir em um ritmo decente. Minhas mãos rapidamente ficaram pegajosas com resina, enquanto várias pequenas saliências que se projetavam dos galhos como pregos perfuravam minha carne, me fazendo sangrar. Notei todos os tipos de nós, entalhes, buracos e outras imperfeições na casca que eram invisíveis de longe, e, por alguma razão, isso me fez pensar no velho carvalho vermelho que costumava escalar quando criança em Wisconsin. Passava horas no carvalho, coletando bolotas para usar como armas contra intrusos imaginários, arrancando a casca para observar os percevejos metálicos azuis e verdes cuidando de suas atividades, ou apenas contemplar a vista panorâmica dos cinquenta acres da propriedade da minha família e da casa de fazenda vitoriana no horizonte, com todos os seus detalhes ornamentais, torres, frontões e telhas.

Antes que eu percebesse, já havia subido pelo menos doze metros pela vegetação da floresta. Não tinha certeza, porque me recusava a olhar para baixo. Também não olhava para cima. Concentrei-me apenas nos galhos próximos a mim, garantindo que podia distribuir cuidadosamente meu peso entre quatro deles separados em qualquer momento, empurrando com as pernas em vez de puxar com os braços para economizar força e energia. Descobri que ajudava visualizar o Homem-Aranha escalando um prédio de vidro, mão esquerda/pé direito, mão direita/pé esquerdo, repetidamente.

Até esse ponto, eu me senti relativamente seguro. Os galhos eram sólidos e me acolhiam em seu abraço. No entanto, assim que alcancei mais ou menos dezoito metros de altura, eles começaram a diminuir em volume e espessura — e meu medo de altura então entrou em ação. De repente, comecei a duvidar do que estava fazendo. Não era natural. Eu não era a porra de um macaco. E, mesmo que não estivesse olhando para baixo, fui atingido por uma onda extrema de vertigem, o que me deu a sensação de estar girando e acabei me desequilibrando.

De repente, aterrorizado pela possibilidade de cair, abracei o tronco da árvore com os dois braços e esperei que a sensação passasse.

"Ethan!", gritou Mel, sua voz fininha e preocupada. "Você está bem?"

"Tô!", respondi de volta. Meu peito estava tão apertado que mal consegui pronunciar a palavra e, mesmo se eu quisesse falar mais alguma coisa, não teria conseguido.

Pela eternidade de um minuto, permaneci congelado ali no lugar. Meu coração batia forte, eu respirava muito rápido, e tudo que eu conseguia pensar era: *Estou preso. Não vou conseguir subir mais. E também não posso voltar para baixo. Estou preso aqui em cima.*

Tentei me convencer de que tudo isso era coisa da minha cabeça. Já tinha chegado tão longe e sem nenhum problema. Poderia continuar. Mas isso não conseguiu me motivar. O medo paralisante agarrou cada centímetro do meu corpo e não me soltou.

"Ethan!", gritou Mel. "O que está acontecendo?"

Eu abri a boca, mas a língua parecia grossa, e eu não conseguia responder.

"Ethan!"

"Descansando!", consegui dizer.

Minha respiração continuava muito acelerada. Senti uma dormência nos lábios. Pensei que fosse porque a bochecha estava pressionada contra o tronco, mas então percebi que a sensação de formigamento também estava em minhas mãos e pés.

Eu estava hiperventilando?

E se eu desmaiasse?

Fechei os olhos e tentei esquecer onde estava. Disse a mim mesmo que estava no carvalho vermelho da fazenda, a apenas três metros de altura, nada de mais, eu poderia pular se quisesse. Pensei na tarde quente de verão em que passei horas na árvore folheando a edição de maio de 1987 da *Playboy* que descobri escondida no fundo da caixa de figurinhas de beisebol de Gary. Eu procurava uma figurinha do novato Kenny Griffey Jr. para trocar com meu amigo Danny Spalding, que disse que me daria um de seus G.I. Joes em troca, mas, em vez de Kenny Griffey Jr., encontrei Vanna White me encarando. Foi a primeira vez que vi fotos de uma mulher nua — e uma famosa, ainda por cima — e arranquei uma foto seminua de Vanna White sentada em uma janela, escondi-a na caixa de ferramentas de metal onde guardava todas as minhas coisas favoritas e devolvi a revista ao fundo da caixa de figurinhas de beisebol antes do jantar.

Gary percebeu que a página estava faltando uma semana depois, mas não podia me denunciar a nossos pais, a menos que quisesse admitir seu fascínio púbere por mulheres nuas. Em vez disso, certa noite, ele entrou em meu quarto e, com seu jeito afável, disse-me que sabia que eu estava com a foto e a queria de volta. Quando neguei, ele me jogou no chão acarpetado e me colocou no Million Dollar Dream, um movimento de finalização que Ted DiBiase havia usado no Macho Man Randy Savage no evento principal da Wrestlemania IV. Mas, quando não finalizei, ele foi criativo e começou a puxar meu cabelo, mecha por mecha, me dizendo que não voltaria a crescer e eu ficaria careca...

"Ethan!" Era Mel de novo. "Desça daí agora mesmo! Você está me assustando!"

Eu pisquei, lembrando onde estava.

"Por que não está se mexendo?"

Meu Jesus Cristinho, *mexa-se!*, disse a mim mesmo.

Soltei o tronco e agarrei um galho acima da minha cabeça com a mão esquerda. Tateei com o pé direito em um novo apoio, encontrei um cinquenta centímetros mais alto que o anterior e subi com cuidado, minha barriga roçando o tronco áspero.

Continuei assim por mais três metros, depois quatro, depois oito. Mel e Nina me incentivavam lá debaixo. Eu mal as ouvia. Suas vozes pareciam estar a um milhão de quilômetros de distância naquele momento. Eu só pensava em uma coisa.

Escalar.

À medida que avançava, os galhos ficavam ainda mais finos, a ponto de se curvarem sob o meu peso. Isso me assustou, mas eu tinha ido longe demais para desistir: eu estava quase acima do dossel.

À minha esquerda, um galho quebrado estava entrelaçado com um vivo. A ponta onde havia quebrado estava esfarrapada e irregular. Aquele deveria ser o galho que John Scott quebrou. Eu o vi caindo, tombando de cabeça para baixo em uma viagem expressa para o chão... e eu continuei avançando e subindo.

Logo cheguei ao galho cortado. Ele se projetava por sessenta centímetros do tronco. Movendo-me tão deliberadamente quanto um mímico fingindo movimentos em câmera lenta, subi mais três metros. A copa do abeto começou a se estreitar em uma forma cônica, e os galhos haviam reduzido em densidade o suficiente para que eu finalmente pudesse ver através deles — e a vista me deixou sem fôlego. Uma paisagem esmeralda se estendia até o horizonte. Honda disse que Jukai significava "Mar de Árvores", e agora eu sabia o porquê...

O galho sob o meu pé esquerdo cedeu com um estalo nauseante. Meu pé despencou. Chutei descontroladamente até aterrissar em outro galho.

Mel e Nina estavam gritando comigo. Queria dizer para elas calarem a boca, mas meu coração palpitava fora de controle, e eu não tinha fôlego.

O monte Fuji, percebi, não estava à minha frente. Virei minha cabeça lentamente para a esquerda, com medo de que até mesmo o movimento mais simples de peso pudesse me mandar para o túmulo. Não estava lá. Girei para a direita. Nada.

Atrás de mim?

Envolvendo os braços ao redor do tronco — que havia se estreitado para a circunferência de um poste —, virei-me e vi o Fuji bem atrás de mim. Parecia estar incrivelmente distante, como uma daquelas fotos a distância que você vê em cartões-postais.

No entanto, não importava. Tudo de que precisávamos era saber a direção, porque então poderíamos descobrir o caminho de volta ao estacionamento.

Marquei a direção da montanha com alguns pinheiros próximos, para que, mesmo que eu me desorientasse na descida, soubesse o caminho correto que tínhamos que seguir.

Eu estava prestes a começar minha descida quando notei, talvez a três quilômetros de distância, quatro no máximo, uma espiral de fumaça cinza subindo pelo dossel das árvores.

FLORESTA DOS SUICIDAS 青木ヶ原

31

A descida foi tão angustiante quanto a subida, mas, a cada galho que passava, eu me confortava com o pensamento de que estava chegando mais perto do chão.

Permaneci de frente para o tronco o tempo todo e logo estava de volta a dezoito metros, depois doze, depois seis. Então, graças a Deus, parei no galho mais baixo, a escassos três metros do chão. Nina e Mel estavam logo abaixo, enquanto John Scott estava a alguns metros de distância, onde havia caído, deitado com a cabeça na mochila, me observando.

"Nunca, nunca vou deixar você fazer isso de novo!", ralhou Mel. "Fiquei apavorada."

"Moleza", retruquei, sentando-me no galho, balançando os pés.

"Você viu o Fuji?"

"Está para aquele lado." Apontei para um dos grandes pinheiros que havia marcado mentalmente.

"Excelente, Ethan!", exclamou Nina.

Empurrei o traseiro para longe do galho, pendurando-me pelas mãos por alguns segundos, então caí no chão. Minhas pernas, enfraquecidas pelo esforço que tinha feito, e ainda um pouco fracas pelo medo, cederam completamente. Caí de joelhos, depois me deitei de lado, inalando o cheiro de folhas podres, nunca tão feliz por sentir a terra firme sob mim.

"Então, se o Fuji é por ali", concluiu Mel, calculando de cabeça, "então o estacionamento é..." Ela virou no lugar e apontou. "Por ali."

"Espere aí", falei e me sentei. "Vi outra coisa."

Mel e Nina franziram a testa para mim. John Scott se apoiou nos cotovelos.

"Fumaça", continuei. "Próxima daqui. Talvez a alguns quilômetros de distância."

"Fumaça?", perguntou Nina. "Tipo um incêndio florestal?"

Fiz que não com a cabeça.

"Como uma fogueira."

"Onde?", indagou Mel rapidamente.

Eu indiquei a direção oposta do Fuji.

"Quem você acha que..." Ela se interrompeu.

"Podem ser apenas alpinistas", aleguei.

"Os alpinistas não são estúpidos a ponto de caminhar nesta floresta."

"Nós viemos."

"Fomos estúpidos."

"Alguém que...", John Scott começou, depois parou. Era óbvio que falar havia se tornado um esforço para ele. "Alguém que veio aqui para... cometer suicídio."

"Mas o que importa o porquê?", afirmou Nina. "Não vamos para lá, certo?"

"Estou aqui pensando se deveríamos ir lá ver", revelei.

Mel me olhou como se eu fosse louco.

"Já temos nossos problemas, Ethan. Não temos tempo para tentar convencer outra pessoa a não se suicidar."

"E se ela tiver um celular?"

Silêncio.

"Podemos mantê-lo ligado até a polícia o rastrear desta vez", acrescentei. "Será muito mais rápido do que sair e voltar. Sem falar que não precisamos deixar ninguém para trás. John ficará aqui com Neil. Nós traremos o celular de volta e ficaremos todos juntos."

"E se essa tal pessoa não tiver celular?", ponderou Mel.

"Todo mundo no Japão tem um celular. Alguém que vem aqui, seja um alpinista ou um suicida, traz o celular no caso de se perderem ou mudarem de ideia sobre se matar. E se for o cara que matou Ben e Tomo, bem... ele está com nossos celulares, certo?"

"Você vai chegar e perguntar a ele: 'Ei, podemos pegar nossos celulares de volta para chamar a polícia por você ter matado nossos amigos?'", rebateu Mel.

"Nós o dominamos e os pegamos. Somos três. Temos as lanças. E ele não estará esperando por nós."

"E se ele tiver uma arma?", argumentou Nina.

"Armas são ilegais no Japão e praticamente impossíveis de conseguir. Além disso, se tivesse uma, poderia simplesmente ter invadido nosso acampamento e atirado em todos nós. Em vez disso, ele tem se escondido até a noite e se aproximado de nós um por um. Isso me diz que ele provavelmente não tem nenhuma arma."

"*Façam isso*", grunhiu John Scott.

Mel e Nina trocaram olhares, em partes iguais de desespero e coragem.

"Façam isso", John Scott repetiu.

"Tudo bem", disse Mel a contragosto.

"Tudo bem", disse Nina um momento depois.

Nina e Mel deram um beijo no rosto de John Scott, e Mel prometeu a ele que voltaríamos em breve. Não queria apertar a mão dele, sabendo que seria constrangedor, mas não achava que deveria sair sem dizer nada, então falei para ele para aguentar firme, o que pareceu idiota e condescendente, embora não fosse minha intenção.

Então, partimos sem saber que esta seria uma viagem só de ida da qual nenhum de nós voltaria.

FLORESTA DOS SUICIDAS 青木ヶ原

32

Apesar de Ben e Tomo estarem se deteriorando em seus sacos de dormir, apesar de Neil estar agarrado à vida por um fio e John Scott enfrentar a possibilidade de amputação da perna e uma hemorragia interna, apesar do fato de ainda estarmos presos no lugar mais aterrorizante em que já estive, apesar de toda a escuridão que invadiu nossas vidas — convidada, se você acredita que nós a provocamos —, uma pequena semente de esperança brotou dentro de mim. Estávamos nos movendo. Finalmente, estávamos nos movendo. Tínhamos ficado no acampamento por 48 horas. Quarenta e oito horas em qualquer lugar podem te fazer enlouquecer. Adicione a isso a falta de comida, água e tudo o que aconteceu, então é possível enlouquecer de vez. Eu estava exausto, mal-humorado, desidratado, nervoso e apavorado. Mais uma noite sem fazer nada, exceto pensar na morte e no morrer, com um assassino à espreita provavelmente teria me levado ao limite. Então, nos movimentarmos era bom. Deu-me esperança. Tínhamos um plano. Deixaríamos tudo aquilo para trás. Estávamos quase no fim.

A pouca luz que penetrava o dossel de folhas era de um azul acinzentado sobrenatural. Permeava a parte inferior da floresta de maneira desigual, criando uma desconcertante mistura de sombras flutuantes e folhagem esmeralda. Não tinha certeza se era minha imaginação, mas as árvores pareciam ainda mais densas e aglomeradas aqui do que em qualquer outro lugar, muitas crescendo tão próximas umas das outras que com frequência tínhamos que virar de lado para passar entre elas. Também havia mais herbáceas, samambaias e arbustos, contra as quais não podíamos fazer nada além de erguer os braços e abrir caminho direto.

Quanto mais avançávamos, mais anárquica se tornava a paisagem. Passamos embaixo de uma videira tão grossa quanto minha perna que, em um momento do passado, havia se enrolado em uma árvore várias vezes, só que agora ela, a árvore, havia morrido e apodrecido, deixando a videira suspensa no ar como uma mola gigante. Um pinheiro de tamanho médio, desafiando as regras da natureza, havia crescido em forma de ferradura, quase como se tivesse decidido que não gostava do mundo em que se encontrava e tentasse retornar ao refúgio subterrâneo. Tantas folhas mortas estavam espalhadas ao redor da base e da copa dobrada que não dava pra dizer onde a árvore começava ou terminava.

A cada um ou dois minutos parávamos, pegávamos alguns galhos secos e colocávamos um marcador em forma de x no chão para que pudéssemos encontrar o caminho de volta.

A sensação de isolamento, de percorrer um canto proibido do globo, era tão extrema que fui pego de surpresa quando nos deparamos com mais uma fita. Era azul e cruzava nosso caminho em um ângulo de noventa graus. Expressamos leve surpresa ao vê-la, mas seguimos em frente. Tínhamos uma missão a cumprir. Não havia mais tempo para reflexões melancólicas.

Meus pensamentos se voltaram para o encontro que nos aguardava. Seria mais complicado do que eu havia pensado inicialmente, porque seria impossível saber, à distância, se a pessoa na fogueira era um alpinista inofensivo, um suicida ou o próprio assassino. Significava que não poderíamos simplesmente nos aproximar e acertá-lo na cabeça enquanto dormia. Teríamos que confrontá-lo primeiro, o que não era o ideal. Assassino ou não, ele podia entrar em pânico e fugir. E, mesmo que não o fizesse, e ele não estivesse usando uma camiseta com os dizeres "O Assassino de Aokigahara", como poderíamos determinar sua culpa ou inocência? Se não cooperasse e se recusasse a nos emprestar seu celular, ou dissesse que não tinha um, nós revistaríamos tanto ele quanto seus pertences à força — mesmo que fosse uma pessoa inocente?

Sim, pensei. *É exatamente o que faremos*. Era uma emergência, a lei marcial declarada, fodam-se os direitos civis.

Por volta das cinco horas, o sol começou a se pôr atrás do véu de nuvens, e a pouca luz que a floresta permitia entrar rapidamente se desvaneceu na escuridão. Calculei que já havíamos percorrido três quilômetros

— três quilômetros em uma hora. Não venceríamos nenhuma corrida, mas era aceitável, considerando a natureza cheia de obstáculos. Ainda assim, se meus cálculos estivessem pelo menos um pouco precisos, isso nos deixaria possivelmente com mais uns quase dois quilômetros a percorrer. Isso me preocupou, pois em breve estaríamos andando às cegas. E se tivéssemos nos desviado do curso? E se a fogueira tivesse sido apagada? E agora? Não teríamos mais um feixe de luz para nos guiar. Teríamos que voltar e retornar a John Scott e Neil sem nada para mostrar por nossos esforços, além de algumas horas perdidas.

Afastei esses pensamentos. Tínhamos tomado nossa decisão, tínhamos que sustentá-la e teríamos sucesso.

Tínhamos que ter sucesso.

Peguei um graveto grande e, em seguida, um segundo menor. Ajoelhei-me e coloquei outro x no chão. Depois, virei-me e esperei que Nina e Mel me alcançassem. Elas se aproximaram de mim, ofegantes.

"Não devemos estar muito longe agora", comentei.

"Quanto tempo mais você acha que falta?", perguntou Mel.

"Menos de um quilômetro. Provavelmente, estará escuro antes de chegarmos à fogueira. Mas isso funcionará a nosso favor. Será mais difícil detectar a gente enquanto será mais fácil ver a fogueira."

"Estou com tanta sede", reclamou Nina.

"Talvez tenha água lá", comentei. "Escutem, a partir daqui teremos que ficar em silêncio. Tentem pisar leve. O som se propaga."

"Então, vamos nos aproximar dele?", perguntou Mel.

"Quando estivermos perto para ver o que ele montou, tomaremos a decisão. Se ele estiver sentado junto à fogueira, talvez tenhamos que esperar até que ele volte à barraca para que possamos encurralá-lo lá."

"Como saberemos se ele é o assassino?"

"Tomara que consigamos perceber."

"É isso? Esse é o plano?", disse Mel, duvidando.

"Vamos interrogá-lo. Ler no rosto dele."

"Pode ser um bom ator."

"Se for apenas um cara comum, não teria motivos para não nos emprestar um celular."

"E se ele recusar?"

"Então, provavelmente será o assassino, e eu o revistarei. Vocês duas apenas precisam garantir que ele não tente fugir. Entendido?"

Elas assentiram de um jeito tímido, e continuamos. As sombras se alongaram e ficaram mais densas, camada após camada, pregando peças em meus olhos de novo. Então, em questão de minutos, as sombras se mesclaram em uma extensão ininterrupta da noite. Eu mal conseguia ver alguns metros à minha frente. Não queria ligar a lanterna com medo de denunciar nossa aproximação, mas não tivemos escolha.

Tirei-a do bolso e liguei.

Mesmo com a luz, a densa vegetação nos fazia progredir em passo de tartaruga, mas recusei o impulso de avançar com imprudência. Nossos passos já pareciam muito altos na escuridão, e mais uma vez adverti Mel e Nina para tentarem fazer menos barulho.

"O que é aquilo ali? Ali!", perguntou Nina, de repente.

Girei o feixe de volta para onde estava um momento antes.

"Está vendo?"

"Vendo o quê?", perguntei baixinho.

Ela apontou. Depois de um momento, pensei ter visto flores marcando o que parecia ser outro túmulo. Talvez estivesse a uns seis metros de distância.

"Não importa", falei para ela. "Precisamos continuar."

"Espere, acho que tem uma garrafa ali", comentou Mel. "E se tiver água?"

A tentação era muito grande para resistir e fizemos um desvio, mas não antes de colocar outra marca. Não arriscaríamos nos desviar do alvo.

Acontece que Mel estava certa: havia uma garrafa. Infelizmente, não estava cheia de água, mas de *shōchū*. Ao lado das flores secas e mortas, havia uma foto emoldurada em prata de um jovem casal de 30 e poucos anos. Os dois usavam óculos e sorriam, aparentemente apaixonados e felizes com seu futuro juntos.

Não havia pertences pessoais espalhados, e presumi que o que um dia estava espalhado pelo chão havia sido limpo pelo cônjuge sobrevivente na foto. Ele ou ela deve ter pedido a quem descobriu o corpo que o guiasse de volta para que pudesse fazer um memorial, assim como familiares e amigos deixam cruzes à beira da estrada, placas escritas à mão ou objetos pessoais para lembrar o local onde um ente querido morreu em um acidente de carro.

Por outro lado, pensei de um jeito sombrio, talvez tenha sido um suicídio duplo.

Peguei o *shōchū* e o coloquei no bolso, explicando que poderíamos usá-lo para esterilizar os ferimentos de John Scott mais tarde.

Voltamos ao caminho, mas não conseguimos encontrar a marca.

Tinha certeza de que estava no lugar onde a havia colocado.

"Onde está a cruz?", perguntei.

Mel e Nina examinaram o chão, confusas.

"Não estou vendo nada", afirmou Mel.

"Impossível simplesmente desaparecer", declarei.

"Tem certeza de que colocou uma aqui?"

"Cem por cento."

Em algum lugar na escuridão, um galho estalou.

"Ouviram isso?", sussurrou Mel.

Fiz que sim com a cabeça, percebi que ela não conseguia me ver e disse: "Sim". Apontei a lanterna na direção do barulho. Não havia nada lá.

"O que foi isso?", perguntou Nina.

"Apenas um animal", tranquilizei-as. "Vamos."

Continuamos em frente, mas, de repente, me senti extremamente vulnerável. E se não fôssemos os caçadores, como imaginávamos, mas ainda a caça? E se o assassino estivesse nos observando o tempo todo em que subíamos na árvore? E se tivesse massacrado Neil e John Scott depois que partimos e agora viesse atrás de nós?

Pare com isso, disse a mim mesmo. *Pare de tirar conclusões precipitadas. É apenas um roedor noturno, um rato-do-campo ou...*

Outro estalo.

Congelei. Mel e Nina também.

Então, Nina disse em um sussurro esquelético:

"Isso foi um passo."

"Não, não foi", respondi.

"Foi, sim!"

Meu coração batia forte, a mão que segurava a lanterna suava.

Controle-se, Ethan. Controle-se. Somos três. Temos as lanças. Podemos derrubar o filho da puta. Nada mudou. Ainda estamos no controle.

Direcionei o feixe branco da lanterna para o local de origem do barulho.

Nada além de árvores fantasmagóricas.

"Tô falando", afirmei.

"Xiiiiu", sibilou Mel.

Um estalo alto do outro lado.

Virei, levando o feixe comigo. A luz dançava, entrando e saindo das árvores, quase dando a ilusão de movimento dos galhos e folhas.

Nina gritou.

"*O quê?*", perguntei. "O que foi?"

Nina continuou a gritar.

Não tinha ideia do que estava acontecendo, mas estava cheio de um terror enlouquecido. *Algo* estava acontecendo. Alguma coisa ruim.

O que Nina tinha visto?

"Nina!", exclamei. "Quieta!"

Ela cerrou a boca.

"O que foi?", perguntou Mel. "O que você viu?"

Nina apenas encarou as árvores, sem reação. *Morta de medo* veio à mente.

Ela estava prestes a tombar de ataque cardíaco?

Estava ferida?

Apontei a luz para ela, meio que esperando ver uma flecha ensanguentada saindo de seu peito. Ela parecia fisicamente bem.

"Ali!", exclamou Mel, apontando para a escuridão.

Apontei a lanterna.

"Onde?"

"Vi alguma coisa se mover... ali!"

Segui o dedo dela, passando a lanterna para a frente e para trás com movimentos rápidos e saltitantes.

"O que foi, Mel? O que você viu?"

"Não sei!"

Movimento atrás de nós. Todos nós nos viramos.

Mel respirou fundo. Nina gemeu. Eu não conseguia respirar.

Senti como se tivesse entrado em um pesadelo acordado, um mundo onde o impossível era possível. Qualquer barreira interna que minha mente adulta tenha erguido para separar a realidade da fantasia desapareceu num um piscar de olhos, e por ela inundou um conhecimento tão sombrio, frio e inconcebível que me deixou entorpecido e cheio de uma desolação fúnebre.

Iluminado pela luz branca estava um rosto pálido e andrógino espiando por trás de um tronco de árvore, os olhos pretos como ônix nos olhando com uma indiferença demoníaca. Longos cabelos pretos passavam dos ombros e se mesclavam com a noite. A boca fina se curvava em um sorriso.

Mel gritou. Nina gritou. Eu gritei.

Isso é enlouquecer, pensei, só que não era eu que estava pensando isso, não podia ser, porque a voz era calma demais para pertencer a mim. *É assim que acontece, tudo de uma vez. Não se preocupe. Não dói. Vai acabar logo.*

Eu quase conseguia sentir minha sanidade se esvaindo do corpo, fugindo desse horror, embora eu não conseguisse me mexer.

... tem razão, não dói, não dói nada...

Dei um passo à frente. Tinha que fazer isso. Estava afundando no esquecimento e precisava me mexer ou estaria perdido. Percebi que não estávamos mais gritando. Meus ouvidos estavam zumbindo, e agora eu estava pensando, *Por que estamos parados aqui? Temos que correr, fugir, antes que ele pegue um de nós!*

Dei outro passo, incrivelmente lento, minha perna pesada como concreto...

Nina deu um gritinho.

Virei-me para ela bem a tempo de vê-la desaparecer na densa vegetação. Ela não correu. Foi arrastada ou carregada. Aconteceu tão rápido que tudo que vi foi um flash de cinza e então... nada. Ela sumiu.

"Nina!", gritei.

A única resposta foi o farfalhar da folhagem enquanto ela era levada mais para o fundo da floresta.

"*O que foi isso?*", cochichou Mel ao meu lado, com a voz ficando aguda. "O que aconteceu com a Nina? *O que foi isso?* Ela *morreu*?"

"Não sei", sussurrei.

"Era um fantasma!"

Será?, me perguntei. Poderia ter sido...?

Não. Seja lá o que fosse tinha forma e substância.

Eu *ouvi*.

Então, era real. Era uma pessoa. Tinha que ser.

"Ethan...", grunhiu Mel. Tinha se virado de costas para mim. Eu também me virei — parecia incrivelmente difícil fazer até isso — e apontei o feixe da lanterna entre as árvores fantasmagóricas. Não consegui ver nada, mas ouvi mais movimentos. O chiar das folhas, o farfalhar das mudas. Os ruídos pareciam estar vindo de todos os lados.

Então, avistei uma forma vestida de cinza. Deslizou de um tronco de árvore para o outro incrivelmente rápido. Enquanto tentava acompanhar seu movimento, avistei outro e mais outro, cada um visível por apenas um momento antes de se fundir de novo na escuridão.

Havia vários deles ali.

E eles nos cercaram.

"O que vocês querem?", perguntei com voz alta e desafiadora enquanto girava em círculos apertados, vasculhando as árvores. Mel estava grudada nas minhas costas, movendo-se comigo.

"Minha floreeeeeeeesta", uma voz rouca flutuou, vinda da escuridão.

Enrijeci. *Aquela era a mesma voz que ouvi no meu celular duas noites atrás?* Tinha certeza de que era. Mas como essas pessoas conseguiram meu número? Talvez tivessem recuperado o celular de Mel lá do buraco? Meu número estaria no topo da lista de registros de chamadas. Então, estavam nos seguindo desde aquele momento? Estavam nos observando, quando Nina e eu fumamos o baseado?

Tinham me visto atender ao celular?

"Vocês na minha floreeeeeeeesta."

Mais perto? Mais longe?

Eu não conseguia dizer.

"Estamos indo embora", declarei. "Tudo bem? Estamos indo embora."

"Vocês na minha floreeeeeeeesta. Vocês morreeeeeeeem."

Por fim, avistei quem estava falando. Estava talvez a uns seis metros de distância. Uma figura espectral, alta, entre duas árvores. Em sua mão, uma lâmina brilhou afiada.

Mel, eu supunha, vendo também, me puxou com tanta força que quase caí para trás.

"Corre", ordenei baixinho. "Não pare."

"O que você vai fazer?"

"Vou logo atrás de você... agora vai!"

Ouvi quando ela saiu correndo. Permaneci de frente para quem falava, querendo dar uma vantagem para ela.

Então, eu me virei e fugi também.

Percorri apenas sete metros antes que uma dor gélida se espalhasse pelas minhas costas. Cambaleei e caí de joelhos, fiquei em pé de novo desajeitado e continuei em frente, enquanto estendia a mão por cima do ombro para pegar a adaga que eu sabia que estava cravada nas minhas costas.

Meus dedos tocaram o cabo. Estava abaixo do osso do ombro esquerdo. A lâmina havia atravessado diretamente a mochila de Mel, o que provavelmente me protegeu um pouco. Segurei o cabo e puxei com força. Grunhi e quase desmaiei, mas o solavanco durou apenas um momento.

Eu sabia que não poderia continuar correndo. Se o fizesse, receberia outra adaga nas costas. Girei bem rápido, segurando a arma ensanguentada na minha frente.

Três perseguidores estavam bem atrás de mim. Pareciam quase idênticos. Túnicas cinzentas, olhos pretos, cabelos pretos caindo emaranhados em torno de rostos efêmeros. Fiquei chocado ao descobrir que eram jovens, apenas adolescentes, embora fossem magros e musculosos e não parecessem ter um grama de gordura compartilhada entre eles.

Pararam nesse momento, como se estivéssemos brincando de estátua, mas o que estava em jogo era nossa vida.

Então, sem dizer palavra, começaram a se espalhar, deslizando silenciosamente de árvore em árvore, aparentemente determinados a me cercar. Apontei a lanterna de um para o outro, acompanhando o progresso deles, sem querer que eles saíssem do meu campo de visão direto.

"Parem!", gritei, precisando ganhar algum tempo.

Surpreendentemente, eles pararam.

"Vocês falam inglês?"

Eles me encararam, os rostos pálidos quase brilhando na luz intensa da lanterna. Não pareciam nem um pouco incomodados por eu ser maior do que eles, ou por estar segurando uma adaga ensanguentada na mão e várias lanças saindo de minha mochila, ao meu rápido alcance.

Também não os culpo. Eram três contra um. Eu estava ferido e fraco pela fome e sede.

"Inglês?", repeti. "Vocês falaram antes. Conseguem me entender?"

Eles começaram a se mover novamente.

"Parem!"

Desta vez, não obedeceram.

Eu balancei o feixe de luz para a frente e para trás. Estavam se espalhando rápido demais. Eu estaria cercado em segundos.

Apontei a luz diretamente nos olhos do mais alto e, depois, lancei a adaga nele. A lâmina desviou de seu ombro e girou para longe na noite.

No entanto, o golpe o derrubou, e os outros dois foram ajudá-lo.

Recuei, sem tirar os olhos deles, e, apenas quando avancei várias árvores para me separar deles, me senti seguro o suficiente para virar.

Ao longe, Mel começou a gritar.

FLORESTA DOS SUICIDAS 青木ヶ原

33

O feixe da lanterna balançava como louco à minha frente. Galhos arranhavam meu rosto. Não me importava nem sentia dor, nem mesmo o ferimento nas costas.

Mel continuou gritando, e tentei não pensar no que estava acontecendo com ela.

Não sei quanto tempo eu corri, ou o quanto percorri. Exigiria algum tipo de raciocínio analítico, números, matemática. E nada disso existia naquele momento. Eu estava muito alucinado, concentrado na situação.

Nunca antes tinha experimentado o desespero como aquele que me impulsionava. Se um desfiladeiro de lados íngremes aparecesse diretamente à minha frente, provavelmente eu teria caído nele, pois, no controle agora, havia uma diretriz primordial: ENCONTRAR MEL! E, logo abaixo, repetindo várias vezes como a faixa informativa na parte inferior de uma reportagem de última hora: *Há mais deles, ela vai morrer, há mais deles, ela vai morrer...*

Eu quase conseguia aceitar minha morte. Conseguia me ver caindo, os adolescentes me alcançando, esmagando meu crânio, a escuridão que me levaria embora. Eu quase podia aceitar essa situação de uma maneira desapegada e niilista, porque já tinha me visto envelhecer, contemplei minha mortalidade e já entendia que um dia eu morreria. Mas nunca imaginei a mortalidade ou a morte de Mel. Nunca, nem uma vez. Sempre a vi como ela é agora: jovem, bonita, cheia de vida. Ela não podia morrer. Era inconcebível.

Como isso estava acontecendo?

Percebi que estava rezando, rezando para encontrar Mel, rezando para que ela estivesse bem, rezando para que saíssemos disso, fugíssemos. Não sabia para quem estava rezando, não me importava, mas com certeza era para alguma coisa maior do que eu.

Então, de repente, me deparei com uma cena infernal. Um emaranhado de túnicas cinzentas, mãos e pés se debatendo empilhados como em um jogo de futebol americano — e as pernas de Mel se destacando por baixo, chutando o vazio.

Um dos agressores segurou uma grande pedra na mão e a ergueu sobre a cabeça. Por um momento, os corpos se afastaram, e eu vislumbrei o rosto de Mel, com olhos tempestuosos e aterrorizados.

"Parem!", rugi sem diminuir a velocidade, correndo direto para a multidão, consumido por uma raiva insana. Eu estava prestes a destruí-los, cada um deles, eu os espancaria até virarem poças de sangue, ou morreria tentando.

Mas eles se dispersaram antes que eu pudesse alcançá-los, escapando facilmente para as árvores, deixando Mel enrodilhada no chão para se proteger, ainda chutando o nada.

Eu a tomei em meus braços. Ela gritou e me acertou.

"Mel!", gritei. "Sou eu!"

Ela me encarou como um cervo.

Eu a carreguei em uma direção arbitrária até que ela recuperou o controle e pôde andar por conta própria. Nós corremos. Braços balançando, pernas se movendo descoordenadas, éramos paródias cambaleantes de duas crianças sendo perseguidas pelo maior e mais malvado cachorro do quarteirão.

Logo estávamos os dois ofegantes, cambaleando como se estivéssemos nos movendo na neve ou em águas rasas, mas não paramos. Porque, mesmo que tivéssemos escapado, não achei que tinha acabado. Esses adolescentes se reuniriam. Viriam atrás de nós novamente. Eles viriam...

À distância, vi um brilho piscando entre as árvores.

A fogueira?

"Olha!", gritou Mel, extasiada.

"Estou vendo!", retruquei.

Redobramos nossos esforços.

FLORESTA DOS SUICIDAS 青木ヶ原

34

Eu estava errado o tempo todo. Não havia fogueira nos esperando. Nenhuma barraca. Ninguém fazendo trilha, nenhum suicida, nenhum assassino. À nossa frente havia uma cabana velha, construída grosseiramente com uma estrutura de madeira.

Meus olhos absorveram tudo de uma vez — o banco desgastado do lado de fora, o bloco de corte com um machado cravado na parte de cima, a serra encostada em uma pilha de lenha cuidadosamente empilhada — em seguida, estávamos subindo os degraus da frente. Mel chegou primeiro à porta e começou a bater com o punho, gritando para quem estava lá dentro abrir. Eu estava prestes a tentar a maçaneta quando a porta se abriu.

Um homem barbeado na casa dos 50 anos apareceu. Usava calças cáqui bege, um cinto de couro marrom e uma camisa mostarda de botão. Ele levantou as sobrancelhas brancas e espessas em surpresa e disse algo em japonês, uma pergunta, eu acho.

Eu empurrei Mel para dentro, então eu segui, fechando a porta atrás de nós.

O interior da cabana era simples e cheirava levemente a cera, creosoto e fuligem. Além de uma mesa arranhada e duas cadeiras, a única outra mobília era um fogão a lenha. Alimentos básicos, principalmente macarrão instantâneo e enlatados, eram visíveis em um armário aberto. Uma panela, uma frigideira e pratos descansavam sobre um balcão baixo, enquanto uma vassoura e uma pá estavam penduradas na parede. Não havia pia, o que significava que não havia água corrente. Também não havia luz elétrica ou tomadas de parede. A luz que nos guiou até aqui foi fornecida pela chama crepitante na lareira de pedra à nossa esquerda e várias velas grandes do tamanho de potes de biscoitos.

Fui imediatamente para a única janela e olhei para fora. Consegui ver pouco além dos reflexos vermelhos flutuantes feitos pelas chamas das velas.

O homem tinha uma expressão de espanto no rosto. Provavelmente, nunca havia recebido visitas ali, muito menos dois estrangeiros enlouquecidos agindo como se tivessem acabado de ver o diabo em pessoa.

"Você fala inglês?", questionei. Passei a mão trêmula nos lábios, que estavam aveludados de tão secos. Meu peito ainda estava tão apertado que doía respirar, e eu não conseguia parar de olhar para a porta e para a janela.

Mel desabou em uma das cadeiras, segurou a cabeça entre as mãos e encarou a mesa em silêncio.

"Inglês?", repeti asperamente. "Você fala inglês?"

Ele piscou.

"Sim... não. *S'koshi*."*

Ele juntou o dedo indicador e o polegar. Sua postura era curvada, e eu não conseguia decidir se ele estava se encolhendo ou era curvado mesmo.

"Tem... tem algumas pessoas na floresta. Elas nos atacaram."

"Pessoas?", repetiu ele.

"Moleques!", gritou Mel, ainda olhando para um ponto na mesa.

"Moleques?"

"Um grupo inteiro deles", acrescentei. "Rostos pálidos, longos cabelos pretos. Eles nos atacaram. Nossa amiga ainda está lá fora. Muito machucada. Precisamos do seu telefone. Você tem um?"

"Telefone?"

"Um telefone! Precisamos chamar a polícia."

"Polícia?"

O que havia de errado com esse cara? Eu o agarrei pela camisa e gritei: "*Onde está a merda do seu telefone?*"

"Telefone? Sem telefone."

---

* Contração de *sukoshi* (少し), que significa "um pouco".

Olhei para ele, incrédulo, então percebi que eu não tinha ideia do porquê que ele estava aqui, naquela cabana. Eu o soltei, dei um passo para trás, examinei suas roupas. Não conseguia dizer se era algum tipo de uniforme ou não.

"Você é guarda-florestal?"

"Guarda-florestal, *hai*." Ele tentou um sorriso incerto.

"Como você se comunica?"

Ele olhou para mim sem expressão.

"Falar? Base? Outros guardas? Falar?"

Ele fez que não com a cabeça.

Olhei ao redor da sala. Havia uma porta oposta ao fogão a lenha. Fui até ela e a abri. Um quarto. Ao lado de uma cama de solteiro, em uma mesinha, havia um rádio portátil bidirecional.

Senti como se tivesse acabado de me apaixonar.

"Ei!", bradei. "Você! Venha aqui."

Ele e Mel vieram.

"Um walkie-talkie!", exclamou Mel.

Segurei o braço do homem e apontei para o rádio.

"Você chama ajuda. Está bem?"

"Ajuda, *hai*."

"Diga que meus amigos estão mortos."

"Amigos?"

"*Tomodachi*, morto." Passei o dedo na horizontal pela garganta. "Você chama. Está bem?" Fiz um telefone com o dedo mindinho e o polegar. "Você chama. Pede ajuda."

"Eu chama."

"Você não está entendendo uma palavra do que estou dizendo, não é?"

Ele olhou para mim sem expressão.

Xingando, cruzei o quarto até chegar ao rádio, concluindo que teria de ligar eu mesmo para a estação-base e torcer para que quem atendesse pudesse fazer mais do que repetir tudo o que eu dissesse.

O guarda-florestal me seguiu e agarrou meu braço assim que peguei o rádio. Ele fez que não com a cabeça.

"Eu ligo", afirmou ele. "Ajuda. Ok?"

"Sim, sim, sim!" Empurrei o rádio para ele. "Ligue."

Ele girou um botão, apertou o botão *push-to-talk* e disse algo em japonês. Soltou o botão e esperou. Houve uma explosão de estática, então, alguém respondeu.

Mel soltou um gritinho de alegria.

O guarda-florestal e o outro conversaram por menos de um minuto. Escutei com atenção, tentando sem sucesso identificar certas palavras que pudessem me dar alguma pista do que estavam dizendo. Por fim, ele colocou o rádio de volta na mesa.

Ele meneou a cabeça.

"Ajuda, ok."

"Quanto tempo?", perguntou Mel rapidamente.

"Tempo?"

Eu bati no meu relógio de pulso.

"Tempo. Quanto tempo? Ajuda?"

Ele levantou um dedo.

"Uma hora?", deduzi.

"Uma hora, *hai*."

"Como vão chegar tão rápido?", perguntou Mel. "Existe uma estrada? Pergunte a ele se há uma estrada."

Abri a primeira gaveta da mesa e descobri um pequeno bloco de notas de taquigrafia e um lápis apontado. Desenhei um mapa rápido da área, incluindo o monte Fuji, a cidade de Kawaguchiko, o lago Saiko, Aokigahara Jukai e nossa posição, que marquei com um x.

Levou alguns minutos de incentivo e esclarecimento, mas, por fim, acabei descobrindo que a cabana era acessível por uma combinação dupla de estrada de acesso e trilha para caminhadas.

Mel e eu nos abraçamos, quase afundando um no outro, enquanto o guarda-florestal nos observava com uma expressão perplexa.

FLORESTA 青木ヶ原
DOS SUICIDAS

35

"Você não pode voltar", afirmou Mel para mim. "E se eles ainda estiverem por aí?"

Estávamos sentados à mesa perto do calor da lareira. O guarda havia saído para buscar água para nós, que presumi ter tirado de um poço próximo. Eu o adverti a não sair, mas ele insistiu, e eu aquiesci. Aquela era a floresta dele, afinal. Enquanto ele estava fora, Mel encontrou um kit de primeiros socorros no armário e limpou e enfaixou o furo nas minhas costas. Embora doesse, não era tão profundo quanto eu temia.

"Não podemos deixar John Scott e Neil", declarei.

"A polícia vai buscá-los."

"E se os policiais não conseguirem encontrá-los?"

"Podem seguir as cruzes que deixamos tão bem quanto você. E, talvez, eles tenham cães. Vai ser uma grande equipe de resgate, certo?"

"Não sabemos quem está vindo."

"Mas os guardas teriam chamado a polícia, que já sabe que estamos desaparecidos. Ela enviará todos que tiverem."

"Espero que sim."

Ela franziu a testa.

"E?"

"O quê?"

"Por que não enviariam todos os que têm?"

"Eu nunca disse que não enviariam."

"Você não parece convencido."

"Estou, desculpe, estou. Só estava pensando."

"Em quê?"

290

"Como isso tem que ser um sonho ou alguma coisa assim. Continuo esperando que vou acordar a qualquer momento, e estaremos de volta à fogueira, e Tomo estará lá, com Ben, John Scott e Neil, e eles estarão bem."

"Não é um sonho."

"Eu sei."

O fogo crepitava e faiscava.

"Quem *são* eles, Ethan?", perguntou Mel. "Por que estão fazendo isso? São apenas... quantos anos tinham?"

"Quem eu vi? Dezessete. Dezoito. Não saberia dizer ao certo. O que significa que há adultos por perto também."

Ela empalideceu.

"Você acha?"

"Tem que ter. Não há como adolescentes viverem aqui sozinhos."

"Será que são garotos selvagens?"

Garotos selvagens?

Uma vaga sensação de formigamento borbulhava dentro de mim.

"Sabe", acrescentou ela, "como aquelas crianças que aparecem em revistas e que são criadas por lobos ou ursos ou algum tipo de animal."

Aquele formigamento estava no meu peito agora, subindo furtivamente pela garganta — era a expressão de Mel tanto quanto o assunto que estava causando isso; parecia tão séria, tão sóbria, enquanto falava sobre crianças sendo criadas por animais —, então, o formigamento explodiu da minha boca em uma gargalhada que não pude controlar.

"Ethan, pare com isso", repreendeu Mel. "Pare com isso."

Eu não consegui responder... estava tendo um ataque ali.

"Ethan, você está me assustando!"

Fiz que não com a cabeça. Meus olhos lacrimejaram.

"Ethan!"

Levantei a mão.

"Ethan!"

"Estou bem", consegui dizer, controlando-me.

"O que é tão engraçado?" Ela não estava feliz.

Respirei profunda e calmamente.

"O que você tem?", insistiu ela.

"Está tudo bem."

"Fala comigo."

Olhei para ela e disse:

"Nós *estamos*...?"

"Estamos o quê?"

"Loucos?" Enxuguei os olhos. "Estamos ficando loucos, Mel?"

"Certamente, com você agindo assim."

"Nós estamos?"

"Não, não estamos. Sem dúvida, não. Além disso, nós dois não poderíamos estar loucos. Apenas um de nós poderia estar. Se isso tudo estivesse na minha cabeça, você também estaria na minha cabeça. Você seria uma invenção da minha imaginação."

"Não sou uma invenção", falei, reprimindo mais risadas malucas.

"Também não sou."

"Então, suponho que não estejamos loucos."

Ficamos em silêncio por um tempo.

"Sabe o que não entendo?", desabafei. "Por que estão brincando conosco? Por que enforcar Ben e Tomo? Por que simplesmente não deixam seus corpos onde os mataram?"

"Talvez estejam tentando nos assustar."

"Mas por quê?"

"Talvez para nos assustar e nós sairmos da floresta."

"Matar duas pessoas para impedi-las de acampar em sua floresta? Deve haver outro motivo."

"Talvez seja como eles se divertem. Talvez façam parte de um culto suicida ou algo assim..."

Uma batida forte na porta da frente nos fez pular.

Levantei-me e caminhei cautelosamente pela sala.

"Hiroshi?", chamei, usando o nome que o guarda-florestal nos disse antes de partir.

"*Hai!*"

Destranquei e abri a porta.

Hiroshi entrou, carregando um balde de plástico com água. Encheu dois copos. Mel e eu bebemos rapidamente, enchemos de novo e bebemos mais. Eu li que, quando você está sofrendo de desidratação ou insolação, deve beber devagar e com moderação para evitar vomitar ou ficar doente, mas, naquele momento, não pude me controlar. A água era um elixir.

Por fim, quando nos fartamos, Mel e eu deixamos nossos copos de lado. Sorrimos de um jeito estúpido um para o outro, com o queixo molhado, duas crianças que tinham acabado de receber uma guloseima proibida e se divertiram pra caramba.

Pela primeira vez no que pareceram anos, eu estava começando a me sentir quase humano novamente — e, então, meu celular começou a tocar.

FLORESTA DOS SUICIDAS 青木ヶ原

36

Olhei para Mel, minha perplexidade refletida em seus olhos. De repente, fiquei aterrorizado de que ela fosse uma invenção da minha imaginação, afinal, eu realmente estava louco, porque era impossível, não havia como meu celular estar tocando.

Mas Slash continuou dedilhando, e Axl continuou cantando.

"É o seu toque!", exclamou Mel.

O prato de cerâmica que Hiroshi estava segurando caiu no chão e se despedaçou em uma dúzia de cacos. Parecia um homem que acabara de decepar a própria mão — e foi aí que tudo se encaixou.

"Você!", gritei, apontando para ele.

Ele se moveu rapidamente, disparando para a porta. Eu o agarrei por trás e o arrastei de joelhos, deslizando meus braços em volta de seu peito para prendê-lo em um abraço de urso. Ele sacudiu e se contorceu, mas eu o segurei no lugar.

"Ethan!", exclamou Mel. "É ele!"

"Pegue alguma coisa para amarrá-lo!"

"Aqui não tem nada! O que devo usar?"

Hiroshi jogou a cabeça para trás e atingiu meu nariz. Fiquei tonto e senti gosto de sangue na boca. Hiroshi se levantou rapidamente, cambaleou em direção à porta. Agarrei seu pé esquerdo e puxei com força. Sua mão escorregou da maçaneta, e ele caiu de bruços com um grito selvagem. Subi em suas costas, prendendo-o com meu peso.

"Pegue o celular, Mel!", ordenei. "Atenda."

Ela correu para o outro cômodo, desapareceu da minha vista e, após um momento, gritou:

"Está trancado! Tem um baú ou algo assim aqui. Está trancado."

Apertei o rosto de Hiroshi contra o chão, uma das mãos em sua têmpora, acima da orelha, outra em sua bochecha. Ele estava respirando rápido e com esforço, seus lábios curvados como de um peixe.

"Onde está a chave?", exigi.

Ele deixou escapar um som que pode ou não ter sido uma palavra.

"Chave! Onde está a chave?"

Ele franziu a testa em desafio.

O celular parou de tocar.

Mel reapareceu.

"Não consegui."

"Venha cá", chamei-a.

Ela se aproximou com cautela.

"Passe a mão por baixo dele e abra a fivela do cinto."

"Para amarrá-lo?"

"Sim, faça isso."

Balancei para a frente, ficando de joelhos, em seguida meu peso estava fora de suas costas e totalmente sobre os ombros dele. Mel tentou deslizar as mãos por baixo do homem.

"Ele está com a barriga apertada contra o chão", comentou ela.

"Não consegue colocar as mãos por baixo?"

"Espera aí. Ai... não! Ele as está esmagando."

Levantei a cabeça de Hiroshi pelos cabelos e depois a bati no chão.

"Não", disse a ele. "Não."

"*Kono yaroou.*" *Seu merda* — ou algo assim.

"Você consegue, Mel?"

"Estou tentando..."

Deslizei um braço por baixo e ao redor do pescoço de Hiroshi e o virei de lado, prendendo minhas pernas em volta da cintura dele. Ele tentou me dar outra cabeçada. Flexionei meu bíceps, apertando sua garganta com mais força. Meu rosto estava em seu cabelo, que cheirava levemente a cachorro molhado e maçãs.

Mel se agachou na nossa frente. Ele deu uma joelhada na coxa dela.

"Cuidado com as pernas dele!", alertei.

Ela se atrapalhou com a fivela do cinto e disse:

"Consegui!" Ela pegou uma das pontas, levantou-se e puxou o comprimento de couro. Ouvi pelo menos um passador se rasgar, então o segurou na frente dela, com o braço esticado como se fosse uma cobra morta que ela tivesse matado com orgulho.

Levantei Hiroshi, mantendo-o preso em posição de estrangulamento, levei-o até uma cadeira e o empurrei para ela.

"Amarre os pulsos dele, Mel", pedi.

Ela se agachou ao nosso lado e agarrou um de seus braços. Ele o libertou.

"Pare com isso ou quebro seu pescoço", sibilei, aplicando mais pressão em sua garganta.

Na segunda tentativa, Mel conseguiu puxar os dois braços para trás do encosto da cadeira e prendê-los com o cinto.

"Está apertado?", perguntei a ela.

"Acho que sim."

Soltei Hiroshi, pronto para atacá-lo novamente se ele tentasse fugir, mas ele não tentou.

Examinei o trabalho de Mel. O cinto estava enrolado em torno dos pulsos com tanta força que as bordas do couro estavam cortando a pele do homem. Se o deixássemos sozinho, ele seria capaz de se soltar. Mas, com nós dois ali, ele não iria a lugar nenhum.

"Bom trabalho", elogiei.

Mel assentiu, cautelosa, mantendo os olhos em Hiroshi como se ele ainda pudesse atacar a qualquer momento.

Agachei-me na frente dele.

"Onde está a chave desse baú?"

Ele fungou.

Dei um tapa na cara dele.

"Onde está a chave?"

Ele levantou os olhos. Brilhavam de um jeito sombrio, insolente.

Fiquei em pé.

"Presta atenção nele", disse a Mel e atravessei a sala.

"Espere! Aonde você vai?"

"Já volto."

Destranquei a porta da frente, abri-a e examinei a noite. Corri até a tábua de corte, arranquei o machado e voltei para dentro, trancando a porta de novo.

Os olhos de Mel se arregalaram ao ver o machado, mas ela não disse nada enquanto eu passava por ela e Hiroshi e entrava no quarto. Peguei o baú por uma alça e arrastei-o para a sala principal, onde examinei o mecanismo de travamento. Era de latão polido e fixado rente à madeira com uma fechadura antiga no centro. Segurei o machado como se faz com um bastão de beisebol e o girei horizontalmente, acertando a fechadura. Faíscas voaram, e a madeira se lascou. Repeti isso mais três vezes até que a fechadura pendesse quebrada.

Deixei o machado de lado e levantei a tampa do baú. Dentro havia pelo menos cinquenta carteiras de todas as formas e tamanhos, principalmente masculinas, pretas e marrons, embora também houvesse femininas maiores. Nenhuma era nova, e a maioria estava cheia de cartões bancários, identidades e notas de ienes. Espalhados entre eles, havia dezenas de relógios brilhantes de pulso, uma variedade de celulares multicoloridos, alianças de casamento, alguns anéis de diamantes reluzentes e várias joias como colares de ouro e prata e broches com incrustações de pedras preciosas.

Eu estava tentando entender o que estava vendo — acho que entendi, mas minha mente estava sobrecarregada e lenta e lutando com o momento "eureca!" quando Mel disse:

"Ele saqueia os corpos."

"Merda, você está certa", respondi. "É um ladrão de túmulos desgraçado."

"Ele pegou nossos celulares enquanto procurávamos Ben."

"Mas ele *matou* Ben?", retruquei. Depois, gritei para ele: "*Você matou nossos amigos?*"

Ele apenas olhou para o fogo.

Mel tocou meu braço. "E os adolescentes?"

Os adolescentes. Aquelas porras de adolescentes.

"O que está acontecendo?", deixei escapar. "Que merda está acontecendo, Mel?"

"Vamos descobrir em breve. A polícia..."

"Merda!" Coloquei a mão dentro do baú e peguei meu celular. No visor, em chamadas perdidas, estava o número de Derek.

Retornei.

Derek atendeu no segundo toque. "Childs!"

"Derek, me escuta", exigi, "e ouça com atenção."

Resumi tudo o que havia acontecido, começando com a nossa chegada à base do monte Fuji, o encontro com Ben e Nina, terminando com a descoberta do meu celular na cabana do guarda-florestal/ladrão de túmulos. No início, Derek achou que eu estava brincando com ele e continuou interrompendo, mas logo ficou em silêncio e ouviu sem dizer uma palavra.

"Meu Deus, cara!", exclamou Derek quando eu terminei. "Isto é... não sei o que dizer. O que quer que eu faça?"

"Sumiko está com você?"

"Está aqui. Estávamos indo pegar algo para comer."

"Fala para ela chamar a polícia. Diga aos policiais que precisam trazer remédios para Neil e antibióticos e analgésicos para o outro cara. Depois diga a eles para me ligarem, rastrearem meu número e virem até aqui."

"Ela vai ligar para eles agora mesmo. É melhor que isso não seja uma piada, Childs."

"Não é. Me ligue de volta depois de falar com eles."

"Vamos ligar de novo para você já, já."

Desligamos.

"Você acha que ele estava nos enganando?", perguntou Mel, apontando para Hiroshi. "Quando ele estava no walkie-talkie, acha que ele estava falando sobre o clima ou algo assim?"

"Não sei. Talvez. Não sei qual é a ligação dele com tudo o que está acontecendo. Pode ser um simples ladrão, ou pode ser... Não sei."

Hiroshi disse algo baixinho.

Eu me virei para ele.

"Quê que é?", indaguei.

Ele começou a rir sozinho.

"Filho da puta", rosnei e caminhei cheio de intenção na direção dele.

"O que está fazendo?", perguntou Mel, alarmada.

"Buscando algumas respostas." Agachei-me na frente de Hiroshi e agarrei a frente de sua camisa com as duas mãos. "Quem está lá fora?", questionei. "Quem são aqueles garotos que mataram nossos amigos?"

Seus lábios se abriram em um sorriso fino.

"A polícia está chegando. Vou contar tudo para ela. Vou dizer que *você* matou meus amigos se não me disser quem está lá fora."

Ele cuspiu na minha cara.

Eu o puxei para perto de mim, fazendo com que a cadeira caísse para a frente. Seus joelhos tocaram o chão primeiro, depois sua testa. Ele berrou.

Eu chutei a barriga dele. Mel me disse para parar, mas eu a ignorei. Chutei-o de novo, com mais força, depois empurrei o homem e a cadeira de volta para a posição vertical.

"Ethan, chega", implorou Mel. "Você vai se meter em encrenca."

Eu me virei para ela.

"Tomo morreu, Mel! E esse cara sabe de alguma coisa. Foda-se a encrenca!"

Desamarrei os cadarços da bota esquerda de Hiroshi, a arranquei de seu pé e peguei o machado.

Mel entrou em um ataque total. "Ethan, não! Não faça isso, pense, por favor, Ethan, não faça isso."

Pisei no dedão do pé de Hiroshi para impedi-lo de mover o pé.

Ele não estava mais rindo ou sorrindo.

Segurei o machado de modo que estivesse segurando o cabo alguns centímetros abaixo da cabeça. Eu o levantei e disse:

"Quem está lá fora?"

Ele tentou me chutar com o pé livre.

"Quem está lá fora?"

Ele murmurou alguma coisa.

Girei o machado em minha mão para que a lâmina ficasse voltada para o teto e golpeei com a cabeça como um martelo. A parte traseira plana esmagou o dedo do pé e todos os ossos nele.

Um grito explodiu de sua boca. Tinha uma expressão insana no olhar, lacrimejando, as narinas dilatadas, suor brotando por todo o rosto.

Levantei o machado novamente, a lâmina voltada para baixo desta vez.

"Fala logo!"

Nada.

Golpeei. A lâmina cortou carne, osso e cartilagem de forma limpa, separando seu dedo do pé arruinado. Ele gemeu e se debatia contra as amarras enquanto o sangue se acumulava no chão.

"Pare com isso, Ethan!", berrou Mel. "Ele não entende!"

"Eu posso fazer isso a noite toda", trovejei para ele, ignorando-a. "Um, dois..."

"Está bem!", disse ele. "Está bem!"

Baixei o machado, mas apenas com relutância.

FLORESTA DOS SUICIDAS 青木ケ原

37

"Você conhece história? Você conhece história japonesa?", perguntou-me Hiroshi depois que ele se recompôs e nós estancamos o sangue no coto do dedo com um pano de prato.

Encarei-o com espanto. Embora sua cadência fosse instável e quase como a de Yoda sem a sintaxe ao contrário, ele falava com um leve sotaque britânico, indicando que provavelmente morou no exterior em algum momento.

Em outras palavras, ele nos tirou de otários.

"Não?", acrescentou ele em um tom impertinente. "Nada?"

Agarrei-o pelos cabelos e puxei.

"Fala!"

Ele tentou afastar a cabeça, mas eu a segurei firme.

"Há muito tempo", disse ele, com os olhos fixos em mim, "muitos japoneses faziam o *ubasute*."

Reconheci a palavra — e, em seguida, lembrei que Honda a havia mencionado diante da estação de trem. Eu disse:

"As famílias abandonavam aqueles que não conseguiam se alimentar."

Ele ergueu as sobrancelhas brancas.

"Acho que você não é tão burro, hein?"

Puxei de novo.

"Tudo bem, eu falo!" Ele mexeu a boca como se para gerar saliva. "A maioria dos japoneses, eles param o *ubasute* cem, duzentos anos atrás. A maioria para. Nem todos. Depois da última guerra, é muito difícil para os japoneses. Muito difícil. Muitos sofrem. Uma família, eles não têm comida para filhos, então trazem para Jukai, dizem para irem brincar.

Então, abandonam eles para morrer." Ele estalou os lábios. "Estou com sede. Eu falo. Você me traz água."

"Você o vigia", declarou Mel. "Eu pego."

Ela foi até o balcão, encheu um copo do balde de plástico e me entregou. Inclinei-o contra a boca de Hiroshi, meio que esperando que ele fizesse um movimento repentino. Ele engoliu em seco, em seguida, virou a cabeça. A água escorreu pelo queixo e pela camisa.

"Minhas mãos doem", reclamou ele. "Você desamarra?"

"Acho que não", retruquei.

"Aonde vou?"

"Já morou no exterior?"

"Gosta do meu inglês?"

Não respondi.

"Você é professor de inglês, né?" Ele acenou. "Sim, sim. Por que mais vem para meu país? Tenho muitos amigos professores de inglês da minha *eikaiwa*. Não falo com eles agora. Não mais. Faz muito tempo. Às vezes, sinto falta deles. Muito solitário aqui. Muito solitário."

Soltei os cabelos dele.

"Me fale sobre as crianças", ordenei.

Ele lambeu os lábios, mas não disse nada.

Dei um tapa na cara dele.

Ele fez uma careta para mim.

Bati nele com mais força.

"Ethan...", interrompeu Mel.

"Fique fora disso!"

Levantei a mão.

"A família deixou a menina e o menino em Jukai", contou Hiroshi, com a voz rouca. "A menina, ela morreu. O menino, ele sobreviveu. Ele pega animais, come bagas. Ele, menino esperto. Quando está forte de novo, ele sai da floresta, vai para a aldeia. Acha que os pais esquecem ele, que é acidente. Acha que ficam felizes quando ele chega em casa. Eles não ficam felizes. Ainda não têm comida. Dizem para ele ir embora. Não querem. Mas ele não vai. Fica perto da aldeia, na floresta. Rouba galinhas, verduras. E vê garota. Menina muito bonita. Ela é filha de fazendeiro. Um dia, ela desaparece. Ninguém sabe o que acontece... só eu."

"Ele a trouxe de volta para cá?", deduzi. "Para Aokigahara?"

"Esta cabana, construída em 19-7-3. Eu trabalho aqui. Meu trabalho, encontrar os corpos. Uma vez eu encontro homem. Talvez 30. Talvez. Acho que veio aqui para se suicidar. Eu tento falar, mas ele não fala. Ele foge. Procuro ele, seu corpo, por um ano. Mas não encontro. Ele me encontra. Ele sabe onde é minha cabana. Mora aqui faz vinte anos, talvez mais. Ele conhece floresta muito bem."

"O que ele queria com você?"

"Ele me trouxe mulher. Ela está morrendo. Ela fez bebê, mas alguma coisa foi errada. O bebê morreu, e ela... ela muito ensanguentada. Eu ajudo ela. Dou remédio. Muitos dias eu ajudo ela. E eu falo com homem. Seu nome, Akira. Ele me conta tudo. Ele me conta que seus pais deixaram ele aqui, deixaram a irmã aqui. A mulher que ele me traz, ela é filha de fazendeiro. Ele levou ela. Roubou ela. Eles fazem muitos bebês antes deste, mas bebês não vivem. Matam eles. Não têm comida para dar para eles."

Olhei para Mel, que observava Hiroshi com uma fascinação enojada. Eu me virei.

"O que aconteceu com a mulher dele?", perguntei. "Ela sobreviveu?"

"Ela morre. Eu não posso ajudar. Sangra tanto. Akira, ele vai embora. Eu não vejo ele faz dez anos. Talvez mais. Então, ele volta. Ele vem no inverno. Inverno muito ruim. Ele tem pneu... pneuma."

"Pneumonia."

"Ele tem isso. Dou remédio para ele. Ele fica melhor. Então, dois dias depois, três dias, ele volta. Ele me dá tantos presentes. Assim." Ele acenou com a cabeça para o peito. "Joias. Carteiras. Mas sem telefones. Sem telefones na época."

"Ele tirou tudo dos corpos dos suicidas."

"Que boa ideia, né? Dou arroz, açúcar e sal para ele. Ele fica muito feliz, muito feliz, e continuamos a negociar. Todo mês, ele me dá joias, dinheiro, dou comida para ele, roupas. Finalmente, ele tem uma boa vida. Então, ele faz filhos. Tem oito agora. Apenas meninos. Sem meninas. Ele mata meninas."

"As crianças que vimos na floresta", falei.

"Sim, você já encontra. Eu sei."

Levantei-me devagar, fazendo que não com a cabeça, estupefato com a história de Hiroshi. Um cigano e seu bando de crianças maltrapilhas. É quem está nos aterrorizando. Eu me virei para Mel, para ver sua reação, e a encontrei franzindo a testa.

"Você disse que a mulher dele morreu", afirmou ela. "Então quem...?" A cor sumiu de seu rosto. "Ai, não."

"Ele pega elas antes que se suicidem", ele lhe respondeu. "Então, mantém prisioneiras. Às vezes, você ouve gritar. Ouviu ontem à noite? Ela grita tão alto."

A narrativa de Hiroshi — meu desejo por respostas — me manteve cativo até aquele momento. Mas, de repente, passou do limite. Pensei em Ben e Tomo e em toda a merda pela qual passamos, e tive que resistir à vontade de pegar o machado de novo.

"E nossos outros amigos? Por que ele os matou?", indaguei.

"Ele quer mulheres. Ele me diz ontem, quando me dá telefones, ele me diz que vê mulheres bonitas. Muito bonitas." Hiroshi sorriu para Mel. "Ele te chama de Mãe Branca. Você devia ficar honrada. Ele está muito animado."

"Então, Nina...?", deduziu Mel. "Ela não está morta?"

"Você não escuta? Ele não mata. Ele quer bebê. Ele quer o bebê dela e quer o seu bebê."

Ela empalideceu.

"Sim, sim, ele vem atrás de você", sentenciou Hiroshi, "ele vem atrás de você agora mesmo."

FLORESTA DOS SUICIDAS 青木ケ原

38

"Não lhe dê ouvidos, Mel", recomendei. "Não tem como ele saber disso. Está mentindo."

"Mentira?" Hiroshi pareceu insultado. "Os filhos dele, já na frente da cabana. Falo com eles quando pego água. Eles mandam mensagem para o pai."

"E se ele estiver dizendo a verdade?", argumentou Mel.

Fiz que não com a cabeça.

"Não importa. Esse tal de Akira, ele é velho. Deve estar com 60 agora. Eu posso dar um jeito nele."

"Você acha?" Hiroshi riu sem humor.

"Eu derrubei você com bastante facilidade, não foi?"

"Ele e as crianças, igual animais. Eles te matam muito fácil."

Meu telefone tocou, me assustando, embora eu já estivesse esperando a ligação. Atendi imediatamente.

"Nós chamamos a polícia", afirmou Derek sem preâmbulos. "Pelo visto, já enviou uma equipe para procurar vocês?"

"Ligamos para eles ontem com o telefone de Neil antes que acabasse a bateria, mas nunca chegaram até nós."

"Bem, disseram que só há uma cabana de guarda-florestal na floresta em que vocês estão, então eles sabem onde é. Vão enviar a equipe novamente agora."

"Diga a Sumiko para ligar de volta e dizer que precisamos deles aqui o mais rápido possível."

"Tenho certeza de que estão a caminho..."

"As pessoas atrás de nós podem estar do lado de fora da cabana agora."

"O quê? Minha nossa! Tudo bem, tá, tá, merda, vou pedir a Sumiko para ligar de volta agora. Fique dentro da cabana e espere."

Nós desligamos.

"A polícia sabe onde estamos", contei a Mel. "Está vindo agora."

"Quanto tempo vai demorar?"

"Não muito..."

"Ethan!", gritou ela, apontando para a porta da frente.

Eu me virei, mas não vi nada fora do comum.

"O quê, Mel? O que foi?"

"A maçaneta! Ele estava se movendo para a frente e para trás. Alguém está tentando entrar!"

FLORESTA DOS SUICIDAS 青木ヶ原

39

Ergui o machado, fui até a porta e verifiquei de novo a fechadura. Estava bem fechada. Espiei pela janela e vi uma forma baixa e escura correndo entre as árvores antes de sair do meu campo de visão.

Xinguei, apertando as costas contra a parede.

"Você ainda acha que minto?", perguntou Hiroshi.

"Diga a eles para irem embora."

"Por que eu faço isso?"

"Porque se você deixar que nos ataquem, você estará em apuros."

"Eu já estou em apuros."

"Não, você não está..."

"Você fala para seu amigo de mim. Então, Sumiko, ela conta à polícia de mim."

"Podemos resolver isso."

"Por que acha que eu explico você para Akira? Por causa da dor? Porque você me bate?" Ele balançou a cabeça. "Não, eu já estou em apuros."

Andei até ele e empurrei a cabeça do machado contra seu peito.

"Diga para eles nos deixarem em paz, senão vou te matar agora mesmo."

"Você não aprende nada em Jukai?"

"Do que você está falando?"

"Suicídio! Morte! Você não aprende nada? Você não tem medo da morte. A morte não tem problema, morte é saída. Vida, que você tem medo. Vida é monstro. Vida, tem tanta dor. Quer me matar? Vá em frente! Morro com honra."

Um estrondo alto sacudiu a porta da frente.

Mel gritou, tropeçando para trás até chegar à parede. Deslizou por ela como gelatina, abraçando os joelhos.

"Está tudo bem, Mel", falei, tentando soar com uma casualidade absurda. "Eles não podem entrar..."

Bam!

"Diga para irem embora!", gritei para Hiroshi.

BAM!

"Diga para..."

Um galho pesado de árvore quebrou a janela atrás de mim, espalhando vidro por toda parte. Virei, golpeando cegamente com o machado.

A lâmina assobiou no ar e se alojou com um baque pesado na moldura vazia da janela.

Mais vidro quebrado, de outra parte da cabana. *O quarto!* Tinha me esquecido da janela do quarto.

Enquanto tentava soltar o machado, senti algo vindo em minha direção, o que me atingiu na cabeça. Cambaleei, mas permaneci de pé. Minha mão instintivamente foi até o ferimento e saiu molhada de sangue.

Saí aos tropeços até o centro da sala.

"Fique abaixada, Mel!", falei para ela.

Houve mais batidas na porta. Mas a fechadura estava segurando.

Passei por Hiroshi. A porta do quarto estava à minha direita. Eu a abri. Um garoto estava agachado no parapeito da janela, já meio dentro do quarto.

Olhou para mim por trás do cabelo comprido que caía na frente do rosto. Segurei o cabo do machado com as duas mãos e avancei contra ele.

Ele saltou de volta para dentro da noite. Enfiei a cabeça pela vidraça quebrada, inalando o ar fresco. Estava tudo escuro como breu, e eu não conseguia ver aonde ele tinha ido.

Eu me virei no momento em que outro garoto com uma longa cara de cavalo saltou da cama em minha direção, brandindo uma adaga. Eu aparei para a esquerda e esmaguei a parte plana da cabeça do machado contra a parte de trás do crânio dele. Ele caiu em um montinho aos meus pés.

Um terceiro garoto já estava vindo na minha direção com a adaga em riste. Ele e o que estava no chão deviam estar escondidos atrás da porta quando entrei no quarto alguns segundos antes.

Apontei o machado para ele, mantendo-o afastado.

Ele esgarçou os lábios em uma careta, revelando vários dentes faltando, e arremessou a adaga. Girei para o lado, para não deixar muita superfície do meu corpo vulnerável. A lâmina se cravou no meu tríceps. Gritei, deixando cair o machado. O garoto investiu contra mim, jogando-me contra a parede, prendendo meus braços ao lado do corpo.

Fiquei impressionado com sua força. Era uma bola de músculos enrolada com força, e eu não conseguia empurrá-lo para o lado, por mais que lutasse. Estava bufando e grunhindo e cheirava a suor azedo.

Do outro cômodo, Mel gritou.

Mordi a orelha do garoto, puxando-a como se fosse um pedaço de carne dura, com gosto de sangue. Ele gritou e afrouxou seu aperto. Eu me libertei e o agarrei pelo pescoço com as duas mãos, ao mesmo tempo que o conduzi em direção à janela. Empurrei sua cabeça pelo espaço aberto, de modo que suas costas ficassem no parapeito, e me inclinei para a frente com todo o meu peso. Suas mãos me arranhavam. Dei a ele um impulso final. Ele caiu um metro e meio no chão abaixo com muita força. Ele gritou algo selvagem e gutural para mim, em seguida rastejou para longe.

Mel gritou de novo.

Com força cada vez menor, arranquei a adaga de meu braço, agarrei Cara de Cavalo pela gola de seu *yukata* e o arrastei para a sala principal.

Registrei a cena em uma fração de segundo: Mel contra a parede onde eu a deixei, seus olhos fixos no maior garoto até agora, que nesse momento pulou do parapeito da janela da frente para o chão. Uma das mãos estava pressionada contra o ombro. Deve ter sido aquele que atingi com a adaga antes. Na outra mão, segurava uma longa vara. Percebi que tinha uma faixa preta amarrada em torno das vestes, enquanto Cara de Cavalo e Banguela tinham a faixa cinza.

Era arbitrário?, me perguntei. Ou ele era algum tipo de especialista faixa preta em caratê? Parecia uma conclusão ridícula, mas o caratê era uma tradição japonesa. E o que mais se fazia com tempo ao crescer em uma floresta? As artes marciais pareciam uma atividade razoável.

"Mel", resmunguei, "venha cá."

"Ethan!", berrou ela, vendo-me pela primeira vez. Ela passou correndo por Hiroshi, que se contorcia na cadeira, tentando se livrar, e se abaixou atrás de mim.

Levantei Cara de Cavalo semi-inconsciente e o segurei contra meu peito. Eu pressionei a lâmina da adaga em sua garganta.

"Saia daqui!", falei para o Faixa Preta. "Senão eu vou matá-lo."

Ele me encarou, mas não se mexeu.

"Saia!"

Ainda assim, ele não se mexeu.

Cara de Cavalo gemeu, então se contorceu em meu aperto. Estava se virando.

Faixa Preta deu um passo à frente.

"Pare! Agora!"

Outro passo.

Enterrei a adaga na coxa de Cara de Cavalo. Ele uivou e se debateu. Encostei a lâmina de volta contra sua garganta.

"Eu vou matá-lo! Vou cortar a garganta dele!"

Faixa Presta parou, depois recuou devagar.

"Continue", ordenei, "continue..."

Mel gritou em alerta.

Eu cambaleei e vi um homem muito mais velho com um topete se movendo rapidamente em nossa direção. Jogou Mel contra a parede como se ela não pesasse nada e, no mesmo movimento, me golpeou na cabeça com o punho da espada que segurava.

O mundo deu um pinote, em seguida eu estava caindo, girando para dentro da escuridão.

FLORESTA DOS SUICIDAS 青木ヶ原

40

Abri os olhos. Uma explosão de dor irregular atravessou minha cabeça. Notei duas pessoas. Pareciam estar nadando, mudando de forma, misturando-se uma à outra. Aos poucos, porém, entraram no foco. Um deles era Akira. Estava segurando uma espada de samurai perto do peito, a ponta apontada para o teto. Diretamente à sua frente, Hiroshi estava sentado no chão, de pernas cruzadas, olhando a meia distância. Havia desabotoado a camisa, puxando a bainha para fora das calças, revelando o peito e a barriga quase sem pelos. Havia pegado uma adaga de um prato à sua frente, segurando-a por um pedaço de pano enrolado na lâmina.

Ele a havia enterrado no abdome.

Mesmo enquanto lutava para permanecer consciente, tentei entender o que estava vendo. *Seppuku*, ou *hara-kiri*, era originalmente praticado pela classe samurai no Japão feudal, uma maneira honrosa de morrer por estripação caso se envergonhassem, falhassem com seus mestres ou quisessem evitar cair nas mãos do inimigo.

Então, essa punição de Hiroshi foi por se deixar ser capturado por mim, foi sua forma de evitar ser processado pela polícia?

Lembrei-me do que havia dito antes, alguma baboseira sobre morrer com honra.

Ele desenhou o corte na barriga, da esquerda para a direita, depois para baixo na diagonal, formando um 7 sangrento. Havia começado a cortar da esquerda para a direita de novo, no que criaria um z, mas vacilou. Suas mãos tremiam muito, o rosto estava contorcido em agonia, e ele não parecia capaz de completar o corte.

O sangue jorrava da ferida enquanto ele tombava para a frente...

Akira baixou a espada na nuca de Hiroshi, acabando com seu sofrimento por decapitação.

Não, eu notei... *quase* decapitação, pois ele havia deixado uma pequena faixa de carne entre a cabeça e o corpo, então, a cabeça de Hiroshi pendia contra o peito como se estivesse encaixada em suas mãos.

Akira contornou o corpo sem vida e se agachou ao meu lado. Seu rosto e pescoço pareciam de couro curtido, quase escamosos e enrugados pelas intempéries. A boca era uma linha severa e indiferente, puxada para baixo nos cantos. Os olhos eram finos, pretos e bem separados. Olhavam-me com indiferença imperial, como se eu fosse um camponês humilde, escória da terra, sem sentido para ele.

Passou a lâmina de sua espada ao longo da minha camisa, limpando o sangue dela.

Então, levantou-se e foi até a lareira, perfurou uma tora em chamas com a lâmina e a colocou sobre a mesa, onde as chamas imediatamente começaram a se alimentar da toalha de algodão.

Sem outro olhar em minha direção, saiu pela porta da frente.

Voltei a desaparecer nas profundezas da escuridão.

A Harvest Fair no Wisconsin State Fairground era um evento anual realizado durante o último fim de semana de setembro. Gary e eu íamos todos os anos quando crianças, enchendo a cara de algodão-doce e maçãs carameladas e correndo de uma atividade para outra. Minha favorita sempre foi o lago de pesca, onde havia uma vara com um gancho magnético para pegar prêmios flutuando na banheira de plástico.

Agora, no entanto, era noite, e o parque de diversões estava vazio quando Gary e eu descemos a Main Street.

"Sempre adorei este lugar", comentou Gary ao passarmos por uma dispersão de tratores abandonados para crianças e fardos de feno.

"Eu também", concordei. "Temos nossas abóboras aqui para o Halloween."

"Bem ali, amigão", afirmou ele, apontando para um extenso canteiro de abóboras. Ele entrou no local, escolheu uma abóbora e devolveu. "Nada mal, hein?"

A abóbora era de um laranja escuro, com nervuras uniformes e perfeitamente redonda. Gary sempre teve um talento especial para encontrar os melhores espécimes para esculpir em caras de Halloween. Minha tendência era escolher as maiores que conseguia encontrar, que geralmente eram amareladas, com a pele esburacada e irregular.

"É perfeita, Gare", comentei.

Ele assentiu, embora parecesse melancólico.

"Eu estava ansioso para trazer Lisa para cá quando ela ficasse mais velha. Você acha que Cher vai trazê-la?"

"Não sei. Estão em Chicago agora."

"Com aquele cara novo, certo?"

Fiz que sim com a cabeça.

Ele suspirou.

"Eu nunca deveria ter feito isso."

Eu olhei para ele.

"Feito o quê, Gare?"

"Parei para ajudar o desgraçado que atirou em mim. Ou eu devia ter dado minha carteira para ele. Se tivesse, eu ainda estaria por perto. Podia ter levado Lisa para a feira. Uma decisão, amigão, é o que basta, uma decisão e tudo pode mudar."

"Eu gostaria que você tivesse dado sua carteira para ele também."

"Mas nunca se sabe. É o problema. Nunca se sabe ao que essa decisão vai levar. Caceta, como é possível saber no que a gente está se metendo?"

"Você quer dizer a Floresta dos Suicidas?"

"Tem uma coisa que eu preciso que você faça, amigão."

"Claro, Gare. O que é? Faço qualquer coisa por você."

"Preciso que você acorde."

"Acordar?"

"Se não acordar, vai morrer. Não consegue sentir o incêndio?"

Embora a noite ao nosso redor fosse silenciosa e escura, estava cheia de um calor pulsante que eu não havia notado momentos antes.

"Sim, consigo sentir", falei.

"Você precisa sair."

"Não sei se consigo."

"Tem que conseguir. Precisa ajudar Mel."

Mel! "Ela está no incêndio também?", perguntei com urgência.

Chegamos ao cruzamento com a Grandstand Avenue.

Gary me deu um tapinha no ombro e disse: "Tenho que ir, amigão". Ele partiu em direção ao campo que se estendia diante de nós.

"Gare! Espere!"

"Lembre-se do que você precisa fazer."

"Eu vou com você!"

"Salve a Mel..."

"Não posso! Não sei como!"

Então, ele desapareceu.

De repente, o parque de diversões pegou fogo ao meu redor, o calor virou uma fornalha, sugando todo o oxigênio do ar...

Abri meus olhos de novo. Estava quente, muito quente e enfumaçado, a fumaça enchendo meu nariz com seu cheiro acre. Eu mal conseguia enxergar, mas podia ouvir o fogo, lambendo e sibilando. Tossi e puxei de volta o ar seco, como em uma sauna.

Eu estava deitado de costas. Tentei rolar para o lado e consegui na segunda tentativa. Então, tudo voltou.

Hiroshi cometendo *hara-kiri*.

Akira colocando fogo na cabana.

Onde estava Mel?

A fumaça estava por toda parte, branca e densa, exceto ali embaixo, entre trinta e sessenta centímetros acima do chão. *Pare, caia e role*, me lembrei de um dos meus professores do ensino fundamental contando para a minha sala durante uma simulação de incêndio. No fim das contas, não era besteira.

Então, ouvi alguém chamando o nome de Mel, depois o meu. Rastejei em um círculo desajeitado, procurando Mel, meus olhos ardendo, lacrimejando.

Bati em algo pesado e redondo. Era a cabeça de Hiroshi. A faixa de pele que o conectava ao seu corpo havia rasgado ou derretido.

Seus olhos me encararam, opacos e cegos.

Joguei-a longe e caí para a frente em um ataque de tosse.

Vou morrer, estava pensando. *Não vou poder ajudar a Mel, vou morrer queimado nesta cabana...*

Alguém começou a me arrastar.

Seguraram-me pela gola da camisa, em seguida o colarinho me estrangulou. Tentei virar a cabeça para ver quem era, mas não consegui.

O calor desapareceu. Uma escuridão fria tomou conta de mim. Pensei que havia morrido, era a morte e não era tão ruim, antes de perceber que estava do lado de fora.

Quem quer que tenha me resgatado caiu no chão e começou a tossir como se fosse vomitar o pulmão. Eu estava tossindo com a mesma intensidade, minha garganta em carne viva.

Quando finalmente acabou, o que por um momento não acreditei que aconteceria, estendi o braço. Uma mão agarrou a minha. A pessoa estava falando comigo, sacudindo-me.

Minha visão se concentrou, e vi John Scott pairando sobre mim.

"Onde ela está, cara? Onde está Mel? Ela está lá dentro?"

Abri a boca, mas tive outro ataque de tosse.

Ele se levantou com a ajuda de uma muleta improvisada e mancou de volta para a cabana em chamas.

FLORESTA DOS SUICIDAS 青木ケ原

41

Eu estava me erguendo de joelhos quando John Scott saiu cambaleando como um bêbado pela porta da frente da cabana. Deu apenas alguns passos antes de cair no chão.

Zonzo, titubeei até chegar a ele, agarrei-o pelos braços e o puxei para mais longe nas árvores, fora de perigo.

Comecei a voltar para a cabana, mas ele agarrou minha perna.

"Ela não está lá", ele murmurou.

"Tem um quarto..."

"Eu chequei. Em todos os lugares. Ela não está lá."

Encarei a cabana. A fumaça subia da janela quebrada e da porta aberta. Atrás dela, levemente velada, pulsava uma fornalha laranja.

Então, de um jeito dramático, as chamas subiram pelo batente da porta, delineando-o como o aro de fogo de um domador de leões.

Seria suicídio voltar lá para dentro. E eu tinha certeza de que John Scott estava certo. Mel não estava lá. Havia sido levada. Estava com Nina agora.

John Scott se sentou, tossindo com a mão sobre a boca. A fuligem cobriu seu rosto, deixando apenas os globos oculares intocados.

"Ela está viva", eu disse a ele.

Ele passou o antebraço na boca, borrando as cinzas.

"Onde?"

"Não sei." Caí no chão. "Ele a levou."

"Quem a levou?"

"Akira."

"Que porra, Ethos, fala coisa com coisa!" A explosão desencadeou um paroxismo de mais tosses que sacudiam o corpo.

"O cara que matou Tomo e Ben", respondi quando ele recuperou o fôlego.

John Scott pigarreou e cuspiu.

"Eu vi um corpo na cabana."

"Não é ele."

Expliquei tudo da forma mais sucinta que pude.

"Que caralho", exclamou ele. "Temos que encontrá-los."

Mas ele não disse mais nada. Entendia tão bem quanto eu.

Tinham partido muito tempo antes.

Minhas sobrancelhas estavam chamuscadas, assim como os pelos dos meus braços. A pele embaixo da fuligem estava rosa e lisa como a de um porco. Continuava doendo para respirar, o que me fez pensar se eu tinha algum tipo de inchaço pulmonar. Minha cabeça latejava onde fui atingido pelo que acredito ter sido uma pedra arremessada, mas não era nada se comparado à dor nas costas e no braço, que sangravam muito. No entanto, fiz um inventário de tudo isso com interesse distraído. Não conseguia parar de pensar em Mel: onde estava agora, o que poderia estar passando, tanto física quanto emocionalmente.

Quando um pouco da minha força voltou, procurei o poço de onde Hiroshi havia tirado água. Encontrei-o não muito longe da cabana em chamas. Girei uma manivela tosca de madeira para puxar um balde cheio de água. Minha sede havia sido extinta anteriormente, mas agora estava de volta, tão brutal como antes. Bebi com avidez, depois puxei outro balde, desamarrei a corda da alça de metal e o levei para John Scott.

Rezei para que a polícia trouxesse cães, como Mel havia sugerido, porque essa era nossa única esperança de encontrar Mel e Nina, certo? Eu poderia levar os policiais de volta ao nosso acampamento. Eles poderiam ajudar Neil, e eu poderia dar aos cachorros uma peça da roupa de Mel, o suéter com que ela estava dormindo ou sua calcinha. Fazia dois dias que ela não tomava banho. O rastro seria forte.

"Ei", exclamei, chamando John Scott.

Estávamos sentados lado a lado, olhando para a cabana em chamas.

"Que foi?", perguntou ele.

"Obrigado."

"O quê?"

"Você salvou minha vida."

"Erro meu."

"Estou falando sério."

"Eu também. Eu estava procurando a Mel."

Eu olhei para ele. Um leve sorriso apareceu em seus lábios, embora não alcançasse os olhos, que estavam distantes.

"Ainda assim, me salvou."

"Você teria feito o mesmo."

Teria?, me perguntei. Eu esperava que sim.

"Como nos encontrou?", perguntei.

"Ouvi vocês gritando, berrando, a porra toda. Principalmente Mel e Nina, mas acho que ouvi você também."

Eu mal conseguia me lembrar da emboscada na floresta. Era como se eu estivesse tão concentrado nas ameaças imediatas que tivesse ignorado todos os detalhes ou não tivesse tido tempo de armazená-los adequadamente.

"Você consegue andar bem com isso?", perguntei, apontando com a cabeça para o galho bifurcado-muleta perto de seus pés.

"Não é fácil."

"Você seguiu as cruzes que deixamos?"

"Até pararem."

"Foi quando corremos."

"Fiquei um pouco perdido, mas Mel começou a gritar de novo. Acabei chegando aqui."

Uma viga de suporte desabou dentro da cabana em chamas, fazendo com que uma grande parte do telhado se curvasse para baixo com um estalo estrondoso.

Lembrei-me do *shōchū*, no meu bolso. Retirei-o, destampei-o e tomei um bom gole. Passei-o para John Scott.

"Para sua perna... e para a dor."

Ele aceitou a garrafa e tomou um golão.

"Mel me falou de você, sabe?", declarou ele.

"Falou?"

"Seu irmão. Ele foi baleado."

Não respondi.

"Isso é péssimo." Uma pausa. "Meu irmão mais velho também morreu."

Olhei para ele.

"Ele e a mulher dele. Mel te contou isso?"

Fiz que não com a cabeça.

"Estavam andando em uma rua de Charlotte. Crescemos em Raleigh, mas ele se mudou para lá a trabalho. Estavam no centro. Era um dia com muito vento. Um muro caiu e matou os dois."

"Um muro?"

Ele tomou outro gole da bebida.

"A porra de um muro de tijolos de merda ao longo de uma trilha. Havia rachaduras rentes ao chão. Simplesmente despencou, esmagando os dois."

"Sinto muito."

"Faz oito anos. Ele era muito mais velho que eu. Ainda assim, isso muda a gente. Deixa a gente... hesitante."

Fiz uma careta.

"Como assim?"

"De qualquer forma, ao menos por um tempo."

"O que quer dizer com 'hesitante'?"

"Sobre a vida. As escolhas que você faz."

"Que tipo de escolhas?"

"Escolhas da vida. As grandes."

"Eu não acho."

"Porque você ainda não fez nenhuma."

"De que porra você está falando aí?"

"Mel é uma boa menina. Vocês formam um bom casal."

Eu não comentei.

"Não a deixe escapar", aconselhou ele.

"Eu não estou planejando isso", retruquei com firmeza.

"É isso, cara. Você não está planejando nada. Vocês estão juntos faz, o quê, quatro anos? Por que não a pediu em casamento ainda?"

"Não estou preparado."

"Você ama a Mel?"

Eu estava realmente falando disso com John Scott?

"Ama, cara?"

"Amo."

"Só porque perdeu seu irmão não significa que vai perder a Mel."

"Não acho isso."

"Você acha, sim. Eu sei como é. Já estive no seu lugar. Algumas pessoas, depois de perder alguém, ficam com medo da solidão. Ficam pegajosas, se acomodam, tentam se apegar a tudo em suas vidas. Outros, como você, como eu, somos o oposto. Ficamos com medo de nos aproximar. Ficamos indiferentes à vida. Afastamos as pessoas. Achamos que não vamos nos machucar de novo se não houver mais ninguém por perto para perder."

Já ouvi toda essa psicologia popularesca, mas, ouvindo de novo nesse momento, depois de tudo que havia passado naquela floresta, com Mel potencialmente perdida de mim para sempre, percebi o quanto era verdade.

Tenho afastado Mel, ou pelo menos uma vida com ela. Tenho estado tão concentrado no futuro, com tanto medo do que pode ou não acontecer, que falhei em viver o presente e agradecer o que tinha naquele momento...

Um grito distante ressoou na noite.

Fiquei em pé de um pulo.

"Era a Nina!", exclamou John Scott. Ele apontou para trás de mim. "Para aquele lado!"

É a direção que pensei também. Peguei do chão a lança e a lanterna que ele havia trazido.

John Scott se esforçou para ficar em pé.

"Fique aqui", eu disse a ele. "Espere a polícia."

"Porra nenhuma!"

"Você não pode andar!"

"Não vou perder isso."

Não tinha tempo de ficar discutindo com ele. Saí em disparada.

"Ethos! Espere aí!", gritou ele, admitindo a realidade da situação. "Pegue isto." Ele estendeu sua mochila. Três hastes de tenda se projetavam do topo do bolso principal. "Já martelei as pontas para ficarem afiadas."

Joguei a bolsa no ombro.

"Valeu... John", agradeci.

"De boas, cara. E acaba com a raça desses filhos da puta."

FLORESTA DOS SUICIDAS 青木ヶ原

42

Abrindo caminho com a lanterna, avancei por entre a multidão de árvores o mais rápido que pude, desviando de galhos, raízes e rochas vulcânicas. Sabia que Mel não teria ido com Akira de bom grado. Então, ele a carregou, se debatendo e gritando? Ou ele a havia nocauteado, o que parecia ser seu *modus operandi*? John Scott disse que a ouviu gritar, mas foi enquanto eu interrogava Hiroshi, ou depois, enquanto eu estava inconsciente? Quase esperei que ela tivesse sido nocauteada, porque pelo menos significava que ela estaria relativamente segura por ora. Akira não a estupraria naquele estado, certo? Sem mencionar que ela seria poupada de saber que foi sequestrada e mantida em cativeiro nas profundezas da Floresta dos Suicidas por uma gangue de selvagens.

Nina, infelizmente, não teve tanta sorte. Eu tinha certeza de que havia sido seu grito macabro dez minutos antes. Então, o que aconteceu? Akira tinha começado a violá-la? Mas, se fosse esse o caso, por que houve apenas um grito? Ela não continuaria gritando, gritando e gritando até que tudo acabasse — e talvez muito depois disso também?

Vinte minutos. Meus pulmões e garganta, já doloridos pela inalação de fumaça, pareciam queimados, enquanto minhas pernas, minhas coxas especificamente, ardiam com o esforço. Eu havia entrado em algum tipo de piloto automático. Um pé na frente do outro, expire a cada três passos, bata nos galhos, repita. Tentei não pensar em quanto ainda faltava, ou se ainda estava indo na direção certa, porque só levaria a dúvidas, hesitação e, finalmente, à inação. A única opção era correr e continuar correndo. Correr até alcançar Mel e Nina, correr, independentemente da dor, correr, correr, correr.

∙ ∙ ∙

Quanto tempo? Quanto tempo fazia agora? Eu não tinha ideia. Já havia ultrapassado a exaustão. O ar estava ácido, minhas pernas eram um peso morto, meus pés se arrastavam. Cambaleava como um zumbi, à beira da derrota. Eu devia ter esperado a polícia, devia ter feito a coisa certa, agora eu estava perdido, incapaz de ajudar...

O chão desapareceu embaixo de mim. Por um ou dois segundos impossivelmente longos, naveguei pelo ar, minha mente antecipando a inevitável colisão com o que quer que estivesse abaixo de mim — então, o impacto. A dor foi insuportável. Era como se alguém tivesse batido uma frigideira no meu rosto. Estrelas estouram em minha visão. Sangue jorrou da minha boca, muito mais do que quando Hiroshi me atingiu. Encurvei-me, estupefato com o que havia acontecido, tossindo, cuspindo sangue, embora minha boca continuasse se enchendo dele, viscoso como um xarope.

A escuridão ao meu redor era aterradora. Pisquei, pensando que meus olhos estavam fechados. Eles estavam abertos. Devo ter deixado cair a lanterna quando desabei, soltando as pilhas ou quebrando a lâmpada.

Tentei me sentar e gemi. Havia algo de errado com meu braço ou ombro esquerdo, eu não sabia dizer. Esse lado do meu corpo latejava, em todos os lugares e em nenhum lugar específico. Testei meu outro braço. Funcionou. Levei a mão ao rosto. Estava sensível e pulsante. Meus dedos saíram cobertos com sangue viscoso. Explorei minha boca, meus lábios dormentes e do tamanho de uma salsicha. Então, tomei consciência da minha respiração. Era alta demais e... longa. Parecia que estava nascendo fora do meu corpo...

Minha respiração ficou presa na garganta. Eu a segurei ali. A outra respiração continuou, áspera e próxima.

Não é a minha.

Eu me levantei, minha mão boa tateando a parede rochosa atrás de mim, impedindo-me de cair para trás. Cambaleei às cegas ao longo da parede do que devia ser uma daquelas enormes crateras. Quando cheguei a um ponto onde conseguia escalar, subi em frenesi pela saliência irregular da rocha, ralando a mão boa e os dois joelhos sem me importar. Fiquei esperando que algo agarrasse meu tornozelo e não soltasse.

Então, eu estava me alçando para cima, pela borda da cratera. Olhei para a abertura e vi uma grande forma preta ao lado de onde eu caí.

É um cervo, pensei, cedendo de alívio. *Apenas um cervo, deitado de lado.* Talvez eu o tenha assustado, e ele tenha saltado para dentro do buraco. Ou talvez tenha caído sozinho e estivesse lá já fazia um tempo.

Ele grunhiu.

Saí aos tropeços para longe da borda da fenda e caí contra o tronco de uma árvore. Examinei meu braço esquerdo. Não o havia quebrado como temia. A maior parte da sensibilidade havia retornado. No entanto, essa foi a extensão das minhas boas notícias. Meu corpo estava destroçado. Eu estava operando apenas com a força de vontade, e agora tudo isso havia acabado — porque minha busca havia se tornado inútil.

Eu não tinha mais nenhuma pista de qual direção estava indo.

Comecei a afundar no desespero. Conseguia sentir a minha desistência, minha mente se desligando. Talvez se eu apenas me deitasse, fechasse os olhos e... partisse. Sem mais dor, sem mais sofrimento. Mel já era, quem eu estava enganando, ela já era, e eu nunca a encontraria...

Um segundo grito rasgou a noite.

Ergui a cabeça. Eu estava de joelhos.

Por que eu estava de joelhos?

O grito recomeçou, parte terror, parte súplica, parte raiva.

E vinha de algum lugar próximo.

Cambaleei para longe da árvore — direto para uma enorme teia de aranha. Era grossa e pegajosa. Limpei os fios sedosos de um jeito histérico, enrolando mais e mais teias, incapaz de evitá-las na noite escura.

Enquanto passava pela última — *de onde todas tinham vindo? Aquilo era real? Finalmente perdi tudo?* —, minha mão acariciou algo na minha nuca. Agarrei-a sem pensar, sabendo que era uma aranha antes de avistá-la.

Era enorme, gorda e peluda. Afastei-a com total repulsa.

Dois minutos depois, mais uma vez questionando minha sanidade, se eu realmente tinha ouvido o grito, avistei o brilho de uma fogueira distante.

FLORESTA DOS SUICIDAS 青木ケ原

43

Aproximei-me o mais silenciosamente possível. Fiquei elétrico pelo medo. Não medo de Akira ou de sua ninhada diabólica, mas medo do que eu podia encontrar. Pude facilmente imaginar Nina ou Mel penduradas em um galho de árvore nodoso por uma corda ou faixa, seus corpos amolecidos como bonecas de pano, balançando em um vento inexistente.

Afastei as imagens infernais e me concentrei na fogueira à frente. Eu só conseguia ver a silhueta preta de uma pessoa cuidando dela. Não sabia o que fazer com isso.

Onde estavam todos os outros?

Parei atrás de uma árvore. Havia perdido a haste de barraca que carregava quando caí na cratera, e agora estendi a mão por cima da cabeça e extraí uma nova da mochila de John Scott, deixando-me com duas reservas. Testei a ponta. Estava afiada. Ainda assim, me senti tolo e vulnerável. Hiroshi estava certo: Akira era um filho da puta do caralho. E seus filhos também não eram brincadeira. Seriam probabilidades desafiadoras se eu estivesse saudável e descansado. Na minha condição no momento, eram tão impressionantes que nenhum apostador em Las Vegas teria empenhado suas fichas em mim.

Espiei detrás da árvore. A figura solitária não se movia.

Eu me aproximei mais um pouco.

Percebi que três galhos longos formavam uma espécie de tenda sobre o fogo, suspendendo uma panela acima do calor. A pessoa mexeu o conteúdo com um pedaço de pau. Usava uma túnica branca esfarrapada com costuras retas e mangas largas.

Aquilo estava errado. Cada fibra do meu ser me disse isso. Ouvi Nina gritar. Tinha chegado até ali. Então, onde ela estava? E Mel? E Akira? E quem era aquela pessoa solitária? Parecia muito pequena e frágil para ser Akira. Um dos garotos, então? Mas por que estava sozinho?

Eu tropecei em algo e cambaleei para frente. Quando recuperei o equilíbrio, congelei. A pessoa estava olhando em minha direção.

Era uma mulher. Devia ter uns 40 anos.

A luz da fogueira não me alcançava, então ela não conseguia me enxergar. No entanto, tinha me ouvido e sabia que eu estava ali. Fiquei tenso, pronto para atacar se ela tentasse soar o alarme. Mas ela não fez nada além de olhar fixamente — pelo jeito, direto para mim — e comecei a pensar que talvez ela pudesse me ver no fim das contas.

Ergui as mãos, gesto redundante, porque na verdade estava armado, e me aproximei. Depois de dez passos, as sombras começaram a se afastar de mim. Entrei na luz trêmula.

A mulher seria capaz de me ver agora, embora não tivesse reagido à minha aparição...

Ela não tinha olhos. Onde deveriam estar, havia apenas uma pele cicatrizada irregular.

Parei de uma vez, o horror e a compaixão guerreando dentro de mim. Abaixei as mãos.

"*Sumimasen*", sussurrei. "*Gomen nasai.*" Com licença, me desculpe. Não fazia o menor sentido, mas eu tinha que dizer alguma coisa.

Ela não respondeu.

"*Eigo o hanashimasu ka?*" A senhora fala inglês?

Nada.

Olhei para trás, de repente certo de que ela era uma distração para que alguém pudesse se aproximar de mim. Ninguém estava lá. Quando me virei, ela estava inclinada sobre a panela, mexendo de novo.

"Akira?", perguntei.

Ela levantou a cabeça.

"Akira?", repeti, mais insistente.

Ela apontou para a direita. Segui seu dedo e notei pela primeira vez outra cratera semelhante àquela onde eu havia caído, só que era muito menor, com menos de três metros de diâmetro e um círculo perfeito.

Afinal, era uma armadilha? Akira estava escondido ali, se preparando para atacar?

Segurando a lança acima do ombro como um dardo, rastejei em direção ao buraco.

Encarei com espanto. Não era uma cratera isolada. Era mais como a entrada de uma caverna no nível do solo, pois um túnel parecia continuar além da claraboia na escuridão.

Akira e seus filhos *viviam* lá embaixo?

Olhei de novo para a mulher, as peças do quebra-cabeça se encaixando. Ela seria uma das cativas de Akira, uma pobre alma que veio a Aokigahara para encontrar a morte, mas, em vez disso, encontrou estupro, mutilação e escravidão. Parecia que Akira a havia alquebrado a ponto de ela virar um zumbi, sem conseguir ter nenhum pensamento ou ação autônoma real, existindo apenas para cuidar de seus filhos e servir Akira.

O destino que ele planejou para Nina e Mel.

Uma urgência frenética me invadiu. Comecei a descer os pedregulhos caídos e pequenas pedras que criavam uma rampa que ligava o chão da floresta e o chão da cratera. No fundo, estreitei os olhos na direção da boca da caverna — e vi uma luz laranja suave, talvez quinze metros à frente.

Eles viviam aqui embaixo. Viviam no subterrâneo, como roedores.

Entrei na caverna. O ar ficou frio, úmido e parado. Não conseguia enxergar as mãos à minha frente. Levantei uma sobre a cabeça. Meus dedos roçaram o teto de rocha derretida que formava uma crosta sobre o canal de lava original para formar esse duto. Era pegajoso; a textura, irregular.

Tateei o caminho com os pés, apurando os ouvidos, mas sem ouvir nada.

Que loucura, pensei. Eu estava me enterrando embaixo da pele de Aokigahara, em suas próprias veias, sem nenhum plano em mente, sem uma ideia clara do que me esperava.

Supus que estivesse dominado pelo mesmo tipo de mentalidade de vida ou morte que os soldados experimentam quando recebem ordens de atacar o inimigo. Simplesmente não há alternativa.

A luz à frente me atraiu para mais perto, ficando cada vez mais brilhante, até que percebi que vinha de outro buraco.

Ouvi vozes fracas e ecoantes, agitadas ou zangadas.

Caí de joelhos, espiei por cima da borda da janela no chão e me vi encarando uma câmara de magma drenada. Parecia muito ter o tamanho de uma sala de cinema, as paredes de pedra espetacularmente coloridas, provavelmente com a oxidação.

Vários dos filhos de Akira estavam amontoados no chão cheio de pedras, jogando Gameboy. O videogame, bem como a lanterna ao lado deles, havia sido recolhido de suicídios ou, mais provavelmente, adquirido em uma troca com Hiroshi.

A música folclórica russa de *Tetris* tocava entre suas exclamações rápidas e guturais.

Não vi Mel nem Nina em lugar nenhum, nem Akira nem os outros rapazes. No entanto, pude distinguir a entrada de outro túnel.

Cerrei a mandíbula. Até onde aquele mundo subterrâneo se estendia? Podia ser labiríntico em sua complexidade, estendendo-se por quilômetros e quilômetros com qualquer número de tubos de lava, fissuras e cavernas. E como eu poderia passar pelos rapazes sem que fizessem alarde e trouxessem todos para cima de mim? A única maneira de chegar ali era descer o talude que se estendia da janela em um ângulo íngreme. No entanto, certamente me veriam chegando. Minha única vantagem, o elemento surpresa, seria perdida.

Afastei-me do buraco e imaginei se eu poderia armar uma emboscada do lado de fora. Inicialmente, acreditei que a mulher-zumbi levaria a comida que estava cozinhando lá para dentro. Mas provavelmente era muito fraca; e o pote, grande demais. Talvez fizesse várias viagens, mas fazia mais sentido que todos saíssem para comer. E, se assim fosse, e eu pudesse surpreender e matar Akira instantaneamente, restaria apenas os rapazes para lidar, dos quais não mais de três tinham idade suficiente para constituir ameaça séria. Seria uma luta difícil de vencer, mas não impossível. Sem mencionar que, se me dominassem e eu tivesse que recuar, não ficaria preso ali sem ter para onde ir.

Decidido, comecei a voltar.

FLORESTA DOS SUICIDAS 青木ヶ原

44

A cega não desviou o rosto da panela de barro quando saí da cratera. Olhei ao redor da clareira, decidindo como armaria a emboscada. Como eu estaria em desvantagem numérica, o combate corpo a corpo não era o ideal. Infelizmente, as lanças eram muito leves para serem usadas como projéteis eficazes. Em vez disso, juntei vários pedaços de rocha do tamanho de bolas de beisebol, que eu poderia lançar de uma curta distância. Tirei a mochila de John Scott e estava prestes a jogar as pedras dentro do bolso principal ao lado das duas lanças extras quando me detive. Havia algo no fundo da bolsa. Enfiei a mão e tirei vários itens emborrachados e fibrosos que acabaram sendo o cogumelo psicodélico que John Scott havia colhido. Os chapéus eram de uma cor marrom clara; as lamelas, escuras.

Que porra o cara tinha na cabeça?, me perguntei. *Havia o bastante aqui para fazer nós sete vermos Jesus...*

Acometido por uma ideia, joguei os cogumelos no chão e procurei no bolso algum que eu não tivesse notado. Descobri mais dois punhados e os acrescentei à pilha diante de mim. Facilmente duzentos gramas, talvez trezentos. Ouvi dizer que cogumelos perdem noventa por cento de seu peso quando secos, o estado em que a maioria era distribuída e vendida, o que significava que eu tinha entre vinte e trinta gramas para venda.

Joguei todos de volta na mochila e comecei a picá-los em pedacinhos para que não ficassem tão reconhecíveis. Então, levei o saco para perto da fogueira. A mulher me ouviu aproximar e parou de se mexer.

"Olá!", sussurrei, amigavelmente. "Meu nome é Ethan. O que a senhora está cozinhando aí?"

Espiei dentro da panela. Uma variedade de vegetais rodava em um caldo amarelado fervendo: batata-doce, cenoura e repolho, assim como o que pareciam ser tiras de *daikon*, um rabanete branco gigante.

"Parece bom, cheira bem. Qual o seu nome...?"

Enquanto eu continuava a falar bobagens, coloquei os cogumelos no ensopado e depois recuei, observando a mulher para ver como ou se ela reagiria. Ela voltou a mexer novamente o caldo.

Desmaiando de ansiedade, dizendo a mim mesmo que aquilo funcionaria, *tinha* que funcionar, me escondi entre as árvores, ficando onde não seria descoberto, mas onde ainda pudesse ver a festa que estava para começar.

Dez minutos depois, as três crianças mais velhas — Faixa Preta, Cara de Cavalo e Banguela — emergiram não da caverna, mas da floresta. Moviam-se tão silenciosamente que não os notei até que saíram para a luz do fogo, todos com longos cabelos pretos e *yukatas* cinza. Cara de Cavalo mancava muito, sem dúvida por causa da facada na coxa.

A princípio, fiquei convencido de forma irracional de que estavam me caçando — irracionalmente porque teriam acreditado que eu morrera no incêndio. Então, percebi que Faixa Preta e Banguela carregavam coelhos mortos. Claramente, tinham uma visão noturna melhor do que a média, mas não achava que poderiam pegar coelhos no escuro, o que significava que estariam voltando de verificar as armadilhas montadas previamente.

Faixa Preta e Banguela foram até a mulher-zumbi, enquanto Cara de Cavalo desapareceu na caverna. Fiquei tenso. Ela contaria para eles sobre mim? Revelaria que adulterei a comida?

Eles a ignoraram, retiraram as adagas, deixaram os coelhos em uma grande pedra plana e cortaram pés, rabos e cabeças. Em seguida, esfolaram, evisceraram e juntaram o que sobrou, jogando tudo, exceto os intestinos, na panela.

Empurrando a mulher-zumbi para o lado, assumiram a tarefa de mexer o caldo.

Não falavam muito um com o outro, mas, quando falavam, eram mais grunhidos e roncos do que palavras. Além disso, as posturas eram curvadas; sua linguagem corporal, grosseira. Sem reverências ou acenos educados, mas apenas impulsos violentos de queixos ou braços.

Pensei de novo sobre como Mel os havia chamado — crianças selvagens — e percebi o quanto ela estava certa. No entanto, não eram selvagens nobres; eram brutais, bestiais, carentes da maior parte das habilidades sociais adquiridas na enculturação.

Facilitou para mim vê-los como menos que humanos — e diminuiu minhas reservas sobre o massacre que havia planejado.

Cara de Cavalo emergiu da caverna carregando um grande baú de madeira. Deixou-o ao lado do fogo e abriu. Os demais rapazes saíram da cratera logo depois, acotovelando-se e empurrando um ao outro para a fogueira, onde formaram uma fila barulhenta e bagunçada que se estendia a partir do baú.

Akira apareceu por último, erguendo-se da terra como um samurai fortalecido pela batalha e com as feições azedas de séculos passados. Seu *yukata*, como o de Faixa Preta, era preso por uma faixa preta.

Ele parou no topo dos escombros e gritou algo para a claraboia. Percebi que segurava três fitas amarelas na mão. Ele as puxou com força. Nina apareceu arrastando-se, seguida por Mel e uma japonesa de 20 e poucos anos. Todas as três estavam vestidas de forma idêntica à mulher-zumbi, em vestes brancas disformes. As fitas tinham sido amarradas em volta do pescoço de cada uma, como coleiras de cachorro.

Uma raiva furiosa e indignada cresceu dentro de mim, e precisei de toda a minha força de vontade para não avançar e enfiar uma lança na garganta do filho da puta.

Akira amarrou a ponta das fitas em um galho de árvore e gritou uma ordem. A japonesa se sentou de forma obediente, mas Mel e Nina não entenderam a deixa com rapidez suficiente. Ele deu um soco no rosto de Nina, depois acertou Mel com as costas da mão, derrubando as duas no chão.

Cerrei os dentes e mantive minha posição.

Akira foi até a fogueira. Cara de Cavalo pegou uma tigela de cerâmica e um par de pauzinhos de madeira do baú e os passou para ele. Akira passou algum tempo curvado sobre a panela. Prendi a respiração, convencido de que ele havia notado os cogumelos. No entanto, quando ele foi se sentar sem incidentes, percebi que provavelmente estava escolhendo apenas os melhores pedaços de ensopado. Faixa Preta se serviu em seguida, depois vieram Banguela, Cara de Cavalo e, então, o restante das crianças.

Comeram como animais, todos eles, levando as tigelas à boca e usando os pauzinhos para sorver o ensopado o mais rápido que podiam, estalando os lábios, o líquido escorrendo pelo queixo.

Akira e os rapazes mais velhos terminaram primeiro e voltaram para repetir uma, duas vezes. Em silêncio, eu os incentivei.

Quando Akira ficou saciado, ele grunhiu alguma coisa, e Cara de Cavalo jogou alguns vegetais crus na frente da mulher-zumbi e outro tanto na frente de Mel, Nina e da outra cativa. As duas japonesas comiam devagar, com indiferença, enquanto Nina e Mel não demonstraram interesse pela comida, embora estivessem morrendo de fome.

Então, a cena se transformou em uma surreal noite de sábado com *A Família Sol-Lá-Si-Dó*, enquanto todos se acomodavam como uma grande família feliz. Akira tomou um gole de uma garrafa do que provavelmente era algum tipo de bebida alcoólica e fumou um cachimbo de aroma picante, os dois estavam dentro do baú. Faixa Preta e Cara de Cavalo se amontoaram um ao lado do outro, jogando Gameboy, enquanto Banguela se debruçava sobre um mangá. Os demais se organizaram em times e começaram um jogo que envolvia chutar uma bola de borracha.

Eu observei e esperei.

Aproximadamente dez minutos depois, as crianças que jogavam bola começaram a perder o foco no jogo quando a viagem começou. Um após o outro, pararam de perseguir a bola e cambalearam sem rumo, lutando com o que sem dúvida seriam intensos zumbidos na cabeça e sensações no corpo. Logo, a maioria despencou no chão, afastados um do outro. O maior olhou na minha direção, de queixo caído, como se tivesse acabado de enfiar um clipe de papel em uma tomada elétrica e receber a descarga de uma vida inteira. Então, começou a puxar seu *yukata*, tentando descobrir o que era ou por que estava usando qualquer coisa que não fosse apenas sua pele. Ele se curvou e vomitou.

Alheio ao que estava acontecendo ao redor, Akira olhou para a garrafa nas mãos, aparentemente envolvido na própria versão distorcida de tempo, espaço e realidade. Faixa Preta e Cara de Cavalo permaneceram insanamente focados no Gameboy. A música do jogo era agora o único som que perturbava a noite. Banguela deixou o mangá de lado e caminhou aos tropeços até uma árvore para se aliviar. Depois, apertou as mãos contra a casca do tronco, hesitante, pensativo, como se pensasse que talvez pudesse estar se movendo ou derretendo ou, que merda, talvez até respirando. Por fim, ele se virou e caiu de bunda. Seus olhos estavam arregalados e assustados, a respiração exagerada como se tivesse esquecido como respirar e estivesse tentando conscientemente replicar a ação.

Akira se levantou de repente e se arrastou em um círculo, apertando uma das mãos, claramente lutando com algum pensamento ou ideia. Então, foi até a mulher-zumbi. Gritou com ela. Ela fez que não com a cabeça. Ele a esbofeteou e, quando ela não respondeu, ele a esbofeteou com mais força. Ela berrou alguma coisa, as palavras arrastadas e irreconhecíveis, e apontou para as árvores de onde eu havia surgido pela primeira vez. Akira continuou gritando e batendo nela. Imaginei por que ela estava se segurando, por que não me entregava — e, então, percebi que talvez, em uma ironia, ele tivesse cortado a língua da mulher, assim como arrancara os olhos.

Desistindo dela, Akira cambaleou em direção a Mel, Nina e a japonesa. Ele desamarrou a fita de Mel do galho da árvore e a arrastou de forma grosseira até a luz do fogo. Ela se contorceu e gemeu. Ele a jogou de cara no chão, puxou seu roupão e montou nela, usando o joelho para separar as pernas dela.

Faixa Preta e Cara de Cavalo estavam tão chapados e obcecados pelo Gameboy que nem me notaram quando parei atrás deles. Segurando uma das lanças firmemente com as duas mãos, enfiei-a nas costas de Faixa Preta, acreditando que fosse o mais letal dos dois. Rasgou sua carne com pouca resistência e explodiu no peito, molhada de sangue. Cara de Cavalo olhou para ele com surpresa muda. Então, olhou para mim assim que enfiei uma segunda lança no seu flanco, acima do quadril e abaixo da caixa torácica. Atingiu um osso e parou de repente. Ele ficou de pé com um salto, uivando, girando em piruetas, golpeando a lança pendurada em seu lado. Eu puxei a lança e, em seguida, atravessei seu peito.

Por um momento, senti pena e repulsa, em seguida ouvi a voz de John Scott em minha cabeça dizendo: *Dois a menos, filhos da puta.*

E ele estava certo.

Dois a menos.

Com a cabeça pulsando com fúria sangrenta, tudo ficando vermelho à minha frente, ataquei Banguela, que tentava se levantar. Não desperdicei minha última lança com ele. Em vez disso, sufoquei-o tampando sua boca com a mão e bati a cabeça dele no tronco da árvore. Ele ricocheteou na madeira com um baque forte. Repeti o golpe várias vezes até que a parte de trás de seu crânio rachou como a casca de um ovo cozido.

Cambaleei para longe dele e me virei na direção a Akira. Estava agachado em cima de Mel, uma adaga de repente em sua mão. Seus olhos pretos faiscavam com uma fúria selvagem e primitiva enquanto cuspia palavras sem sentido na minha direção.

Dei um passo cauteloso em direção a ele, a lança erguida diante de mim.

Ele continuou a gritar. A saliva branca salpicou seus lábios como uma geada.

Dei outro passo.

Mel tentou se afastar de joelhos. Akira a agarrou pelos cabelos e a puxou contra o corpo, usando-a como escudo.

"Ethan!", gritou ela.

"Solta ela!", rugi.

Akira soltou mais palavras sem sentido.

Foi uma confusão, todos falando ao mesmo tempo.

"Solta ela!"

"Ethan!"

Akira de novo.

"Solta ela!"

"Me ajuda!"

Akira recuou, arrastando Mel com ele. Estava tentando se esconder mais fundo nas árvores. De jeito algum eu deixaria Mel fora do meu campo de visão, mas, assim que fiz um movimento para segui-lo, ele gritou como louco e empurrou a faca com mais força contra o pescoço de Mel, a lâmina pressionando a pele e fazendo com que ela inclinasse o queixo para o céu.

Parei e observei impotente enquanto eles deslizavam mais para o meio das sombras. Senti como se fosse explodir. Eu não podia deixar Akira levar Mel, mas que opções eu tinha? Akira era um lunático — um lunático que cambaleava sob efeito de cogumelos. Não hesitaria em cortar a garganta de Mel de orelha a orelha.

"Ethan!", implorou Mel, seus olhos brilhando com lágrimas.

Resolvi arriscar um ataque final. Não podia perder Mel de novo. Não suportava a ideia de ela ser mantida em cativeiro sozinha nesta floresta, sendo estuprada repetidamente por Akira, com a língua e os olhos arrancados.

A morte era melhor do que isso.

"Ethan!", gritou Mel — e havia algo diferente em sua voz desta vez. Mais alarme que medo.

Braços agarraram meu pescoço, espremendo minha garganta. Estavam escorregadios com sangue, e eu não conseguia soltá-los. Enquanto eu os segurava, lutando para respirar, Akira e Mel desapareceram na escuridão da floresta.

Fiquei furioso, contorcendo-me e resistindo, e consegui girar o corpo o suficiente para ver quem estava atrás de mim.

Era Faixa Preta. A lança com que eu o empalei estava manchada de sangue e se projetava a trinta centímetros de seu peito.

Ele empurrou a mão no meu rosto, os dedos se enfiando em meus olhos.

Balancei minha cabeça, rompendo o contato dele com meu olho. Ele avançou neles de novo. Mordi sua mão, afundando os dentes na parte carnuda embaixo do polegar.

Osso triturado, sangue quente e salgado jorrou em minha boca.

Faixa Preta me soltou do estrangulamento. Eu me virei. Seu *yukata* estava encharcado de preto ao redor da lança; a pele, pálida. No entanto, de alguma forma, continuou a desafiar a morte e estendeu a mão para mim.

Agarrei a lança saliente com as duas mãos e a puxei para o lado. Ele gritou e caiu de joelhos. Empurrei e puxei a lança várias vezes, alargando o rasgo, causando o máximo de dano que pude nos órgãos internos. Um gêiser de sangue explodiu de sua boca, espirrando em meu pescoço e peito. Seu corpo convulsionou. Então, ele despencou de frente, seu lado esquerdo estremecendo.

Olhei para Cara de Cavalo e Banguela, para ter certeza de que não haveria mais surpresas. Cara de Cavalo estava enrolado em posição fetal, imóvel, enquanto Banguela permanecia esparramado na base do tronco da árvore, também parado. Os mais jovens estavam ignorando o que estava acontecendo ou olhando para mim com expressões apáticas.

Percebi Nina gritando comigo para ajudá-la enquanto tentava freneticamente desamarrar o nó em seu pescoço.

Fui até ela, cambaleando um pouco, e cortei a fita com a ponta da lança. Ela jogou os braços em volta de mim e abraçou com força.

"Ele me estuprou", ela repetiu várias vezes.

Tentei nos separar, mas ela não me soltou.

"Nina, pare com isso!", gritei. "Temos que ajudar a Mel!"

Ela me soltou e piscou, os olhos vagos. Estava em choque, e eu não acho que soubesse do que eu estava falando.

"Fique aqui", falei para ela, então corri na direção em que Akira e Mel tinham ido. Meus olhos se adaptaram adequadamente ao escuro, e eu estava me movendo em um bom ritmo, desviando de galhos e troncos de árvores. Eu estava provocando uma cacofonia de barulho, mas não havia nada que pudesse fazer sobre isso. Akira passou a vida naquela floresta. Caçava nela. Provavelmente me ouviria chegando mesmo se eu andasse na ponta dos pés.

De algum lugar à frente e à esquerda, Mel gritou meu nome.

Mudei de curso, empurrando galhos para fora do meu caminho.

"Mel!", respondi.

"Ethan!"

Corrigi meu curso de novo e, quinze metros depois, emergi em um pequeno bosque prateado ao luar. Estava tão concentrado na vegetação rasteira, observando onde pisava, que não vi o pé até que ele bateu no meu ombro.

Girei, pensando que Akira tinha jogado o pé em mim, um pé decepado, mas então bateu em mim de novo.

Meus olhos seguiram perna nua acima, torso nu e murcho, até a cabeça. Exceto pelos longos cabelos pretos, que pareciam imunes à putrefação, o rosto era pouco mais que um crânio envolto em pedaços de pele descascada e com bolhas.

Mesmo depois de tudo que testemunhei na Floresta dos Suicidas, a visão dessa última atrocidade me abalou. Cambaleei para longe dele — direto para um segundo par de pés. Pertenciam a outra mulher, também nua, embora não estivesse morta havia tanto tempo. Carne e gordura isolavam seus ossos e enchiam seios rechonchudos e caídos. Os pelos públicos eram um arbusto desgrenhado. Os cabelos da cabeça chegavam à altura dos ombros, emoldurando um rosto que um dia pode ter sido considerado bonito. Os olhos estavam entreabertos, mostrando apenas a parte branca.

Passei por ela, revoltado por estar tocando seu cadáver, e vi outra mulher pendurada em uma árvore à minha frente e, além dela, outra.

Estavam todas ao meu redor.

Devia ter uma dúzia ou mais. Eram todas mulheres, todas nuas, todas suspensas a um metro e meio ou um metro e oitenta do chão. Mostravam toda a gama de putrefação, algumas pouco mais que esqueletos, outras ainda pareciam estar vivas.

As ex-fazedoras de bebês de Akira.

"Mel!", berrei, ouvindo histeria em minha voz.

Nada.

"Mel!"

"Eth..."

Meu nome foi interrompido no meio. Houve uma comoção. Então, Akira saiu de trás de uma grande árvore, segurando-a contra ele.

Antes que eu pudesse decidir o que fazer, Mel deu um golpe sobre o ombro. Acho que ela estava segurando uma vara. Fosse o que fosse, machucou Akira o bastante para que ele gritasse de dor e a soltasse. Ela caiu de quatro e rastejou para longe dele.

Avancei com a lança estendida.

Ele se preparou, adaga em riste.

A lança atingiu sua barriga como um torpedo, subindo até onde minhas mãos seguravam a haste. Ele girou a adaga em um arco descendente, cravando a lâmina em minhas costas. Ele a puxou com um som estalado de beijo e tentou golpear com ela de novo.

Agarrei seu pulso. Assim como seus filhos, era incrivelmente forte, mesmo empalado como estava, e nós nos arrastamos para a frente e para trás em uma valsa mortal, nenhum dos dois conseguindo obter vantagem.

Então, Mel estava ao meu lado, tentando soltar os dedos de Akira do cabo da adaga.

"A lança!", grunhi. "Pega a lança!"

Ela agarrou a haste e a puxou para soltá-la. Akira uivou, e sua força vacilou. Arranquei a arma da mão dele e a cravei em seu peito.

Ele caiu para trás.

Encarou-nos, o rosto suando, os olhos faiscando de raiva.

Peguei a lança de Mel e tentei enfiá-la na boca do homem. Ele cerrou os dentes. Pisei em sua garganta, fazendo-o ofegar, então, deslizei a ponta cuidadosamente entre seus lábios.

"Quantas pessoas você matou?", questionei.

Ele fez um som áspero e sufocante.

"Quantas você estuprou?"

Ele gorgolejou.

"Apodreça no inferno, seu merda..."

"Não!"

Mel e eu giramos. Era Nina. Ela abriu caminho pelo cemitério suspenso, empurrando os cadáveres para longe com uma indiferença desconcertante. Parou na frente de Akira, uma adaga recuperada apertada na mão.

Sem dizer palavra, ela se agachou entre as pernas abertas de Akira e rasgou seu *yukata*.

Ele adivinhou o que estava para acontecer, e, pela primeira vez, o medo foi registrado em seu rosto. Tentou rolar para longe.

Mel e eu seguramos os ombros dele, apertando-os contra o chão.

Então, Nina começou a cortar, removendo os genitais dele.

Nunca ouvi um homem gritar do jeito que Akira gritou. Parecia que sua alma estava sendo arrancada do corpo. Não parou nem quando Nina enfiou a masculinidade na boca dele.

FLORESTA DOS SUICIDAS 青木ヶ原

45

Usamos as fitas que antes prendiam Nina, Mel e a japonesa para prender os cinco filhos sobreviventes, o que se provou ser uma tarefa fácil, pois todos estavam em estado catatônico, e não foi surpresa nenhuma, considerando a quantidade de cogumelos que consumiram e o que viram enquanto viajavam. A mulher-zumbi havia desaparecido e não nos preocupamos em procurá-la. O nome japonês da cativa era Oshima Mano. Ela falava inglês básico e admitiu que tinha ido a Aokigahara para se matar uma semana antes, mas foi sequestrada durante a noite e levada até ali, onde disse que Akira já a havia estuprado quatro vezes. Nesse momento, ela começou a chorar, pois tinha certeza de que estava grávida de um filho dele.

Mel, Nina e eu nos amontoamos lado a lado durante a noite, caindo no sono e acordando dele. Ao amanhecer, um dos meninos sobreviventes, aquele que foi o primeiro a vomitar, reagiu o suficiente para que Oshima pudesse se comunicar com ele. Perguntamos a ele se sabia onde ficava a cabana de Hiroshi — ele sabia — e se podia nos levar até lá — ele podia.

A caminhada durou 25 minutos. Nada havia restado da cabana, exceto ruínas carbonizadas. Para nosso grande alívio, um policial estava lá para nos receber. Ele limpou e tratou o ferimento nas minhas costas com suprimentos de um kit de primeiros socorros, depois se comunicou via rádio com os policiais que nos procuravam. Quando voltaram, a maioria seguiu com o menino até o acampamento de Akira, enquanto dois nos escoltaram em uma caminhada de quinze minutos até onde vários carros da polícia estavam estacionados ao final da estrada de acesso da qual Hiroshi havia nos falado. Eles nos levaram ao Hospital

Yaminashi Red Cross, localizado nos arredores de Kawaguchiko. Mel, Nina, Oshima e eu fomos levados para quartos separados, onde médicos nos examinaram e policiais nos interrogaram incessantemente. Repeti minha história para vários investigadores diferentes e, mais tarde, para homens que eu acreditava trabalharem para uma das agências de inteligência do Japão. Disseram-me que John Scott e Neil foram levados de avião para um hospital em Tokyo. John Scott não perderia a perna, mas Neil permaneceu em estado crítico.

Quando, por fim, fiquei sozinho, adormeci e acordei no meio da noite com um grito preso na garganta, apavorado com um pesadelo do qual não conseguia me lembrar.

Enquanto eu estava acordado no quarto escuro do hospital, fui bombardeado pelas lembranças de Ben e Tomo e de todos os horrores dos últimos dois dias.

Fechei os olhos para evitar essas imagens fortes, mas não consegui dormir nem esquecer e, pela segunda vez na vida, ouvi os sussurros degenerados de fuga que o suicídio prometia.

FLORESTA DOS SUICIDAS 青木ヶ原

EPÍLOGO

O inverno em Napa Valley não era nada parecido com o de Wisconsin, mas, em alguns dias, podia ficar muito frio. Hoje foi um daqueles dias. O vento batia nas janelas do escritório, algumas das rajadas mais fortes sacudindo toda a estrutura. O céu estava cinza e nublado. Seria Natal em alguns dias, embora sem a neve no chão não parecesse o feriado icônico. Não me incomodou. Eu me acostumei com os Natais sem neve durante minha estadia em Tokyo.

Eram 19h45. Eu estava sentado em uma poltrona no escritório da casa da mãe de Mel, assistindo a um documentário sobre animais na pequena televisão. Minha mente, no entanto, estava divagando, como costumava acontecer naqueles dias, e sem surpresa me vi pensando no Japão e em Aokigahara Jukai.

Após nossa libertação da floresta, Mel, Nina e eu permanecemos sob custódia da polícia por quase duas semanas. Não havíamos sido elogiados pelas autoridades japonesas porque pusemos fim ao reinado de um dos piores assassinos em série da história do Japão. Em vez disso, fomos ameaçados com acusações criminais, os investigadores nos entrevistando, sugerindo que havíamos estabelecido o controle da situação antes de matar Akira, portanto, não era mais legítima defesa/homicídio justificável, e tínhamos ido além da definição de "força razoável" quando fizemos o que fizemos com ele. Não tenho certeza de quanto tempo teriam nos mantido detidos, ou se teriam nos processado ou não, mas nem precisamos descobrir graças aos meus pais. Quando finalmente pude ligar para eles, repassaram nossa história para uma rede de TV regional. Imediatamente, após a transmissão, foi captado pelo noticiário nacional. Em meio a uma tempestade de atenção internacional, a polícia, ou os políticos mexendo seus pauzinhos decidiram livrar a própria cara e nos libertaram.

Mel, Nina e eu embarcamos nos primeiros voos que pudemos para Los Angeles, Tel Aviv e Nova York, respectivamente. Depois de passar algumas semanas na fazenda com meus pais — descomprimindo, acho que se pode dizer assim —, peguei um ônibus intermunicipal de Madison para San Francisco, depois uma van para uma vinícola popular em Santa Helena, onde Mel me buscou.

A casa da mãe de Mel ficava a alguns quilômetros da cidade, em cinco acres de colinas. No início, gostei da paz e tranquilidade que o local oferecia. Passei os dias frios e ensolarados cortando a grama, repintando a casa de hóspedes, capinando os jardins, consertando telhados e cercas e tudo o mais. Mas, como sempre soube que aconteceria, inevitavelmente me senti aprisionado, sensação que foi exacerbada pelo fato de eu estar desempregado. Quando a escola de ensino médio local começou a anunciar vagas de professor no jornal para o novo período letivo, Mel e eu nos inscrevemos e recebemos a recusa uma semana depois. Nenhuma explicação foi dada, embora tivesse continuado a veiculação de anúncios por mais dois meses.

Eu não fiquei completamente surpreso. Embora a mídia tenha rotulado a Mel e a mim de heróis em nosso retorno aos Estados Unidos (fomos bombardeados com pedidos de entrevistas na televisão e no rádio, todos recusados), não éramos o tipo de heróis que resgataram uma família de um prédio em chamas; éramos do tipo que cometemos atrocidades horríveis em nome da injustiça e da sobrevivência.

Em outras palavras, não do tipo que os pais — especialmente aqueles de uma comunidade pequena e unida — gostariam de ter perto de seus filhos. A maioria dos habitantes da cidade compartilhava dessa atitude. Era de se pensar que Mel e eu tínhamos contraído lepra pela maneira como alguns deles nos tratavam quando íamos ao supermercado, ao cinema ou a um restaurante.

Comecei a importunar Mel todos os dias sobre a mudança para Los Angeles ou outro lugar onde pudéssemos cair no anonimato e encontrar trabalho, mas parei depois que a mãe dela sofreu o acidente.

Um dia, ela estava limpando o porão e borrifou desinfetante químico muito perto do antigo forno a óleo. Parte dele explodiu, causando queimaduras de terceiro grau em grande parte do corpo e deixando-a presa à cama.

O incrível espírito e resiliência que Mel havia demonstrado após a Floresta dos Suicidas imediatamente a abandonou. Era como se o acidente tivesse sido a gota d'água, uma cutucada excessiva. Ela ficou deprimida e raramente fazia mais do que dormir, limpar ou ficar com a mãe. Mesmo a notícia inesperada de que havia engravidado não a tirou de sua espiral descendente. Tanto John Scott quanto eu tentamos convencê-la a ver alguém, a buscar ajuda, mas, até então, ela havia recusado com teimosia.

Falando em John Scott, mantivemos contato regularmente, e ele agora era um bom amigo. Após sua alta do hospital em Tokyo, foi realocado de Okinawa para Fort Bragg, em seu estado natal, Carolina do Norte, onde recentemente se tornou sargento — e onde namorava uma garçonete da rede de restaurantes Hooters. Ainda estava me enchendo para propor casamento a Mel, algo que agora eu estava mais do que pronto para fazer... assim que encontrasse trabalho e pudesse pagar por uma aliança.

E os outros? Neil se recuperou da intoxicação alimentar e permaneceu no Japão, onde o público japonês o elevou a um pedestal quase divino. A última vez que ouvi falar dele estava estrelando anúncios impressos de todos os tipos e fazendo comerciais para o café boss, ao lado de Tommy Lee Jones. Nina foi morar com os pais e voltou a estudar moda. Em um e-mail recente, ela me perguntou como estava "minha namorada" e mencionou que ainda queria visitar os Estados Unidos algum dia. Eu disse a ela que, se chegasse a Napa Valley, viesse dar um "oi". Eu duvidava que ela o faria, e seria melhor assim.

Houve uma batida na porta.

Eu me virei e vi Mel parada na soleira. Estava de calças cinza e uma camiseta extragrande para cobrir o barrigão.

"Ei", cumprimentei, sorrindo. "E aí?"

"Nada." Ela devolveu o sorriso, que não se estendeu aos seus olhos.

"Quer ver um pouco de tv?"

"O que está passando?"

"Uma coisa da NatGeo sobre guepardos."

"Não, obrigada. Tenho que lavar a louça do jantar." Ela hesitou. "Eu... eu o senti chutar."

Imediatamente fiquei de pé.

"Jura?"

"No início da tarde. Só uma vez."

Fui até ela, pousando a mão em sua barriga. Era estranho, eu havia refletido inúmeras vezes, desde que ela engravidou, como os eventos podem mudar rapidamente suas prioridades. Um ano atrás, a última coisa que eu queria era um filho. Agora, a ideia de criar um bebê me enchia de entusiasmo e propósito.

"Você está vendo mais algum trabalho?", perguntou ela.

Fiz que não com a cabeça.

"Tem aquela coisa de bartender em Oakville. Mas me disseram que eu precisava de um certificado ou algo assim para poder servir álcool."

"Por que não faz o curso?"

"Eu poderia. Mas estou esperando uma resposta da construtora em Rutherford primeiro."

"Não temos dinheiro, Ethan. E quando o bebê nascer..."

"Eu sei, Mel", falei com gentileza. "Eu sei. Estou procurando todos os dias. Vou encontrar algo em breve. É que não tem muito o que fazer por aqui..."

"Ai, droga!", reclamou ela de repente. "Esqueci de dar o remédio para mamãe mais cedo. Ela vai acordar com dor."

Ela se afastou pelo corredor. Eu a observei partir. Depois, voltei para a poltrona e continuei assistindo ao documentário dos animais.

Eu estava voltando para a narrativa quando Mel gritou.

Corri para o quarto da mãe de Mel, de onde Mel ainda gritava. Passar pela porta foi como entrar no passado, e parei de repente, como se tivesse colidido com uma parede. A mãe de Mel amarrou uma extensão laranja em volta do pescoço e se enforcou em uma viga exposta no teto. A cabeça dela estava inclinada para o lado; o pescoço, roxo e inchado; a calça do pijama, defecada.

"Ai, caralho, não", arfei.

Minhas tentativas de consolar Mel foram inúteis, então corri para a cozinha e chamei a polícia. Enquanto falava com o operador, me ouvi dizendo a ela que não sabia por que a mãe de Mel havia se enforcado, mas não era verdade. Seu namorado havia sido assassinado pelo ex. A filha, rotulada de vilã na cidade onde ela havia morado a vida toda. Seu rosto e corpo, desfigurados, quase irreconhecíveis, por queimaduras de terceiro grau.

É claro que eu sabia por que ela havia se enforcado.

No entanto, não senti pena dela; senti uma raiva cada vez maior.

Por que teve que escolher essa maneira de se matar — sabendo o que a filha havia passado?

Desliguei o telefone e corri de volta para o quarto. Mel havia parado de gritar e agora estava sentada na beirada da cama. As mãos estavam pousadas no colo. Nelas, ela embalava uma pistola calibre .44 preta fosca. Era da mãe dela. Havia comprado anos atrás, temendo que o ex-marido pudesse de alguma forma escapar da prisão e vir atrás dela.

"Mel", exclamei, começando lentamente a avançar, "abaixe a arma."

Ela ergueu o cano para a têmpora direita.

Eu estaquei.

"Mel..."

"Sinto muito, Ethan."

"Não faça isso, Mel, não faça isso, pense no que está fazendo."

"Isso nunca vai acabar, não é?", sussurrou ela, melancólica.

Ela engatilhou a arma.

"Mel!", exclamei. "Não... o bebê! Mel, o bebê. Se fizer isso, vai matar o bebê. Por favor, não faça isso. Não mate o bebê."

Ela franziu a testa.

"Vai ficar tudo bem. Eu prometo. Vai dar tudo certo. Pense no bebê."

Lágrimas brotaram de seus olhos, em seguida transbordaram, escorrendo pelas bochechas. Ela baixou a pistola. Atravessei o espaço entre nós rapidamente e tirei a arma de sua mão. Coloquei-a de volta na primeira gaveta da cômoda e a levei para a sala, onde a abracei.

Enquanto os soluços sacudiam seu corpo, minha mente corria em um ritmo feroz. Pensei nas palavras que ela disse — *isso nunca vai acabar, não é?* — e disse a mim mesmo que ela estava errada. Deixaríamos

Aokigahara Jukai para trás de uma vez por todas. Por mais trágica que tenha sido a morte de sua mãe, significava que não estávamos mais ligados a Santa Helena. Nós nos mudaríamos para outro lugar. Conseguiríamos empregos. Nós dois. Bons empregos. Recomeçaríamos. Eu já tinha feito isso, faria de novo, só que desta vez com Mel ao meu lado. Recomeçaríamos juntos, e tudo ficaria bem.

Embalei Mel, acariciei seu cabelo e ouvi as sirenes se aproximarem.

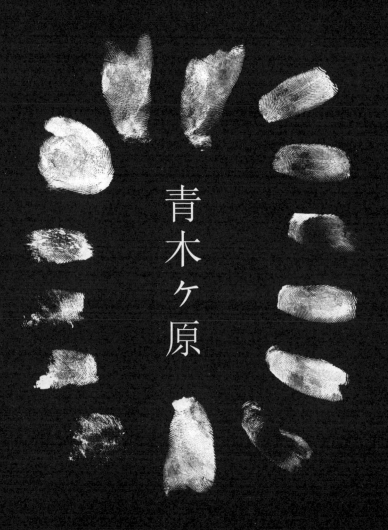

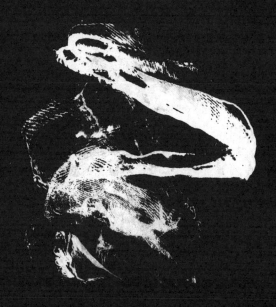

JEREMY BATES publicou mais de vinte romances e novelas e é autor best-seller do *USA Today* e número 1 da Amazon. Seus livros venderam mais de um milhão de exemplares, foram traduzidos para vários idiomas e escolhidos para adaptação para cinema e TV por grandes estúdios. A *Midwest Book Review* compara seu trabalho a "Stephen King, Joe Lansdale e outros mestres da arte". Ganhou um Australian Shadows Awards e o prêmio canadense Arthur Ellis. Também foi finalista do Goodreads Choice Awards, o único grande prêmio de livros com voto popular dos leitores. Saiba mais em jeremybatesbooks.com.